« Przez rozdartą zasłonę pozorów
uderza nas widok błotnej kałuży. »

« Le rideau déchiré des apparences
laisse entrevoir un sordide bourbier. »

LE RIDEAU DÉCHIRÉ

Ouvrage publié sous le titre original de
ROZDARTA ZASŁONA

Cette traduction est publiée avec l'aimable accord
de Społeczny Instytut Wydawniczy Znak
Sp. z.o.o. Kraków, Pologne

www.agullo-editions.com

Conception graphique : Cyril Favory
Image de couverture : D'après Vintage Space/Alamy

MARYLA SZYMICZKOWA

Le Rideau déchiré

Traduit du polonais par
Cécile Bocianowski

Agullo

À Martin Pollack, pas seulement
pour *Empereur d'Amérique*

TABLE DES MATIÈRES

un domaine différent. Nous apprenons également qui il ne convient pas d'attendre allongé, et qui a emporté les cuillères en argent du comte Dzieduszycki.

Chapitre IV – dans lequel Franciszka fait preuve d'une habilité digne d'un enquêteur, Zofia Turbotyńska a recours à la bible de la bourgeoisie cracovienne et se rend dans un faubourg lointain, quasiment jusqu'à Florence ou Venise. Elle y rencontre dans les escaliers une passionnée des Amazones pour ensuite devenir elle-même une Amazone, car elle accepte les conditions de capitulation d'une personne acculée au mur. Nous apprenons aussi le temps que prend l'expédition d'une courte lettre, qui a besoin de Franek et ce que faisait un mollet dénudé à Berezina.

Chapitre V – dans lequel un éventail confère avec un journal et apprend qu'il a résolu une énigme, les socialistes se dispersent dans Cracovie en ruinant les souvenirs du passé à l'université, en tirant des coups de revolver vers des élites de la ville et en mettant le feu aux poudres dans la maison Au Paon, tandis qu'un ancien adversaire s'avère être un sauveur inespéré, mais pour un moment seulement.

Chapitre VI – court intermezzo (fort heureusement) dans lequel il ne se passe rien durant tout le mois de mai et quasiment tout le mois de juin, bien qu'il se passe en réalité beaucoup de choses : Bujwidowa devient puissante, la cousine vante les pots de Zofia et une jeune fille voit un fantôme à la lueur d'une bougie la nuit de la Saint-Jean.

Seconde partie

Chapitre VII – dans lequel une plaie d'Égypte s'abat sur Cracovie, Zofia fait montre de professionnalisme et Franciszka, d'une bonne mémoire et de flair, ce qui permet d'identifier Mordka. Mais malgré tout, il faudra aller à Canossa sur la rue Grodzka.

Chapitre VIII – dans lequel Franciszka subit une torture morale, Turbotyńska a honte de demander un prix, Ignacy se penche pour une raison totalement superflue, et le parc Planty est le témoin muet d'une conversation entre une voilette et un légume.

Chapitre IX – dans lequel Zofia Turbotyńska se rend dans des contrées orientales en compagnie d'un brave écuyer, apprend la différence entre une boîte en nacre et un sac à pommes de terre, et subit des persécutions de la part d'un canard.

Chapitre X – dans lequel une semaine chaude débute par une rencontre avec un rat tintinnabulant, un bibliothécaire barbu fait étalage de sa connaissance d'un jargon, et la presse déchire le rideau des apparences. Nous y rencontrons encore Job qui considère que les enfants ne devraient pas passer du temps dans les parcs de Cracovie, nous apprenons également qu'un adepte de la médecine néglige ses habitudes, et Zofia Turbotyńska s'engage elle-même dans la fosse d'un lion rouge signalée par l'emblème d'un agneau.

Chapitre XI – chapitre long et substantiel dans lequel la femme du professeur mène deux conversations dont

PROLOGUE

Dans lequel une nuit de plaisirs se termine de façon on ne peut plus désagréable pour quelqu'un et où les plats doivent attendre encore un quart d'heure avant de retrouver leur place dans la crédence.

Lorsque le commissaire Stanisław Lunicorne atteignit la plage au pied de la villa des Rożnowski, les clairons dorés avaient depuis longtemps sonné le réveil dans les casernes autrichiennes de la colline du Wawel qui se détachait au-dessus des eaux de la Vistule, sous le pâle soleil d'avril qui transperçait les restes du brouillard matinal. Aux fenêtres du deuxième étage d'une tourelle néogothique étaient penchées deux jeunes servantes qui s'étonnaient de tout : des policiers arpentant les bords de la Vistule, des trois soldats se tenant quelque peu à l'écart et, surtout, du cadavre d'une jeune fille gisant sur le sable mouillé.

Celle-ci était étendue les bras en croix, ses cheveux lâchés lui recouvraient le visage et se déversaient telle une vague châtaine sur sa poitrine. Son chemisier de toile blanche et sa jupe de laine bleu marine, encore humides, collaient étroitement à son jeune corps qui ne pouvait avoir plus de vingt ans. Si un étudiant de l'Académie des beaux-arts passait par là, il penserait assurément à une Ophélie préraphaélite, mais à cette heure du jour, à Dębniki, le cadavre n'était observé que par des servantes, de simples policiers, le commissaire et des soldats – que l'on reconnaissait, à leur veste bleu clair, leur pantalon rouge et leur chapeau, comme étant des uhlans du 3e régiment de l'archiduc Charles-Louis –, en un mot : des profanes de l'art. La femme d'un pêcheur local ou d'un colporteur aurait encore pu s'y retrouver par hasard, mais il n'y avait là, hélas, aucun étudiant de l'Académie. Ce qui était fort regrettable, car l'un d'entre eux aurait pu s'arrêter à proximité, appuyer sa jambe sur un rocher et esquisser de quelques traits rapides jetés sur son carnet de croquis ce moment précis, au matin du 17 avril 1895, où les vagues de la Vistule rejetèrent sur la rive le corps d'une fille qui, à l'endroit où il y a si peu battait encore son cœur, arborait une tache rousse de sang figé sur son chemisier, telle une grande fleur sombre de coquelicot. Le public aimait les scènes dramatiques, en particulier si une allégorie déchiffrable s'y dessinait sur le fond, comme celle d'un sinistre vieillard vêtu d'une pèlerine symbolisant la mort ou d'un lys brisé. Deux autres policiers surgirent de derrière le lacet de la Vistule, deux blancs-becs sur lesquels venait à peine de poindre un duvet blond au-dessus des lèvres. Ils attirèrent davantage l'attention des jeunes filles de la tourelle que le commissaire, qui aurait plutôt plu à une matrone aussi respectable. Ils portaient dans leurs bras tendus des tissus ruisselants d'eau. Quand ils les eurent posés sur le sable près du cadavre, il était clair, même du haut des tourelles, que la petite veste trouvée sur le bord ou dans les roseaux de la rive était cousue du même drap bleu marine que la jupe. Ils se tenaient debout, à présent, et fixaient tantôt le corps, tantôt le sable, tantôt les soldats. Le médecin de la police apparut derrière eux, le docteur Albin Schwarz ; il avait dû être là plus tôt pour déclarer le décès, mais à ce moment précis il s'ennuyait quelque peu en attendant le transport de la dépouille vers la salle d'autopsie, c'est peut-être pourquoi il suivit les jeunes policiers, prétendument pour effectuer des recherches, mais en réalité pour faire une promenade, bien que, pour la mi-avril, il fît encore froid.

Quelqu'un poussa un cri du fond de la villa des Rożnowski, les jeunes servantes refermèrent les fenêtres ouvertes et coururent à leurs occupations. C'était le mercredi suivant Pâques, il fallait ranger dans les profondes crédences les services de fête, l'argenterie d'apparat, les grands plats que l'on avait recouverts de mets bénis : un chapelet de saucisses, des jambons garnis, des *babkas*, *mazureks* et autres gâteaux de Pâques. Il n'y avait pas une minute pour ce genre d'attraction.

Première partie

CHAPITRE I

Dans lequel tout débute à la Alfred Hitchcock qui naquit cependant quatre ans plus tard, où Zofia rencontre sa cousine et subit un affront, et Ignacy fait une sortie imprévue.

Tout avait commencé avec un tremblement de terre. Quand, le soir du samedi saint, les Turbotyński étaient rentrés de la messe de Résurrection à la cathédrale, Zofia était déjà – pour employer un euphémisme – de médiocre humeur. Ils avaient parcouru le chemin depuis la colline du Wawel en compagnie des Rostafiński – lui était secrétaire de section de l'Académie des sciences dans laquelle Zofia voulait obtenir un siège pour Ignacy, tandis que sa femme prenait une part fort active dans la collecte de fonds pour la rénovation de la cathédrale, ce qui avait récemment absorbé l'attention de presque toutes les dames de la société. Malheureusement, sur la place de la Toussaint, ils croisèrent la cousine Dutkiewicz et ses enfants qui rentraient aussi chez eux, rue Saint-Florian. Malgré ses meilleures intentions, Zofia Turbotyńska n'avait pu se débarrasser du principe de Fredro inculqué par sa mère, selon lequel « la famille, soyez-en sûrs, ce sont aussi des humains, bien qu'ils soient parents », c'est pourquoi la rencontre ne se limita pas à un simple échange de révérences, mais alla jusqu'à la fusion des deux groupes qui, d'un pas vif car la soirée était fraîche, remontèrent la rue Grodzka en direction de la Grand-Place.

Ce qui s'annonçait comme une agréable promenade familiale à la lueur verdâtre des réverbères à gaz se termina en un conflit désagréable de nature spirituelle. Le déroulement de la Résurrection à Cracovie avait toujours fait l'objet d'abondants commentaires : on discutait de la pertinence de l'homélie, des chants du chœur, de l'apparence des célébrants et ainsi de suite, et pas spécialement de questions théologiques – mais en définitive, comme nous l'enseigne l'histoire de l'Église, ce ne sont pas ces raisons qui menèrent aux schismes et aux malédictions mutuelles. Cette fois, le débat concernait une question somme toute fondamentale, à savoir la supériorité de l'ancien évêque sur le nouveau, comme le soutenait Józefa Dutkiewicz, ou du nouveau sur l'ancien, comme le voulait Zofia Turbotyńska.

À l'acrimonieuse remarque de sa cousine, selon laquelle feu le cardinal Dunajewski, lui, ne se déplaçait pas dans un coche tiré par quatre chevaux et ne signalait pas sa majesté indiscutable à chacun de ses pas, Zofia répondit d'une affirmation brève mais prononcée avec emphase : « Józefa, nous sommes à Cracovie, voyons ! », comme si cela pouvait tout expliquer. Sur ce, elle ajouta, au cas où cela n'expliquait rien du tout et qu'un éclaircissement supplémentaire s'avérait malgré tout nécessaire :

— L'empereur a fait des évêques cracoviens des ducs. De toute évidence, il était donc légitime que, après la mort inattendue du cardinal l'été dernier, prenne sa place sur le trône des évêques cracoviens un représentant de la lignée princière des Puzyna. La mitre cracovienne n'est pas faite pour des fils de cheminots, de marchands ou, que sais-je encore, dit-elle en agitant négligemment le bout de son parapluie, de sous-officiers.

— Zofia, répondit Józefa Dutkiewicz, je pense que c'est le patriotisme local qui parle à travers toi.

— Il n'en est pas autrement, en effet, rétorqua Zofia Turbotyńska avant de citer un proverbe aussi ancien qu'usé jusqu'à la corde : « Si Cracovie n'existait pas, alors Cracovie serait Rome. »

— Sans aucun doute, mais j'avais en tête la ville de Przemyśl, ma chère… ajouta sa cousine d'un ton doucereux, lançant une pique à sa parente mal-aimée tout en souriant. Il n'est pas étonnant que l'évêque Puzyna te soit si cher, dès lors qu'il fut de longues années chanoine dans ta ville natale de Przemyśl, n'est-ce pas ?

Quand, donc, Franciszka ôta la fourrure de sa maîtresse, Zofia Turbotyńska tremblait encore de colère à la pensée de l'affront qu'elle venait de subir de la part de Józefa Dutkiewicz, sous les yeux – et surtout aux oreilles – des Rostafiński. Comment pourrait-on être coupable d'être né à tel ou tel endroit ?

— Et Karolina ?! tonna-t-elle vers la cuisinière, laissant sortir la colère qu'elle avait réprimée sur la moitié du chemin de retour. Pourquoi cette fille ne fait pas ce qu'elle doit faire ?!

C'est alors que Franciszka, aussi désorientée qu'effrayée, annonça aux maîtres de maison qu'il y avait à peine une heure Karolina avait pris son barda et avait quitté Cracovie, ayant préalablement « donné sa démission dans ses mains ». Avant de s'effondrer sur le divan,

Zofia Turbotyńska ne réussit à prononcer qu'une seule phrase :

— C'est… c'est… c'est pire que la guerre.

Dans la maison Au Paon, les fêtes de Pâques se déroulèrent conformément aux circonstances. Zofia Turbotyńska devait bon gré mal gré se charger d'une partie des tâches de Karolina, tandis que le reste retombait sur les épaules de Franciszka. La plus grande partie des préparatifs était déjà fort heureusement derrière elles, mais la satisfaction qui aurait dû en découler était voilée aux yeux de Zofia par « cette fille ingrate qui avait disparu sans même dire au revoir ». Aussi l'atmosphère régnant chez les Turbotyński était-elle loin d'être joyeuse, et on entendait Zofia lancer, à des moments les plus inattendus : « À quoi cela mène, de donner sa démission à une domestique ! », « Les mœurs ne sont plus ce qu'elles étaient » ou encore, de façon laconique : « C'est la fin du monde ». Malgré cela, ou peut-être même pour chasser ce climat martial et se changer les idées, les Turbotyński se rendirent, comme presque tous les habitants de Cracovie, à la kermesse du lundi de Pâques.

Ils sortaient du centre pour la première fois depuis des mois ; la journée était belle, un soleil chaud et décidément printanier perçait les nuages, ils décidèrent donc de gravir le tertre de Kościuszko, d'y admirer la vue et d'observer le panorama de la ville s'éveillant à la vie après le marasme hivernal. Toutefois, leurs plans courageux et ambitieux se virent contrés par un douloureux point de côté qui vint à Ignacy (« Je t'avais pourtant dit de ne pas reprendre du gâteau au pavot », siffla Zofia), et leur expédition se limita à l'achat d'une cloche d'argile et d'un arbre de la chance qui prit place sur la crédence.

Le lendemain, ils restèrent à la maison. Franciszka fut la seule à se rendre sur la colline Lasota, après avoir été sermonnée par Zofia Turbotyńska afin qu'elle se méfie des jeunes garçons pouvant nourrir d'indignes intentions à l'égard des jeunes filles solitaires participant à la fête de Rękawka. Le temps passait lentement, au rythme de l'appel de clairon qui parvenait de la tour de l'église Sainte-Marie, des battements de l'horloge du salon, et des *babkas*, *mazureks* et autres pâtisseries de Pâques qui diminuaient à vue d'œil.

Le mercredi suivant les fêtes, le thé de l'après-midi chez les Turbotyński, qui n'allait pas du tout se dérouler comme d'habitude, longtemps resterait en mémoire dans l'immeuble Au Paon. Tout commença avec un changement en apparence insignifiant. Lorsque le professeur Turbotyński remarqua, à la une du *Temps*, qu'à la place de l'épisode de *Quo Vadis ?* de Sienkiewicz avait été publiées « des billevesées britanniques », il bondit de son fauteuil, irrité, et s'approcha de la table pour se servir un morceau de *mazurek* à la confiture de lait. Zofia fit alors ce qu'elle n'aurait jamais fait si elle avait été de meilleure humeur : elle prit place malgré elle dans le fauteuil d'Ignacy et se saisit du journal posé sur le guéridon.

— *L'Étrange Cas du docteur Jekyll et de Mr Hyde*, pouffa Ignacy depuis la table. En voilà une bien belle. Qu'un journal sérieux publie de telles bêtises d'outremer, franchement ! Et cela, à la place du dernier roman du Maître ! Où va-t-on donc ?!

Ayant jeté un œil à ces « billevesées britanniques » qui lui semblaient plutôt intéressantes, un peu dans l'esprit de Poe qu'elle aimait tant, Zofia Turbotyńska retourna le journal avec l'intention de parcourir les annonces des domestiques imprimées sur la dernière page. Elle savait qu'il lui fallait une nouvelle fille au plus vite, mais elle ne pouvait s'y résoudre. Pour reporter ce qui était dès lors inévitable, elle ouvrit le journal et, avant d'arriver à la fin, lut à haute voix ce qui lui tombait sous les yeux, dans les rubriques moins importantes.

— « Lors d'un combat de taureaux à Barcelone, l'un des taureaux franchit la barrière et provoqua une panique indescriptible, lut-elle. Un gendarme s'approcha de l'animal en furie et l'abattit d'un tir de carabine… »

— La police est justement là pour cela, ma chère, pour protéger les gens des dangers. Quels qu'ils soient…

— « La balle tua certes le taureau, mais atteignit également un spectateur qui tomba sur le coup », ajouta Zofia.

Elle reçut un silence en réponse. Puis tourna la page.

— « Chronique. Tragique accident. Le 16 de ce mois à huit heures du matin à l'hôtel À la Rose, sous les yeux de deux témoins fortuits, M. José Silva, un client de l'hôtel provenant de Lwów et auparavant du lointain Brésil, s'est ôté la vie d'un coup de revolver… »

— Les gens n'ont honte de rien, se tuer quasiment à Pâques, commenta Ignacy, ne relevant pas les yeux de son assiette de *mazurek*.

— Mais au moins, lança Zofia en guise de justification, il le fit loin des siens qui pourront toujours dire en société qu'il a expiré d'un anévrisme ou qu'il s'est tué en nettoyant son arme.

Sur la deuxième page, elle tomba sur une nouvelle qui la cloua dans son fauteuil.

— Ignacy, un tremblement de terre ! cria-t-elle.

— Tu exagères, Zofia. Ils nous alarment ainsi régulièrement, mais le cabinet du prince Windisch-Graetz tiendra assurément aussi longtemps qu'existera la monarchie danubienne, et non le royaume d'Italie. Bien entendu, le prince est encore loin du comte von Taaffe qui fut à la tête du gouvernement depuis… Combien de temps a-t-il bien pu être Premier ministre ? se demanda-t-il.

— Vraiment, Ignacy, qui ces contredanses politiques viennoises peuvent-elles bien intéresser ? tiqua Zofia Turbotyńska, mais sans plus de conviction, car elle était plongée dans l'étude d'un article. Un tremblement de terre, un véritable cataclysme. En Slovénie et en Carniole… avec un épicentre à Ljubljana… « Les secousses étaient violentes et longues… lut-elle. Dans certaines localités, elles durèrent toute la nuit. »

— Cela me fait une belle jambe, grogna Ignacy. À Ljubljana.

Il était vexé d'avoir été corrigé par sa femme, qui en plus lui avait justement chipé son rôle en lisant les communiqués de presse à haute voix.

— « Les secousses furent aussi ressenties à Venise, Florence, Rome… » continuait-elle audacieusement.

— À Rome ? murmura-t-il.

— Exactement. Et même à Vienne !

— Mon Dieu ! (Ignacy ébranla la table en bondissant de sa chaise. Les couverts tintèrent, les tasses, les soucoupes et les assiettes tremblèrent.) Sa Majesté est-elle sauve ? Lis donc ! cria-t-il en secouant les miettes de gâteau sur son gilet.

C'est à ce moment que retentit la clochette de la porte d'entrée.

Un instant plus tard, Franciszka entra dans le salon avec prudence, en raison des cris qui en parvenaient. Elle s'arrêta sur le seuil sans un mot, comptant sur le fait que le couple allait la remarquer. Elle attendit cependant un long moment, son apparition n'ayant en effet pas éveillé l'attention d'Ignacy ni de Zofia, qui était justement en train de rassurer son mari en disant qu'il n'était rien arrivé à Sa Majesté. Tous deux étaient persuadés que rien de ce que la servante pourrait leur dire n'égalerait la nouvelle du tremblement de terre, même dans une Ljubljana lointaine. Comme ils se trompaient !

— Que se passe-t-il, Franciszka ? demanda enfin Zofia, détournant à contrecœur son regard des colonnes du journal. Qui était-ce ? Le livreur de charbon ? Je lui avais pourtant dit que nous n'en aurions pas besoin après Pâques. Il fait déjà plus doux, et avec ces prix…

— C'est pour vous… La police… bredouilla-t-elle en chiffonnant nerveusement un torchon entre ses mains.

— La police ?! (Zofia Turbotyńska se leva d'un bond.) *Kyrie Eleison !*

L'espace d'une seconde lui vint en tête sœur Alojza, sympathique sœur de la Charité à la beauté discrète qui l'avait aidée un an et demi plus tôt à retrouver le meurtrier qui sévissait dans la Maison Helcel[1]. Mais elle se concentra rapidement sur des questions on ne peut plus essentielles à ce moment-là, comme l'arrivée de la police dans une honnête maison.

— Du calme, Zofia, c'est sûrement sans importance, tenta de la raisonner Ignacy.

1 Voir Maryla Szymiczkowa, *Madame Mohr a disparu*, traduit du polonais par Marie Furman-Bouvard, Paris, Agullo Éditions, 2022.

S'étant débarrassé des dernières miettes de *mazurek* à la confiture de lait, il demanda à Franciszka de « faire entrer ces messieurs ».

Un seul homme entra, très maigre, au physique rappelant celui d'un rat famélique. Dans son uniforme un peu trop grand, le jeune homme roussâtre avait l'air, au premier coup d'œil, d'une très fraîche recrue de la police impériale et royale. Il s'inclina devant le couple professoral tout en se présentant :

— Cadet Jan Erychleb, pour vous servir.

— À quoi devons-nous cette visite inattendue ? demanda aussitôt Zofia, d'un ton légèrement plus nerveux qu'elle ne l'aurait voulu. C'est une honnête maison, monsieur... ajouta-t-elle (et tandis qu'elle hésitait, elle se rendit compte du fait qu'elle ne savait pas comment s'adresser à un policier de si bas rang)... monsieur le policier.

— Veuillez m'excuser, dit Erychleb en s'inclinant et en claquant des talons, mais j'ai reçu de monsieur le commissaire l'ordre de m'adresser au maître de maison. Ai-je l'honneur de parler à monsieur le professeur Turbotoński ? dit-il en se tournant vers Ignacy.

— Turbotyński ! le corrigea immédiatement Zofia. De *ces* Turbotyński-là. Du blason Wadwicz.

— Mes plus plates excuses, répondit Erychleb en rougissant. Je ne suis en service que depuis l'automne dernier... en période d'essai...

— Vraiment ? Je ne l'aurais jamais deviné...

— Voyons, Zofia... (Ignacy lança un regard suppliant à sa femme.) Cher monsieur, je suis Ignacy Turbotyński et c'est avec moi, je pense, que vous souhaitez vous entretenir. Nous souhaiterions cependant tous les deux savoir quelle affaire vous amène.

— C'est monsieur le commissaire Lunicorne qui m'envoie, monsieur le professeur, j'ai reçu l'ordre de vous inviter à venir rue Mikołajska... c'est-à-dire à la direction de la police, d'où monsieur et monsieur le commissaire se rendront à l'institut médico-légal.

— Ah, tu vois bien, ma chère, qu'il n'y a pas à s'en faire, dit Ignacy en souriant. Nos braves officiers de justice ont assurément besoin d'une certaine, pour ainsi dire, expertise. Le professeur Halban est en congé de maladie depuis janvier et Wachholz est à Lwów, donc... mais à vrai dire, je ne suis pas expert...

— Mais que dis-tu là, Ignacy, évidemment que tu l'es ! s'ébroua Zofia Turbotyńska. Tu es un éminent spécialiste. Va remplir ton devoir scientifique et citoyen, lui dit-elle en le pressant.

Lorsque Ignacy sortit en compagnie du cadet Erychleb, Zofia se dit que de nouvelles portes imprévues s'ouvriraient peut-être sur la carrière de son mari. Il n'était certes pas devenu le directeur de l'institut d'anatomie après le départ de Teichmann, mais peut-être qu'avec quelques efforts il aurait une chance en anatomie pathologique ? Cela ne faisait probablement pas une grande différence. Et alors, qui sait, peut-être le titre de professeur extraordinaire, ou bien même, se mit-elle à rêver, un siège à l'Académie des connaissances ? Du moment que Rostafiński ne s'irritât pas contre eux... Et avec cela, bien sûr, la possibilité de questionner son mari au dîner sur les détails de chaque crime perpétré à Cracovie !

Lorsque Ignacy Turbotyński rentra à la maison après un peu moins d'une heure, il ressemblait à un fantôme : il semblait que tout son sang avait quitté sa tête qui, il y a si peu encore, était occupée par les gâteaux. Il s'assit sur un fauteuil, soupira lourdement et déclara d'une voix d'outre-tombe :

— Zofia, Franciszka, je dois vous dire quelque chose de très important. Il s'est passé une chose horrible.

CHAPITRE II

Dans lequel nous apprenons pourquoi les murs de l'ancien collège jésuite sont aussi épais, d'où rentraient les uhlans (d'une sortie nocturne), ce qui caractérise l'odeur vestimentaire d'une vierge pure et l'existence potentielle d'ondes inexplorées par la science.

Zofia Turbotyńska dormit mal. Elle se leva le matin avec un mal de tête et, avant même d'avoir eu le temps de s'habiller, elle se plaignit à Ignacy et Franciszka de « n'avoir pu fermer l'œil de la nuit ne serait-ce que cinq minutes, à cause des nerfs », ce qui contenait cependant une bonne dose d'exagération. Mais lorsque, encore somnolente, elle se surprit à penser qu'elle devait absolument parler de sa nuit nerveuse à Karolina, elle ressentit une chose à laquelle elle ne s'attendait pas : une véritable et intense tristesse. Non pas de l'indignation pour la déchéance des mœurs et la menace du monde contemporain que l'on peut exprimer efficacement au fil d'une conversation, non pas de la colère parce qu'on l'avait privée d'une servante exceptionnelle, mais justement de la tristesse : quelque chose s'était passé, et Karolina n'en entendra jamais, au grand jamais parler ;

à partir de maintenant, le monde entier tournera sans Karolina, sans même prêter attention à sa disparition.

Il fallait en effet le reconnaître : du long défilé de servantes qui étaient passées par l'appartement du couple professoral dans l'immeuble Au Paon, Karolina avait été la première, après Franciszka, à être restée aussi longtemps, bah, à avoir même gagné la sincère sympathie de ses habitants. Et maintenant, pensa Zofia Turbotyńska avec une tendresse qui lui était rare, elle gît quelque part sur une table froide dans une salle de dissection, ou bien, l'autopsie ayant déjà eu lieu, elle repose dans sa dernière demeure, ô combien différente de sa chambre de bonne de la rue Saint-Jean : son cercueil. Et après avoir avancé le plus silencieusement possible jusqu'à la porte de sa chambre à coucher, elle tourna la clef en laiton dans la serrure, retourna à sa coiffeuse, s'assit et seulement alors, sachant que personne ne la dérangerait, elle se mit à pleurer.

Après quelques instants, elle se ressaisit, se rinça le visage, y appliqua du lait Pompadour qui masquait bien les signes d'insomnie et de pleurs, puis encore un peu de poudre pour un meilleur effet, enfin elle ajusta sa coiffure en y enfonçant un élégant peigne serti de grenats, et elle était prête à faire face aux événements de cette journée.

Le commissaire Lunicorne s'était présenté conformément à ce qui avait été fixé, à dix heures du matin, et s'installa directement dans le salon qui avait spécialement été *renettoyé* par Franciszka. La chaise fut occupée par le greffier, le cadet Erychleb, déjà connu de la maison, tandis que sur la table avait été installé un petit nécessaire portable pour écrire, des serviettes contenant des documents, des photos – en un mot : tout le fourbi policier. Franciszka accompagna deux autres clercs dans la chambre de Karolina, pour rechercher des objets qui pourraient servir à résoudre l'affaire.

Le juge d'instruction qui avait été saisi était Walenty Rozmarynowicz, personnalité hautement respectée à Cracovie, et pas seulement pour son imposante barbe grise. Ses succès les plus illustres remontaient toutefois à l'époque où les Turbotyński s'étaient unis par les liens sacrés du mariage, autrement dit il y a plus de vingt ans ; à présent, on l'appelait dans les conversations privées « le bisaïeul des tribunaux galiciens » et l'on fermait les yeux sur le fait qu'il lui arrivait de s'endormir au milieu d'une audition ou de confondre complètement l'affaire d'un vol chez une lingère avec celle d'une grave agression d'un apprenti tailleur ; il y avait toujours quelqu'un pour dûment le corriger, Rozmarynowicz continuait donc à entretenir sa réputation d'illustre patriarche de la magistrature. Il en était ainsi cette fois-là aussi : l'enquête fut tout simplement déléguée au commissaire grâce auquel Rozmarynowicz pouvait ne pas quitter le bâtiment du tribunal. Les gros murs de l'ancien collège jésuite absorbaient le fracas des calèches roulant sur les pavés de la rue Grodzka et lui permettaient des siestes de longueur confortable.

On interrogea tout le monde séparément, comme il en était de coutume. À commencer par Ignacy, car Zofia indiqua avec insistance que son époux, en tant que professeur de l'université Jagellon et grand esprit, était une personne très occupée, rendant des services inestimables à la science tant à Cracovie que dans tout l'empire, et même en Europe, c'est pourquoi la police allait-elle devoir s'adapter à son emploi du temps. Ce qui par ailleurs ne s'avéra pas spécialement difficile, car lorsque le cadet demanda à Ignacy quelle heure lui conviendrait le plus, celui-ci répondit sans hésiter : « Mais comme il sied le mieux à ces messieurs, vraiment ! La tortue n'est pas un lièvre, j'aurai bien le temps de la préparer », ce qui anéantit totalement les efforts de sa femme pour le présenter sous son meilleur jour. Il fut enfin fixé que le professeur ferait sa déposition le premier, puis viendrait le tour de la maîtresse de maison, et enfin des domestiques, autrement dit, dans l'ordre d'importance. Bien que, pensa Zofia, si elle avait organisé les interrogatoires, elle aurait bien évidemment commencé avec Franciszka qui connaissait le mieux la victime.

À présent, attendant son tour, elle s'efforçait de tout remettre en ordre dans ses pensées, elle prit même un petit calepin où elle mit les faits par écrit. Karolina Schulz avait dix-sept ans, elle commença à travailler rue Saint-Jean en mai… non, en juin de l'année passée, puisque c'était juste après la mort du cardinal Dunajewski. Comme toutes les autres domestiques, elle venait de l'agence de placement du personnel de maison mandaté de Maria Mikulska rue des Pigeons. Mais d'où venait-elle au sens plus large ? Pas de Cracovie, en tout cas. Où donc était sa mère ?… Ah, à Podgórze, bien évidemment, elle est de Podgórze, de l'autre côté de la Vistule, autrement dit – Zofia Turbotyńska sentit alors un pincement au cœur – du côté de la rive où on la retrouva sans vie, au pied des murs en brique de la villa des Rożnowski. *Confession : catholique. Caractère : irréprochable, modeste, travailleuse* – notait-elle dans son cahier, sans véritable raison, si ce n'est pour occuper son esprit et ses mains. *Physique : agréable. Signes particuliers : néant.* D'ailleurs à quoi bon des signes particuliers, ils n'ont pas besoin de l'identifier, voyons, mais seulement de trouver le meurtrier.

Les portes menant du salon à la salle à manger s'entrouvrirent et le greffier apparut. Il s'inclina et dit :

— Monsieur le commissaire vous demande, Madame.

Elle se leva de son fauteuil, remit en place les plis de sa robe et avança ; Ignacy avait déjà quitté le salon par l'autre porte. Ne perdant donc pas son temps en simagrées pour saluer son époux, elle s'approcha d'un pas rapide du commissaire qui, ayant pris une mine convenant à des condoléances, dit :

— Madame Turbotyńska, veuillez accepter mes plus sincères condoléances pour la mort si tragique de votre employée. Je suis persuadé qu'elle n'aurait pu trouver mieux que la maison d'une patronne aussi réputée pour sa bienfaisance.

Zofia Turbotyńska adopta à son tour un air approprié à l'acceptation de condoléances, remercia puis s'assit à la place qui lui avait été indiquée. Le greffier se plaça de l'autre côté de la table et suspendit sa plume au-dessus du papier à en-tête.

— Monsieur le professeur est un homme de science, commença prudemment Lunicorne, c'est pourquoi les affaires de la maison…

— Bien évidemment, mon mari ne se soucie pas de détails tels que les domestiques, le ménage ou les courses. La traque de l'auteur d'un crime aussi abominable est bien sûr de la plus haute importance pour nous deux, toutefois, à vrai dire, je n'ai pas la moindre idée de la façon dont il pourrait vous être utile, de ce qu'il a pu vous dire…

— Nous avons beaucoup parlé de la villa des Rożnowski. Monsieur le professeur considère que c'est un exemple scandaleux de la façon dont on ravage les anciens faubourgs de Cracovie…

— … et son volume, vulgairement moderne, constitue un malencontreux contrepoids aux murs antiques du Wawel, l'interrompit-elle comme si elle récitait une leçon apprise par cœur. Oui, oui. Et il vous a sûrement dit que de ce côté-ci de la Vistule cela n'aurait guère été possible, mais à Dębniki reste encore en vigueur…

— … une loi sur la construction datant de nos arrière-grands-pères, de 1786. Oui, évidemment, monsieur le professeur a eu la gentillesse de le rappeler. Il a également plaisanté sur le fait que les Rożnowski étaient des cousins de fabricants de savon…

— … et qu'ils n'auraient pas dû construire leur villa aussi près de l'eau, bien sûr. Alors tout est clair.

Contrairement à Klossowitz qui avait mené l'enquête à la Maison Helcel, Lunicorne était doté de bonnes manières et apprécié de tous. Danseur passionné en son temps, il en avait conservé une silhouette élégante bien qu'agrémentée d'un petit ventre qui, aux yeux des dames, ne lui rajoutait que le charme d'un homme dans la fleur de l'âge. Il avait célébré ses cinquante ans peu auparavant et, à cette occasion, il avait reçu une lettre de Vienne ainsi qu'une médaille d'honneur en argent ornée de la couronne qu'il épinglait avec prédilection – il n'était en effet pas dépourvu de vanité – sur sa poitrine lors de grandes occasions telles que les kermesses, processions ou bals dans les salles de l'Association de tir.

Zofia Turbotyńska l'observait à présent avec attention : sans insigne, sans le manteau d'apparat de la Confrérie de tir ni costume, il était un simple fonctionnaire remplissant consciencieusement ses devoirs. Il lui demanda ce qu'il fallait : si Karolina était une employée honnête, si elle avait des ennemis, si elle se comportait bien, si elle n'avait pas de tendances mélancoliques ou suicidaires et ainsi de suite. Et Zofia répondait calmement en tâchant de parler de tout ce qui pourrait être important pour l'enquête.

— Êtes-vous sûre qu'elle se conduisait bien ?

— J'ai déjà répondu à cette question, répliqua-t-elle, piquée. Vous pourrez facilement retrouver ma réponse dans le procès-verbal.

Le greffier leva son museau de ses papiers, jeta un œil hagard sur la page précédente et confirma ses dires d'un hochement de tête, mais personne n'y prêta la moindre attention.

— Bien entendu, mais vous comprenez bien, madame, que les circonstances dans lesquelles nous avons retrouvé le corps… les circonstances du crime même ou encore du suicide, car…

— Quelles sont ces circonstances, si je puis me permettre ?

Lunicorne recula sur sa chaise – l'une des chaises ramenées du manoir familial d'Ignacy après la succession –, il retroussa sa moustache tout juste grisonnante et se racla la gorge.

— Eh bien… au beau milieu de la nuit, une jeune fille déambule seule dans la ville… près de la caserne. Dans un quartier où l'on peut rencontrer bien des oiseaux à la conduite suspecte, des personnes, pour épargner vos oreilles, qui pratiquent le plus vieux métier du monde…

— Voyons, commissaire !

— Mon intention n'était pas de vous offenser, dit-il en levant les mains, mais vous savez assurément que la police voit parfois des choses dont nous tous, en bons chrétiens, préférerions détourner le regard. Mais que faire, le Christ s'entretenait bien avec des femmes de mauvaise vie…

— Karolina, une femme de mauvaise vie ? Certes, elle était belle, je le reconnais, mais cela s'arrête là. Elle avait bien un fiancé, peut-être que Franciszka se souviendra de son prénom, un pêcheur ou un batelier, qui l'emmenait parfois sur sa barque, mais tout ce dont j'ai eu vent est bien innocent. Vous ne suggérez tout de même pas que l'on aurait engagé, dans l'honnête maison d'un professeur, une personne dont on aurait le moindre doute quant à son comportement, commissaire ?

— Non, bien sûr que non, se justifia Lunicorne. Il faut toutefois prêter attention au fait que la dépouille a été découverte par trois soldats… trois uhlans… qui rentraient justement de… d'un établissement.

— Un établissement ?

— Une maison.

— Une maison ?

— D'une maison close, lâcha-t-il enfin, visiblement gêné.

— Je vous l'accorde, mais l'endroit où se rendent les uhlans la nuit est l'affaire de leur supérieur et n'a rien à voir avec l'endroit où se rend ma servante. Mon ex-servante, car comme je l'ai mentionné, elle a remis sa démission en mon absence, samedi, pendant la messe de Résurrection, et elle est partie dans une direction inconnue. Tant qu'elle était encore sous ce toit, elle avait un seul fiancé, un pêcheur ou un batelier, et elle se comportait comme il se doit pour une modeste jeune fille.

— Je ne voudrais offenser la mémoire de votre *ex*-employée, dit au bout de quelques instants Lunicorne, veuillez donc considérer cela comme un jugement général, mais plus d'une fille qui en apparence est un modèle de pureté se livre en son temps libre à la débauche. Parfois, il s'agit vraisemblablement de penchants innés, après tout la victime était la fille (il jeta un œil dans ses papiers)... de Marianna Schulz, lavandière et blanchisseuse... Parfois l'influence des personnes du même âge ou des collègues...

— Franciszka pourrait faire office de modèle pour toute servante.

— Je ne suggérais rien d'autre. Parfois enfin, ce sont de malheureux concours de circonstances qui poussent les filles d'Ève dans les bras du péché.

— Il est difficile de parler de malheureux concours de circonstances dans la mesure où quelqu'un l'a tout simplement poignardée avec un couteau... c'est l'œuvre d'une personne, et non pas de circonstances.

— Avec un objet tranchant, la corrigea Lunicorne. Oui, il s'agit là d'une des possibles causes de la mort, mais elle n'est pas définitive. Je suis sorti du bureau assez tôt, avant que l'on ne me fasse parvenir le rapport d'autopsie. Espérons que l'enquête démontrera l'entière innocence de Mlle Schulz. Veuillez me pardonner si je vous ai offensée de quelque façon que ce soit, madame, telle n'était pas mon intention. Nous tenons tous à la vérité, bien sûr, mais la vérité est parfois douloureuse et exige que l'on pose des questions tout aussi douloureuses. Et ce fiancé ? S'est-il présenté dernièrement ?

— Si quelqu'un devait le savoir, ce serait plutôt Franciszka, répondit Zofia Turbotyńska en accueillant les excuses du commissaire d'un léger sourire. Je ne m'occupe pas des affaires de cœur des demoiselles de la maison, mentit-elle comme un arracheur de dents (elle ne savait en effet pas grand-chose de ce Wacek ou Felek, ce pêcheur ou batelier, cependant ce n'était pas par manque d'intérêt, mais parce que la servante était plutôt discrète).

Concernant les derniers jours de vie de Karolina, ce n'est pas vraiment son fiancé qui m'intrigue…

— Mais peut-être est-ce à tort ! Car c'est l'un de nos suspects. Il y a aussi bien sûr les uhlans, qui ont certes découvert la dépouille et informé la police…

— … mais ils purent tout aussi bien perpétrer le crime eux-mêmes puis en informer la police pour sortir du cercle des suspects.

— Je vois que vous vous sentez dans l'enquête comme un poisson dans l'eau, madame, dit-il en souriant. Ah, des bruits circulent, des bruits circulent. C'est une petite ville et parmi les juges d'instruction vous avez une certaine renommée. Bien sûr, dit-il pour la rassurer, cela restera entre nous. J'espère qu'en joignant nos forces nous résoudrons cette énigme.

Zofia Turbotyńska, flattée, lui rendit son sourire.

— Avez-vous encore des questions, monsieur le commissaire ? Ou puis-je faire venir Franciszka ?

— Oh, je ne vais pas vous déranger, madame. Erychleb !

Le greffier se leva docilement de sa chaise, fit claquer ses talons, s'inclina et se dirigea vers la porte.

— Monsieur le commissaire vous demande.

Franciszka entra dans le salon, non pas, comme on aurait pu l'imaginer, les yeux modestement baissés, mais fière et droite. Zofia Turbotyńska se dit immédiatement que l'on avait écouté aux portes et que l'on n'était pas content de l'insinuation sur la mauvaise influence des personnes du même âge.

— Bonjour. Madame, messieurs les policiers sont partis, et j'ai rangé la pièce.

— Merci. Nous parlerons du dîner quand le commissaire aura terminé son travail.

En refermant la porte derrière elle, Zofia entendit que l'on bougeait une chaise. Elle fut tentée d'écouter à la porte, mais elle était sûre que Franciszka l'avait fait il y a un instant, et l'imiter lui semblait humiliant.

« Une fois je revenais de très loin et rentrais chez moi vers trois heures du matin ; la nuit était noire et nous étions en hiver ; on ne voyait rien dans le quartier de la ville où je me trouvais, rien que des réverbères », racontait M. Enfield à l'avocat Utterson dans la nouvelle que Zofia lisait à présent dans le journal de la veille qu'elle avait trouvé sur le guéridon pour tenter de concentrer son attention sur autre chose et dissiper ses mauvaises pensées ; les habitants dormaient probablement, toutes les rues étaient éclairées comme pour une procession, et toutes étaient aussi vides qu'une église… Le bord non éclairé de la Vistule et les murs en brique de la villa des Rożnowski lui revinrent alors en tête. « … cet état de choses finit par m'agacer. Je commençai d'écouter, prêtant l'oreille au moindre bruit, et j'en arrivai à désirer la présence d'un policeman. Tout à coup j'aperçus un individu de petite taille qui marchait à grands pas, se dirigeant vers l'est, et en même temps une petite fille qui descendait, en courant de toutes ses forces, une rue transversale. En tournant le coin tous les deux, il leur arriva ce qui devait naturellement arriver, ils se jetèrent l'un sur l'autre ; là, mon cher ami, commence la partie horrible de l'histoire. L'homme renversa la petite fille et, au lieu de s'arrêter, lui passa froidement sur le corps, la laissant se débattre et crier sur le sol. » *Eh bien bravo*, se dit-elle, *j'étais censée lire une nouvelle agréable, l'histoire de la rencontre d'un couple dans la province anglaise, et il n'y a que le crime, le crime, le crime partout!* « À l'entendre, cela n'a l'air de rien; à le voir, c'était diabolique... » Zofia Turbotyńska repoussa les pages du Temps avec agacement. Ignacy avait raison : elle préférerait lire des histoires sur les premiers chrétiens et les patriciens romains du temps de Néron que sur les crimes londoniens. Comme s'il n'y avait pas assez d'histoires effrayantes sur Jack l'Éventreur, un véritable assassin, encore fallait-il inventer d'autres scélérats! Mais elle poursuivit la lecture, apprenant avec satisfaction que « l'enfant avait eu plus de peur que de mal, assura le médecin. » La curiosité de l'avocat Utterson, qui voulait savoir où habitait l'abominable Mr Hyde, lui plaisait, en revanche elle s'irritait de la réponse d'Enfield qui n'avait pas pisté Hyde : « J'ai toute une théorie à ce propos. Questionner a trop de rapports avec le jugement dernier. Vous posez la première question; c'est comme si vous étiez paisiblement assis sur le haut d'une colline, vous amusant à faire rouler une pierre; cette pierre roule, en entraînant d'autres avec elle; tout à coup elles arrivent en avalanche renversant sur leur chemin quelque bon bourgeois prenant tranquillement le frais dans son jardin (un bourgeois que vous eussiez cru à l'abri de toute catastrophe), et voilà une famille en deuil. » À dire vrai, le jour du Jugement, quand tous devraient reconnaître leurs petits péchés et leurs honteux secrets, était, aux yeux de Zofia Turbotyńska, un prélude incertain au moment le plus heureux de toute l'éternité, si tant est que – et elle en avait l'espoir – ce fût une confession universelle, et son âme immatérielle, en s'élevant dans les cieux, apprendrait enfin tout ce qu'il y avait à savoir sur les secrets terrestres des autres âmes immatérielles de toute la bourgeoisie cracovienne.

La porte claqua dans l'entrée et des bruits de pas se firent entendre depuis la cuisine : c'était Franciszka qui courait recueillir le haut-de-forme et le pardessus du professeur.

« "Voilà encore une leçon pour moi. Je suis honteux d'avoir une telle langue. Promettez-moi de ne jamais revenir sur le sujet avec moi.

— De tout mon cœur, dit l'avocat. Voilà ma main, Richard." »

« (Suite au prochain épisode) », assurait la mention située en bas de la colonne. Elle replia le journal et le jeta sur la console d'un geste léger, puis se pencha quelque peu sur le dossier du canapé et saisit le ruban de la sonnette.

— Franciszka, puisque monsieur est rentré, vous pouvez mettre la table.

— Monsieur le commissaire est très aimable, murmura Ignacy en se servant des restes de viande froide des mets de Pâques, mais je crains de ne pas avoir été d'une grande aide.

— Il est aimable, oui.

— Mais ?

— Mais j'ai eu un pincement au cœur lorsqu'il a insinué que Karolina… que la cause de la mort de Karolina était un comportement amoral, ou tout du moins un… incident. Tu la connaissais personnellement et nous savons tous les deux que c'est une fille honnête.

Ignacy leva les yeux tout en essayant d'ôter d'entre ses dents une fibre de jambon avec sa langue.

— Que dire, peut-être y a-t-il là-dedans un grain de vérité. Les coups de cœur peuvent monter à la tête, et ce, même chez les jeunes filles les plus modestes ! Cela est dû à l'opposition physique entre l'homme et la femme, qui constitue le fondement de l'opposition psychique qui en découle. Ce rapport (il se pencha en arrière sur sa chaise) peut être comparé à, disons, le rapport existant entre l'électricité et le magnétisme qui se complètent également sous un angle droit de quatre-vingt-dix degrés, créant ainsi une nouvelle force, intensifiée…

— Bien sûr, les femmes se différencient indéniablement des hommes…

— Permets-moi de finir, Zofia. (Il leva le doigt.) L'âme de l'homme et l'âme de la femme constituent deux exacts contraires qui, pour cette raison justement, appartiennent forcément l'un à l'autre telles deux moitiés polaires qui se complètent mutuellement, en ne créant de nouvelles forces que dans les conditions adéquates. D'où également cette différence dans les manifestations de l'amour, puisque la femme ne ressent pas seulement par ses hémisphères, mais par chacun de ses nerfs ! C'est la position scientifique la plus récente sur le sujet, appuyée par exemple sur les recherches du docteur Czarnowski de Berlin.

Ignacy avait ses thèmes de prédilection et, ce que Zofia Turbotyńska ne savait que trop bien, il prenait plaisir à donner des cours également hors des murs de l'université.

— Toutefois, nous n'avons affaire ni à une fille dans la fleur de l'âge, ni à une femme mûre. La simple odeur des vêtements d'une vierge pure a une pureté et une délicatesse exceptionnelle, qui est quasiment inodore. Lorsqu'elle tombe amoureuse, ce parfum change comme une fleur au moment où s'ouvre son bourgeon. Lorsque cette odeur, s'enflammait-il, est humée par un homme et entre dans son sang, elle agit inéluctablement sur lui comme un facteur, disons, de plaisir. Le parfum de l'homme, en revanche, engendre chez la jeune fille une émotion mitigée, d'un côté comparable à l'action de l'odeur d'un animal prédateur sur sa proie, comme un facteur de crainte, et d'un autre côté, le parfum de l'homme dont la jeune fille est amoureuse – dans ce cas, il peut s'agir de ce batelier…

— … ou pêcheur, je ne m'en souviens plus.

— … ou pêcheur – devient un facteur de jouissance. À mesure qu'ils se fréquentent, la crainte virginale s'estompe pour ne laisser place qu'au pur acte de plaisir. (Il repoussa son assiette où restait une tranche entamée de jambon avec du raifort.) Ce choc psychique, nous dit la science, agit sur le système nerveux en décomposant la protéine, et donc en déliant la connexion de l'émotion au parfum. Chez la fille, deux sources de production prévalent : l'odeur (il fixa la table du regard)… sexuelle créant une émotion innocente, et le courant cérébral qui agit sur l'homme comme un excitant, tel un vin de Champagne. C'est alors qu'il se jette sur la jeune fille tel un faucon sur un pigeon ! (Il fit un geste brusque de la main et manqua de renverser la jardinière de branches de saule en bourgeons.) Chez la jeune fille, sous l'effet de la précipitation et de l'intensité de l'inhalation de l'odeur masculine ainsi que sous le choc psychique plus immédiat, survient une impulsion drastique. Le facteur de crainte se manifeste de façon si violente que des symptômes de paralysie prennent le dessus et la fille peut devenir la proie inerte de l'homme.

— Inerte ? le coupa-t-elle.

— Inerte. C'est ainsi que l'on explique justement pourquoi même les filles les plus timides et les mieux éduquées, que l'on ne soupçonnerait en aucun cas, sont victimes de ces imposteurs. En inhalant de façon excessive le parfum masculin, la fille se trouve privée de sa propre volonté, telle une cataleptique, comme si on l'avait endormie par magnétisme, et elle s'abandonne à toutes sortes de choses. Elle permet qu'on l'embrasse tout en restant froide et tremblante, car elle est si profondément sous le charme de l'homme qu'elle en donnerait sa vie. Et si elle s'y oppose, alors sous la fureur ardente, l'odeur de ces imposteurs enflammés s'intensifie fortement et paralyse directement la fille comme sous l'effet du chloroforme !

— Je ne pense vraiment pas que Karolina se soit alors trouvée dans un état cataleptique. C'était une fille décidée qui avait les pieds sur terre et rien n'indique qu'un don Juan ait pu l'hypnotiser par l'odeur du cigare, du cognac ou que sais-je encore.

— Combien de choses nous semblent-elles impossibles, et dont pourtant la science nous démontre l'existence ? Shakespeare a bien pu écrire qu'il y a sur terre des choses dont les philosophes ne se doutent même pas, mais il n'y a rien dont les scientifiques ne se doutent !

Il sonna ensuite Franciszka pour lui demander de servir le café puis retomba sur sa chaise, visiblement satisfait de son cours magistral.

L'exposé pendant le déjeuner aurait été le dernier événement marquant de cette journée si ce n'étaient dix petites minutes dans la soirée où Zofia, assise devant sa toilette, ôta de son chignon haut placé son peigne à grenades, secoua la tête et, en détachant ses cheveux ondulés, les sentit couler telle une vague froide sur ses épaules vêtues d'une chemise de nuit. Franciszka se mit alors à les brosser délicatement. Comme autrefois, avant que Karolina n'en fût chargée.

Zofia Turbotyńska se demandait souvent pourquoi ces instants – et d'ailleurs, d'après ce qu'elle savait, pas seulement dans sa maison – étaient particulièrement propices aux confidences. Chez ces messieurs, semblait-il, il n'en était pas ainsi ; les coiffeurs et barbiers, elle l'avait remarqué plus d'une fois à travers les hautes vitrines des salons, travaillaient généralement dans le silence, les sourcils froncés, ce qui donnait l'impression qu'ils étaient fâchés. Cela n'avait rien à voir avec la tendresse et la délicatesse avec lesquelles on démêle de longs cheveux – peut-être le contact rapproché des mains d'une femme avec la tête d'une autre facilite-t-il en quelque manière le flux de pensées ? Qui sait si dans une année ou deux un scientifique de Paris, de Londres, Vienne ou, allons, de Cracovie ne découvrira pas des ondes qui passent entre une femme qui brosse et une qui est brossée, comme une musique inaudible à l'oreille humaine ? Nous vivons bien un siècle de progrès et une seule année ne s'est passée sans que la science n'annonce des révélations prodigieuses qui nous enjoignent à revoir notre rapport au monde qui nous entoure.

Et cette fois, de la bouche de Franciszka allait tomber la plus importante des révélations, pendant le brossage, justement.

— Madame… je me demande parfois…

— Oui, Franciszka ?

— … si on peut briser un serment. Même lorsqu'on a juré au nom de Dieu. Si c'était pour le bien de celui à qui on a fait une promesse ?

— Je pense qu'il faut alors parler à cette personne et la convaincre de…

— Mais et si on ne peut plus… parler avec elle ? l'interrompit Franciszka, frissonnante.

— Saurais-tu quelque chose, Franciszka ? (Zofia Turbotyńska se tourna vers la servante.) Tu sais qui a tué Karolina ?

— Non, ça, non… Mais…

— Mais ?

— Mais Karolina m'a dit une chose… Mais elle m'a interdit de le dire. « Pas un mot, à qui que ce soit. » Et j'ai juré sur Dieu, sur le tableau de saint Jean Kanty qui se trouve dans ma chambre. Mais maintenant…

— Maintenant, dit Zofia Turbotyńska avec la sensibilité d'un limier qui aurait reniflé une piste, les promesses sont annulées, car tu as juré à Karolina vivante, et maintenant Karolina est morte. La seule chose que tu puisses faire pour sa malheureuse mémoire, dit-elle en l'attrapant par la main, absolument pas par amitié mais avec la conviction qu'elle la convaincrait mieux ainsi, c'est de me rapporter tout ce qu'elle t'a dit. Donne, ajouta-t-elle en tendant sa deuxième main pour récupérer la brosse, assieds-toi et dis-moi.

Franciszka rendit sagement la brosse, s'assit sur la chaise installée près de la porte de la chambre et soupira lourdement.

— Mère de Dieu ! s'écria-t-elle avant de soupirer une nouvelle fois. Karolina avait un gus. Un homme, se corrigea-t-elle, car bien qu'elle parlât de plus en plus souvent comme à la ville, il lui arrivait encore, surtout dans les moments de nervosité, de lâcher quelques mots de son patois natal de la région de Bielsk.

— Oui, je sais, un pêcheur ou un batelier.

— Un sablonnier, Felek, mais il ne s'agit pas de lui. Elle en avait un nouveau. Avec ce Felek, elle disait, c'est pas sérieux, rien que des taquineries. Mais il y a quelques semaines…

— Il y a quelques semaines… ?

— Un drôle de coco, un sale type la suivait, elle m'avait même dit qu'elle en avait peur, parce que où qu'elle aille, elle le voyait se cacher derrière un tas de charbon ou autre. Et comme Karolina, vous la connaissiez, était une fille courageuse, un jour elle l'approche et lui demande : « Vous voulez que'que chose, à rôder derrière moi comme un chien ? » Alors il s'est conf…

— … confondu…

— … confondu très fort et il dit qu'il est désolé, mais qu'il la suit ainsi pour monsieur l'ingénieur et que monsieur l'ingénieur voudrait beaucoup la connaître. Pour l'épouser. Et lui vérifiait justement si c'était une fille honnête, parce que son visage avait charmé monsieur l'ingénieur, c'est comme ça qu'elle me l'a répété, son visage l'avait charmé, mais il voulait savoir si elle avait un petit cœur pur et c'est soi-disant pour ça que ce sale type la suivait.

— Et elle l'a rencontré ?

— Oui, oui, elle l'a rencontré, soupira Franciszka. Il lui a juste demandé que ce soit vite parce qu'il était pressé. Parce qu'il pouvait être appelé à tout moment, soi-disant, et il devrait partir. Il l'a emmenée à la Halle aux draps, chez Rehman, prendre un café et un gâteau, comme il faut.

— Il pouvait être appelé où ?

— Eh bien, en Amérique. Parce qu'en Amérique, il y a une mine et il doit être ingénieur ou alors directeur dans cette mine.

— Comment s'appelle-t-il ?

— Je ne m'en souviens pas, je sais juste que c'est un ingénieur.

— Et de quoi a-t-il l'air ?

Franciszka regarda autour d'elle, impuissante.

— Eh bien, comment le décrire ?... Il est jeune. Élégant. Un monsieur. Il a les doigts aussi fins que des cheneveuilles, enfin des allumettes. C'est ce que m'a dit Karolina, parce que moi j'l'ai à peine vu une seule fois, et de la fenêtre, quand il la raccompagnait, mais seulement à l'angle de la rue. Si je le voyais, je le reconnaîtrais peut-être, mais comme ça... eh bien... il avait des cheveux, il avait une moustache...

— C'est bon, c'est bon. Tu diras tout cela à la police.

— À la police ?

— Bien sûr. Tu ne vas pas ennuyer le juge Rozmarynowicz, tu iras dès la première heure voir le commissaire Lunicorne et tu lui raconteras tout. Y a-t-il autre chose ?

— Le jour où Karolina nous a quittés... commença-t-elle d'une voix qui se brisa.

Zofia pensa qu'elle allait éclater en sanglots et qu'elles pleureraient toutes les deux, mais non, elle se maîtrisa et continua à parler.

— Elle m'a seulement dit qu'elle était très heureuse, que l'ingénieur avait eu ce travail en Amérique et qu'ils y allaient, au plus vite, qu'ils se marieraient sur la route, sans déclarer les bans, peut-être à Hambourg, parce qu'il y avait un ami prêtre. C'est pourquoi elle a emporté seulement des souvenirs, des photos de sa maman, elle voulait prendre le saint tableau de Marie, mais je ne le lui ai pas donné parce que c'est le mien, de chez moi, et saint Jean Kanty aussi... Rien, elle n'a rien pris, ni robe, ni blouse, elle s'est juste habillée avec ses plus beaux habits et elle a dit que de tout façon il lui avait promis de tout acheter. Il la prenait sans dot ! Elle disait qu'il lui achèterait de plus belles robes, des chapeaux, des gants, parce qu'en Amérique, il paraît que tout est beau et coûte moins cher, et lui est riche. « Prends mes affaires, elle a dit, et donne aux pauvres ce que tu garderas pas, moi j'en ai plus besoin. » Elle était si joyeuse. Et maintenant… maintenant elle n'en a pas besoin pour de vrai… et il va falloir (sa voix se brisa à nouveau)… tout donner aux pauvres, comme elle l'avait annoncé !

C'est alors qu'elle éclata en sanglots pour de bon, et Zofia, embarrassée, avec elle.

CHAPITRE III

Dans lequel Ignacy s'apprête pour une expédition militaire à Alwernia et Regulice, un sexuologue parle de génitère et un arrosoir pèse sur un bras. Les Turbotyński prennent part à un triste événement après lequel ils éprouvent chacun une déception dans un domaine différent. Nous apprenons également qui il ne convient pas d'attendre allongé, et qui a emporté les cuillères en argent du comte Dzieduszycki.

Le professeur Turbotyński, en homme digne de ce nom, tâchait de ne pas montrer ses sentiments ; la réserve était l'une des vertus qu'il cultivait le plus scrupuleusement, ne se laissant que rarement porter par la gaieté mondaine, les émotions patriotiques ou – comme récemment – par l'inquiétude quant à l'état de santé de Sa Majesté, troublé par les lointains échos du tremblement de terre de Ljubljana. En revanche, il dissimulait très soigneusement les sentiments de tristesse, de deuil et de désarroi. Zofia savait toutefois que sous cette surface imperturbable tourbillonnaient des émotions sauvages qui trouvaient une voie de sortie aux moments les moins attendus.

De même que Zofia qui tentait d'occuper ses pensées en lisant la nouvelle du *Temps* ou en faisant du rangement dans les armoires – bien que le ménage de printemps eût été fait avant Pâques –, de même Ignacy se jeta avec ardeur dans le cyclisme. Il s'y intéressait à dire vrai depuis longtemps. Il avait appris, non sans difficultés, à rouler sur un bicycle – ou, comme on le disait maintenant, sur une bicyclette – il y avait quelques saisons de cela, et il était même membre de l'ancien club de cyclisme. Et quand celui-ci périclita en raison de l'apathie totale de la plus grande partie de ses membres (que dérangeaient, pour pratiquer le cyclisme, soit d'abondantes chutes, soit d'abondants repas), il rejoignit un nouveau club fondé par des membres qui avaient décidé d'affronter l'adversité et de cultiver leur amour du cycle dans la ville royale. À présent, il courait à travers tout l'appartement depuis une demi-heure, s'évertuant à réunir toute sa panoplie de sport, ce en quoi il faisait penser à ses ancêtres rassemblant bouclier, selle et glaive lors de préparatifs guerriers. Zofia Turbotyńska était convaincue que l'outrance avec laquelle il s'adonnait à tout cela était en réalité sa façon d'exprimer sa tristesse et sa colère impuissante face au décès de Karolina qu'il appréciait sincèrement.

— Où sont mes chaussettes ? Où sont mes chaussettes de sport ?! Franciszka ! appelait-il de temps en temps d'une voix sonore.

La pile de vêtements entassés sur le lit ne faisait que grandir : pantalon corsaire, casquette, veste légère. Ignacy ôta avec soin du tiroir un insigne en émail qu'il n'avait pas épinglé depuis la fin de l'automne, il essuya de sa manche les lettres entrelacées *CCC*, les armoiries de la ville et l'inscription *Club cracovien de cyclisme 1892* sur l'anneau externe, puis il pencha la tête et rugit une nouvelle fois sur la servante qui venait de rentrer de chez le commissaire Lunicorne. Elle accourait justement dans la pièce en portant dans sa main droite, telle la genouillère d'un chevalier médiéval, ses mi-bas en laine aux motifs colorés.

— Dimanche, dans deux jours à peine, le club organise une excursion à Alwernia et Regulice, et je suis loin d'être prêt ! Je suis nu comme un ver, pérorait-il sans tenir compte du fait qu'il était complètement vêtu, des souliers jusqu'à la cravate.

— Les voici… Et ça aussi…

Elle tendit le plateau à cartes de visite en plaqué flambant neuf de style Art nouveau qui avait remplacé l'ancien, fort usé sur les bords. Sur les feuilles et fleurs de nénuphar argentées flottant sur des vagues d'argent se trouvait une carte de visite portant l'inscription *Stanisław Teofil Kurkiewicz.*

— Kurkiewicz ? Pourquoi se présente-t-il si formellement ? Faites-le entrer dans le cabinet.

Zofia s'approcha de son époux, lui recoiffa légèrement les cheveux, remit en place sa cravate puis chuchota d'un ton complotiste :

— N'oublie pas : on ne promet aucune protection.

Zofia Turbotyńska considérait qu'il ne fallait pas exagérer avec l'altruisme, et que s'il fallait aider, alors il valait mieux aider quelqu'un qui pouvait, d'une manière ou d'une autre, rendre ce service par la suite ; et Kurkiewicz pouvait rendre bien peu.

— Tu disais toi-même qu'il se comportait de façon singulière. Laisse-le dire ce qu'il a à dire mais ne t'aventure pas d'emblée à lui promettre que tu arrangeras ses affaires et lui décrocheras la lune.

Kurkiewicz faisait partie des étudiants d'Ignacy, mais contrairement à Tadeusz Żeleński, il ne comptait pas parmi ses préférés ; on disait qu'il était affligé d'une manie inoffensive, à savoir qu'il passait son temps à étudier sans fin des thématiques honteuses qu'il appelait singulièrement « sexologie ». Il importunait tout le monde à la faculté de médecine, les étudiants comme les professeurs, avec ses idées linguistiques qui mettaient sens dessus dessous la terminologie médicale. Dès qu'un nouveau patient ou une nouvelle patiente étaient présentés aux étudiants futurs médecins, il ne prêtait guère attention aux affections éprouvées qui faisaient l'objet du cours donné, mais demandait toujours au patient s'il s'était « donné du plaisir » dans son enfance ou s'il se « donnait toujours du plaisir », même quand il s'agissait d'un stade avancé de la gale, du *delirium tremens* ou de la tuberculose. Il ne devait être apprécié de personne ; il passait la plupart de son temps non pas comme les autres étudiants en joignant l'étude à la noce, mais en restant chez lui à écrire une interminable œuvre, une « étude, un travail d'envergure pour des années entières », comme il aimait à le présenter, où il comptait mettre la totalité de ses considérations – comme il le disait – de « sexuologue ». Il devait encore avoir un problème avec l'un de ses professeurs et voulait demander l'intervention de Turbotyński ; Zofia le croisait de temps en temps quand il raccompagnait Ignacy en sortant de l'institut ou lorsqu'il mangeait à la soupe populaire au coin de la rue Wolska, et bien qu'il faille reconnaître qu'il était toujours extrêmement aimable et vêtu avec soin, elle ne pouvait ressentir de sympathie à son égard.

— L'arrosoir, siffla-t-elle à Franciszka.

— Pardon, Madame ?

— L'ar-ro-soir, chuchota-t-elle en articulant avec exagération pour que la servante puisse lire sur ses lèvres.

Et l'instant d'après, elle était postée devant la porte du cabinet près de laquelle trônait depuis une éternité un énorme pot de géranium sur un guéridon en acajou. Tout en feignant de l'arroser, elle positionna une oreille près du panneau de la porte et tenta de pêcher chacun des mots qui étaient prononcés de l'autre côté, de façon à pouvoir entrer à la moindre velléité de demande de service.

— ... je ne puis dire que cette information me laisse indifférent... ou impassible... (Elle entendait Ignacy parler.)... mais dites-moi si... elle a beaucoup souffert ?

— ... concernant la mort, il semblerait que celle-ci soit arrivée assez vite des causes d'une blessure tranchante infligée par un outil pointu, très probablement un couteau, employé le long de son axe et avec sa pointe... (Il baissa le ton et elle ne put saisir que des mots isolés.) ... témoigne... de l'eau dans les poumons... je pense... mot : elle a dû mourir presque sur le coup. On a jeté sa dépouille dans la Vistule.

Un silence s'installa, qui dura un instant. Puis on entendit de nouveau Ignacy.

— Et est-ce que... vous avez également vérifié, dans votre examen, les organes reproducteurs ?

— Oui. C'est la raison pour laquelle j'ai hésité lorsque vous m'avez demandé si elle avait souffert, professeur. La défunte a en effet souffert dans le sens où elle a été outragée avant sa mort.

— Parlons-nous d'une perte de virginité ?

— Si l'on considère ce cas de rapport génital, nous pouvons, grâce aux traces qui sont restées, donner une réponse et positive et négative. (Kurkiewicz s'enflammait visiblement car il se mit à parler plus fort.) Il est certain que non seulement la personne positionnée en dessous était, avant l'acte, nullipare, mais son hymen était aussi entièrement intact, pas même touché.

Zofia Turbotyńska jurait intérieurement contre Franciszka qui avait rempli l'arrosoir presque à ras bord ; elle devait donc passer l'arrosoir d'une main à l'autre, même si cela ne changeait rien à l'impression que son bras allait bientôt s'arracher sous son poids.

— Il est donc impossible qu'elle ait pu travailler dans la prostitution, comme l'avait demandé la police. Mais aussi…

Ignacy l'interrompit alors pour poser une question, mais elle ne l'entendit pas. Kurkiewicz lui répondit :

— … d'après les marques de friction qui ont été causées par la sécheresse de tout le génitère, mais aussi la pression du vagin lors des frottements… de longue durée, ce dont on peut déduire que la personne du dessus n'avait pas l'orgasme précoce. Nous avons plutôt affaire à quelqu'un de lent, au vu des dommages qui ont été infligés, sa pendouille a dû se mouvoir dans le génitère un long moment par des mouvements de piston…

— Monsieur, à la vérité, j'admire votre invention, mais… (Elle n'entendit pas la suite.)… certains… vocabulaire que… à l'heure actuelle…

— Monsieur le professeur, je mets par écrit mes recherches sur la vie génitale depuis longtemps, c'est un travail d'envergure, veuillez me croire… indispensable, mais aussi… situation…

Suivit alors une série de répliques d'assurance et d'excuses provenant des deux côtés, mais les mots et phrases se chevauchaient de telle façon qu'il était impossible d'y rien comprendre. Ce n'est que quelques instants après qu'elle entendit de nouveau les paroles de Kurkiewicz, soudainement audibles quoique pas tout à fait compréhensibles :

— Il n'a pas été fait usage d'un protecteur de fécondation puisque l'on a retrouvé dans le vagin, malgré l'action de l'eau, des restes de jet.

— Autrement dit de semence ?

— Oui, de semence. J'emploie également ce terme indigène.

La suite de la conversation concernait principalement des affaires inintéressantes : le futur docteur se répandait en plaintes contre ceux qui lui mettaient prétendument des bâtons dans les roues sans prêter attention au fait qu'il travaillait sur une œuvre considérable sur la sexologie qui pouvait atteindre la dimension, comme il le disait, de plusieurs tomes. Il n'attendait pas de faveur de son mari, Zofia finit donc par arroser le géranium et retourna au salon sur la pointe des pieds.

— Tu ne peux imaginer ce concours de circonstances exceptionnel ! dit Ignacy une demi-heure plus tard, quand Franciszka eut raccompagné leur hôte à la porte. Mercredi matin, alors que M. Kurkiewicz devait assister le docteur Schwarz à l'institut médico-légal, on a amené la dépouille d'une fille inconnue… (Il ôta un mouchoir de sa poche de poitrine et s'épongea le front.) Ils la posent sur la table et lui s'écrie : « Inconnue ?! Mais c'est une servante du professeur Turbotyński ! C'est Karolina ! » Il m'a souvent raccompagné à la maison, et je vais te dire une chose, il me disait presque chaque fois que c'était une fille extrêmement belle. Il était difficile de ne pas être d'accord, ajouta-t-il avec mélancolie.

— C'est donc lui qui a identifié le corps le premier ?

— Oui ! C'est grâce à lui que la police savait qu'elle devait se rendre chez nous, et ce n'est que de chez nous, de fil en aiguille, qu'ils sont tombés sur son nom, son adresse et sa famille.

— Incroyable. C'est toutefois bien triste, dit-elle en tressaillant, qu'il ait dû ouvrir au scalpel une personne pour laquelle il éprouvait de la sympathie. D'autant plus pour une autopsie, et non, disons, une opération qui lui sauverait la vie.

— Assurément, assurément, rétorqua Ignacy. Mais d'un autre côté, le travail de médecin…

— Oui ?

— ... te donne du courage. Tu ne vois pas une personne, mais un corps, similaire aux autres corps, généralement démuni d'anomalie particulière, à la composition immuable. C'est une sorte de consolation de savoir que lorsque tu ouvres une cage thoracique, tu trouveras généralement le foie à la place du foie, le pancréas à la place du pancréas… et ainsi de suite. (Il se perdit dans ses pensées.) Mais c'est très aimable à lui d'avoir pris la peine de tout me raconter.

— Tout ?

— Secret professionnel.

Il souleva un doigt en l'air d'un geste significatif qui coupait court à toute discussion. Ils devaient de toute façon se préparer pour les funérailles de Karolina.

Zofia Turbotyńska était déjà à un âge où elle avait entendu l'Ave Maria à bien des enterrements, elle avait déposé bien plus d'une gerbe et suivi plus d'un cercueil dans un cortège funèbre. Cela lui arrivait même assez souvent, mais que pouvait-on y faire si les Cracoviens, surtout les plus respectables, tombaient comme des mouches ? Si ce n'était un Lenartowicz, c'était un Matejko, ou un Hawełka, ou encore un cardinal, ils mouraient les uns après les autres. Ignacy avait un avis sur la question, bien entendu, et il suffisait de le provoquer quelque peu pour qu'il convoque tout un arsenal d'arguments pour soutenir sa thèse et qu'il lance des preuves irréfutables que cet état de fait était causé par l'eau empoisonnée de Cracovie, et tant que des canalisations ne seraient pas installées, rien ne changerait à ce sujet. Zofia Turbotyńska, au fond de son âme, ne croyait pas totalement aux théories de son époux et doutait sincèrement du fait qu'en ce qui concerne la mort on puisse un jour accomplir un quelconque changement radical. On mourait tout autant à Vienne où l'empereur avait fait construire de magnifiques aqueducs qui transportaient l'eau de Kaiserbrunnen. Zofia se souvenait comme un quart de siècle auparavant, Sa Majesté avait enfoncé elle-même de son pied impérial une pelle dans la terre, initiant ainsi la construction de l'ouvrage ! On mourait également à Varsovie où les Anglais Lindley avaient construit des stations de filtrage, donc une canalisation moderne à Cracovie n'empêcherait pas la Grande Faucheuse. *Car c'est l'ordre naturel des choses,* se dit-elle, *les hommes meurent en faisant, dans cette vallée de larmes, de la place pour les plus jeunes.*

En regardant les poignées de terre tomber sur le simple cercueil de la jeune Karolina Schulz, dix-sept ans, Zofia Turbotyńska ne put cependant retenir ses larmes. Les droits de la nature sont ce qu'ils sont, mais il n'y avait rien de naturel, dans cette mort. Karolina, une fille quelque peu étourdie, mais de si bon cœur, *sa* Karolina, était tombée dans les mains d'un assassin qui l'avait d'abord déshonorée sans vergogne avant d'interrompre sa jeune vie qui ne faisait que commencer. Zofia avait été bien évidemment consciente du fait que le jour viendrait où Karolina déciderait de les quitter, que ce soit pour s'occuper de sa mère ou pour se marier et fonder une famille, mais pas de cette façon, grand Dieu. Pas de cette façon.

— Regarde, ma chère Zofia, ils étendent le cimetière, dit Ignacy en montrant d'un mouvement du menton des ouvriers qui nivelaient le terrain au loin, tandis qu'ils passaient sous l'arc en pierre du cimetière. Mais Podgórze n'échappera certainement pas à la construction d'un nouveau cimetière.

Zofia ne réagit pas. Elle avait un « Pas maintenant ! » sur le bout de la langue, mais elle préféra feindre de ne pas avoir entendu les mots de son mari. Elle savait qu'au fond il ne cherchait qu'à masquer sa profonde tristesse en parlant.

Devant le cimetière, il s'avéra que le fiacre avec lequel ils étaient venus à l'enterrement était reparti alors qu'il avait reçu la consigne de les attendre. Un autre fiacre se trouvait là, mais Zofia Turbotyńska critiqua à haute voix le piètre état de santé de « la misérable rosse » attelée à la calèche avant de déclarer haut et fort qu'elle ne comptait pas rentrer chez elle avec « un roulier de Podgórze » qui prendrait sûrement le double pour la simple raison qu'il allait devoir se rendre du *bon* côté de la Vistule, ce qui, ajouta-t-elle, ne lui ferait pas de mal. Après quasiment vingt ans de mariage, Ignacy savait que, lorsque Zofia était dans cet état, il ne fallait pas protester et que se cacher derrière un point de côté n'y aurait rien fait, il offrit donc sagement son bras à sa femme.

Ils marchaient dans un silence que l'on pourrait appeler sans exagération un silence de mort. Le couple professoral à l'avant, et derrière eux, la tête baissée et le regard fiché dans le sol, suivait Franciszka. Un peu plus loin derrière, soutenue par deux commères telle Marie devant la Croix dans les tableaux médiévaux, la mère de Karolina marchait à moitié et se faisait porter à moitié ; l'instant d'avant, elle avait vu, le regard vide, les Turbotyński lui présenter leurs condoléances. Elle avait quelques années de moins que Zofia, mais elle était tant abîmée par le labeur et le désespoir qu'on ne pouvait que difficilement déceler des restes de la beauté passée qu'elle avait transmise à son unique fille. Tandis qu'elle récitait des formules toutes prêtes de condoléances, Zofia pensait aux mots parfois usés jusqu'à la corde par les auteurs, pour lesquels « c'était la fin du monde ». Il était visible que le monde de Marianna Schulz s'était effectivement éteint avec la mort de Karolina, tel un réverbère à gaz. Et Zofia, au fond de son cœur, voulait de plus en plus lui trouver un lanternier.

Podgórze lui faisait vive impression. Les immeubles, miteux et petits dans leur écrasante majorité, lui rappelaient la ville de Bochnia où elle avait dû se rendre un an et demi auparavant, pour la première et la dernière fois – du moins l'espérait-elle. Elle regardait les immeubles défiler en se demandant dans lequel de ces pitoyables édifices se trouvait la maison close où des femmes dénuées de tout sens moral recevaient de jeunes hommes enivrés… Comment Ignacy appelait-il cela ?! Ah oui, « le facteur de plaisir ». Elle avait l'impression que dans une ville telle que *celle-ci*, ce type de cabinet pourrait fleurir dans chaque maison.

Sur la grand-route de Lwów, ils dépassèrent sur leur gauche la colline de Lasota sur laquelle, tel un sombre château entouré de créneaux, s'élevait le fort d'artillerie de l'armée impériale et royale. Le silence était rompu par les cris des soldats qui leur parvenaient de l'autre côté des mâchicoulis du bastion. Zofia se rappela les uhlans qui avaient retrouvé Karolina, des garçons corrompus et débauchés, et elle ressentit de la colère. De la colère contre eux, contre ce qui s'était passé, contre cet endroit et enfin contre elle-même pour ne pas avoir su protéger cette malheureuse fille.

Ils atteignirent enfin la place de Podgórze que l'on appelait pompeusement la Grand-Place bien que, *pardi*, se dit-elle, *comment peut-on comparer l'incomparable ?* Au lieu des grands arbres, c'étaient des tiges à peine sorties de terre, au lieu d'une basilique mariale digne des basiliques romaines, il y avait une petite église telle une grange dotée d'un clocher, au lieu d'une place égale aux agoras les plus célèbres d'Europe, un simple terrain. *Vraiment, la* Grand-Place *? Si j'étais le maire de cette bourgade, j'aurais certainement bien plus de modestie !* se dit-elle, agacée puis immédiatement étonnée, comment avait-elle pu penser cela, c'était ridicule. Une femme maire ! À la bonne heure !

Ils passèrent par le pont François-Joseph de l'autre côté du fleuve où un tramway attendait Zofia et Franciszka, et un fiacre attendait Ignacy qui avait encore quelque chose à régler à l'hôpital Saint-Louis. Ignacy Turbotyński proposa bien entendu de prendre le fiacre tous ensemble, mais Zofia demeurait imperturbable.

— Prends-le tout seul, il nous sera plus *confortable* de prendre le tramway jusqu'à la Porte Saint-Florian.

— Mais Zofia chérie, ce n'est pas une grande dépense… dit-il en guise de protestation.

— Ignacy, déclara-t-elle fermement, à trois, nous devrions prendre un fiacre à deux chevaux, ce qui nous coûterait autant qu'à l'aller, autrement dit encore quatre-vingts centimes, et comme nous ferions un détour par l'hôpital, le fiacre demanderait sûrement toute une couronne… Non, ne m'interromps pas. D'ici, tu seras à l'hôpital en un quart d'heure, et ce, avec une calèche ordinaire, à un cheval seulement, et nous, avec Franciszka, nous paierons pour tout le trajet pas plus de huit centimes par personne. Tu vois bien que c'est une économie qui n'est pas *minime*.

Le professeur Turbotyński savait que les questions logistiques exaltaient sa femme et que pour bien planifier un voyage (selon elle, bien évidemment), économiser du temps, ses efforts et de l'argent, elle était prête à manipuler les faits, c'est pourquoi il capitula. Il les salua et prit place dans une calèche ; il regarda par la fenêtre ses deux modestes dames de cour se diriger vers l'arrêt de tramway.

Zofia Turbotyńska avait appris dans les journaux que des querelles duraient depuis un long moment avec les Belges qui, malgré l'insistance de la municipalité, ne se pressaient pas pour construire la nouvelle ligne de tramway, mais elle n'avait rien contre la nouveauté que constituaient encore à Cracovie les chemins de fer hippomobiles de la compagnie Tramways autrichiens – Cracovie et extensions. Bah ! Si Vienne était dotée de chemins de fer à vapeur, et Lwów, de tramways même électriques, Cracovie ne se laissait pas emporter par cette folie et ne copiait pas sans réfléchir les nouveaux exploits de la technique. Zofia avait gardé les pires souvenirs de son voyage en tramway électrique lors de l'Exposition nationale à Lwów qu'elle avait visitée avec son mari l'année précédente. Bien que les mauvaises langues pussent y voir les signes d'une jalousie ordinaire envers la capitale du royaume de Galicie et de Lodomérie qui était plus grande, plus nantie et surtout beaucoup plus importante que Cracovie, Zofia justifiait son aversion pour les tramways électriques par des considérations purement pratiques.

— La municipalité de Lwów va devoir construire au plus vite un nouvel hôpital et un établissement pour malades mentaux, expliqua-t-elle comme si de rien n'était à tout un chacun disposé à l'écouter. Le premier, pour ceux qui ont été blessés par ce monstre qui file à une allure folle à travers les rues de la ville, et le second pour ceux qui empruntent le tramway, car ils perdront à coup sûr la raison à cause de ses clochettes frénétiques !

À sa grande satisfaction, les tramways cracoviens se déplaçaient toujours à une allure qui ne différait pas vraiment de la vitesse qu'atteignait auparavant l'omnibus hippomobile, et qu'elle qualifiait elle-même de raisonnable.

Franciszka prit timidement place sur la banquette tapissée de velours rouge en première classe. La largesse de sa patronne, qui il y a quelques minutes à peine avait prononcé toute une homélie sur la vertu de l'économie, était surprenante bien que compréhensible : le wagon de deuxième classe partait certes le premier, mais dès la mise en vente des tickets sur le quai, des Israélites du quartier de Kazimierz se mirent à y monter, en criant les uns vers les autres dans leur propre langue, et en s'adressant au conducteur dans un polonais bancal. Une partie d'entre eux avaient un air tout à fait normal, mais *certains*, de l'opinion de Franciszka, auraient pu tout autant arriver d'une contrée lointaine et à demi mythique : d'Arabie, de Bucovine ou encore de la Kolyma.

Dans la première classe, en revanche, les habitantes de la maison Au Paon voyageaient en compagnie d'un vieux couple qui, de surcroît, prit place de l'autre côté du wagon. *Des Juifs*, se dit Zofia Turbotyńska dans une première impulsion. *Quoique*, se ressaisit-elle rapidement, *en réalité, c'est difficile à dire...*

Le wagon était confortable : il n'y avait que six places au lieu de dix, recouvertes de tissu, les fenêtres dénuées de vitres (la direction avait déjà dû prendre la décision de changer le matériel roulant d'hiver pour celui d'été) étaient voilées d'un petit rideau gris-blanc et – comme le nota aussitôt Zofia Turbotyńska de son œil avisé – pas vraiment propre. La sonnette bourdonna et le cocher se mit en route, en hâtant la paire de chevaux bais attelés au tramway, tandis que Franciszka écartait le rideau ; il ne lui arrivait que rarement d'être à Kazimierz, elle observait à présent d'un regard triste le monde qui défilait sous ses yeux.

Zofia Turbotyńska poussa un profond soupir.

— J'ai peine à croire, Franciszka, que le vendredi saint Karolina nous aidait dans la cuisine à préparer une *babka* et qu'aujourd'hui, à peine une semaine plus tard, nous l'avons accompagnée vers le repos éternel. L'enterrement de notre Karolina a d'ailleurs été organisé très rapidement.

— Comment, rapidement, Madame ? s'étonna Franciszka. On ne doit pas laisser un mort outrepasser dimanche.

— Outrepasser dimanche ?

— Oui, s'il n'est pas enterré avant le dimanche qui suit, il entraînera quelqu'un avec lui et la mort s'installera dans la maison.

— Le grand peintre Matejko a été enterré un mardi et il est mort un mercredi, or, Mme Matejko se porte très bien, fit sciemment remarquer Zofia, bien que les termes « se porte très bien » ne soient pas vraiment appropriés à une mégère souffrant de démence.

Elle se dit en même temps que, d'après cette superstition, la mort devrait s'installer non pas chez la mère de Karolina à Podgórze, mais dans l'immeuble Au Paon, rue Saint-Jean. Et si elle ne croyait pas en ces sagesses populaires, un frisson lui parcourut tout de même le corps.

— Moi, j'en sais rien, Madame, mais c'est c'que ma mère me disait. Ah, et c'est ce que dit aussi *Secours angélique et assistance en grande misère*, ajouta-t-elle pour faire un plus grand effet, même si elle savait qu'aux yeux de sa patronne cela n'était pas une référence significative.

En effet, Zofia Turbotyńska fit la sourde oreille et ne releva pas cette dernière remarque.

— Dis-moi, Franciszka, dit-elle en changeant de sujet, j'ai vu à l'enterrement le Felek de Karolina, ce pêcheur ou ba…

— Sablonnier.

— … ou encore sablonnier, acquiesça Zofia, mais je n'ai vu personne qui aurait pu être l'ingénieur.

— Moi non plus, j'l'ai pas vu, répondit Franciszka en secouant la tête, et je l'ai cherché, Madame, parce que, puisqu'ils s'étaient fiancés, il aurait dû y être, pas vrai ?

— C'est vrai, tu as raison, Franciszka, il aurait dû… Et dis-moi…

Elle s'interrompit parce qu'à l'arrêt de la rue Joseph une femme essoufflée aux formes abondantes qui était montée dans le wagon les observait à présent, se demandant visiblement à quelle place elle pourrait s'installer ;

quand elle croisa le regard de Zofia Turbotyńska, son dilemme fut résolu, elle se traîna jusqu'à l'autre bout du wagon et prit place près du vieux couple.

— Dis-moi, reprit-elle, que sais-tu encore sur cet homme, mis à part le fait qu'il l'emmenait manger des gâteaux chez Rehman ? Sais-tu combien de fois il l'a invitée ?

— Deux fois, je crois... (Elle réfléchit.) Eh bien... je sais qu'ils sont allés ensemble au cirque Sidoli ! s'anima-t-elle. Je me rappelle, parce que je voulais y aller moi aussi (l'amour de Franciszka pour les performances circassiennes semblait ne pas s'estomper) pour voir leur nouveau spectacle, mais Karolina a insisté en disant que je n'avais pas le droit parce qu'*elle*, elle y allait avec son ingénieur. « Allons-y ensemble, lui ai-je dit, ce sera gai, tu me présenteras ton fiancé et en même temps je pourrai prendre soin de la décence pour que rien d'immoral ne lui passe par la tête. » Et elle m'a répondu que c'était inutile et qu'elle voulait être seule avec lui. Ça m'a fait un peu de peine, donc je lui ai dit par méchanceté ce que ma bonne-maman m'a dit quand je me suis installée à Cracovie : « Elle pourra enfourcher cent chevaux, elle n'en rattrapera pas pour autant son hymen. » Et elle : « Ne t'en fais pas, Franoula », parce qu'elle m'appelait parfois « Franoula », « monsieur l'ingénieur, c'est quelqu'un de bien, il a tout de même été se renseigner pour savoir si j'étais une honnête fille, comment il pourrait donc offenser ma vertu ? C'est pas comme ce Felek qui n'avait que tripoteries en tête », sans vouloir vous offenser, Madame... ajouta la cuisinière qui eut soudain peur d'en avoir trop dit.

— Ne t'en fais pas, Franciszka, dit Zofia en la calmant d'un geste de la main.

— Je sais bien, moi, poursuivit la fille, ce que ça veut, un garçon comme ça, aussi respectable qu'il soit. La même chose que Felek, parce que tous les garçons ont que ça en tête. Mais elle était jeune. Jeune et bête, souffla Franciszka du haut de ses vingt-six ans.

Dans la rue de Stradom se terminait la première section de la ligne. Le tramway s'y arrêta plus longuement pour désatteler un des deux chevaux. Zofia Turbotyńska essayait d'en apprendre davantage sur la jeune fille pour pouvoir trouver une piste qui la mènerait au mystérieux – à ses yeux – ingénieur; d'ailleurs, sait-on seulement s'il était vraiment ingénieur? Mais si Franciszka avait beaucoup à dire au sujet des robes que son fiancé avait achetées à Karolina, et par quels mots doux il l'appelait (« "*Ma petite perle*", il l'appelait, Madame ! »), malgré la plus sincère volonté et les plus grands efforts, il n'y avait plus rien à tirer de ses récits qui pourrait aider à dévoiler son identité. Elle ne connaissait ni son nom, ni même son prénom, ni son adresse à Cracovie, sans parler de détails comme la compagnie minière outre-Atlantique pour laquelle il travaillait. Karolina avait beau être jeune et bête, elle savait visiblement garder les secrets de son bien-aimé. Et à présent, semblerait-il, elle les avait emportés avec elle dans la tombe – cette tombe que les fossoyeurs avaient enterrée il y avait à peine quelques minutes dans le cimetière de Podgórze.

— Ma fille, mais pourquoi ne m'en as-tu pas parlé plus tôt?! s'écria Zofia Turbotyńska sur un ton irrité par sa propre impuissance, ce qui lui attira un regard de reproche de la part des autres passagers du wagon de première classe.

Elle connaissait toutefois la réponse à cette question.

— Parce que j'aurais fait un parjure, Madame. (Franciszka baissa les yeux.) Je vous l'ai bien dit. Et si j'avais brisé sa promesse ? Saint Jean Kanty m'aurait ôté mes grâces fissa…

— Je doute, à vrai dire, que cela se passe comme cela. Parfois, on ne peut faire autrement que de commettre un petit péché pour en éviter un grand, Franciszka. Je suis sûre que saint Jean Kanty, en homme éduqué qui a dédié sa vie à découvrir la vérité, serait d'accord avec moi, déclara-t-elle d'un ton décidé, bien qu'au fond d'elle-même elle ne fût pas certaine que ce qu'elle venait de dire s'inscrivait dans les dogmes de l'Église catholique. Quoi qu'il en soit, que ce soit la dernière fois. À partir de maintenant, sous mon toit… je veux dire sous le toit du professeur Turbotyński, se corrigea-t-elle, personne n'aura plus *aucun* secret pour personne.

Le tramway arrivait à la Grand-Place, au bout de la rue Sienna, tout près de l'endroit où devait être érigé depuis des lustres le malheureux monument à la gloire de Mickiewicz. Le socle et les quatre sculptures à ses pieds étaient prêts depuis longtemps ; entourés d'une palissade en bois qui rappelait une cabane à outils – ou, comme d'aucuns disaient, un campement turc – ils attendaient le personnage principal, mais le comité des monuments avait tellement tourmenté M. Rygier et s'était tant disputé avec lui que le sculpteur avait emporté ses burins et s'était enfui à Rome. Il avait fini par envoyer à Cracovie la statue du barde, mais avec un tronc si enflé et tant de feuilles de laurier hérissées autour de sa tête de génie qu'il avait l'air d'un chef indien enceint d'une coiffe en plumes sur la tête. Les plaintes n'en finirent pas, si bien qu'on renvoya et Mickiewicz, et deux des statues du socle à Rome où le sculpteur avait promis de les retravailler. Et pendant ce temps, la cabane au milieu de la Grand-Place continuait à épouvanter les habitants.

Le cocher sonna pour informer de la fin de la deuxième section du trajet.

— Allez, Franciszka, il est temps pour nous de descendre, et vite, annonça Zofia Turbotyńska en s'arrachant de son siège.

Il fallait quelque peu jouer des coudes pour atteindre la sortie, car le tramway qui s'arrêtait toutes les deux minutes sur la rue Grodzka avait eu le temps de se remplir.

— Mais nous ne sommes pas encore arrivées à la Porte Saint-Florian, Madame… protesta timidement Franciszka avant d'obéir.

— Ma chère, déclara Zofia après avoir mis les pieds sur le pavé de la Grand-Place, en lissant sa robe de deuil et remettant en place sa voilette noire. Tu ne croyais tout de même pas que puisque, pour des raisons *indépendantes* de notre volonté, il nous a fallu voyager dans le luxe de la première classe, j'allais payer pour le trajet entier ? J'ai acheté des tickets pour deux sections en première classe plutôt que trois en seconde. Je comptais dépenser huit centimes par personne et c'est exactement ce que j'ai dépensé ! dit-elle avec joie.

Le docteur Iwaniec et son épouse venaient justement vers elle de la rue Saint-Florian. Zofia s'inclina d'abord vers lui, puis vers elle ; car Mme Iwaniec, qui était myope – pour ne pas dire à moitié aveugle –, s'inclinait chaque fois que son mari, qui la tenait sous le bras, lui donnait un petit coup de coude ; cela menait à des situations amusantes où il lui arrivait de la bousculer sans le faire exprès, par exemple en butant sur un pavé, et elle s'inclinait alors devant une colonne publicitaire ou un réverbère ; cette fois, fort heureusement, elle envoya ses salutations dans la direction qu'il fallait.

— Et maintenant, dit Zofia Turbotyńska qui n'aimait pas ce qu'elle qualifiait de traversées inutiles et qui tâchait toujours de planifier le trajet de toutes ses promenades le plus économiquement possible, passons encore par la Halle aux draps, pour acheter chez Beyer ou Niesiołowski des chaussettes de cyclisme pour le professeur, puis nous passerons chez Maurizio acheter des gâteaux pour le thé. Viens, Franciszka, dit-elle vivement.

Et Franciszka se mit en route, mais comme sa patronne ne bougeait pas, elle s'arrêta et fit deux pas en arrière.

C'était l'un de ces moments que chacun connaît : le plan que l'on a élaboré intérieurement depuis bien longtemps se présente soudain devant nos yeux et invalide toute menue entreprise qui doit être sacrifiée pour cette affaire plus importante. Zofia Turbotyńska cessa à ce moment-là de se convaincre du fait que l'enquête sur le meurtre de Karolina pouvait être menée uniquement par la police cracovienne – dans la personne par ailleurs très compétente du commissaire Lunicorne – et par le juge d'instruction Rozmarynowicz ; outre les questions de procédures pénibles, de l'autopsie et des investigations, il y avait encore, selon elle, l'intuition féminine dont ne disposaient ni Rozmarynowicz, ni Lunicorne, ni Kurkiewicz.

— Ou bien non, dit-elle en saisissant la petite montre épinglée à sa poitrine (qui n'était non pas dorée comme d'habitude, mais niellée, de couleur argentée et graphite, telle que l'imposaient les exigences de la mode funéraire), le professeur a de quoi vêtir ses jambes pour sa prochaine promenade en bicyclette, et il reste encore du temps avant la suivante. Tu iras chez Maurizio toute seule et tu choisiras quelques fruits confits, des caramels fondants… ou tout simplement un panier de sucreries. Avec modération, dit-elle en la menaçant d'un doigt levé. Et moi, je rentrerai bientôt. Si monsieur devait rentrer avant moi, dis-lui que je suis encore allée prier pour l'âme de Karolina, et s'il te demande dans quelle église, réponds-lui que tu ne sais pas.

Elle dépassa les deux tours élancées de la basilique Sainte-Marie, tourna à droite pour rapidement – car elle avançait d'un pas vif – arriver dans la rue Mikołajska, au commissariat de police de Cracovie.

En voyant l'affolement sur le visage de l'agent auquel elle avait demandé à s'entretenir avec le commissaire, elle eut l'impression que Lunicorne se préparait déjà à partir. Il était presque quinze heures et rentrer à la maison pour déjeuner et revenir ensuite au travail pour une heure de *dolce farniente* n'était pas, parmi les fonctionnaires cracoviens d'un certain rang, une pratique si rare, cela arrivait également à Ignacy. Il s'avérait cependant que le problème était ailleurs. La porte du cabinet de Lunicorne était grande ouverte, ou, pour être plus précise, il n'y en avait pas : deux menuisiers postés devant l'entrée essayaient en jurant à voix basse de fixer deux nouveaux – et sans nul doute lourds – battants en chêne dans le cadre de la porte.

Confus, le greffier n'avait aucune idée de l'attitude qu'il devait adopter. Il aurait été inconvenant de congédier Zofia Turbotyńska – elle était tout de même un témoin dans une affaire en cours – mais le manque de porte lui semblait, d'un côté, peu convenable en présence d'une dame, et de l'autre, cela privait de confidentialité son supérieur qui recevait justement quelqu'un dans son cabinet. Après un moment d'hésitation, il indiqua à la femme du professeur un banc dans le couloir – à une distance raisonnable du cabinet du commissaire – et il retourna à ses obligations.

Zofia Turbotyńska observa un instant les menuisiers qui luttaient avec les charnières. Ceux-ci, certainement embarrassés par le regard de l'élégante dame au chapeau, cessèrent de travailler, adossèrent avec précaution la porte contre le mur et disparurent derrière un coin du couloir. Zofia étudia les alentours et, comme si de rien n'était, se déplaça sur un banc qui se trouvait juste devant le bureau du commissaire, d'où on entendait tout. Elle était curieuse de savoir quelles autres affaires occupaient Lunicorne et comment il se comportait envers les personnes qui lui rendaient visite.

— ... veuillez comprendre, monsieur le commissaire, entendit-elle, que cette interdiction est tout simplement un arrêt de mort pour moi !

— Je vous en prie, monsieur, ne vous emportez pas, dit Lunicorne d'une voix calme et impassible.

— Comment puis-je ne pas m'emporter, monsieur le commissaire, quand toute ma vie, toute mon existence en dépend ?

Le propriétaire d'une voix assez haute et criarde passa d'un ton courroucé à un ton larmoyant tandis que Zofia Turbotyńska se décalait jusqu'au bord du banc.

— Je me trouve dans une situation désespérée !

— Je vous comprends, monsieur, mais que puis-je y faire ?

— Comment cela, vous me demandez, monsieur le commissaire, ce que vous pouvez faire ? Je vais vous le dire ! C'est bien la vénérable police impériale et royale qui m'a demandé de déloger mon établissement des alentours de la rue Józef-Dietl et Podbrzezie où j'œuvrais… pour la plus grande satisfaction de ma clientèle, la plus haute satisfaction… et ce, depuis cinq ans. Et ce n'est autre que la commission sanitaire et de police, déléguée dans ce but, qui a reconnu le site comme inconvenant. Vous-même, monsieur, étiez membre de la commission, c'est pourquoi je ne m'adresse à personne d'autre qu'à vous, justement, comme à une personne bienveillante !

— Ouiiii, oui, grommela Lunicorne, mais je ne pense pas que je puisse vous aider à présent, monsieur Brand.

— Qu'est-ce qui a donc changé, depuis ? demanda l'homme en ignorant la réponse du commissaire. Je vais vous le dire ! Tout est la faute du nouveau prêtre de la basilique Corpus Christi ! Nous n'avions aucun problème avec le curé précédent, oh non, mais le nouveau, à peine arrivé, a déjà commencé à envoyer des courriers contre moi à la vénérable direction de la police. Il écrit que mon établissement dérange les piétons qui empruntent la rue Józef-Dietl, où passe tout ce qu'il y a de vivant, y compris les enfants. Comment ça, je demande ? Ils passent par Podbrzezie ? Par cette ruelle étroite et retirée ? Ils n'y passaient pas avant, mais maintenant, soudain, ils y passent ? Les enfants ne les tracassaient pas, mais maintenant, soudain, ils les tracassent ? Que monsieur me l'explique, cher commissaire.

Elle entendit le grognement de Lunicorne qui comptait à coup sûr lui répondre, mais le solliciteur, enfiévré, ne lui en laissait pas la chance.

— Que ma maison serait trop proche des églises, parce que, mis à part Corpus Christi, il y a aussi les missionnaires rue Stradom, et Sainte-Catherine pas loin… Mais est-ce que ces églises n'existaient pas déjà, avant ? Veuillez pardonner mon audace, mais la vénérable commission qui m'a donné l'autorisation d'exercer il y a quelques années n'avait-elle pas remarqué les tours de Corpus Christi ? Et d'ailleurs, ce curé connaît-il un endroit à Cracovie où il n'y aurait pas, dans le champ visuel, une église, un cloître ou bien même une statue ? Vous savez bien que, quel que soit l'endroit où l'on regarde, il y a un lieu sacré, à Cracovie. Je vais finir par déménager à Grzegórzki, monsieur le commissaire ! À Grzegórzki ! Ayez pitié de moi, je suis désespéré ! Je vous en supplie, monsieur le commissaire…

Avant même qu'elle ait pu entendre la réponse de Lunicorne, les menuisiers refirent leur apparition dans le couloir, elle s'éloigna donc au plus vite du chambranle de la porte et s'assit à l'autre bout du banc. Elle ne voulait tout de même pas qu'ils la prennent pour quelqu'un d'indiscret.

Dès qu'ils se remirent au travail, ce Brand si lésé par le sort sortit du cabinet du commissaire : un monsieur corpulent dans un costume brun, au visage aussi triste et gris que le quartier de Rakowice au mois de janvier. Il lança un regard particulièrement triste à Zofia Turbotyńska et s'engagea dans le couloir. Lunicorne sortit à son tour. Il fut visiblement surpris à la vue de l'épouse du professeur, mais il l'invita immédiatement dans son cabinet ; même s'il se préparait à sortir, il ne laissa pas deviner que cette visite, qui retardait le moment du déjeuner du vendredi, le dérangeait. Bien au contraire, il présenta ses excuses pour l'inconfort des chaises du commissariat et alla même jusqu'à proposer d'aérer le cabinet pour en chasser la fumée de cigarette. Zofia Turbotyńska remercia courtoisement – avec cette porte manquante il y aurait un courant d'air inévitablement mortifère! – mais se dit une nouvelle fois que le juge Klossowitz aurait beaucoup à apprendre de Lunicorne quant à ses manières. Et peut-être même plus.

— Je me rends compte que ma venue tombe peut-être à un moment inopportun...

— Votre visite, madame, dit-il pour interposer ce qu'il convenait de dire, tombe toujours au moment opportun.

— ... toutefois l'affaire de la mort tragique de Karolina ne me laisse pas en paix. Voyez-vous, je rentre justement de ses funérailles... Avant tout, je souhaiterais en savoir plus sur les uhlans. Sait-on ce qu'ils faisaient ce soir-là?

Lunicorne fronça les sourcils. Du bout de son doigt, il souleva le couvercle de son encrier en laiton pour le laisser aussitôt retomber dans un cliquetis perçant.

— Vous n'êtes pas sans savoir, madame, que je suis un employé de la police qui, dans son travail, doit conserver la plus grande discrétion. Néanmoins, connaissant la position de monsieur le professeur ainsi que vos accomplissements, je ne peux me contenter d'appliquer strictement le règlement. Si toutefois je vous livre quelque détail, je me dois d'exiger de vous le secret absolu. Révéler des détails d'une enquête à une personne extérieure ne constitue pas tant une négligence qu'un délit, même s'il est commis pour les motifs les plus nobles et dans le but de découvrir l'assassin.

— Une telle approche est tout à votre mérite, monsieur le commissaire, et je vous assure volontiers de ma plus entière discrétion. Malheureusement, c'est une vertu qu'il est difficile de prouver, dit-elle en souriant, car pour vous donner une idée des secrets les plus variés des maisons cracoviennes que je garde, il faudrait que je les trahisse. Et je passerais beaucoup de temps à les raconter ! Il ne nous reste donc que la confiance mutuelle.

— Je vous accorde la mienne et je vous en fais la demande réciproque.

Elle acquiesça d'un hochement de tête – ce qui, par l'imposante taille de son chapeau et le sérieux de sa voilette de deuil, pouvait sembler par trop solennel – en signe d'alliance, scellée entre un traqueur professionnel et une traqueuse par vocation.

— Les trois uhlans ont une… j'aurais voulu dire « réputation irréprochable », mais dans leur cas, c'est plutôt impossible… mais ils ont un alibi confirmé. Ils ont passé la nuit dans un établissement qu'ils n'ont pas quitté avant l'aube. De même d'ailleurs que la nuit suivante lorsqu'en en sortant à la même heure ils se retrouvèrent, en vagabondant, au pied de la villa de Rożnowski où ils découvrirent…

— Comment ça ?

Quelque chose ne collait pas aux yeux de Zofia.

— Karolina n'est-elle pas décédée la nuit précédant la découverte ?

— Non, l'autopsie a montré que la dépouille s'est trouvée dans l'eau pendant plus ou moins vingt-quatre heures. Un courant du fleuve l'a visiblement d'abord attirée pour ensuite l'en extraire et la rejeter sur le bord.

Cette information lui avait apparemment échappé lors de la conversation qu'elle avait écoutée entre Ignacy et Kurkiewicz. Peut-être avait-elle été dite au début, quand Franciszka ne lui avait pas encore apporté l'arrosoir.

— Et est-ce que…

— La mort est survenue presque aussitôt, du poignardement du cœur et de l'hémorragie qui s'en est suivie. Je suis désolé, ajouta-t-il en voyant l'émotion sur le visage de Zofia.

— Merci. La mort est donc survenue dans la nuit du lundi de Pâques au 16 avril… (Elle sortit un calepin de sa veste, l'ouvrit et prit note.) Tous les trois soutiennent la même version des faits ?

— Pas seulement eux. Les personnes… présentes également.

— Auraient-ils pu tromper leur vigilance ?

Lunicorne ne se permit pas de sourire mais son œil s'illumina.

— Étant donné… la proximité dans laquelle ils se trouvaient avec ces personnes, cela n'aurait pas été possible. Cela aurait relevé du miracle. Et un miracle non pieux, mais satanique.

Zofia soupira.

— Je sais que Franciszka vous a raconté, monsieur le commissaire, tout ce qu'elle a pu, mais c'est toujours trop peu. J'ai essayé de lui soutirer encore d'autres informations, car il est connu que notre mémoire a des tiroirs et placards mystérieux qui se bloquent parfois, mais abordés avec la bonne question, ils peuvent, au bon moment…

— … surgir comme si on venait seulement de les éclairer, et découvrir leurs trésors cachés.

— Précisément. Toute l'histoire de cet ingénieur dont Franciszka vous a parlé me semble des plus douteuses. Quand bien même nous admettions qu'elle ait séduit un jeune homme de bonne famille, ce qui en définitive est possible, pensons par exemple à Tetmajer… (Elle grimaça légèrement.) Enfin, dans ce cas, il ne s'agit pas d'un ingénieur, mais d'un artiste, une tête enflammée, qui a épousé une paysanne… il est tout de même inimaginable qu'il l'ait demandée en mariage sans l'autorisation de ses parents, à savoir sa mère, et sans nous en avertir, nous qui sommes les patrons de Karolina. Ce sont là des choses inacceptables…

— Absolument ! acquiesça Lunicorne.

— … qui témoignent d'un manque total d'éducation. Je ne connais aucun ingénieur, dit-elle en relevant légèrement le menton, même jeune, qui se comporterait de la sorte. Je ne pense pas non plus qu'une quelconque académie technique, que ce soit dans l'empire ou hors de ses frontières, fasse sortir de ses rangs un diplômé aux manières si scandaleuses.

— C'est vrai, quoique la police ne puisse poursuivre qui que ce soit pour manque de bonnes manières.

Le temps s'écoulait, mais le commissaire, il faut le reconnaître, non seulement demeurait courtois, mais était également capable de l'amuser d'un bon mot. Elle sourit.

— C'est vrai. À mes yeux, cela demeure toutefois suspicieux au plus haut point : un ingénieur venu de nulle part qui s'évapore dans la nature juste au moment où la jeune fille meurt. Et rien ? Personne ne s'en enquiert ? Ni même auprès de nous, puisqu'il sait où elle habitait ?

Lunicorne retroussa sa moustache.

— Bien. Réfléchissons. D'après ce que disait votre servante, l'ingénieur a reçu un message urgent et devait aller occuper son poste au plus vite. Imaginons cette situation : il a acheté à Mlle Schulz et à lui-même des billets pour Hambourg, il envoie au prêtre qu'il y connaît un télégramme pour que celui-ci y arrange leur mariage avant qu'il ne prenne le bateau pour l'Amérique… La fiancée ne se rend pas à la gare. C'est un homme jeune, impulsif, plein de projets audacieux. Il peut ou bien chercher la fille qui (il leva les mains), je le reconnais, lui a fait tourner la tête, toutefois… toutefois, il ne la connaît pas bien. Quand ont-ils fait connaissance ?

— Quelques semaines plus tôt, murmura Zofia.

— Il a donc face à lui une grande aventure qui l'attend, probablement son premier travail sérieux depuis l'université… un nouveau continent, toute l'excitation de la jeunesse quand débute un nouveau chapitre de la vie. Il peut tirer un trait sur le billet de train et l'argent qu'il a déjà dépensé pour le voyage transatlantique. Mais il peut aussi…

— … tirer un trait sur la fille ?

— Sur sa dulcinée, dans laquelle notre malheureux don Quichotte n'a vu qu'un beau minois et un caractère frivole, puisqu'elle n'a pas saisi l'importance de la chance qui s'offrait à lui. Cependant, sa dulcinée ne l'a pas du tout abandonné…

— … mais elle a été assassinée.

— Voilà. Par son petit ami jaloux à qui elle avait promis son cœur, mais qu'elle a quitté pour un meilleur parti. S'il en a vraiment été ainsi, ne connaissant ni son nom, son prénom, ni rien sur lui, nous ne pourrons le retrouver dans le monde. Ne serait-ce que pour lui dire que la malheureuse ne s'était pas moquée de lui.

Zofia jouait avec le petit gland noir suspendu à son parapluie.

— Vous reconnaîtrez néanmoins, monsieur, qu'un ingénieur arrangeant un mariage avec une femme de chambre est davantage un personnage de vaudeville ou de roman d'amour que de chair et d'os.

— Le cœur a ses raisons… déclara-t-il sentencieusement.

Elle acquiesça et il reprit le fil de la conversation.

— Il peut non seulement dépasser les limites sociales, mais aussi tuer. Je pense que le sablonnier a tout appris, et comprenant que sa bien-aimée lui échappait des mains, il a tout simplement fait ce que lui dictait son cœur jaloux.

— C'est trop simple, trop simple ! Le sablonnier, un Othello ? (Elle fit la grimace.) A-t-il avoué quelque chose ?

— Nous l'avons interrogé bien évidemment, deux fois. Nous savons que Mlle Schulz lui avait tout dit, nous savons qu'il s'est saoulé de désarroi.

Il saisit le presse-papiers avec un aigle en laiton qui était assorti à l'encrier pour extraire quelques feuilles rédigées d'une écriture de fonctionnaire et, après avoir jeté un œil au texte, continua.

— Pendant une partie de la nuit, on le vit au cabaret… d'abord dans un cabaret, puis dans un second… bien qu'il s'agisse de témoignages d'ivrognes de service qui ne feraient pas la différence entre la lune et un réverbère, et qui ne sont pas capables de donner l'heure exacte où il est entré ni l'heure où il est sorti… Ou bien où on l'a fait sortir, car c'est ainsi que cela a dû se passer. Nous gardons un œil sur lui, il est constamment suivi par deux jeunes policiers, les cadets Erychleb et Pidłypczak. Tôt ou tard, il finira par se trahir.

Mais son interlocutrice ne s'avoua pas vaincue.

— Vous allez vous fâcher, monsieur le commissaire, mais cet ingénieur fantôme me semble être une piste bien plus intéressante.

Lunicorne regarda Mme Turbotyńska, s'éclaircit la gorge et entrelaça ses doigts : il avait les grandes mains solides d'un véritable gardien de la loi.

— Je respecte infiniment votre opinion, madame, je sais également avec quel discernement vous avez aidé à résoudre l'affaire de la Maison Helcel, commença-t-il à dire tandis que Zofia attendait le « mais » qui, évidemment, arriva bien assez tôt. Mais je souhaiterais attirer votre attention sur le fait que les meurtres sont rarement le résultat de... comment dire... d'esprits criminels aiguisés et de plans élaborés. La plupart des gens sont simples et agissent de manière simple. Vous recherchez le mécanisme compliqué d'une batteuse là où nous avons le plus souvent affaire à un fléau pour battre le blé, dit-il en souriant sous sa moustache. D'ailleurs, une affaire similaire a eu lieu il y a à peine un mois à Lwów.

Il saisit un élégant porte-documents qui se trouvait sur son bureau : lustré, d'un cuir couleur cerise sur lequel avaient été gravées de riches ornements et les initiales *SJ*. *Assurément un cadeau de ses subalternes à l'occasion de sa dernière promotion*, se dit Zofia. Il tourna la clef dans la serrure et, écartant ses deux volets, en découvrit l'intérieur de moire écarlate puis en tira une coupure de presse.

— Je ne peux évidemment vous montrer l'acte de police, se justifia-t-il, mais il s'agit ici d'informations communément accessibles.

« Meurtre à Lwów, lut-elle en silence en relevant les sourcils et en plissant les yeux car elle ne voulait pas sortir son lorgnon. Au numéro 10 de la rue Podlewski vivait la jeune blanchisseuse de vingt-six ans Marya Wajdówna, dont était amoureux Paweł Strzelecki, valet du comte Stanisław Dzieduszycki. Malgré l'ardeur de la passion de Strzelecki pour elle et la multitude de présents offerts par son soupirant, Wajdówna ne lui rendait pas la pareille mais restait fidèle à son fiancé, Szpaczyński, qui effectuait son service militaire de trois ans à Vienne. Avant-hier, Szpaczyński est rentré de Vienne et Wajdówna annonça à Strzelecki que son mariage allait bientôt avoir lieu. Strzelecki, désespéré par cette discussion décisive, se rendit à la maison de son maître, lui vola son fusil et, une fois arrivé à l'appartement de Wajdówna, lui tira une balle, de dos, au moment où elle mettait sa lingerie.

— Dans le dos, lut-elle tout haut, quelle lâcheté ! « Après le coup de feu, il jeta le fusil et se rendit directement à la police pour rapporter le crime qu'il venait de commettre. On appela immédiatement les secours qui n'ont pu que constater le décès de Wajdówna. Le meurtrier est en prison. Pendant l'interrogatoire, il affirma avoir commis le crime "par désespoir et grand amour". »

— Eh bien, répéta-t-elle à haute voix, « par désespoir et grand amour » ! Quel toupet !

— Tout à fait. D'ailleurs, ils disent plus bas que les présents qu'il lui apportait, par exemple les cuillères et bagues en argent, avaient été volés chez ses employeurs, et pour couronner le tout, il n'avait pas une apparence agréable... En un mot : ni vous, ni moi ne voudrions faire sa connaissance. Et pourtant... les gens à l'apparence désagréable, bah, les voleurs les plus communs n'ont-ils pas, eux aussi, des sentiments ? Ne sont-ils pas capables – ne riez pas – de grandes et sublimes émotions, comme celles que l'autre a lui-même mentionnées, de désespoir et de grand amour ?

Elle dut alors, du moins intérieurement, lui donner raison ; peu importe les idées qu'on lui avait inculquées sur les personnes d'état ou – comme les appelaient aujourd'hui les socialistes – de classes sociales inférieures, son expérience lui avait appris que la grandeur et la petitesse intervenaient chez les gens sans égard pour la position des parents, la hauteur de la dot ou les blasons.

— Et l'affaire est assez claire. La jalousie, « monstre aux yeux verts », comme l'écrit Shakespeare. Et de la jalousie non seulement amoureuse, mais aussi d'un autre type. Lui, simple ouvrier qui creuse le sable au fond de la Vistule en été, coupe des blocs de glace en hiver, trime sous la chaleur et le gel, et vit malgré tout dans le dénuement, que peut-il bien offrir à sa bien-aimée ? Une bague avec une pierre en verre de la kermesse Emmaüs ? Et ce petit maître riche, éduqué, auquel le monde s'ouvre, arrive et voit cette jolie fille, conquise, adorée, amoureuse… et hop ! (il fit mine d'attraper une mouche avec sa main) il la lui siffle sous le nez. Dans ce monde difficile, ce monde de sentiments et d'actions brutes, d'un honneur populaire particulier, c'est un affront pour lequel on paye de son sang.

— De son sang ? Parfait, dit Zofia en haussant la voix, mais pourquoi du sang d'une jeune fille sans défense, pourquoi ne s'est-il pas jeté sur cet ingénieur, avec son couteau ? C'est un adversaire plus digne.

— Eh bien, nous l'attraperons peut-être encore. Mais il arrive que le désespoir et une jalousie inhumaine cohabitent, dans un corps, avec de la lâcheté et de l'égoïsme on ne peut plus humains.

Ils gardèrent le silence un instant puis Zofia le remercia pour la conversation et se prépara à sortir.

— Vous pouvez être sûre d'une chose, dit-il en ouvrant la porte du couloir. Vous serez la première à savoir qui est le meurtrier.

Ce qui allait s'avérer.

Elle repensa à cette conversation pendant tout le dîner puis durant la soirée et le jour suivant, et même le matin du dimanche, pendant la messe à Sainte-Marie et le café de l'après-midi qu'elle but exceptionnellement non pas chez Maurizio, mais dans la Halle aux draps, chez Rehman, guidée par l'espoir naïf qu'un détail lui dévoilerait peut-être comment s'appelait ce mystérieux ingénieur qui y emmenait Karolina manger des gâteaux. Pendant un moment, elle s'imagina venir avec la photographie de la servante et demander aux serveurs s'ils ne se souvenaient pas de ce couple, mais elle rit intérieurement, on la prendrait pour une folle.

Résignée, elle rentra à la maison et attendit le retour d'Ignacy qui ne survint que tard dans la soirée. Le professeur avait une tout autre allure que lorsqu'il était sorti quelques heures auparavant. Frais et en pleine forme, ses vêtements brossés, ses chaussures marron cirées et chaussettes bigarrées rappelant les couleurs héraldiques d'un chevalier, il semblait alors une réclame vivante du cyclisme. À présent épuisé, en sueur, les cheveux en désordre, les favoris broussailleux, il était l'incarnation de la misère et de la désolation : des éclaboussures de boue sur ses chaussures et chaussettes, une toile d'araignée sur la manche de sa veste ramassée en passant trop près des fourrés… un mari totalement sauvage ! Avec l'aide de Franciszka, il revint à un état plus ou moins normal puis réapparut dans la pièce plus frais, ses favoris dressés comme il se devait. Zofia sentait toutefois que quelque chose n'allait pas. Ce n'est qu'après le dîner, installé dans un fauteuil recouvert de velours vermeil, qu'il dit d'un ton mélancolique :

— Comme les temps changent ! Autrefois, il était impensable qu'un jeune homme robuste, voyant qu'une personne un peu plus âgée avance – ou *roule*, c'est sans importance – moins vite que lui, ne ralentisse un peu par pure courtoisie. D'ailleurs, à quoi bon se presser quand les paysages sont ravissants, printaniers, que l'on voit des rives de la Vistule les antiques tours de l'abbaye de Tyniec... il y en a, des choses à regarder, à contempler. Est-ce une excursion ou une course ? Et les jeunes gens d'aujourd'hui... dit-il en soupirant. Ah, de vraies têtes brûlées, toujours en avant, en avant... qui sait comment cela va se terminer ?

Ils demeuraient assis en silence. Zofia décida de le dérider avec ce qu'il aimait le plus, à savoir les faits divers du *Temps*. Elle prit le journal, le secoua pour le redresser et lut :

— « À trois heures du matin, une ambulance de la Société de secours a été appelée rue Szewska chez Maryja Bylica, âgée de vingt-trois ans, qui avait pris une partie de ses pastilles de sublimé dans le but de s'empoisonner. »

Une partie, pensa-t-elle, *c'est inouï ! Si l'on doit le faire, autant le faire comme il faut. Elle ne comptait tout de même pas économiser le reste de ses pastilles pour un usage ultérieur ? L'épargne doit avoir ses limites !*

— « Après lui avoir administré les antidotes appropriés, l'ambulance emmena la malade à l'hôpital Saint-Lazare. » Un instant, il y a peut-être autre chose de plus intéressant. « Berlin. L'empereur Wilhelm est parti hier après-midi pour Weimar. »

— Et ? demanda simplement Ignacy.

— Et rien. Mais il y a des nouvelles du Havre. « Le président de la République, Faure, a visité hier des hôpitaux, des orphelinats... il a discuté avec de nombreux malades... il a offert des jouets aux enfants... accueilli par des cris de joie... » Rien d'intéressant.

Ignacy soupira.

— Oh, le tremblement de terre ! lança-t-elle après avoir remarqué la nouvelle du coin de l'œil. « Rome. Comme le rapporte l'Agence Stefani, les nouvelles données par les quotidiens concernant un nouveau tremblement de terre en Sicile et les maisons écroulées… sont faux. »

— Très bien, déclara froidement Ignacy, quoique d'un ton qui semblait dire « très mal ».

Sur ce, la lecture s'acheva. Ils restèrent assis encore un moment en écoutant le tic-tac de l'horloge et des bruits lointains venant de la rue. Puis ils se préparèrent pour le coucher.

CHAPITRE IV

Dans lequel Franciszka fait preuve d'une habileté digne d'un enquêteur, Zofia Turbotyńska a recours à la bible de la bourgeoisie cracovienne et se rend dans un faubourg lointain, quasiment jusqu'à Florence ou Venise. Elle y rencontre dans les escaliers une passionnée des Amazones pour ensuite devenir elle-même une Amazone, car elle accepte les conditions de capitulation d'une personne acculée au mur. Nous apprenons aussi le temps que prend l'expédition d'une courte lettre, qui a besoin de Franek et ce que faisait un mollet dénudé à Berezina.

Zofia avait à la fois l'impression que les jours passaient les uns après les autres, mais aussi qu'ils ne passaient pas, comme si elle était suspendue dans le vide et l'intemporel. Autour d'elle, les tâches quotidiennes suivaient leur cours : veiller sur la préparation des repas, sur les courses, une invitation à prendre le thé, deux visites dont une chez la comtesse Żeleńska de la Maison Helcel… Elle n'avait pas manqué, bien entendu, de passer à cette occasion chez sœur Alojza qui était souffrante, et de lui offrir une bouteille scellée à la cire de son jus de framboise de l'an passé, excellent pour les refroidissements, ainsi que les célèbres pastilles pour la toux du docteur Pareński ; en outre, elle échangea quelques mots avec le jardinier et alla personnellement examiner les rhododendrons qui avaient merveilleusement bien poussé et étaient recouverts de bourgeons, avec lesquels elle avait l'intention de briller sous peu lors du concours floral… Et pour autant : il ne se passait rien, car la plus importante des nouvelles n'arrivait pas, à savoir l'arrestation du malfaiteur. Le meurtrier de Karolina se promenait tranquillement dans les rues de Cracovie, vêtu d'un élégant uniforme de uhlan ou d'une veste de travail de sablonnier. Ou peut-être se promenait-il dans un tout autre endroit ? Peut-être, ayant fait sa valise avec ses vêtements et son diplôme d'ingénieur, prenait-il justement place dans le navire *Hapag* à Hambourg ou dans le *Lloyd* à Brême, ou encore, qui sait, naviguait-il déjà allègrement sur les eaux de l'Atlantique ? Il se déplaçait sur l'eau, puisque *in aqua scribis* – rien n'était plus incertain.

Ce jour-là aussi, elle avait beaucoup de choses à faire, et pourtant elle perdait son temps. Puisque la réussite du Champ de Potocki, quand bien même elle eût été disposée avec des cartes miniatures, ne tenait pas sur son bureau – qui était petit, car destiné aux dames pour écrire de courtes lettres, billets de remerciements pour une réception ou une invitation –, elle dut se déplacer sur la table de la salle à manger. Elle posa le sucrier en argent, cadeau de mariage des Dutkiewicz, sur la crédence, elle plia et déposa la nappe sur le dossier d'une chaise de velours rouge brodé de fleurs dorées et, pour la vingt et unième fois, elle étala quatre rangs de cartes sur le bois poli de la table. La patience ne réussit pas six fois de suite, et lorsqu'elle disposa la septième réussite pour la troisième fois, ses cartes ne portaient pas à l'optimisme. Un huit de carreau juste après un roi…

— Madame ?

… le dix va sur le neuf, à sa place va le sept, ce qui laissera une place vide après le roi, peut-être…

— Madame ?

Franciszka se tenait sur le seuil de la salle à manger et tenait dans sa main tendue un petit objet blanc – invisible à cette distance, à moins de prendre son lorgnon. Une petite boîte ? Un petit carton ? Cet objet était peut-être discret, mais quelque chose dans la voix animée de la servante, dans son geste triomphal fit que Zofia abandonna sur-le-champ ses pensées sur la destinée du huit de carreau.

— Que se passe-t-il, Franciszka ?

— C'est que vous m'avez posé tant et tant de questions sur Karolina et puis sur cet ingénieur, Madame… que je me suis dit qu'on avait habité, mangé, dormi, tout ça ensemble, et quand elle est partie d'ici, c'était dans une grande précipitation, elle ne faisait qu'entrer et sortir. Alors, je me suis dit, il sera bien resté quelque chose, une broutille, une bêtise. Et comme je sais bien que Karolina ne reviendra plus jamais, il faut bien débrouiller tout ce bazar. Donc j'ai fait du ménage.

— Et alors ?

— Eh bien, je me suis tuée à la tâche, y a pas à dire. J'ai enlevé jusqu'au dernier brin des paillasses avant de tout remettre en place, racontait-elle avec ardeur, et rien ne m'a échappé. J'ai retiré les kilims des lits, je les ai secoués, j'ai vidé l'armoire, toutes les blouses de Karolina, ses foulards, ses corsages, j'ai tout retourné sens dessus dessous, j'ai vérifié toutes les poches…

— Et alors ? répéta Zofia avant de comprendre, au monologue que déclamait Franciszka, que celui-ci devait être récité jusqu'à la fin pour témoigner de l'énorme travail qui venait d'être accompli.

— … j'ai passé en revue les bottines, j'ai jeté un œil dans toutes les fentes du parquet. J'en suis même arrivée aux images accrochées au mur : j'ai décidé de les nettoyer, et par la même occasion d'accrocher celle de saint Jean Kanty qu'j'ai reçue de Monsieur à la Noël passée. Parce que quand Karolina est arrivée, moi j'avais et la Sainte Vierge, et saint Jean, et elle, personne de chez personne, alors je lui ai dit pardi, accroche-le au-dessus de ton lit, tu auras qui prier. Je le prends, je le nettoie, mais que'que chose m'a fait le retourner. Et là, coincé sous le cadre, je trouve ça ! Messieurs les policiers n'ont pas dû le remarquer.

Elle approcha de la table et donna à Zofia l'objet blanc qui, de près, s'avéra être une carte de visite.

— C'est la carte de cet ingénieur. Je le sais parce que quand elle l'a reçue, elle me l'a passée sous les yeux avant de la cacher quelque part.

Zofia saisit nerveusement son lorgnon qui se trouvait sur la table et le souleva devant son œil.

— Il en avait toute une boîte, en argent, comme les messieurs, et il lui en a donné une pour qu'elle sache que c'est pas n'importe qui. Bon, y a pas grand-chose d'écrit, seulement le prénom et le nom, mais c'est déjà ça.

— « Marceli Bzowski » ? lut-elle avant de rester muette, stupéfiée.

Puis elle lança en haussant la voix :

— Mais que me racontes-tu là ?! Monsieur l'ingénieur Bzowski ne pourrait jamais demander la main de Karolina, voyons, il a une femme et des enfants. De plus, c'est un homme sérieux, mûr, de l'âge du professeur. Il n'irait pas se faire passer pour un célibataire aux yeux de la ville entière et n'emmènerait pas une jeune domestique manger des glaces chez Rehman, voyons !

— Des *gâteaux*, rétorqua Franciszka avec une insistance qui prouvait qu'au fond d'elle-même elle enviait à Karolina chaque bouchée de *pischinger*. Un homme sérieux, vous dites ? Je l'ai bien vu, moi. De loin, d'accord, mais il pourrait tenir sur ses moustaches qu'il n'aurait toujours pas plus de vingt-cinq ans ! Tiré à quatre épingles, un dandy avec une canne, mince et alerte.

Bzowski pouvait être qualifié de divers adjectifs, mais « mince » et « alerte » n'en faisaient pas partie ; c'était un homme robuste qui faisait penser à un bâtiment, et plutôt à une large caserne dénuée d'ornements qu'à un château d'eau élancé.

— Tu es sûre que c'est la carte de visite de l'ingénieur de Karolina ? Elle aurait pu la recevoir de qui que ce soit, ou même la trouver dans la rue.

— Ça ne fait pas un pli ! Elle l'a ramenée et s'en est même vantée devant moi. Ce jour-là, elle me l'a montrée trop vite, je n'ai pas pu la lire. Mais maintenant je la reconnais très bien. C'est la sienne, c'est celle-là !

Zofia soupira. Elle retourna la carte mais n'y trouva rien au dos. Le papier était de bonne qualité, mais sans aucune extravagance ni luxe exacerbé. On y lisait « ing ». dans une police simple puis le prénom et le nom. Elle se dit que c'était peut-être une des cartes de condoléances qui furent envoyées à la mort de Karolina, mais il n'y avait pas de coin plié vers l'arrière ni de trace de pliure ; d'ailleurs ils en reçurent si peu qu'elle se serait sans nul doute souvenue si une personne à moitié étrangère lui avait remis ses condoléances alors même que tant de proches avaient négligé de le faire. La mort d'une domestique était visiblement pour certains quelque chose entre la mort du maître de maison et la mort du chien ou du chat.

— D'accord, Franciszka. Tu as fait un travail remarquable, je le reconnais. Espérons que ce fil nous mènera jusqu'à une pelote.

Elle réfléchit quelques instants puis, en rassemblant en un tas toutes les cartes à jouer d'un seul geste, elle s'adressa de nouveau à la servante :

— Va dans la cuisine, veux-tu, et vérifie que la crème à la vanille a bien pris.

Zofia Turbotyńska aimait répéter qu'elle n'oubliait jamais rien. Mais ce qui faisait office de bon mot ne se vérifiait en réalité pas toujours – elle s'efforçait à présent de se souvenir où avaient déménagé les Bzowski. Elle ne pouvait poser la question à Ignacy, et il n'était d'ailleurs pas certain qu'il le sache; les affaires aussi terre à terre que l'envoi de cartes de vœux pour la fête du prénom ou pour Noël lui revenaient, mais elle se rappelait seulement que l'année auparavant ils avaient déménagé de la rue Sainte-Anne.

Comme tous les efforts de sa mémoire furent vains, elle décida de se tourner vers une aide considérée comme précieuse aux yeux de chaque habitante cracovienne qui se respectait. Elle se serait offensée d'une telle comparaison, mais de même que Franciszka avait son *Secours angélique*, Zofia avait son propre livre qu'elle ne traitait certes pas avec un pieux respect, mais dans lequel elle cherchait des réponses infiniment plus souvent que dans la Bible. Elle se dirigea vers les étagères et saisit, parmi la longue rangée de gros livres reliés de rouge, le premier à droite, *Almanach cracovien de Józef Czech pour l'année 1895*, qu'elle ouvrit à sa section préférée, l'« Annuaire cracovien », dans lequel, tel le livre du bien et du mal, étaient listés tous les citoyens les plus importants de la ville : des conseillers et fonctionnaires municipaux aux membres de la société de chant Le Luth, en passant par les fonctionnaires de la fabrique impériale et royale de tabac. Il n'existait pas meilleure carte pour naviguer dans la mer houleuse de l'élite cracovienne.

Ignacy figurait dans les pages de l'Almanach depuis des années ; il y entra d'abord en tant que simple docteur, puis figura en tant qu'assistant du professeur Teichmann, et enfin, pour la deuxième année à présent – Zofia jeta un œil satisfait à la page 102 –, dans la section « Professeurs extraordinaires et titulaires de l'université ». Elle se mit toutefois rapidement à feuilleter les pages à la recherche des ingénieurs, jusqu'à ce qu'elle tombe sur la « Liste des bâtisseurs, architectes et ingénieurs » où elle lut : « Bzowski Marceli, rue des Étudiants n° 11 ». Une excursion l'attendait donc au-delà du parc Planty qui cernait le centre-ville. Elle s'arrêta sur le seuil de la cuisine, jeta un œil approbateur sur la crème à la vanille puis s'adressa à Franciszka :

— Il reste peu de temps avant le retour de monsieur... tu t'occuperas seule du dîner, je suis sûre que tu t'en sortiras très bien. Si jamais le professeur rentrait plus tôt que prévu et te demandait où j'étais, dis-lui que tu ne sais pas où je suis allée.

Franciszka sourit en elle-même en pensant qu'il y avait quelques jours à peine sa maîtresse avait déclaré la mise en application du principe selon lequel, dans cette maison, plus personne n'aurait de secret pour personne, mais elle fit docilement une révérence en s'essuyant les mains dans son tablier.

Zofia se rendit alors dans sa chambre à coucher pour prendre place un court instant devant sa coiffeuse. En guerrière digne de ce nom, Zofia Turbotyńska ne partait pas à la bataille sans revêtir ses couleurs de combat.

Ignacy n'avait de cesse de se plaindre de « l'extension incontrôlée de Cracovie qui dépassait toutes les limites de l'entendement ». Certes, les nouveaux bâtiments publics lui plaisaient, tels que la caserne des pompiers qui faisait penser à un château ou l'élégante Académie des beaux-arts et, par-dessus tout – bien évidemment –, les nouveaux bâtiments de l'université. « Tellement impériaux ! » les qualifiait-il avec satisfaction, ce qui, venant de lui, était l'expression du plus grand éloge.

Il réagissait en revanche de façon on ne peut moins enthousiaste aux nouveaux édifices qui poussaient tels des champignons après la pluie dans des endroits qui étaient encore il y a peu ouverts au vent. Il en parlait avec mépris comme de « faubourgs ». Il se lamentait que l'on construisît de façon maladroite et dense en violant communément les lois – et il en était réellement ainsi, car selon la réglementation publique, les immeubles ne pouvaient être plus hauts que la largeur de la rue, or, tout citoyen de la ville aurait pu sans difficulté aucune indiquer quelles rues rappelaient des canyons où le soleil apparaissait aussi rarement que des socialistes aux offices religieux du mois de mai.

Ce nonobstant, après deux ou trois visites rendues chez ses connaissances qui s'étaient décidées à déménager au-delà du parc Planty, Zofia Turbotyńska, qui au départ partageait totalement l'avis de son mari, commença à se forger sa propre opinion. Des pièces plus spacieuses, des cuisines plus confortables, des escaliers séparés pour les domestiques – tout cela lui faisait très bonne impression et la rendait même envieuse. Ignacy demeurait inébranlable sur la question d'un éventuel déménagement ; chaque tentative d'aborder le sujet se terminait immanquablement en une après-midi gâchée dans la maison Au Paon.

Ce qui ne voulait absolument pas dire que Zofia comptait renoncer à de nouvelles tentatives ; elle savait d'expérience que, petit à petit, l'eau creusait la roche, et son mari – très franchement – n'était pas tant du granit que du marbre : noble et certes estimable, mais sensible à l'action de facteurs extérieurs.

Tandis qu'elle parcourait d'un pas vif les allées printanières du parc Planty, observant la nature s'éveillant à la vie – les jeunes feuilles fripées des marronniers, la blancheur éclatante des cerisiers, les parterres multicolores des primevères –, elle s'accordait sur un point avec son mari : la disparition des parcs la remplissait de tristesse. Les jardins de Krzyżanowski dans la rue Radieuse et les terrains des Jabłonowski en face de l'université y étaient déjà passés, et c'était à présent au tour des jardins des Wodzicki. Rien d'étonnant à cela, la terre engendrait autant de florins que le terrain de Borysław n'engendrait de précieux pétrole, c'est pourquoi des travaux étaient en cours là où dix ans auparavant s'étendaient encore des vergers : maître Rettinger avait élevé des maisons à étages et traçait à présent une nouvelle rue au milieu du jardin. Heureusement que la tour de Kościuszko était toujours là, se dit-elle soudain. Elle n'osait imaginer dans quelle colère sombrerait Ignacy si cet « inestimable souvenir des siècles anciens, abritant sous son toit le commandant lui-même » était la victime de ces « destructeurs sans vergogne ». Bien que, au fond, de l'avis de Zofia, il s'agissait d'une vilaine bâtisse.

Elle avait atteint l'immeuble dans lequel – selon l'*Almanach de Czech* – habitaient les Bzowski. Elle le regarda avec une certaine jalousie (elle entendait derrière elle les cris des ouvriers qui plaçaient des vitres aux fenêtres de l'énorme bâtiment – si ses souvenirs étaient bons – de la nouvelle école secondaire impériale) : un rez-de-chaussée à bossages comme frappé de coups de pierre et au-dessus de chaque fenêtre, une tête – ou bien celle d'Hercule à la peau de lion, ou bien celle d'une jouvencelle antique –; au-dessus, deux étages enduits de briques, à chaque étage, un balcon au centre, des fenêtres dans de larges encadrures Renaissance, et sur les côtés, une panoplie avec la date *1887*. Un véritable *palazzo* florentin ! Elle passa le porche où elle comptait demander au concierge – une commodité supplémentaire qui lui manquait dans l'immeuble Au Paon – à quel étage elle trouverait M. et Mme l'ingénieur Bzowski, lorsqu'au tournant des escaliers fit son apparition une jeune femme bien en chair dans une robe couleur tabac d'il y a quelques saisons. Elle cachait ses cheveux noirs, assez négligemment relevés en un chignon, sous un chapeau d'une couleur gris sale indéfinie. Sur son visage (« fort et vigoureux », disaient les uns, « taillé grossièrement », disait Mme Turbotyńska), on pouvait lire de l'étonnement; Zofia était tout aussi surprise mais elle réussit à ne pas le montrer.

— Madame le professeur Turbotyńska, la salua-t-elle.

— Madame le professeur Bujwidowa, répondit Zofia

en baissant la tête d'un geste presque imperceptible, suffisamment pour que l'on puisse le percevoir, mais pas un millimètre plus bas.

— La nouvelle de la tragédie qui a touché votre maison m'est parvenue. Veuillez accepter mes condoléances. C'est une terrible histoire.

Zofia la remercia d'un deuxième hochement de tête, cette fois un peu plus expressif.

— C'est une preuve supplémentaire de l'importance, dans le monde d'aujourd'hui, d'éduquer les jeunes filles, continua Bujwidowa. Bientôt, dans quelques semaines, nous inaugurerons la Bibliothèque pour femmes, je vous y invite d'ores et déjà chaleureusement… d'ailleurs, je m'y rends justement, il reste encore une chose ou deux à organiser.

Zofia hocha la tête pour la troisième fois afin d'éviter une réponse univoque. Elle ne comptait pas profiter de l'invitation. Il ne manquait plus que ça, qu'elle s'occupe de *ce genre de choses* ! Si elle avait vu Bujwidowa dans la rue, elle aurait directement traversé pour éviter de rencontrer cette destructrice de l'ordre public, cette libre penseuse, bah, quasi socialiste… *Et peut-être même bien parfaitement socialiste, parce que, avec eux, on ne sait jamais !* pensa-t-elle avec anxiété. Quand toutefois lui arrivait le malheur de rencontrer *cette femme*, elle devait faire à mauvais jeu, bonne mine. Mais *cette femme* ne la laissait pas tranquille :

— Qu'est-ce qui vous amène chez nous, madame ? Auriez-vous une question pour Odon ?

Chez nous ? se dit Zofia. *Quelle malchance, se rendre dans les faubourgs et tomber par hasard sur l'immeuble où demeurent justement les Bujwid !* La forme scandaleusement indirecte usée par la femme du professeur Bujwid ne lui échappa guère ; elle-même n'aurait jamais, dans une discussion avec une personne qui n'était pas proche, osé parler d'Ignacy en l'appelant « Ignacy », mais la femme qui se trouvait devant elle était connue dans tout Cracovie comme négligeant ostensiblement les coutumes. *Que peut-on toutefois attendre d'une femme venue du royaume du Congrès ?* se dit-elle au fond d'elle-même en allant presque jsqu'à justifier son interlocutrice. Presque.

— Non, non, lança-t-elle nonchalamment, j'allais chez M. et Mme Bzowski… Monsieur l'ingénieur est un collègue du professeur Turbotyński, du club cycliste.

— Ah, Bzowski, notre voisin du deuxième étage… siffla Bujwidowa entre ses dents, comme si ce nom ne lui était guère agréable. Oui, ces bagatelles cyclistes. Que dire, chère madame, quand nos maris perdent leur temps à s'amuser, c'est sur nous que retombe la nécessité de prendre les choses en main, n'est-ce pas ?

Zofia ne releva pas cette remarque. Non pas qu'elle fût en désaccord avec ce diagnostic, mais elle ne l'aurait pas dit tout haut. Et elle ne voulait donner raison à Bujwidowa pour rien au monde.

— Eh bien, il est temps pour moi d'y aller, chère madame, dit son interlocutrice en guise d'au revoir.

Elle s'inclina et descendit prestement quelques marches avant de se retourner sur la dernière en criant, contrairement aux bonnes mœurs :

— Viendrez-vous vendredi à la conférence que le docteur Trzaskowski donnera à la Société des institutrices ? Une conférence des plus passionnantes, je puis vous l'assurer, sur les Amazones mythiques et historiques, vous serez la bienvenue !

Puis, n'attendant pas de réponse, elle disparut derrière le porche.

Des Amazones, la bonne blague, pensa Zofia. *Écouter parler de femmes sans vergogne qui s'emparent des professions masculines plutôt que de s'occuper de ce qui leur revient.*

Le cabinet dans lequel l'introduisit la servante se trouvait dans la partie avant de l'appartement, plus ou moins à la moitié du couloir ; sur le mur étaient suspendus plusieurs grands projets de Bzowski encadrés : ici une petite église de style gothique, là un édifice à la tour fantaisiste, là encore le bâtiment sérieux d'un tribunal ou d'un office provincial, couronné d'un grand cartouche héraldique. En dessous s'étendaient des armoires de bibliothèque pleines de livres sur l'architecture et des commodes basses aux tiroirs profonds destinés à conserver ses plans. Au centre de la vaste pièce se trouvait un grand bureau recouvert de papiers ainsi qu'un fauteuil à la taille de la partie de l'ingénieur qui d'ordinaire prenait place dans ce fauteuil.

— Je vous baise les mains, madame le professeur, entendit-elle après un moment d'attente.

Elle se retourna brusquement sur sa chaise en jetant un regard de sous le bord de son chapeau orné d'une aile de corbeau puis lui rendit son salut.

— À quoi dois-je le plaisir inattendu de cette visite ?

Zofia s'était dit qu'au lieu de broder et commencer par des compliments, elle devait immédiatement attaquer de front pour gagner ainsi l'avantage de l'effet de surprise.

— Oh, à dire vrai, il s'agit d'un détail, monsieur l'ingénieur, mais je ne voulais engager dans cette affaire aucune… institution sérieuse. Comme vous avez sûrement pu l'apprendre, ma servante a été assassinée

(Bzowski fit la mine de celui qui venait d'entendre une chose inappropriée, mais il murmura des condoléances) et la police tente de trouver une piste qui mènerait au meurtrier. Il se trouve qu'un homme lui courait après…

— C'est évidemment très triste, mais je ne vois toujours pas le lien avec ma modeste personne, rétorqua-t-il en s'asseyant dans un fauteuil qui, sous sa modeste personne, laissa échapper un grincement retentissant.

— Il s'avère que cet homme illusionnait ma servante, l'invitait chez Rehman manger des pâtisseries et, comme je l'imagine, a pu contribuer à sa mort. Et par un étrange concours de circonstances, il se présentait sous le nom de Bzowski. Ingénieur Marceli Bzowski.

Quelque chose se mit à frémir dans le propriétaire de ces nom et prénom comme dans une chaudière à vapeur, puis, après avoir enflammé son visage écarlate, sortit sous la forme d'une respiration sifflante à travers laquelle des mots se frayèrent un passage.

— Voyons, madame… je vous en prie… c'est une calomnie ! Je n'ai jamais… je suis marié… et père de mes enfants ! Je ne tolérerai pas… madame ! Et une servante ! C'est inadmissible !

— Mais je ne soutiens d'aucune façon que vous personnellement, monsieur l'ingénieur, ayez fait des avances à ma Karolina, réagit Zofia, piquée.

— Je n'imagine pas qu'il en soit autrement ! Tout un chacun… tout un chacun pourrait utiliser mon nom de façon indigne, chère madame. Tout un chacun ! lança Bzowski. Je m'étonne donc, à vrai dire, je m'étonne que, me connaissant, vous veniez me voir comme si cela me concernait d'une quelconque manière, le fait qu'une personne indigne…

— … utilise votre nom ? l’interrompit-elle. Je pense que oui, cela vous concerne, car cela pourrait venir mettre de l’ombre sur votre réputation. Et nous aimerions bien entendu éviter cela. D’ailleurs, il ne s’agit pas seulement de votre nom…

— Et de quoi encore ? gronda-t-il.

— De cela, dit-elle en sortant de son portefeuille la carte de visite et en la déposant sur le bureau.

L’ingénieur tendit le bras et posa sa paume gigantesque sur le morceau de carton qui semblait tout petit en comparaison ; il fit glisser la carte de visite jusqu’au bord de la table et la souleva pour la lire.

— Qu’est-ce que cela signifie ? Cela ne signifie rien, chère madame, dit-il en s’emportant. Finalement, un homme d’affaires comme moi distribue tous les jours je ne sais combien de cartes, après tout, je fréquente la société, je rends visite à des négociants de matériaux de construction dans leur firme, et à mes clients chez eux… Chaque majordome, chaque ramoneur conduit jusqu’au poêle par le salon, chaque coursier aurait pu voler ma carte et l’utiliser dans de viles intentions. Et même la trouver dans la rue ! C’est en vous appuyant sur cela que vous souhaitez m’accuser de quelque chose ? C’est ridicule !

Mme Turbotyńska revêtit la plus chaleureuse des mines qu’elle pouvait et répondit d’une voix doucereuse :

— Accuser ? Vous, monsieur l’ingénieur ? Allons ! Il ne m’importe que de découvrir qui a pu assassiner Karolina, mais je n’ai pas le moindre doute qu’il ne s’agisse pas de vous, monsieur l’ingénieur. La question est de savoir comment le criminel a pu s’emparer de votre carte.

— Je le répète : de partout. De quiconque. De n'importe où. Une carte… qu'est-ce donc ?

— Ah, en effet, dit-elle avec un sourire radieux, j'ai oublié le plus important. Il avait un porte-cartes rempli de vos cartes.

Bzowski dégonfla comme si l'on avait tout à coup cessé de chauffer la chaudière et qu'on l'avait soudainement refroidie d'un seau d'eau glacée. L'ingénieur se leva de sa chaise, s'approcha de la fenêtre, retourna à son bureau et dit alors :

— Eh bien, le mystère est résolu. Le porte-cartes, je l'ai effectivement perdu. Pendant la fête de Rękawka. Je pense qu'il a dû tomber de ma poche quand je me suis penché pour jeter quelques pièces et faire rouler un œuf. D'ailleurs, qui sait, peut-être un voleur à la tire me l'aura ôté ? Vous avez certainement entendu parler, madame, de l'école des voleurs de Lwów, où ils ont de véritables *maîtres de conférences* et où les *étudiants* s'entraînent sur une poupée à laquelle sont suspendues des clochettes ? Tout cela, bien sûr, ce sont les Juifs, ajouta-t-il d'un ton évident avant de se taire un instant.

Zofia se taisait elle aussi, attendant la suite, alors il termina son récit :

— Eh bien, il est difficile de dire si c'est la faute d'un voleur ou de mon inattention, toujours est-il que je suis rentré à la maison et que j'ai constaté que mon porte-cartes avait disparu comme une pierre dans l'eau. Vous comprendrez bien qu'il n'y a ici aucune piste à suivre. Tout le monde aurait pu le ramasser par terre ou l'acheter à un voleur à la tire.

Mme Turbotyńska lui lança, de sous son aile de corbeau, un des regards que lance un cobra à un oiseau du paradis avant de le dévorer.

— Oui… cela change la donne, déclara-t-elle. Je vois que l'affaire est bien plus sérieuse et qu'elle ne pourra échapper au scandale et à la police. Bien entendu, il faudra également en informer et interroger votre femme, car comme je peux l'imaginer, votre alibi pour la nuit du meurtre de Karolina est l'alibi d'un mari fidèle qui a passé toute sa nuit dans le lit conjugal, dormant du sommeil du juste…

— J'espère que je vous comprends mal, chère madame…

— Bien sûr que non, protesta-t-elle en souriant, monsieur l'ingénieur est une personne à l'intelligence vive et me comprend parfaitement. Vous venez de mentir en me regardant droit dans les yeux (c'est alors que lesdits yeux de Zofia se plissèrent dangereusement), en suivant le vieux principe des menteurs intelligents selon lequel le mensonge doit en réalité ressembler à la vérité… Veuillez ne pas m'interrompre ! dit-elle en levant le bras. C'est pourquoi vous avez mentionné Rękawka, l'école des voleurs de Lwów, et même l'œuf roulé : pour encercler étroitement le mensonge avec divers détails vrais derrière lesquels il sera difficile de déceler le faux.

— Madame ! rétorqua Bzowski en bouillonnant.

— Ne m'interrompez pas, s'il vous plaît ! répéta-t-elle, puis elle se leva de sa chaise et se dirigea vers lui telle l'allégorie de la Fureur aux cheveux de serpents d'un tableau de Rubens. Je ne suis qu'une faible femme, modeste épouse d'un professeur d'université, mais la police a ses moyens, monsieur l'ingénieur, pour obtenir la vérité ! Bien sûr, si quelqu'un me le demandait, je dirais que de m'avouer comment cela s'est passé est la plus commode des issues pour vous, car vous pouvez me faire confiance, je transmettrai l'affaire au juge d'instruction Rozmarynowicz et au commissaire Lunicorne de la façon la plus délicate qui soit. Si cependant (elle appuya ses deux bras sur la table et se retrouva soudain face à face avec Bzowski qui s'était rassis dans son fauteuil) monsieur l'ingénieur préfère avoir ici le juge d'instruction, le commissaire de police, ses greffiers, une fouille, des conversations avec chaque employé de la maison, une vérification détaillée de vos occupations quotidiennes, de l'aube au coucher du soleil, ainsi que du coucher au lever du soleil… poursuivait-elle, intérieurement effrayée à l'idée que si cela ne le persuadait pas, alors rien ne le forcerait à parler, car Lunicorne n'irait pas aussi loin pour lui faire plaisir. En un mot : puisque vous voulez aller au combat avec pour seul arsenal ce malheureux petit mensonge sur Rękawka, je vous en prie, la voie est libre. Mais il se trouve que les témoignages qui ont déjà été livrés prouvent que vos cartes de visite étaient en possession du meurtrier bien avant, et avant Pâques, c'est pourquoi ou bien vous arriverez à convaincre la police que l'ingénieur Bzowski s'est organisé une fête de Rękawka en février, ou alors une bien désagréable épreuve vous attend, qui sait si ce ne sera pas une accusation de meurtre… et enfin, la non moins inconfortable honte envers madame l'ingénieur, car (elle joua le tout pour le tout) je suis sûre que vous avez plus d'une chose à lui cacher, puisque vous faites un menteur si expérimenté !

Elle lâcha toutes ces paroles et sentit tout à coup qu'elle manquait d'air, c'est pourquoi, toujours appuyée sur la table, elle peinait à respirer. Bzowski, la tête penchée, se taisait lui aussi ; sa petite calvitie toute ronde au sommet du crâne brillait comme si elle envoyait un signal incertain de soumission.

— Puis-je... dans ce cas compter sur... votre discrétion ?

Et le voici qui négocie les conditions de capitulation, pensa-t-elle avec satisfaction.

— Je ne parle pas bien sûr (il soupira)... des institutions officielles, même si là aussi...

— ... même si là aussi on peut livrer une information de façon plus ou moins discrète. Je peux vous promettre, dit-elle en se redressant, que je le ferai de la plus délicate des manières qui soit.

— On m'a volé mon porte-cartes avec tout ce qu'il contenait, mais aussi mon portefeuille à la mi-mars, je ne pourrais vous donner le jour précis... mais il s'agissait assurément de la nuit d'un vendredi au samedi... et cela se passa dans un établissement... à Dębniki.

— Dans quel établissement ?

— Eh bien justement, je préférerais... dit-il en soupirant à nouveau.

— Je vois, je devrais tout de même faire venir le commissaire ? demanda-t-elle.

Un silence si profond s'installa que l'on pouvait entendre le tic-tac de l'horloge dans la pièce voisine.

— C'est un établissement pour messieurs.

— Je le sais depuis le moment où vous avez refusé de dire la vérité, lança Zofia d'un ton narquois. Dites-moi plus précisément : le jour, l'adresse, les détails.

— Quels détails ? Les détails n'ont rien à voir avec cela, un voleur m'a plumé, il est entré par la fenêtre. Ou peut-être par la porte s'il est de mèche avec eux. Ou bien serait-ce la fille ? Je ne serais pas le premier volé et cela est apparemment déjà arrivé à monsieur...

— Oui ?

— Peu importe les noms ! coupa-t-il pour couvrir, dans un réflexe de solidarité masculine, un pharmacien ou un conseiller municipal. Il suffit de savoir que je me suis assoupi et que je me suis réveillé sans mon portefeuille et mon porte-cartes. Il était petit, en argent, avec mes initiales gravées dessus. Il y avait une dédicace à l'intérieur… de ma femme… grommela-t-il, à l'occasion de notre anniversaire de mariage.

— L'adresse ?

— Rue des Rosiers, mais le numéro… ? J'y vais toujours les yeux fermés. Une maison assez basse, de plain-pied, avec une mansarde, en retrait de la rue, une clôture devant et des jasmins, beaucoup de jasmins. L'endroit appartient à Mme Aleks…

— Nom de famille ?

— On voit que vous n'êtes pas une habituée de ce genre d'endroits ! lui décocha-t-il.

— Je ne peux malheureusement vous rendre le compliment.

Il respira bruyamment puis expliqua :

— On dit toujours « madame Aleks » et c'est tout, sans plus de cérémonie. L'établissement de Mme Aleks, rue des Rosiers, n'importe quel cocher vous l'indiquera.

Elle entendit de nouveau le tic-tac de l'horloge, aussi net que s'il se trouvait dans le cabinet de l'ingénieur Bzowski. Elle se demanda l'espace d'un instant si elle devait lui poser encore d'autres questions, mais elle le laissa tranquille ; elle sortit seulement son calepin et nota les faits les plus importants : *prem. moitié mars, nuit vend./sam., Mme Aleks, rue Rosiers, Dębn.*

— Si par miracle vous tombiez sur mon porte-cartes, s'éveilla soudain Bzowski, je vous saurais gré…

— Veuillez transmettre mes salutations à madame l'ingénieur, dit-elle seulement avant de sortir.

De retour à la maison, Zofia accomplit les actions les plus pressées au pas de course : elle déposa son parapluie dans le vase en faïence, ôta de ses épaules sa légère cape de printemps, enleva ses gants et les rangea dans une boîte laquée devant le miroir, planta dans le coussinet qui se trouvait à côté les deux épingles à chapeau qu'elle avait retirées, l'une avec un papillon, l'autre avec un grand cabochon d'achillée, et enfin ôta et confia à Franciszka son chapeau : grand, vermeil, couronné de cinq belles roses en crêpe de Chine ainsi que d'une aile de corbeau chatoyant de toutes les nuances de noir (un véritable chef-d'œuvre du magasin de Maria Prauss, apparemment français, mais qui sait – suspectait Zofia – s'il n'était pas créé par une modiste dans un souterrain moisi à Grzegórzki). C'est alors que, s'étant assurée que monsieur n'était pas encore rentré et que le repas était presque prêt, elle accourut vers le téléphone. Elle souleva le combiné des petites fourches, resta debout un instant avant de se raviser et de le reposer. Si c'était elle qui avait convaincu Ignacy d'installer cet appareil, elle était toujours méfiante vis-à-vis des conversations à distance qui lui semblaient bizarres, et assurément moins aimables que les billets. Elle se dirigea donc vers son petit bureau.

Elle s'y connaissait non seulement en étiquette, mais aussi sur les gens ; si Lunicorne l'avait récemment accueillie avec une telle bienveillance, elle ne comptait pas s'imposer et retarder une nouvelle fois son déjeuner. Néanmoins, elle devait lui transmettre au plus vite ce qu'elle venait d'apprendre – lui envoyer un message bref, quelques mots seulement. Elle sortit du tiroir à papéterie une enveloppe et du papier à lettres orné des initiales *ZT*, puis elle rapprocha l'encrier, une curiosité de l'époque où régnait la mode des chinoiseries : sous un arbuste fourchu aux branches symétriques sur lesquelles se trouvait un porte-plume argenté était assis un Chinois potelé. Du bout du porte-plume, elle souleva sa tête qui se pencha en arrière et découvrit le réservoir à encre. Elle y trempa sa plume comme si elle poignardait dans le cou le cadavre d'un condamné décapité sur ordre d'un cruel empereur chinois.

Très honorable Monsieur le Commissaire, commença-t-elle par écrire avant de rapporter promptement, mais en veillant toutefois à ce que son écriture soit la plus lisible possible, les résultats de son enquête du jour. Encore une brève application de papier buvard, car elle n'avait pas l'intention d'attendre que l'encre sèche… puis l'enveloppe… Elle alluma une des bougies du chandelier; tandis que le bâton de cire, tenu au-dessus de la flamme, commençait à grésiller et que deux gouttes d'un rouge intense tombaient sur l'enveloppe, Zofia sortit d'un tiroir un petit sceau délicat en pierre d'agate et pressa ses initiales dans la cire, puis inscrivit sur l'enveloppe : *M. le Commissaire Stanisław Lunicorne, en mains propres*, et sonna Franciszka.

— Je sais que tu vas devoir faire le service dans un instant et que tu n'as pas le temps de courir rue Mikołajska. Envoie Franek, il n'a pas à attendre de réponse, lui dit-elle en lui donnant la lettre et une pièce.

Franek était coursier dans l'entrepôt de vente en gros qui se trouvait rue des Piaristes, juste au coin de la rue, et qui était dirigé par la Société coopérative agricole pour les besoins, comme on le soulignait toujours, des magasins chrétiens. On pouvait y trouver des produits coloniaux, alimentaires, des semences, des engrais, du pétrole, des ustensiles de couture et d'écriture, des aiguilles, des boutons, de la poudre persane contre les punaises, de la teinture pour le linge, en un mot : tout ce que l'on vendait ensuite avec un surcoût considérable dans les petites villes et villages de Galicie. Mais on pouvait aussi y trouver ce qui était le plus essentiel pour Mme Turbotyńska, à savoir ce Franek, un garçon rapide, décidé et, surtout, digne de confiance. Il n'avait pas grand-chose à faire à l'entrepôt et on ne savait pas vraiment pourquoi on le gardait, sûrement pour le prestige de la firme, car la plupart des clients venaient de province et commandaient en des quantités importantes qu'un adolescent maigrichon serait bien en peine de livrer, même s'il fallait les emmener rue de Sławków, et non à Lanckorona, Biecz ou Lasek. En revanche, depuis qu'il était rue des Piaristes, il avait rendu d'innombrables services à la maison des Turbotyński et à celle de quelques familles environnantes. Et ce, à des prix on ne peut plus profitables.

Franciszka fut de retour au bout de cinq minutes – elle était rentrée avant Ignacy qui arriva un instant plus tard. Un quart d'heure après, le couple professoral était assis l'un en face de l'autre, séparés par une grande soupière remplie de soupe à l'oignon et au parmesan dans laquelle, recouverts de nuées de vapeur, nageaient les petits plaisirs de Turbotyński : des boulettes de veau et des petits pains au beurre d'écrevisse.

Depuis la mort de Karolina, le couple Turbotyński avait souvent des baisses de moral, mais c'était lui surtout, bien que représentant du sexe fort, qui traversait tout cela avec le plus de difficultés. À présent, tandis qu'il était assis dos à la fenêtre, en contre-jour, il semblait à Zofia que même ses favoris, objets de fierté incontestable, étaient un peu flasques. Elle avait donc décidé de mettre en œuvre un plan pour lui remonter le moral et nourrir systématiquement son mari de mets dont il raffolait.

— Du nouveau à l'université? demanda-t-elle lors d'une pause entre deux cuillerées de soupe.

— On raconte que… démarra-t-il d'une voix morose avant de s'interrompre, comme s'il n'avait pas la force de finir sa phrase.

— Oui?

— On raconte que les chances pour que le professeur Rydel survive à sa rechute de pneumonie sont de plus en plus minces. Rydygier, bien évidemment, remplit ses fonctions depuis longtemps, mais ce serait une perte irrémédiable, irrémédiable. Il s'agit pourtant d'un homme jeune, nous avons fêté il y a peu son soixantième anniversaire. Et cela arrive maintenant, alors que le chantier de la clinique doit commencer! Son fils est paraît-il très doué, c'est le préféré de Kostanecki…

— Ah, Kostanecki, siffla Zofia qui, contrairement à son mari, ne pouvait lui pardonner d'avoir pris la tête de la chaire après le départ de Teichmann.

— Zofia, voyons… dit le professeur avec un geste de la main, visiblement impatienté; on voyait qu'à ce moment précis, toute sa vie se résumait à ces boulettes flottant dans son assiette. Adam est vraiment très doué, et la neuroanatomie a paraît-il un grand avenir. On ne peut pas dire de même de son frère qui a soi-disant fini son droit mais qui n'a que des drames et poèmes en tête. Le fils d'un médecin aussi illustre que Rydel risque de finir… gazetier!

— C'est impossible ! De mon côté, j'ai entendu dire que Pareński…

— … est malade lui aussi ?

— Non, non, pas du tout. Mais maintenant qu'ils ont déménagé dans ce… *palais* (on sentait nettement de la jalousie dans sa voix), oui, Ignacy, il n'y a pas d'autre terme pour le décrire, il compte aussi y déplacer son cabinet.

Pareński, directeur de l'hôpital Saint-Lazare, était probablement l'objet de la jalousie de tous les médecins de Cracovie ; non seulement il avait fait carrière en un temps éclair, mais il pouvait se vanter de revenus excellents. Son père, qui n'était déjà pas dans le besoin, avait épousé une famille qui possédait un immeuble sur la Grand-Place, juste au coin de la rue Saint-Jean. Quant à lui, il avait pris pour femme une Mühleisen, certes évangéliste, mais avec une propriété à Kobierzyna. Ils ne manquaient ni d'argent, ni de relations, ni d'enfants, et récemment, comme par hasard, ils s'étaient acheté un véritable palais à deux étages situé dans un vaste parc à Wielopole.

— Et qui aura envie d'aller au-delà du parc Planty, s'il a un cabinet sur la Grand-Place ? Quelle idée !

Et il se mit à pérorer en détail sur les différents cas de déplacement de cabinets et sur leurs conséquences financières ; c'était à vrai dire on ne peut plus inintéressant, mais tout comme les plats, Zofia choisissait les thèmes de conversation de façon à ce qu'ils remontent le moral de son mari. C'est à ce moment-là que firent leur apparition sur la table d'autres mets alléchants : un plat de rumsteck entouré de légumes cuits magnifiquement poêlé à l'anglaise, autrement dit nageant dans son sang ; chaque portion était recouverte d'une tranche de citron sur laquelle fondait une noisette de beurre d'anchois.

— Du rumsteck ! lança Ignacy, le rouge lui en montant aux joues. Excellent ! Et as-tu entendu parler de Fałat ?

À vrai dire, tout le monde en avait entendu parler. Le nouveau directeur de l'Académie des beaux-arts fraîchement nommé, qui planifiait paraît-il des changements radicaux, devait bientôt arriver à Cracovie. On disait qu'à la place des vénérables collègues du peintre Matejko, il voulait faire appel, pour les postes de professeurs, à des artistes pour le moins douteux adhérant à diverses nouveautés : Axentowicz de Paris, Wyczółkowski de Varsovie et d'autres encore.

— Eh bien figure-toi qu'il s'est disputé avec Kossak !

— Vraiment ? rétorqua Zofia en haussant les sourcils.

— En peignant son nouveau panorama, *Berezina*, il s'avère que Kossak...

Turbotyński se rendit compte à ce moment-là qu'il avait entendu l'anecdote dans un cercle purement masculin et qu'il ne convenait pas de la répéter à sa femme.

— Kossak ?

— Quel excellent rumsteck ! Excellent, dit-il en essayant de gagner du temps.

— Qu'y a-t-il avec cette *Berezina*, Ignacy ?

Il ne put rien faire, il lui fallut capituler.

— M. Kossak a décidé de peindre une chose... indécente.

— Ils l'ont décidé eux-mêmes, il me semble, lança-t-elle, il est difficile de peindre de façon décente des milliers de personnes en train de se massacrer les unes les autres.

Zofia avait une opinion assez catégorique sur ce qu'on appelle la gloire des armes.

— Non, c'est encore pire, répondit-il en fronçant les sourcils. Vois-tu, il y avait là-bas non seulement des soldats, mais leurs… compagnes… vivandières. Et une certaine actrice de la Comédie-Française, une certaine Mlle Mars. Et Kossak a insisté pour peindre le moment où elle descend de son carrosse et…

— Et ?

— Et elle découvre son mollet ! (Son visage s'empourpra, de honte ou d'indignation, on n'aurait su le dire.) Fałat peut être un révolutionnaire artistique et un scélérat, mais il a décoché à Kossak qu'il n'y fera pas entrer l'impératrice. D'ailleurs l'affaire n'est pas un cas isolé. *Le Journal de Lwów* a récemment publié une lettre de catholiques inquiets du fait que l'on ne montre que des *offenbachiades* ou actrices dans des rôles de… dames aux camélias ! Toujours est-il que Fałat et Kossak se sont fortement brouillés et toute la *Berezina* est remise en question !

— Dommage que le mollet de Mlle Mars n'ait pas eu ce pouvoir il y a cent ans, lança Zofia, elle aurait pu sauver cinquante mille personnes.

Franciszka, appelée par la sonnette, débarrassa les assiettes et apporta le dessert : des coupes de crème à la vanille ornées de fraises des bois au sirop telles des rubis. Si la conversation ne s'était pas tout à fait déroulée comme l'aurait souhaité le professeur, la crème à la vanille qui suivait le rumsteck et la soupe aux boulettes l'avaient conduit au bord de l'extase culinaire.

CHAPITRE V

Dans lequel un éventail confère avec un journal et apprend qu'il a résolu une énigme, les socialistes se dispersent dans Cracovie en ruinant les souvenirs du passé à l'université, en tirant des coups de revolver vers des élites de la ville et en mettant le feu aux poudres dans la maison Au Paon, tandis qu'un ancien adversaire s'avère être un sauveur inespéré, mais pour un moment seulement.

— Non, trop colorées, trop criardes… dit Zofia en observant quelques dizaines de cravates étalées sur le comptoir par un commis serviable et pommadé. Mon mari est une personne sérieuse, professeur de l'université, il ne peut se présenter aux gens comme un jeune marié ou un dandy.

— Nous avons également de magnifiques articles en reps, unis, dans des nuances très honorables.

Il fit une révérence avant de lui tourner le dos et saisit d'autres boîtes sur une étagère.

En réalité, Mme Turbotyńska achetait plus volontiers à son mari des cravates importées de Vienne, de Paris ou de Londres, mais elle savait que « la première fabrique nationale de cravates Janina », comme l'annonçaient les réclames dans la presse, fournissait de plus en plus de messieurs de la société, ou plutôt de dames de la société achetant des cravates à leur mari. La différence de prix était significative, mais l'apparence était similaire, d'ailleurs, on assurait qu'il s'agissait de « modèles français ou anglais », c'est pourquoi l'on croisait à l'angle de la Grand-Place et de la rue de la Vistule la femme du professeur, et même des ecclésiastiques, car s'y trouvait également un choix de marchandises qui leur était spécialement destiné ; Zofia connaissait plus d'un prélat et chanoine qui prenaient soin de leur apparence comme de véritables élégantes.

— Le reps noir est toujours à la mode, le bleu marine se présente très bien avec une épingle perlée, le rouge cerise…

Les boîtes s'entassaient les unes sur les autres sur le comptoir, et dans chacune d'entre elles, sur du papier de soie froissé se trouvait une cravate tel un papillon épinglé ; ou, étant donné les teintes neutres, un papillon de nuit.

— Avant que madame ne se décide, vous permettez (elle entendit une voix d'homme forte du côté droit), je voudrais regarder celle-ci, dans le coin, en haut…

Mme Turbotyńska se retourna, courroucée, et vit le commissaire Lunicorne qui lui siffla tout bas :

— J'ai une information de la plus haute importance pour vous.

— Je vous en prie…

Le commis posa la boîte devant lui.

— Elle ne me dit rien de près, murmura le commissaire avant de saluer de son chapeau et de sortir du magasin.

Quand l'instant d'après Zofia quitta l'entrepôt de la fabrique Janina après avoir acheté en vitesse deux cravates en reps – affreuses, d'ailleurs, mais c'étaient celles qu'elle avait sous la main –, elle vit Lunicorne, caché derrière un exemplaire du journal *Le Temps*, qui se tenait devant l'hôtel de ville, et plus précisément devant l'angle de la tour aux tuiles colorées du nouveau corps de garde. Elle comprit bien entendu ce subterfuge – il eût été inconvenant de se rendre chez les Turbotyński et demander à s'entretenir avec la femme plutôt que le mari ; il eût été tout aussi difficile de faire appeler la femme du professeur au commissariat. Tandis qu'une rencontre fortuite dans un magasin… *Ah, il a donc dû me suivre !* se dit-elle, emplie d'une vraie joie enfantine. Zofia avança droit devant elle et s'arrêta à deux pas du commissaire tout en observant attentivement autour d'elle comme si elle cherchait quelqu'un parmi les passants.

— Vous aviez naturellement raison, je vous tire mon chapeau, dit-il de derrière le journal. Le sablonnier n'avait rien à voir avec le meurtre. Et c'était celui que vous soupçonniez dès le départ qui est le coupable : le jeune homme se faisant passer pour l'ingénieur Bzowski.

— Nous y sommes… dit-elle en prenant un petit éventail fin avec lequel elle décida de couvrir sa bouche du regard de tierces personnes. L'avez-vous déjà attrapé ?

— Oui et non, dit-il avant de s'interrompre, car un grand coche aux chevaux ferrés passait justement sur le pavé dans un grand fracas ; elle n'en aurait rien saisi. Il s'agissait d'un criminel expérimenté, condamné à maintes reprises malgré son jeune âge… Il s'est mis à tirer pendant qu'on le traquait. Il fut abattu sur place.

— Il savait donc pourquoi les policiers étaient venus le chercher, répondit l'éventail au journal.

— Oui. Je ne sais pas s'il avait l'espoir de s'enfuir ou s'il réalisait que c'était sa fin (le journal se tut un court instant), mais que dire, justice a été rendue. J'avais promis que vous seriez la première à le savoir, et je tiens ma parole…

— Je vous en suis reconnaissante, répondit l'éventail.

— … mais vous apprendrez tous les détails dans la presse au plus tard après-demain. D'ici là, je vous demanderai cependant…

— … de rester discrète. Bien entendu.

Le commissaire Lunicorne replia *Le Temps* de la veille, le coinça sous son bras et s'éloigna d'un pas lent en direction de la Halle aux draps, puis tourna dans la rue Mikołajska tandis que Zofia, son éventail toujours ouvert, savourait son triomphe. L'intuition féminine était tout de même ce qu'elle était, et aucun bouton brillant ou shako ne la remplacerait.

Sa curiosité n'était toutefois pas entièrement satisfaite ; il lui fallait savoir pourquoi cette brute avait justement choisi Karolina, s'il s'agissait seulement de vils instincts ou d'autre chose encore ? Mais ces questions allaient se résoudre d'elles-mêmes : elle lirait ce qu'en dit la presse, une partie directement, le reste entre les lignes (on était lundi donc les journaux ne sortaient pas ce jour-là, il fallait s'armer de patience), elle furèterait peut-être un peu dans les endroits que fréquentait le criminel, et peut-être réussirait-elle à soutirer quelque chose de Mme Rozmarynowicz ?

Il suffisait que la gentille, douce et diligente Karolina puisse enfin reposer en paix. Zofia était en effet convaincue que tant que le meurtrier se promenait tranquillement dans Cracovie, l'âme de la malheureuse errait dans le cimetière de Podgórze tel un fantôme tiré d'un roman gothique en déplorant que son sang n'ait pas encore été vengé.

Tout en songeant à cela, la femme du professeur tourna dans la rue Saint-Jean – elle réussit à la dernière minute à éviter la Bujwidowa qui traversait la Grand-Place d'un pas franchement martial et qu'elle avait repérée du coin de l'œil – puis, une fois avoir dépassé l'immeuble Au Paon, arriva à l'église des Piaristes où elle alluma un cierge et prononça une prière pour l'âme délivrée de Karolina.

La discussion avec le commissaire Lunicorne, si inattendue et excitante, avait mis Zofia Turbotyńska d'excellente humeur, et ce, pour la première fois depuis deux semaines. Elle pensait au début qu'il serait très difficile de conserver le secret, mais il s'avéra rapidement que le fait de garder Ignacy dans l'ignorance ne la tenaillait pas tant que cela ; l'essentiel était que Karolina fût vengée, et le mal, sanctionné – le fait que son mari l'apprenne le lendemain plutôt que la veille n'avait en réalité pas grande importance. Elle était de si bonne humeur que lorsque, mardi, elle croisa sa cousine Dutkiewicz sur la place du marché, elle eut une courte mais très agréable conversation avec elle, évitant toute malice et taquinerie ; elle alla même jusqu'à louer sa collecte de fonds pour la rénovation de la cathédrale du Wawel et écouter jusqu'au bout, bien qu'avec une légère impatience, le rapport détaillé de la façon dont le cardinal Puzyna comptait rénover la tour des Cloches d'argent.

Cette excellente humeur ne s'accordait cependant guère avec la morosité d'Ignacy. Samedi, conformément à ce que l'on avait prédit, était mort le professeur Rydel. Ils n'étaient à dire vrai de si proches collègues que ne suffise un laconique « Quelle énorme perte » et l'envoi de condoléances à la famille, mais ses réflexions sur l'âge relativement jeune du défunt (« Imagine, Zofia, nous avions quasiment le même âge ! ») eurent un effet accablant sur Turbotyński. Si son épouse ressentait une certaine anxiété en raison de ses quarante ans qui approchaient à grands pas, anxiété se manifestant sous forme de cheveux blancs qui se voyaient arrachés l'un après l'autre, Ignacy ne souffrait pas moins – à sa façon, cela va sans dire – du problème du temps qui passe. Sa dernière excursion à bicyclette, cette fois-ci jusqu'à Kalwaria en passant par Skawina, n'avait pas été sans empirer les choses, elle n'avait pas éveillé en lui une sensation de vigueur masculine, mais bien au contraire, elle lui coûta une paire de pantalons déchirés, le priva de forces et suscita une nouvelle vague de reproches courroucés à l'adresse de « ces risque-tout dépourvus de principes », la dictature omniprésente de la jeunesse et le déclin du respect envers les anciens. La soirée du lundi s'acheva sur une scission. Quand Zofia tenta d'aborder le sujet d'un éventuel déménagement en vantant prétendument au passage les élégants immeubles de la rue des Étudiants, elle entendit le refrain bien connu selon lequel la veille encore, le mètre carré dans les rues menant à la Grand-Place coûtait huit couronnes et qu'à présent les prix atteignaient les soixante-dix couronnes ; que dans la rue des Étudiants et ses environs, on payait autrefois deux ou trois couronnes en devises actuelles, et à présent, plus de dix fois plus ; que c'était un scandale et purement du vol, et que lui, Ignacy Turbotyński, du blason Wadwicz, professeur extraordinaire de l'université Jagellon et Cracovien de souche, ne comptait pas prendre part à cette spéculation. Le mardi, il rentra des funérailles de Rydel le visage grave et partit aussitôt faire une promenade solitaire dont il rentra tardivement, puis alla se reposer dans dire un seul mot. Zofia avait l'impression que toute la maison reposait sur un tonneau de poudre qui n'attendait plus qu'une allumette jetée par inadvertance.

Le 1er mai, Turbotyński rentra de l'université et, du seuil de la maison, lança furieusement :

— Dix-huit !

— Dix-huit quoi, Ignacy ? lui demanda calmement Zofia en s'arrêtant à la porte du vestibule.

— Dix-huit affiches socialistes sur la route de la faculté à la maison ! Dieu m'est témoin, dix-huit ! cria-t-il à nouveau avant d'ajouter une explication, cette fois d'un ton un peu plus calme et en levant le doigt : Je les ai comptées.

On pouvait voir en ville ces affiches rouges annonçant un rassemblement des travailleurs dans le jardin de l'Hôtel de Londres à Stradom depuis quelques jours déjà, et ce jour-là, il y en avait en effet pratiquement sur chaque colonne publicitaire.

— Ah oui, effectivement, quand je suis sortie de la maison, cela a attiré mon attention, dit platement Zofia. Mais est-ce donc là une si grosse affaire ? Quand Sidoli donne ses représentations, ses affiches sont placardées partout et cela ne te gêne pas. Franciszka ne va pas tarder à servir le déjeuner. Ne te tracasse pas, Ignacy, j'ai invité M. Żeleński à prendre le thé cet après-midi. Cela fait longtemps que nous ne l'avons pas vu, je suis sûre qu'il adoucira ton humeur.

Elle reçut en guise de réponse un vague grognement qui aurait pu signifier quoi que ce soit.

Après un déjeuner avalé dans un silence éloquent, Ignacy s'installa dans un fauteuil et ouvrit le journal. Il ne tarda pas à crier brusquement :

— Pour l'amour de Dieu, Zofia ! Ils ont attrapé ce criminel, le meurtrier de notre Karolina !

Zofia feignit la surprise :

— Juste ciel ! Qui est-ce donc ?!

— « Nouvelles de la police, commença à lire d'une voix tremblante d'excitation Ignacy. Dimanche en fin de soirée eurent lieu dans notre ville des événements sensationnels dont nous ne pouvons rendre compte qu'aujourd'hui. La police, sous l'autorité de M. l'inspecteur Trzeciak, a tenté d'arrêter Maciej Czarnota, soupçonné du viol et du brutal assassinat perpétrés il y a deux semaines sur la personne de Karolina Schulz, servante. Czarnota, âgé de vingt-huit ans, ouvrier à la Fabrique gouvernementale de tabac, était bien connu de la police de Cracovie en tant qu'émeutier socialiste et bagarreur, sans compter l'ivresse pour laquelle il s'était retrouvé plusieurs fois incarcéré dans la prison municipale. Comme le reportent les informateurs de la police, Czarnota s'était vanté dans les tavernes de Cracovie et de Podgórze d'avoir commis le crime, il avait raconté comment il avait trompé Mlle Schulz en se faisant passer pour un personnage important, mais quand la jeune fille a résisté à ses avances… »

Turbotyński s'interrompit à cet endroit pour murmurer :

— Ce sont des détails insignifiants… Ah voilà, poursuivit-il : « Lorsqu'à neuf heures du soir les services de police essayèrent d'appréhender Czarnota dans sa chambre sous-louée à Grzegórzki, le malfaiteur tenta de fuir. Poursuivi par la police, il saisit son arme. Les tirs du criminel manquèrent leur cible, mais pas ceux des gardiens de la loi. Le médecin légiste qui se rendit sur les lieux ne put que constater sa mort. » Zofia, justice a été rendue ! Dieu merci !

Dieu merci, Dieu merci... se dit intérieurement Zofia qui était d'un autre avis concernant la personne qu'il fallait remercier pour la découverte – ou du moins la contribution à la découverte – du coupable. Ne pouvant toutefois, malgré son plus grand désir, dire qu'il s'agissait là des efforts communs du commissaire Lunicorne et des siens, de Zofia Turbotyńska (avec la petite assistance, vraiment modeste, de Franciszka), elle se limita à un bref :

— Amen.

Il semblait que l'excellente nouvelle du sort mérité de l'assassin de Karolina aurait calmé Ignacy, mais – comme cela allait bientôt transparaître – il ne s'agissait là que d'apparences. Le tonneau de poudre finit par exploser, et l'allumette y fut jetée par les émeutiers socialistes, et, pour être plus précis, par l'un de ceux-ci qui se présenta dans la maison des Turbotyński sur leur invitation.

Au début, rien ne l'annonçait; en effet, Tadeusz Żeleński avait été chaleureusement accueilli comme toujours, on lui proposa des caramels fondants de chez Maurizio, on l'interrogea tant sur ses progrès dans les études que sur la santé de ses parents, et ainsi de suite. L'atmosphère changea néanmoins brutalement lorsqu'il s'avéra qu'il rentrait justement des célébrations d'une fête, ou plutôt – comme le disait le professeur – d'une « prétendue fête ».

— Vous ne voulez pas dire par là, monsieur Żeleński, lui lança Turbotyński en tournant énergiquement sa cuillère dans sa tasse de thé, que vous, fils d'un professeur du conservatoire, d'un éminent compositeur, avez participé aux célébrations de cette parade ouvrière ?!

— Seulement en tant que spectateur, professeur, dit le jeune homme en opinant modestement du chef. Par curiosité.

— Mais qu'y a-t-il d'intéressant à cela ? Toute cette « fête » n'est qu'une invention étrangère greffée sur notre terre ! Manque-t-il, dans notre histoire, de dates illustres ? Je pourrais en citer tout de suite deux douzaines de mémoire. Je vous en prie, ne serait-ce que l'anniversaire du couronnement d'Étienne Báthory et de son mariage avec Anna, dernière des Jagellon. Il tombe justement aujourd'hui. Mais qui s'en souvient encore ? Est-ce que *vous* vous en souvenez, monsieur ? (Le professeur souleva un sourcil éloquent.) Une copie irréfléchie de modèles sans valeur, voilà ce que c'est ! Et ce, quasiment la veille de notre fête nationale du 3 mai, de notre Aurore du mois de mai, monsieur !

Un silence embarrassant s'installa.

— Bon, reprit Ignacy lorsqu'il se fut un peu calmé, et qu'y avez-vous vu de si intéressant ? Combien de personnes ont-elles abandonné le travail pour aller à cette parade ?

— Je dirais deux milliers, car il n'y avait pas de cheminots.

— Ha ! Les braves hommes ! se réjouit Turbotyński, bien qu'il fût d'ordinaire le premier à casser du sucre sur le dos des employés des chemins de fer qu'il incriminait de retarder les trains presque de façon délibérée.

Zofia écoutait sans dire un mot; elle était assise sur l'ottomane et, telle l'incarnation de la déesse Hestia, brodait sur son tambour le blason Wadwicz de son mari dont elle avait l'intention de décorer le ruban de la sonnette pour appeler les domestiques.

— Vous reconnaîtrez cependant, monsieur, que leurs postulats ne sont pas absurdes...

— Monsieur Żeleński, déclara Turbotyński du ton qu'il employait lors de ses cours magistraux, le capital n'est pas exempt d'excès et de violence, évidemment, c'est en effet dans la nature humaine. Mais dans notre situation pour ainsi dire nationale, nous devons d'abord nous soucier de choses plus importantes : de réveiller la mobilité de notre nation assoupie, élever des usines sur le modèle de l'Occident, développer l'industrie et ainsi de suite. Ce n'est que lorsque cela aura produit ses effets, quand nos terres seront la gloire de l'empire, et non le foyer de la pire des misères, qu'il sera temps d'unir le capital au travail sur une base économique plus saine, si je puis dire, de prendre soin des conditions de vie de l'ouvrier, de sa subsistance dans la vieillesse. Mais aujourd'hui ?

— Vous avez déclaré vous-même qu'il ne fallait pas copier aveuglément les modèles occidentaux, professeur, dit Żeleński en souriant, par ailleurs, huit heures par jour à l'usine, c'est bien plus que ce que l'on preste à l'université...

— Ne jouez pas sur les mots, monsieur Żeleński, et ne prenez pas trop de libertés avec moi ! le menaça-t-il de son doigt levé en se resservant du thé.

L'étudiant ne se laissa toutefois pas démonter.

— En ce qui concerne la réforme électorale, le gouvernement à Vienne y travaille depuis longtemps, pourtant.

— Oui, oui, oui, en effet, en effet, acquiesça Turbotyński tel un orgue de Barbarie. Mais l'idée que le premier freluquet venu, dépourvu d'éducation, puisse donner sa voix dans les élections au même titre que… je ne sais pas… le comte Tarnowski ?! C'est vraiment contraire au bon sens… Si l'on introduit le droit de vote universel, qu'est-ce que ce sera ensuite ? Le droit de vote aux femmes ? Tu t'imagines, Zofia ? dit-il en se tournant vers sa femme. Je veux dire, bien entendu, ma chère, tu aurais toutes les compétences requises pour cela… ajouta-t-il pour se justifier.

— Mais bien sûr que non, je ne me l'imagine pas, Ignacy. Tu sais bien que je n'y connais rien en politique, répondit la déesse du foyer domestique sans lever les yeux de son tambour.

— Et que dire de l'*ensemble des femmes* ? lança le professeur, satisfait du soutien de son épouse. De la commerçante du marché de Kleparz ? Et de la repasseuse ? Que sait-elle des subtilités politiques, de la complexité des questions juridiques, comment peut-elle savoir s'il est préférable, pour tout l'empire ou la seule Galicie et Lodomérie, que le poste de Premier ministre revienne à un tel ou à tel autre ? Plus d'une dinde que l'une vend, plus d'un lingot de fer que l'autre fait chauffer feraient un meilleur choix de députés qu'elles ne le feraient !

Les yeux toujours rivés sur son tambour, Zofia se dit que sa Franciszka donnerait sa voix de façon plus judicieuse que tel ou tel collègue gériatrique d'Ignacy. Elle garda cependant sa remarque pour elle-même. En lançant des regards vigilants au-dessus de sa broderie, elle vit parfaitement que si le jeune Tadeusz était passé à la défensive, ce n'était que parce qu'il voulait éviter une sérieuse dispute avec son professeur, et pas du tout parce qu'il était à court d'arguments ; il ne fallait toutefois pas que l'affaire aille trop loin, et c'est justement à ce moment que devait entrer dans le jeu Hestia en apaisant le conflit.

— Messieurs, ce que vous dites est assurément extrêmement intéressant, mais rappelez-vous que tout le monde ne s'occupe pas du gouvernement et des élections.

Elle saisit alors le plat sur lequel Franciszka avait disposé les caramels de chez Maurizio – ni trop espacés pour ne pas offenser l'invité par avarice, ni trop rapprochés, pour ne pas se ruiner.

— Entre-temps, des événements que j'oserais qualifier de dramatiques ont eu lieu.

— Je suis désolé de vous avoir ennuyée, madame le professeur, s'inculpa Żeleński, et pour ce qui est des événements dramatiques, je ne sais pas vraiment de quoi il retourne.

— D'une affaire qui concerne cette maison ! Touchée par la mort ! ajouta Turbotyński du ton que prenaient d'ordinaire les acteurs d'ancienne date dans des scènes qui remplissaient le public d'effroi.

— Touchée par la mort ? répéta timidement Tadeusz.

— Ah, je vois qu'à cause de ces distractions à l'Hôtel de Londres vous n'avez pas eu d'*honnête* journal entre les mains, aujourd'hui.

Turbotyński se leva de son fauteuil et donna *Le Temps* à son invité en lui indiquant l'article du doigt.

— Je vous en prie.

Żeleński parcourut rapidement le texte avant de s'exclamer :

— Oh, c'est stupéfiant !

— Qu'y a-t-il donc de stupéfiant, monsieur ? s'anima Zofia en interrompant enfin sa broderie. Nous avons fait confiance aux agissements de la police depuis le début et celles-ci ont apporté l'effet attendu…

— C'est un concours de circonstances étonnant ! Aujourd'hui, quelques mots ont été proférés depuis la tribune sur la mort de cet homme, mais je ne pensais pas qu'il était lié aux tragiques événements qui eurent lieu dans votre maison !

Zofia se souvenait que Żeleński faisait partie des rares personnes qui avaient envoyé un billet de condoléances. Peut-être que sur lui, en raison de son jeune âge, la beauté de Karolina agissait comme sur l'autre étudiant de médecine, Kurkiewicz.

— Vraiment ? Et qu'a-t-on dit sur lui ?

— M. Daszyński l'a évoqué dans son discours…

— Daszyński !

Le professeur Turbotyński se fit tout rouge, quasiment de la couleur des affiches socialistes.

— Ah, oui, je me rappelle très bien ce barbare, c'était le meneur des événements bouleversants, vraiment *extrêmement* bouleversants, qui eurent lieu à l'université. J'ai honte de le dire… Vous ne pouvez vous en souvenir, monsieur, vous n'aviez pas encore commencé vos études dans notre faculté, c'est le droit de la jeunesse qui voit tout d'une perspective biaisée. Ce qui n'est qu'un souvenir de l'avant-veille sera de la préhistoire pour vous. Si, si, dit-il en faisant un geste de la main, ne le niez pas, vous nous traitez, messieurs les étudiants, comme des figures archéologiques, des mastodontes antiques ! Mais je vais vous dire, monsieur, ce qui s'est passé en ces temps lointains, c'est-à-dire il y a quelques années à peine. Quand le recteur Korczyński critiqua une certaine association étudiante… non sans raisons, précisons, non sans raisons… une foule d'étudiants radicaux envahirent le Theatrum Anatomicum et ce jacobin de Daszyński (sa voix trembla)… fracassa de ses propres mains le buste du professeur Korczyński ! Qui avait été offert quelques années auparavant par ses étudiants reconnaissants ! Que peut-on donc attendre d'un tel iconoclaste ?!

— Il m'est difficile de m'exprimer sur l'iconoclastie de M. Daszyński, professeur, dit Żeleński en s'efforçant de dissimuler un sourire. Je sais seulement qu'il a mentionné un certain Rotter, qui aurait été battu à mort par la police à la prison Télégraphe il y a deux ans, puis le procès d'un activiste socialiste qui avait décrit toute l'affaire dans *En avant*… C'est le titre de l'hebdomadaire des socialistes, expliqua-t-il. Et maintenant M. Daszyński affirme que la mort par balle de ce Czarniecki…

— Czarnota, corrigea Zofia.

— … de Czarnota n'est autre qu'un nouveau meurtre policier commis sur un homme innocent.

— Innocent ?! dit en s'offusquant Zofia qui en un instant avait perdu le calme olympien qu'elle avait conservé jusque-là au prix d'un si grand effort. Monsieur Żeleński, ce criminel a déshonoré puis poignardé ma Karolina ! Notre Karolina ! S'il avait été innocent, aurait-il tiré sur les policiers ? Oh non, monsieur, la police savait pertinemment ce qu'elle faisait.

— C'est absolument vrai, ma chère, dit Turbotyński pour soutenir sa femme. La vérité, monsieur, c'est que cet individu était dépourvu de tout sens moral. Un socialiste, voilà tout. Et ivrogne, avec ça. Car tous les ivrognes sont socialistes !

Les opinions mises à part, il n'en restait pas moins qu'ils avaient un invité pour le thé ; si Zofia avait pu hausser la voix elle aussi quelques instants auparavant, il leur fallait tout de même sauver ne serait-ce que les apparences de l'hospitalité.

— Dites-moi plutôt comment vous envisagez votre avenir, monsieur ? lança-t-elle en sautant du coq à l'âne. J'ai entendu dire qu'à l'image de votre cousin Tetmajer vous vous essayez à la poésie.

Ignacy saisit la manœuvre au vol et s'y ajusta :

— Exactement ! Mon épouse a mentionné que quelques-uns de vos sonnets avaient été publiés dans *Le Monde*...

Żeleński parut visiblement gêné, il baissa les yeux et murmura que ce n'étaient là « que des exercices de jeunesse ».

— Et comptez-vous aller après-demain à la soirée consacrée à la Constitution ? Il y aura des polonaises de Chopin, l'incita Zofia tout en sachant que Chopin n'excitait pas plus l'étudiant qu'il ne l'excitait elle.

— Ce sera sans aucun doute un grand événement, répondit évasivement Żeleński avant de faire un geste de la main comme pour se servir encore un caramel, mais il se maîtrisa.

Un jeune homme bien éduqué ne pousse pas ses hôtes à des coûts inutiles.

Elle le vit dès l'entrée de la Confrérie de tir ; il se tenait près d'une colonne soutenant une arcade qui passait par le centre de la salle des fêtes et bavardait en souriant avec un cercle de dames (l'une d'entre elles était assurément Mme Pareńska, que l'on reconnaissait facilement à ses cheveux poudrés qui la faisaient ressembler à une marquise française de l'Ancien Régime). Le juge d'instruction Rajmund Klossowitz dont il était question avait certes fini par accepter l'aide de Mme Turbotyńska pour résoudre le mystère du meurtre de la Maison Helcel un an et demi plus tôt, mais leurs premières rencontres ne firent pas partie des plus agréables, c'est pourquoi le cœur meurtri de Zofia Turbotyńska n'avait pas encore cicatrisé. Zofia n'était pas prompte à pardonner les affronts, et elle cultivait précieusement ses traumatismes, avec autant de soin que ses rhododendrons qu'elle faisait pousser, grâce à l'amabilité des sœurs de la Charité, dans leur jardin. Et même davantage.

Si la foule était plus colorée que d'habitude dans de telles occasions, c'était que non seulement les dames avaient revêtu toute une gamme de couleurs, mais parmi les messieurs aussi : outre le noir des fracs ou redingotes et le blanc des chemises à plastrons, on voyait également les carmins, bleu saphir et vert bouteille des *kontusz* sous lesquels brillaient les caftans clairs, parfois argentés ou dorés. Le jour de la Constitution, non seulement les membres de la Confrérie de tir – comme Lunicorne – avaient mis leur tenue d'apparat, mais de nombreux autres messieurs avaient aussi décidé d'endosser les anciennes tenues de la noblesse polonaise. Certains avaient fermé leurs gros boutons, qui – comme le racontaient les légendes familiales – avaient jadis été arrachés des tenues turques, et avaient tiré de leurs armoires les ceintures d'apparat de Słuck qui dataient de l'instauration de la République, d'autres avaient enveloppé leur ventre d'une ceinture de Buczacz flambant neuve, tissée à la manufacture des Potocki et qui avait fait fureur à l'Exposition de Lwów.

Ignacy portait lui aussi une ceinture de Buczacz qui venait justement de Lwów. Il aurait certes préféré mettre une tenue plus confortable, mais la solennité du moment exigeait des mesures spéciales, et Zofia, qui d'ordinaire se réjouissait le plus en le voyant en frac ou en toge, exigea qu'il endosse le *kontusz* qui avait été sorti de l'armoire la veille et aéré pour le débarrasser de l'odeur du produit contre les mites. Franciszka dut aider le professeur à s'envelopper des cinq mètres d'étoffe tissée d'or, et ce, plusieurs fois, car le nœud de la ceinture ne voulait absolument pas tenir comme il fallait. Le *kontusz*, de couleur bleu marine, aux revers de manches en satin framboise, avait été cousu deux décennies auparavant pour le mariage des Turbotyński – fort heureusement, quelques kilogrammes en plus ou en moins ne changeaient pas grand-chose dans la mise du *kontusz* qui se portait par-dessus le caftan qui, lui, pouvait toujours être élargi à l'arrière, ce qui avait été le cas quelques années plus tôt.

Mme Turbotyńska promena son regard autour d'elle en vérifiant attentivement s'ils avaient produit ensemble l'effet attendu, elle fit un signe de tête en direction de plusieurs connaissances et, une fois assise sur une chaise, remit en place les volants de sa robe. Quand Ignacy ouvrit le programme de la soirée orné des blasons de la Couronne et de la Lituanie, il constata non sans amusement que la mise en musique de la soirée serait assurée presque uniquement par des femmes.

— « Mlle Kohn au chant... lut-il à haute voix, au piano, Mme Stangel-Tabor... au violon, Mme Poselta... »

— Et où est Hock ? plaisanta quelqu'un du rang derrière lui. Je ne pensais pas que dans notre ville une soirée musicale pouvait avoir lieu sans les cuivres du chef de fanfare Hock !

— Pas d'inquiétude, monsieur le conseiller, lui répondit une autre voix, demain, il accompagne Mme Strzelecka qui doit chanter des arias de *Guillaume Tell* et *Le Mariage de Figaro* à l'Hôtel Saski. Si tant est que les trompettes et tambours ne la couvrent pas.

Le concert fut aussi patriotique qu'ennuyeux : les polonaises de Chopin interprétées par le chœur de la société de chant « Le Luth » – le « joyau de la soirée », avait-on annoncé – s'avérèrent assez monotones. À deux reprises, Zofia dut donner un discret coup de coude à Ignacy dont la tête commençait à dodeliner. Elle-même, d'ailleurs, était près de s'endormir et avait dû se couvrir la bouche plusieurs fois, ne pouvant empêcher ses bâillements. Elle avait été réveillée le jour même, bien trop tôt, par l'aurore du mois de mai – et pour être plus précise, la mazurka *Bienvenue, Aurore du mois de mai*, jouée juste sous les fenêtres des Turbotyński par la société Harmonie. Il ne s'agissait toutefois pas d'un honneur particulier, car l'orchestre parcourait les rues de la ville depuis cinq heures du matin, réveillant au passage toutes les classes sociales sans exception. À vrai dire, l'épouse du professeur avait eu assez de musique pour la journée, et elle n'était pas trop attirée par les mondanités, ces discussions avec les mêmes personnes sur les mêmes sujets ; en définitive, elle les voyait tous continuellement, que ce soit à la messe de l'église Sainte-Marie, dans le parc Planty ou sur la Grand-Place qu'il était impossible de ne pas traverser pour éviter de rencontrer qui que ce soit. Elle s'était même demandé un court instant si elle n'allait pas échapper à la soirée en prétextant une affection à la gorge et en restant à la maison, mais son *sentiment du devoir patriotique* finit par prendre le dessus, autrement dit l'envie de se montrer dans sa nouvelle robe et de recueillir les nouveaux ragots qui pourraient surgir au détour des conversations. Mais il n'en fut rien. Pendant le banquet, on ne parla que de choses que Zofia connaissait parfaitement : les préparatifs en cours pour la fête et la tombola en faveur des habitants de Ljubljana ; des jeux pour les enfants dans le parc du docteur Jordan (coorganisés, bien entendu, par Bujwidowa) ; l'arrivée imminente de l'actrice Modrzejewska ; le tournant politique à venir à Vienne – il semblait en effet que contrairement aux affirmations d'Ignacy le cabinet du prince Windischgrätz ne tiendrait pas longtemps.

Une tout autre nouvelle que celle de l'assemblée de l'Académie des connaissances qui s'était déroulée quelques heures plus tôt ce jour-là fit sensation parmi le public rassemblé dans les jardins de la confrérie : l'attentat raté sur le juge Dąbrowski, bien que les informations sur le sujet fussent encore fragmentaires et incertaines. L'assemblée solennelle de l'Académie, honorée par la venue du gouverneur, avait certes lieu une seule fois dans l'année, mais les fusillades dans le bâtiment du tribunal se produisaient bien plus rarement à Cracovie, c'est pourquoi l'événement eut un écho retentissant.

— L'auteur des faits a immédiatement été capturé, assurait le commissaire Lunicorne à un petit groupe de personnes. N'ayez aucune crainte.

Cependant, il se trouvait constamment quelqu'un pour se lamenter en disant que le forcené rôdait encore dans la ville son arme à la main et qu'il fallait peut-être engager la Confrérie de tir pour l'attraper. À la stupéfaction générale, le commissaire dévoila que le coupable n'était pas du tout un socialiste, comme on l'avait cru dans un premier temps, mais un citoyen de la ville, propriétaire de deux boucheries. Cette nouvelle jeta le petit groupe dans une certaine consternation – plus d'un avait eu dans sa vie l'occasion de pester contre la lenteur bureaucratique ou l'injustice des jugements qui tombaient dans telle ou telle affaire qui le concernait, mais pour en venir à tirer un coup de revolver sur un juge ? Ils ne pouvaient y croire. Qu'un entrepreneur puisse en arriver à un acte pareil ? Et un citoyen de la ville, qui plus est ? Presque l'un des leurs ? C'était non seulement impensable, mais surtout à ne pas dire à haute voix. On se concentra donc rapidement sur un sujet plus sûr : l'accident de chemin de fer à la station de Bochnia où un train en provenance de Cracovie avait été percuté par un autre train.

— Ah, bien sûr, les cheminots ! lâcha Turbotyński. On ne peut rien en attendre de bon, je l'ai toujours dit.

— Quelle chance que personne n'ait péri ! dit une femme en robe rouge.

— Mais combien furent gravement blessés ! Peut-être pas physiquement, mais ils ont dû avoir une peur ! ajouta un homme corpulent.

— L'impudence des chemins de fer dépasse l'entendement humain, messieurs dames, commenta Turbotyński.

— Indubitablement, je ne sais pas si vous avez lu dans le journal avant-hier que la comtesse Starzeńska, qui voyageait avec ses trois enfants sur les chemins de fer du nord, a été traitée par le contrôleur d'une façon on ne peut plus barbare.

— Que dites-vous là ? Lui aurait-il adressé un mot vulgaire ?

— Pire, cher monsieur. Lorsqu'elle eut acheté son billet et se fut installée dans le train, le contrôleur lui déclara qu'il n'y avait pas de places assises pour quatre personnes en première classe, et malgré les protestations d'une dame, il sépara la famille. Ses deux filles durent faire le voyage dans un autre wagon ! Avec de parfaits étrangers !

— J'espère que monsieur le comte a déposé une plainte auprès de la direction générale…

Le commissaire, qui avait chaleureusement salué Mme Turbotyńska, écoutait à présent, sa médaille d'honneur en argent ornée de la couronne scintillant par intervalles, les élucubrations d'un amateur des temps passés qui le tenait par l'un de ses boutons en filigrane d'argent et le félicitait pour son choix de couleurs :

— … en l'an 1778 déjà, les députés se rendaient au parlement vêtus des couleurs convenues pour chaque voïvodie, et pour la voïvodie de Cracovie, il s'agissait justement du *kontusz* bleu marine, sans revers, avec le col et le caftan couleur carmin, c'est pourquoi je me permets d'insister : puisque, le jour de notre Constitution, le jour de notre fête parlementaire, si je peux m'exprimer ainsi (Lunicorne tenta de se libérer, mais le bouton était bien cousu), vous êtes venu dans le costume national, je vous conseillerais de changer de *kontusz* pour un autre sans revers, mais aussi de changer la couleur de votre caftan, nous sommes à Cracovie, voyons, certes dans le grand-duché de Cracovie, mais aussi dans la voïvodie de Cracovie, si je puis dire…

Zofia se sentit soudain étouffer et décida de sortir prendre un bol d'air frais quand tout à coup quelqu'un la saisit par la main : la cancanière la plus connue du monde entier, l'amie de la femme de l'ingénieur Zaremba qui était encore plus assommante qu'elle – aussi difficile à croire que cela puisse paraître. La femme du conseiller

Jakubowski était connue pour se coller aux gens telle une sangsue, imposant à ses victimes des récits sur qui venait de contracter quelle maladie et quel jour il avait subi quelle attaque particulièrement douloureuse. Zofia, bien entendu, n'avait pas été sans parfois apprécier ce genre de connaissances, mais il y avait toutefois une limite à ce que l'on pouvait supporter. Tel Lunicorne avec son amateur d'anecdotes historiques, elle essayait de se libérer, mais elle était tombée sur une adversaire de taille ; Jakubowska était impitoyable, et au bout d'un instant, Zofia, hochant presque mécaniquement la tête et priant pour ne pas être saisie d'un bâillement, fut contrainte d'écouter ses récits sur le zona d'une de ses cousines qui avait eu très mal mercredi. Ou bien jeudi.

— Quel dommage, madame le professeur, que notre intermédiaire avec le passé n'ait pas survécu jusqu'à ce jour illustre, n'est-ce pas ?

Jakubowska avait délicatement changé de sujet, quoiqu'il ne s'agisse pas véritablement d'un changement, puisqu'elle était passée des maladies aux décès.

— Notre intermédiaire ?

— Mme Kotarbina, vous n'en avez pas entendu parler ? C'est une vieille femme qui est née en 1791, l'année de la Constitution, vous imaginez-vous ? Comme j'aimerais vivre aussi longtemps !

Dieu nous en garde, se dit intérieurement Zofia. *Et si Dieu, dans Sa sagesse insondable, le permettait, qu'Il m'accorde de quitter ce monde avant cette potinière, que je n'aie pas à supporter cela.*

— Oui, c'est une énorme perte, répondit-elle, résignée. Et un bel âge.

— Elle habitait dans les environs de Tarnów, à Zakliczyn. Ou plutôt à Czchów… Enfin, pas tout à fait à Czchów, mais tout près… Vous êtes-vous déjà rendue dans cet endroit ? De magnifiques paysages, le château de Tropsztyn sur les rives du Dunajec, très pittoresque… Non, pas à Czchów, mais plus à l'ouest, du côté de Nowy Sącz, et donc plutôt au sud… Wi… Wy… Pas Witowice… J'y suis : Wytruszka !

Mme Turbotyńska envisageait déjà de feindre un léger malaise quand Klossowitz apparut soudain devant elle.

— Madame le professeur, madame le conseiller, dit-il en s'inclinant bien bas devant ces dames.

— Monsieur le juge, répondit Zofia en hochant la tête.

Elle ne s'imaginait pas que le secours viendrait de ce côté-là, mais dans cette situation, toute aide était la bienvenue.

— Vous me pardonnerez si j'interromps cette fascinante conversation, reprit Klossowitz en s'adressant à Jakubowska, mais je dois vous enlever madame le professeur pour un instant concernant une question urgente…

Jakubowska murmura quelques mots en l'assurant qu'elle comprenait bien sûr parfaitement, elle tourna seulement sur son propre axe et, sans même bouger, s'adressa à sa victime suivante et se remit à réciter sa chronique des maux et décès exactement au même endroit où elle avait été interrompue.

Ils sortirent dans le jardin de la Confrérie où il n'y avait pratiquement personne, mis à part deux jeunes couples et leurs chaperonnes qui suivaient chacune l'un des couples de loin ; les arbustes embaumaient les airs du parfum des premières grappes de lilas en fleur. Zofia dut reconnaître avec regret que le juge d'instruction avait fière allure dans son *kontusz*. Grand mais pas dégingandé, mince mais pas maigre – bien qu'il fût né deux ans à peine après Ignacy, il faisait beaucoup plus jeune. Lorsqu'il lui prit et lui baisa la main, elle posa un regard bienveillant sur son sauveur.

— Quelle est donc cette question urgente ?

— Ne vous semble-t-il pas, madame, que *l'affaire que vous savez* (il accentua ces mots avec plus de soin encore) s'est achevée de façon quelque peu trop... lisse ?

— Vous ne tentez tout de même pas de me dire que vous croyez à la version de cet émeutier, M. Daszyński ? J'ai entendu beaucoup de choses inquiétantes à son sujet. (Elle leva le doigt.) Je ne sais si vous le savez, mais en son temps, cet homme a fracassé le buste du professeur Korczyński.

— Que dire, madame, il y a dans ce monde des choses auxquelles les philosophes n'ont même jamais rêvé, dont des socialistes qui disent la vérité. Ou du moins certains, dit-il en haussant un sourcil éloquent, à qui il arrive de dire la vérité. Ne serait-ce qu'involontairement.

— Vraiment, je ne sais pas de quoi vous parlez, rétorqua Zofia sur un ton offensé, irritée du fait que Klossowitz, assurément jaloux de sa performance, car c'est elle qui au final avait guidé le commissaire Lunicorne sur la piste du faux Bzowski, tentât à nouveau de diminuer ses mérites en matière d'enquête.

Et ce, justement au moment où elle était prête à lui pardonner ses fautes d'antan.

— Ne vous laissez pas emporter, lui lança-t-il, il nous importe à tous de retrouver le coupable.

— Le coupable a été non seulement retrouvé, mais aussi abattu alors qu'il tentait de fuir, sûrement en raison... Bonsoir, monsieur (elle rendit le salut de Kostanecki)... de sa mauvaise conscience de criminel.

Klossowitz retroussa sa moustache. L'idée que tous les hommes, dès qu'ils avaient revêtu le *kontusz*, adoptaient les manières de l'ancienne Pologne comme s'ils étaient touchés d'une baguette magique lui traversa l'esprit.

— Que le juge Rozmarynowicz, qui aurait dû partir à la retraite il y a bien longtemps, car il ne distingue plus le rêve de la réalité, se laisse berner, cela ne m'étonne pas. Que le commissaire Lunicorne, qui n'a en tête que les promotions et les décorations, et donc que chaque affaire résolue rapproche de nouveaux insignes, fasse de même, cela ne m'étonne pas non plus. Mais que vous, si perspicace dans l'examen des affaires…

C'est donc ainsi qu'il veut la jouer, pensa-t-elle en approchant son lorgnon de ses yeux. *Il ne peut pardonner à Lunicorne sa décoration ni sa carrière qui avance plus vite que la sienne, il veut donc me guider vers une autre enquête par la flatterie, pour que je remette en cause les conclusions du commissaire… Peu importe s'il présente bien ou mal en* kontusz, *il ne sait s'élever sur les hauteurs de la magnanimité. Ah, ces hommes, ils n'ont que leurs petites guerres en tête !*

— Que puis-je donc faire ? Je ne suis qu'une femme. Vous êtes là pour établir et attraper les criminels. Et ce criminel a été attrapé, il a payé pour son horrible crime comme dans l'Ancien Testament : œil pour œil, dent pour dent, vie pour vie.

— Si bien sûr l'on admet que c'était là le jugement de la justice divine, et non d'un simulacre de procès, rétorqua le juge, car je voudrais remarquer que…

— Ah, te voilà ! (Elle entendit la voix animée de son mari derrière elle) Je t'ai cherchée partout… Bonsoir… Ça y est, M. Sebald a mis en place ses appareils.

Elle salua Klossowitz, prit Ignacy par le bras et rentra dans le bâtiment de la Confrérie. Effectivement, là où peu de temps auparavant Le Luth avait entonné ses chants écrits sur la musique de Chopin, deux assistants du photographe avaient suspendu un fond peint qui datait encore en partie du temps mémorable où l'atelier rue des Chemins-de-fer était tenu par Walery Rzewuski. Les dames et messieurs prenaient diverses pauses devant une forêt ancestrale, devant un paysage rural brumeux ou devant un château séculaire à moitié en ruines (peut-être était-ce celui de Tropsztyn dont parlait Jakubowska). L'inlassable Fikalski, qui, à l'occasion de la fête nationale, arborait un grand cotillon rouge et blanc épinglé à sa poitrine, arrangeait avec une ardeur extraordinaire de véritables tableaux vivants, principalement – en raison des tenues attractives – tirés des scènes du roman sarmate de M. Sienkiewicz qui avait paru quelques années auparavant. Bien évidemment, il évitait à tout prix le regard de Mme Turbotyńska. Puis vint le tour de photographies plus communes, où tous les héros romanesques se transformèrent de nouveau en dociles maris de leurs femmes, lourdes de volants et d'années de vie commune. En définitive, les Turbotyński devaient récupérer le lendemain les photos au format cabinet; sur l'une d'entre elles se trouvait seulement Ignacy, son kalpack un peu trop enfoncé sur la tête, sur une deuxième, seule Zofia, le regard trouble d'avoir cligné des yeux, et sur la troisième, le couple avec le commissaire Lunicorne auquel ils avaient décidé de donner une épreuve en reconnaissance de la rapide résolution de l'affaire. Pendant ce temps, les invités, notamment ceux qui étaient gris, s'étaient mis en route vers les maisons les plus proches ou montaient dans les fiacres qui attendaient devant la Confrérie. Des hululements tonitruants et des cris provenaient du jardin, puis des fragments de chansons à boire entonnées de façon peu gracieuse.

De vrais gamins, se dit Zofia, *de vrais gamins !*

CHAPITRE VI

Court intermezzo (fort heureusement) dans lequel il ne se passe rien pendant tout le mois de mai et quasiment tout le mois de juin, bien qu'il se passe en réalité beaucoup de choses : Bujwidowa devient puissante, la cousine vante les pots de Zofia et une jeune fille voit un fantôme à la lueur d'une bougie la nuit de la Saint-Jean.

Zofia Turbotyńska avait sa propre opinion sur l'intelligence de Salomon, et peu de choses l'irritaient autant que la maxime que l'on répétait jusqu'à la nausée à Cracovie, selon laquelle « l'arrogance précède la ruine » ; premièrement parce que – comme la plupart des sentences bibliques, d'ailleurs – elle se vérifiait à peine une fois sur deux, et deuxièmement parce que les mauvaises langues, par une étrange coïncidence, la proféraient souvent à son égard. Le fait était cependant qu'ayant participé à la découverte de l'assassin de Karolina, elle s'imaginait que l'attendaient de formidables et lumineux mois printaniers qui lui apporteraient une succession de triomphes mondains. Hélas, la réalité s'avéra tout autre.

Tout d'abord, une véritable inondation de la Bujwidowa se produisit : elle était partout et tout le temps, pas une conférence, pas une inauguration, pas un débat n'eut lieu sans qu'elle soit présente. Elle agissait pour la Société des écoles populaires avec un tel acharnement qu'on parlait d'elle et de deux autres de ses mégères comme de « trois écrous fiscaux qui écrasaient toute la société cracovienne » : elles savaient tirer de l'argent de chaque portefeuille, de chaque porte-monnaie, de chaque tiroir le plus hermétiquement fermé soit-il… L'éducation du peuple pouvait certes être utile, mais il semblait à Zofia – et à d'autres également – que la tâche de couvrir toute la Galicie d'un réseau d'écoles reposait uniquement sur les épaules des habitants de Cracovie. Dans les salons, on s'accordait pour dire que le pire, c'était cette manie d'éduquer les femmes.

— Mais Cracovie ne se défend pas contre la modernité, dit un collègue d'Ignacy, et si des parents terriblement libéraux désirent gâter le cerveau de leur fille en l'éduquant, qu'ils fassent donc ! Cela fait presque trente ans que fonctionnent les Cours supérieurs pour les femmes du défunt M. Kruszonowski…

— Notre *Cruchoneum* ! ajouta quelqu'un derrière son dos.

On répétait cette blague depuis un quart de siècle déjà, mais elle amusait toujours ces messieurs.

— C'est là que commence la dégénérescence de la femme ; chacun sera d'accord pour dire que dans la société une mère respectable, une bonne épouse vaut bien plus qu'un docteur médiocre.

— Si tant est qu'il y ait de la place pour lui, ajouta l'un des médecins.

— Bien dit. Plutôt que de chercher du travail, que la femme regarde autour d'elle, car de vastes champs sont en jachère, plutôt que d'ôter le pain des mains de l'homme.

— De plus en plus d'argent part à l'étranger pour leurs bagatelles et autres babioles sans lesquelles elles ne peuvent vivre, pérorait un homme en levant haut son verre. Pour des figurines en papier, éventails, tableaux et découpages ! Les étrangers nous ôtent le pain, le beurre et la viande de la bouche, et font des affaires comme des barbares, en donnant en échange des breloques pour les femmes.

— À peine une fille apprend-elle à lire et à écrire qu'elle a des revendications, confirma Ignacy. À quoi bon cette multiplication de talents pour écrire des nouvelles quand il nous faut chercher des couturières et tailleuses au-delà de nos frontières ?

— Certains de nos contemporains travaillent d'arrache-pied pour effacer les différences naturelles entre les sexes et les mener à leur nivellement absolu ! Peut-on imaginer pire absurdité ? Nous voyons même dans le corps que des tâches différentes nous ont été assignées ! Ne serait-ce que notre barbe (un académique passa alors sa main sur la sienne), n'est-ce pas une preuve naturelle que la dignité est innée à la nature masculine ? Les femmes n'ont pas de barbe… ou du moins la majorité (tous ricanèrent à ce moment-là), puisqu'elles n'ont tout simplement pas à être aussi dignes. C'est une chose bien connue, Aristote le disait déjà dans ses écrits.

— Il ne pouvait toutefois savoir, rétorqua un autre de ces messieurs, ce que les scientifiques de la lointaine Amérique ont découvert, que la barbe emmagasine en elle des éléments électriques, et qu'elle est donc un signe de force vitale, d'*élan vital* !

Un murmure approbatif se répandit dans le groupe.

— Le physique de l'homme est élancé et vigoureusement concentré, se mit à expliquer un des anatomistes, tandis que la femme est moins uniforme, elle a des hanches larges et des courbures ondulées en saillie à la poitrine, au ventre et aux hanches. Si le physique de l'homme semble chercher… pour ainsi dire… l'action, l'action instinctive, la femme, quant à elle, rejoint souvent un état de calme et semble trouver satisfaction dans une attitude quelque peu dirigée vers l'avant (il se courba à ce moment en bombant la cage thoracique), comme en position de reddition…

— Mais l'attitude physique, l'interrompit un homme plus jeune que lui, n'a pourtant pas d'importance pour ce qui est de l'éducation…

— Le lien entre le sexe et le système nerveux a son importance, expliqua l'anatomiste, et plus concrètement, le lien entre le cervelet et les glandes embryonnaires ! Lorsque nous renforçons de façon unilatérale le cerveau de nos filles, lorsque, ce faisant, nous dirigeons tout le sang vers un pôle unique, comme c'est le cas dans l'éducation scolaire actuelle, alors les actions du système sympathique disparaissent, un affaiblissement de l'activité de l'estomac se produit (il replia un de ses doigts), des intestins, dit-il en repliant un deuxième doigt, du foie (troisième doigt) et de la rate (quatrième doigt) ainsi que la dégénérescence des glandes embryonnaires, ce qui se traduit, mon cher collègue, par l'in-fer-ti-li-té !

Zofia – qui, assise sur la bergère du cercle d'à côté où des dames discutaient de leurs affaires, interceptait des paroles au vol dans le murmure des conversations – aurait préféré croire que l'anatomiste se trompait, mais son cas semblait confirmer la posture de la science. Dans son enfance, on avait effectivement insisté pour qu'elle soit éduquée, cela importait particulièrement à son père, pharmacien, qui avait toujours regretté de ne pas avoir terminé ses études de médecine. S'il avait eu un fils, il l'aurait envoyé à l'université, mais dans une telle situation… Et donc ? Il était difficile de le nier, M. et Mme Turbotyński n'avaient pas été bénis de la grâce d'une descendance. Serait-ce à cause du renforcement unilatéral du cerveau de la petite Zofia ? Il semblerait toutefois que non : Bujwidowa, quoi que l'on pense d'elle, n'était pas bête, et elle ne cessait de donner des enfants à son mari. Comme le disaient les potins – mais de source sûre –, elle portait déjà en son giron un enfançon de plus.

Quoi qu'il en soit, qu'elle eût des espérances ou non, elle agissait avec beaucoup d'esprit ; non seulement elle s'obstinait à créer des écoles secondaires pour filles, mais au congrès des instituteurs à Lwów, elle avait trouvé dans le règlement de l'université une astuce juridique sur le droit des auditeurs libres et elle embobina tant la salle entière, pour la plupart composée d'hommes (« Mais elle ne les embobina sûrement pas avec sa beauté ! » disaient les commérages), qu'ils votèrent pour l'admission des femmes en tant qu'auditrices libres dans les établissements d'enseignement supérieur. Cependant, elle avait mis ensuite dans la tête de filles du royaume du Congrès l'idée de déposer des demandes d'admission à Cracovie et à Vienne pour qu'on les accepte à l'université Jagellon, tant et si bien qu'elles furent plus d'une cinquantaine à le faire. Et le malheur a voulu qu'après moult refus, esquives et tentatives, trois d'entre elles fussent acceptées. « Il suffit qu'elles mettent leur joli peton chaussé d'une minuscule pantoufle dans la porte, et c'est parti ! » Les professeurs s'étaient rembrunis ; s'il était vrai que la plupart des demandes avaient été rejetées, s'il était vrai qu'il ne s'agissait que de la faculté de philosophie et de trois pharmaciennes, s'il était vrai qu'elles n'avaient pas le droit de passer d'épreuves ni d'examens, et que chacune d'entre elles devait obtenir de chaque professeur une autorisation distincte pour pouvoir suivre son cours, il n'en restait pas moins qu'une brèche avait été créée. À présent, on s'attendait à voir tomber fortifications et tranchées successives.

Zofia ne participait pas à tout ce ramdam bujwidowien. Par protestation. De même qu'elle n'avait, par protestation, pas assisté à la conférence sur les Amazones, de même, par protestation, elle ne se rendit pas le 5 mai au parc Jordan à la fête des élèves des écoles populaires du comité dont Bujwidowa faisait *évidemment* partie ; il s'était réuni près de deux mille de ces petites choses, et parmi ces élèves, à peine moins de filles que de garçons, ce qui n'augurait clairement rien de bon pour la future fertilité des Cracoviennes, et avec cela, on célébra également le docteur Jordan lui-même que, depuis des années, Mme Turbotyńska ne portait pas dans son cœur ; le même jour, Ignacy n'occupa aucune place importante dans sa course cycliste, il rentra donc chez lui contrarié, et tous les deux, chacun dans sa chambre, tâchaient de maîtriser leur propre irritation. Le 8 mai, enfin, elle n'apparut pas, par protestation, à la rue Parlementaire où l'on avait ouvert une Bibliothèque pour femmes et où s'étaient réunies toutes ces dangereuses émancipatrices, un véritable nid de vipères ! Sans parler du manque de respect pour la vie spirituelle, car, à peine trois jours après cette abomination, allait passer dans les rues de Cracovie la procession des reliques de la tête de saint Stanisław menée par l'évêque.

Au fond d'elle-même, Zofia savait bien que probablement personne n'avait remarqué sa protestation. Elle se consolait toutefois en se disant qu'il y aurait encore d'autres occasions pour jouer sa mise et marquer sa place dans les hautes sphères cracoviennes, place qui, d'ailleurs, comme on le sait, n'avait jamais été stable et exigeait de constantes confirmations. Malheureusement, Ignacy qui était devenu totalement grincheux dernièrement – peut-être en raison de son énième course perdue – ne s'était pas procuré d'invitations pour le raout à la gloire de l'actrice Modrzejewska, ce dont il se justifiait en disant qu'il s'agissait là d'une fête pour les membres du Cercle artistico-littéraire, autrement dit pratiquement que pour les acteurs et littérateurs. Le poète Asnyk fut donc présent, mais les Turbotyński, non. Voilà à quoi on en était arrivé. Il ne leur restait plus qu'à admirer l'actrice dans le rôle de Viola dans *La Nuit des rois*, mais cela n'avait rien à voir avec le fait de passer la soirée à la même table qu'elle, d'autant plus, comme Zofia l'avait lu avec envie dans le journal, que « la causerie animée s'était prolongée jusqu'à deux heures du matin ».

Elle plaçait tous ses espoirs dans l'exposition de rhododendrons, rosiers et fraisiers dans le jardin de la Confrérie de tir. Grâce à la connivence de sœur Alojza, elle s'était assurée l'aide du jardinier de la Maison Helcel et veillait depuis longtemps sur trois très beaux spécimens : un blanc, un rose et un violet qui étaient cultivés avec savoir-faire sur le petit parterre au pied d'un mur qui les protégeait du vent. Ils s'annonçaient magnifiques : les branches étaient recouvertes de bourgeons enflés ; on avait pris toutes les précautions pour qu'ils ne soient pas flétris par les saints de glace. Tôt le matin du samedi, Franciszka, avec l'aide de deux journaliers engagés spécialement, avait emporté les arbustes qui se trouvaient d'ailleurs dans de superbes pots sur le lieu de l'exposition, en veillant à ce que les garçons ne brisent pas de branche par inadvertance.

Les Turbotyński s'y rendirent ponctuellement à une heure, firent la file un court instant pour entrer, payèrent vingt centimes par personne, saluèrent quelques couples amis et prirent rapidement la direction de la section des rhododendrons. Les discussions qui s'y tenaient concernaient exclusivement les fleurs :

— Il paraît qu'un wagon entier de rosiers a été envoyé d'un jardin en province…

— Deux wagons. En fleurs. Dans des pots.

— J'ai entendu dire qu'ils étaient de la princesse Lubomirska, des pépinières des Mieżyniecki.

— Les roses sont les reines des fleurs !

— On dit beaucoup de bien des Kudasiewicz de Prądnik, lança un homme à barbe grise que Zofia avait pris l'instant d'avant pour le juge Rozmarynowicz.

— En effet, surtout la variété Polyantha.

— Je préfère les variétés La France et Viscountess Folkestone.

— Moi, j'apprécie beaucoup les roses du chanoine Drohojowski. Des spécimens de qualité.

— Et l'Olsza ?

— L'Olsza des Potocki, de la comtesse Antoniowa ? Ce sont de nouvelles variétés qui méritent qu'on y regarde de plus près.

— Mme Kossakowa présente quant à elle de magnifiques fraisiers.

— Mais hors du concours. D'ailleurs, dans la section des fraisiers et fraisiers des bois, il n'y a que trois exposants, siffla avec dédain une dame dont le chapeau était orné d'un perroquet. À Lwów, cela aurait été impensable.

Ils arrivèrent enfin à leurs rhododendrons. Ils se présentaient magnifiquement bien, l'inscription *Madame le professeur Turbotyńska* n'était ni trop grande, ni trop petite.

— Quels pots splendides !

Elle entendit la voix de sa cousine derrière elle.

Bien qu'elle fût éternellement en deuil, Józefa Dutkiewicz affichait un sourire radieux. Rien d'étonnant à cela – il s'avérait qu'elle aussi présentait aux Cracoviens des rhododendrons, qu'elle avait cultivés on ne sait où, à dire vrai, car ce n'était certainement pas dans son immeuble rue Saint-Florian. Lorsqu'on lui posa la question, elle répondit seulement en esquivant que chaque femme avait ses petits secrets pour cultiver la beauté.

Elles se rencontrèrent de nouveau au plébiscite du dimanche, quand le public votait pour les plus beaux spécimens. Ces dames et messieurs sillonnaient les sentiers du jardin entre le bâtiment du restaurant et le pavillon de musique, au son des trombones, caisses claires et clarinettes, car depuis quinze heures un concert de musique militaire avait lieu et un petit maître de musique sautillant dirigeait gaiement des marches militaires qui commémoraient divers – mais antiques – triomphes de l'armée austro-hongroise. En définitive, dans presque toutes les compétitions, la victoire était revenue aux frères Freege, autrement dit à des professionnels ; ils avaient aussi reçu la médaille d'or pour les rhododendrons. L'argent échut aux pères de saint Joseph. « Ce qui à vrai dire n'est pas étonnant, dit pour conclure Zofia, car ils ne s'occupent que de peu de choses mis à part ça, dans la vie. » Il lui était cependant plus difficile d'accepter la médaille de bronze qui avait comme par hasard été remise à Józefa Dutkiewicz.

Comme si cela ne suffisait pas, Dutkiewicz ainsi que Bujwidowa et son mari – surtout elle, l'écrou fiscal ! – avaient dépassé Zofia dans la récolte de fonds pour la rénovation de la cathédrale. Comme tout avait changé à Cracovie – il y a peu encore, on ne collectait que pour les orphelins, boiteux ou vieux, et ceux qui souffraient d'un éventail de maladies. Mais à présent ? Tantôt pour les écoles populaires, tantôt pour la rénovation de bâtiments divers et variés : cette charité n'avait plus de fin ! La cathédrale, c'était une chose, mais dans l'église des franciscains aussi, brûlée à peine un demi-siècle plus tôt dans le grand incendie de la ville, on travaillait sous la direction de l'architecte Ekielski. À peine deux jours auparavant, la rumeur disait que mme Pareńska, qui aimait mettre son nez partout et se considérait comme une grande connaisseuse de l'art, avait infligé à Ekielski son pupille, un béjaune de vingt et quelques années, pour peindre toute l'église, donc il fallait s'attendre à ce qu'il faille bientôt collecter pour le pinceau de ce Wyspiański. Les journaux publiaient des informations sur les tirelires que l'on brisait jour après jour ; vint alors le tour de celle de Zofia. Trente et un zlotys et douze centimes. Une somme importante, quasiment extorquée par tout un arsenal de moyens perfectionnés au fil des ans – et que cela pouvait-il faire qu'une semaine plus tard on découvrît que sa cousine avait récolté presque deux fois plus ? Ah, on en avait, des connaissances, dans le milieu des assurances après la succession de son mari ! Sans parler du contenu de la tirelire de Bujwidowa.

Les Turbotyński étaient totalement d'accord sur un point : cette année avait été une véritable *annus horribilis*, ils se soutenaient donc mutuellement en cette période difficile. Il lui disait de ne pas avoir cure des menues déconvenues et ne pas relever les bêtises énoncées par les émancipatrices, et que de toute l'exposition ses rhododendrons se présentaient le mieux ; elle lui disait qu'il ferait sûrement ses preuves le dernier jour de juin à la course des dix kilomètres jusqu'à Liszki, dans laquelle devaient prendre part les seniors du Club cracovien de cyclisme, autrement dit des hommes de l'âge du Christ et plus. Et lorsqu'il y occupa l'avant-dernière place, elle lui dit :

— Ignacy, tu diras ce que tu voudras, mais voilà ce que je vois : quarante cyclistes se sont inscrits, sept ont pris le départ, tu es donc du point de vue de tes forces à la sixième place du club. Et à l'université ? Dans toute l'université, Ignacy, tu es le numéro 1 !

Mais avant que cela n'ait lieu, avant que le professeur Turbotyński ne prenne le départ en affichant un air martial, se produisit une chose qui bouleversa tant Zofia qu'elle la poussa à se rendre sur-le-champ chez le commissaire Lunicorne.

— Ce n'est qu'en passant le porche que je me suis souvenue, dit-elle en déboulant dans son cabinet, avoir laissé sur mon bureau, dans le porte-lettres, notre portrait commun de la soirée de la Confrérie… Je le ferai envoyer par une servante ou par courrier… Quoi qu'il en soit, je ne prendrais pas votre temps précieux si ce n'était pour une affaire urgente. Monsieur le commissaire, j'ai bien peur que notre enquête (Lunicorne esquissa un sourire presque invisible au pronom « notre ») doive être réexaminée, et peut-être même rouverte. Figurez-vous qu'hier (elle se laissa lourdement tomber dans le fauteuil que Lunicorne lui indiqua) ma servante s'est rendue à la fête des Wianki.

— Oui ?

— Et qui n'a-t-elle pas vu dans la foule ? L'homme qui se faisait passer pour l'ingénieur Bzowski.

— Chère madame, dit Lunicorne en riant, vous pourrez me prendre pour un sceptique, mais je doute fort de l'apparition de spectres de bandits abattus. Même la nuit de la Saint-Jean.

— Et si ce n'était pas lui qui était mort ?

Le commissaire poussa un soupir, regarda par la fenêtre la façade inondée de soleil de l'immeuble d'en face puis se tourna à nouveau vers Mme Turbotyńska.

— En réalité, il n'y a rien qui ne puisse être imaginé par une servante. Surtout si elle est jeune. Dans la vie de ces jeunes filles exaltées, les jours se succèdent sans que rien ne se passe, si ce n'est qu'elles allument le poêle, font le ménage, cuisinent et battent les tapis… Chaque servante vit de ces nouvelles sensationnelles : des potins du voisinage, des affaires de la maison, des vieilles fables, et, s'il arrive que l'une d'entre elles sache lire, des bêtises de romans à un sou. Je ne m'en ferais pas, si j'étais vous. Elle y a vu quelque chose, elle s'est effrayée et voilà tout.

— Elle dit qu'elle l'a très bien vu… qu'elle l'a reconnu tout de suite.

— De nuit ? Aux Wianki ? À la lueur des bougies ?

— Il ne faut pas oublier la lumière du soleil couchant qui survient si tard que dans cette lueur du soir…

— … que dans cette lueur du soir Mlle Franciszka sait reconnaître un homme qu'elle n'a pas été en mesure de nous décrire, mis à part le fait qu'il était jeune et portait une moustache ?

La question resta un certain temps en suspens dans l'air imprégné de fumée de cigarette.

— Je suis sûre d'une chose, reprit-elle lentement en pesant chacun de ses mots, c'est que Franciszka n'est pas une personne exaltée, bien au contraire, elle est exceptionnellement consciencieuse et elle a les pieds sur terre. Si elle est venue me voir avec cette affaire, c'est assurément après y avoir mûrement réfléchi. Elle en tremblait tout entière !

— Elle tremblait car elle était perturbée. C'est justement l'exaltation dont je parle. Peut-être même renforcée par la boisson, car il est bien connu que dans ce genre d'endroits il y a toujours quelqu'un pour proposer du vin ou de la bière. Surtout à une jolie fille.

— Monsieur le commissaire, tout un chacun serait nerveux s'il se retrouvait nez à nez avec l'assassin de sa collègue, c'est le réflexe le plus naturel au monde.

Lunicorne entrelaça à présent ses mains sur son bureau, pencha vers l'avant tout son corps massif, ses larges épaules qui remplissaient sa veste d'uniforme, puis il dit :

— Dois-je comprendre que, selon vous, mes hommes ont tué un homme innocent ? Que l'inspecteur Trzeciak qui a dirigé cette action est incompétent ? Seriez-vous en train de porter ces accusations ?

Zofia perdit quelque peu contenance, elle avait besoin d'un instant pour lui répondre, elle se plaignit donc de la chaleur étouffante.

— Voudriez-vous que j'entrouvre la fenêtre ?

— Non, merci... Je me sens déjà mieux... Je n'ai pas l'intention d'accuser qui que ce soit. Peut-être que ce Czarnota avait de toute façon quelque chose sur la conscience et qu'il fuyait pour d'autres raisons ? Vous disiez vous-même qu'il était bien connu des services de police.

— Chère madame, nous n'envoyons pas une équipe d'hommes armés à Grzegórzki pour le premier citoyen venu sur lequel tomberait l'ombre d'un soupçon ! Si cela avait été le cas, j'aurais choisi Erychleb ou Pidłypczak et je l'aurais cordialement invité pour un interrogatoire... Non, ma chère madame. Nous savions qu'il s'était vanté dans des tavernes du crime commis sur Mlle Schulz.

— Comment ça, il s'était vanté ? s'anima Zofia. Il s'est mis au milieu de la taverne et a dit : « J'ai assassiné quelqu'un. Je l'ai outragée et poignardée au cœur » ? C'est invraisemblable, voyons.

— Ah, chère madame, chère madame (Lunicorne reprit place au fond de sa chaise)... ce n'est pas ainsi que cela se passe. Chez quasiment chaque criminel, même le plus dépravé, naît le besoin d'avouer son crime ou du moins de se vanter de son acte. Il n'annonce rien comme ça, mais il chuchote à une oreille, il suggère... Combien de fois ai-je eu affaire à cela ! Vous connaissez le conte des frères Grimm sur les taches de lumière sur le mur ? Non ? C'est une histoire très courte. Un jour, un homme s'empara d'une grosse somme d'argent en tuant son associé ou peut-être un voyageur inconnu, je ne m'en souviens pas. Mais sa victime le maudit en disant : « Des taches de lumière sur un mur te trahiront ! » Il n'en eut cure, acheta une grande maison, de la terre, vécut de longues années tranquillement, eut des enfants et petits-enfants... et un beau jour, une fois vieil homme, il regarda le mur et se mit à rire. À rire. On lui demanda pourquoi, et il répondit : « Un jour, j'ai tué un homme qui m'a maudit et a dit que des taches de lumière sur un mur me trahiraient. Et voilà, je suis devenu vieux, je les regarde tranquillement et il ne m'arrive rien! » Mais d'honnêtes gens l'envoyèrent devant le juge qui le condamna à être décapité. Mais vous savez quoi? Il y a une erreur dans ce conte.

— À savoir?

— Ils ne passent pas du tout leur vie entière à attendre. Un jour, deux, cinq. Ils finissent par parler, pas totalement sobres, à leur compagnon de beuverie, celui-ci le répète en toute confiance à un autre, et deux jours après tout Podgórze est au courant. Et nous avons pour cela des gens qui nous rapportent ce genre de potins.

— Et ils l'ont fait?

— Oui, oui, ils l'ont fait. Cela provenait d'un informateur secret.

— Pourrais-je…

— … le lire? Hélas, répondit-il en ouvrant les bras, ce sont des documents que je ne montrerai à personne, car un bon informateur vaut de l'or. La réputation, dans ce métier, est un trésor. Celui qui a la réputation de garder pour lui ce qu'on lui dit, comme lorsqu'on lance une pierre dans l'eau, en apprendra plus que quiconque. Il est difficile de la gagner, mais lorsque c'est le cas… eh bien il faut y faire attention comme à la prunelle de ses yeux. Mais oui, nous avons bien eu une dénonciation de ce type, même deux, de sources différentes. C'est ainsi qu'il s'est trahi, sans attendre du tout la vieillesse. Sauf qu'il ne s'est pas retrouvé devant le tribunal, mais sa fuite prouve parfaitement…

— … qu'il savait pour quoi ils étaient venus.

— Exactement. Je le regrette, bien entendu, je le regrette, dit le commissaire en soupirant, car toute cette affaire avec la feinte et les cartes de visite me semblait captivante et qui sait si elle n'aurait pas révélé un secret intéressant de l'âme humaine. Mais ce secret, si tant est qu'il y en ait eu un mis à part le désir masculin effréné, le mort l'a emporté avec lui dans sa tombe. Et il ne revient assurément pas de là-bas pour regarder des servantes déposer des couronnes de fleurs sur la Vistule.

Mme Turbotyńska leva les yeux et posa son regard sur les yeux bleu azur de Sa Majesté qui l'observaient du grand portrait suspendu sur le mur qui lui faisait face ; l'empereur la regardait avec bienveillance, comme s'il garantissait par son calme et son immobilité les jugements des tribunaux, l'efficacité de la police et l'intelligence des fonctionnaires à tous les niveaux.

— Néanmoins, dit-il en souriant, par égard pour les mérites exceptionnels dont vous avez fait preuve dans cette enquête, je vous promets solennellement que je réexaminerai encore une fois l'affaire. Je relirai les dénonciations, je convoquerai peut-être même les informateurs, j'interrogerai discrètement les policiers qui ont participé à l'action à Grzegórzki pour vérifier si leurs déclarations se rejoignent… Si, Dieu nous en préserve, quelque chose attirait mon attention, je vous le communiquerai toutes affaires cessantes, mais veuillez me croire : tous les signes, qu'ils soient dans les cieux ou sur la terre, indiquent que ce ne sont que des fantaisies d'une jeune fille lasse du quotidien.

Deux jours plus tard, un commis de magasin apporta un cornet d'amandes amères qui avait prétendument été commandé. On le laissa entrer par la porte de la cuisine. Il se disputa tant et si bien avec Franciszka en disant qu'il avait reçu l'ordre de remettre la marchandise seulement et uniquement à la maîtresse de maison qu'il finit par gagner – il fut introduit chez Mme Turbotyńska qui apprit que le colis avait déjà été réglé.

Elle ouvrit le papier gris du cornet et découvrit une petite carte à l'intérieur, au milieu de pralines appétissantes. Une licorne y avait été dessinée, sous laquelle se trouvaient ces mots seulement :

Tout va pour le mieux. Ou bien un spiritiste qui fait tourner les tables s'est rendu aux Wianki et a fait venir un fantôme, ou bien cela ne fut qu'une simple hallucination.

Seconde partie

CHAPITRE VII

Dans lequel une plaie d'Égypte s'abat sur Cracovie, Zofia fait montre de professionnalisme et Franciszka, d'une bonne mémoire et de flair, ce qui permet d'identifier Mordka. Mais malgré tout, il faudra aller à Canossa sur la rue Grodzka.

La fin de l'année 1896 s'annonçait extraordinaire – les têtes couronnées circulaient sur des orbites très proches ou passaient même par Cracovie. Le 29 à vingt heures trente précisément – comme en avait informé la presse – l'énorme train de la cour du tsar de Russie qui rentrait chez lui de Vienne entra en gare de Szczakowa où, sous un auvent de bois décoré de lampions, attendait toute une délégation : le directeur de la police cracovienne, le conseiller Korotkiewicz avec quelques subalternes, le maire de Chrzanów, Rogoyski, et le directeur de la station, un homme inaccoutumé à côtoyer les grands de ce monde, qui, durant les quatre bonnes minutes que dura la halte, tint à peine sur ses pieds. Le bruit courut jusqu'à la Grand-Place de Cracovie qu'après le départ de Leurs Majestés le directeur était tombé dans les pommes et fut ranimé par le propriétaire du buffet de la gare, que sa chemise aurait pu être essorée tant il avait transpiré – alors que, en réalité, il n'y avait pas grand-chose à voir : les rideaux avaient été tirés à toutes les fenêtres excepté celle où se tenait la tsarine occupée à écrire. Ce n'est que lorsque le train eut démarré que le tsar rejoignit sa femme et salua la délégation, après quoi tous deux prirent la direction de la station suivante à la frontière, copieusement éclairée et décorée de fleurs, où ils allaient devoir changer pour un wagon russe plus large. Deux jours plus tard, à quatre heures du matin, c'est l'empereur qui passa par Cracovie sur sa route vers les manœuvres de Chłopy et Krysowice ; deux semaines plus tard, il devait séjourner à Przemyśl pour y recevoir les honneurs de la noblesse et du clergé – ce fut l'un des rares moments où Zofia Turbotyńska reconnut avec fierté qu'elle était de la ville de Przemyśl – puis, sur le chemin du retour, s'arrêter à Cracovie, ce qui exigerait d'innombrables préparatifs auxquels participeraient quasi tous les citoyens de la ville.

Mais de même qu'une comète traversant le ciel détruit l'ordre naturel du monde, de même cette concentration soudaine de monarques en Galicie, ou bien d'autres manifestations plus mystérieuses provoquèrent des phénomènes inhabituels dans la maison des Turbotyński, mais aussi dans le monde entier.

Le 1er septembre, alors que Franciszka, soutien sûr dans toutes les épreuves, était justement de congé, sur les toits, les tours et le pavé cracoviens s'abattit une grêle que même la défunte Kotarbina de Wytryszczki, qui avait vécu la Constitution du 3 mai 1791, n'avait probablement jamais vue de sa vie. De grosses boules de glace se brisaient sur les pierres, se fendaient sur les antiques sculptures des façades des bâtiments, pilonnaient sans pitié les toits recouverts de tôle, brisaient les tuiles et fenêtres. Ceux que le cataclysme surprit au milieu de la rue coururent en hurlant s'abriter sous les porches, dans les échoppes, dans les églises que l'on fermait avec précipitation ; dans les restaurants, tous abandonnèrent leurs plats et, s'éloignant quelque peu des vitrines par sécurité, regardèrent avec horreur le fléau s'abattre sur la ville : les cochers tentant de brider les chevaux effarouchés, une dame s'échappant paniquée de son fiacre dont un grêlon avait déchiré la capote, les marchandes sauvant ce qu'elles pouvaient de leurs étals et se précipitant avec sous les arcades de la Halle aux draps telle une armée sous les tirs d'artillerie. Dans le parc Planty, de nombreuses branches de châtaignier lourdes de feuilles et de fruits s'écroulèrent avec fracas, et il allait bien vite s'avérer qu'à Tyniec, Bielany et Przegorzały la même tempête avait arraché de grands et vieux arbres avec leurs racines ; dans le centre-ville, la situation était plus calme, même si le grondement assourdissant était déchiré par l'éclat soudain de vitres brisées qui dégringolaient des façades des immeubles. Dès que les nuages de grêle furent passés ou bien lorsqu'ils eurent déversé tout leur chargement, un silence soudain s'installa – de tous les porches et magasins, les gens sortirent dans la rue et sur la Grand-Place pour trouver les plus gros grêlons. La glace avait bouché l'écoulement des caniveaux et toute la partie ouest de la Grand-Place s'était recouverte d'un lac dans lequel les Cracoviens barbotaient à présent, en fouillant dans les tas de grêle ; on n'accordait pas la moindre attention à ceux de la taille d'un pois ou d'une cerise qui, d'ordinaire, seraient considérés comme des spécimens, mais de temps en temps, quelqu'un criait : « Un œuf de pigeon ! », « Une noix ! », et les gagnants se montrèrent enfin des boules de glace – qui fondaient rapidement – de la taille d'un œuf de poule.

Ignacy avait conservé un calme stoïque : il avait d'abord observé la grêle depuis les fenêtres côté cour du café Hawełka où il avait fini son « petit déjeuner » avec ses collègues pendant une pause entre ses cours, puis avait ignoré avec le même calme les recherches du plus gros grêlon et les courses jusqu'à la balance du café où l'on posait les morceaux de glace avant de s'exclamer : « Deux décagrammes ! », « Trois décagrammes ! ».

« Une affaire singulière », dit-il seulement après avoir lu à haute voix un fragment du *Temps*, ce à quoi son collègue répondit :

— En effet, en effet. Et si périlleuse ! On s'imagine pouvoir mourir d'un coup de revolver, d'une bombe, et pourtant… Ce qui me rappelle l'affaire du duel du docteur Pasteur.

— Pasteur en duel ? C'est un non-sens !

— Et pourtant ! Figure-toi qu'il y avait alors en France un querelleur, un amateur de duels, effectivement très adroit à la fois avec les armes blanches et armes à feu, qui poussait volontairement à l'affront puis combattait en duel tous ceux qu'il voulait. Mais il tomba sur un homme de taille.

— Pasteur était doué lui aussi pour l'escrime ?

— Non. Mais quand vinrent dans son laboratoire les seconds de ce… comment s'appelait-il… Cassagnac ! de Cassagnac, Pasteur leur dit : « Vous êtes venus me défier en duel, messieurs ? En tant que défié, je peux choisir l'arme. » Il leur donna deux saucisses (Turbotyński en fronça les sourcils en entendant ces mots) puis il leur dit : « Une de ces saucisses est remplie de viande saine, l'autre, de poison, mais elles ne se différencient en rien de l'extérieur. Que M. Cassagnac en choisisse et mange une, et moi je m'engage à manger la seconde. »

— Et ?

— Ils transmirent la proposition à Cassagnac avec les deux saucisses, mais celui-ci renonça à ses intentions.

— Excellent, vraiment excellent... Et cela, rétorqua Ignacy sans se soucier de la pluie qui tombait à nouveau ni des gens qui couraient vers l'abri le plus proche, me rappelle...

Cependant, rue Saint-Jean, la panique régnait. Józia, l'énième remplaçante de Karolina qui avait été tuée plus d'un an auparavant, constamment comparée à la défunte – à sa défaveur, il va sans dire –, était justement agenouillée sur le sol et ramassait dans du papier journal les triangles de vitres brisées, la terre des pots renversés et cassés ainsi que les morceaux de glace qui fondaient lentement, tandis que Zofia, par crainte des courants d'air, accrochait sur les fenêtres brisées d'épais tissus : des kilims, une nappe épaisse de peluche et un plaid anglais. Mais malgré cela, la chaleur s'échappait à l'extérieur, d'où, en échange, arrivaient des vagues d'air glacé.

— Madame ! Madame ! cria du seuil de la porte Franciszka lorsque, trempée par l'averse, elle arriva enfin à la maison.

— À l'aide ! cria en réponse Zofia qui se sentait tel un matelot sur un navire en pleine tempête, tâchant de toutes ses forces d'empêcher que le galion ne coule. Vite !

Franciszka, son petit chapeau malmené par l'eau, encore ruisselante de pluie, entra dans le salon et, au lieu de se précipiter à l'aide de sa maîtresse ou de Józia, s'arrêta en plein milieu de la pièce, comme retenue par une force magique. Elle incarnait un tel désespoir que Mme Turbotyńska, même dans cette pagaille générale, dans son empressement pour se protéger des courants d'air, comprit que l'affaire était sérieuse : elle cria seulement : « Les fenêtres ! », et tout en lançant à Józia le plaid à fixer sur la vitre brisée, accourut vers Franciszka, la saisit par le coude et l'attira vers sa chambre.

— Ôte immédiatement tout ce que tu portes, ou tu vas attraper la grippe ou pire encore, ronchonnait-elle en tirant des vêtements secs des placards de Franciszka, quand la jeune fille, debout dans une flaque d'eau, éclata en sanglots.

— Madame, Madaaaa... me... je... je n'en peux p... peux plus ! C'est lui... c'est encore lui !

— Qui ?

— C'ui-là qui... qui a embo... bobiné Karolinaaa !

Zofia se figea. Avec ses mains en avant, car elle tendait à Franciszka une robe sèche, elle ressemblait à un personnage de la nativité apportant des dons, peut-être un berger, ou un roi, ou encore un ange avec une harpe, avec des yeux pleins d'une stupéfaction naïve.

— Comment ça, encore ? Tu l'as encore vu ? Où ça ?

— À l'inauguration... dit-elle en se calmant... à l'inauguration des tramways, là où je suis allée. Avant... avant qu'il grêle...

S'étant placée derrière le paravent, elle ôtait sagement toutes les couches de vêtements trempées, s'essuya avec la serviette tendue par Zofia et mit des habits secs tout en racontant d'une façon quelque peu décousue qui avait prononcé un discours à l'inauguration de la nouvelle ligne de tramway, ce qui avait été dit, de quelles guirlandes, couronnes de fleurs et inscriptions avait été décoré l'arrêt et ainsi de suite, tout en revenant sans cesse au même : ce jeune homme à la petite moustache noire.

— Et il faisait des allers-retours, dans un sens, puis dans un autre… il jetait un œil par ici, un autre par-là, tantôt sur les tramways, tantôt sur ces… messieurs les fonctionnaires… il se donnait l'air très occupé… mais il ne faisait rien, il ne faisait que marcher dans la foule. Et dès que je le vois, je rougis… comme si ce regard me brûlait…

— A-t-il remarqué que tu l'observais ?

— Pensez-vous, il était encore plus nerveux, il regardait tout le monde, mais c'était comme s'il ne voyait personne. Mais moi, j'ai bien vu. C'est lui, Madame, je vous le jure, sur la Vierge Marie, je vous le jure, sur ma propre maman !

— Je te crois, Franciszka, je te crois, murmura Zofia d'une voix incertaine.

Du fond de l'appartement se répandit un bruit sourd : Józia jetait les bris de verre, la terre et les branches de fleurs aux ordures ; au loin se fit entendre le dernier grondement tardif de l'orage.

— Eh bien, il va falloir retourner chez le commissaire, conclut Zofia.

— Votre servante verra un album de photographies des délinquants que nous rassemblons dans notre registre de criminels depuis de nombreuses années, lui expliqua le commissaire Lunicorne en regardant Pidłypczak qui apportait des dossiers dans des étuis en papier carton et les disposait sur une table au fond de la pièce. Bien entendu, elle n'aura pas à tous les regarder. Comme Mlle Gawęda a vu un homme jeune, âgé tout au plus de trente ans, il n'est pas nécessaire de lui montrer les photos de ceux qui ont été arrêtés il y a plus de vingt ans. D'ailleurs si l'un d'eux a été arrêté ultérieurement, son portait actuel est alors joint au dossier. Nous faisons des photographies de face et de profil, comme on le fait à Paris, conformément aux recommandations de M. Bertillon dans l'ouvrage *La Photographie judiciaire*...

— De Bertillon ? De ce Bertillon-là ? demanda Zofia en s'animant.

— Mais qu'entends-je, dit-il en souriant, madame le professeur s'intéresserait-elle à la criminalistique plus qu'en amateur ?

— Cher monsieur, qui donc n'aurait pas entendu parler de l'affaire Ravachol ?! tiqua Zofia qui depuis des années ne ratait pas un seul article traitant de crimes, et avait particulièrement suivi les informations aussi spectaculaires que celles du célèbre anarchiste posant des bombes dans tout Paris. J'ai lu quelque chose à ce sujet dans les journaux.

— Vous vous souvenez donc assurément que dans ce cas-là la méthode dite anthropométrique inventée par M. Bertillon s'est avérée être un outil d'identification inestimable.

— Oui, bien sûr. C'est grâce à elle qu'on a découvert que le tristement célèbre terroriste Ravachol et un certain récidiviste, Koënigstein, détrousseur de cadavres, étaient une seule et même personne.

— Votre mémoire ne vous fait pas défaut, dit Lunicorne en hochant la tête, comme toujours. Dans ce cas, le « bertillonnage », comme d'aucuns appellent ce système, s'est révélé un instrument vraiment révolutionnaire. Les mesures du crâne, des mains, des doigts de la main et d'autres parties inchangées de l'ossature humaine, mais aussi de la largeur des joues, la longueur des oreilles et quelques autres éléments créent un *portrait parlé*[1] unique pour chacun. C'est du français, dit-il en guise d'explication.

Mme Turbotyńska leva légèrement le menton.

— Je comprends le français, monsieur le commissaire.

— Naturellement, *madame*[2], veuillez me pardonner, dit-il, gêné, en pinçant sa moustache. Vous savez sûrement que depuis quelques années la police française remporte d'indéniables succès grâce à cette méthode, mais vous n'avez peut-être pas encore entendu parler du fait que plusieurs endroits de l'Empire allemand l'utilisent également… Le conseiller Koettig à Dresde, par exemple, agit de façon très active dans ce champ, et Hambourg et Berlin envisagent de l'employer aussi. Il nous reste à espérer que Vienne pendra rapidement la décision de l'introduire dans la police impériale et royale. Bien que notre service criminel nourrisse encore un attachement admirable aux… méthodes traditionnelles, déclara calmement le commissaire, mais Zofia sentit de la tristesse dans sa voix.

— Mais M. Gross y est favorable, n'est-ce pas ? dit-elle pour en imposer au commissaire, ce qui fonctionna.

— Vous ne cessez de me surprendre, madame le professeur. Dois-je comprendre que vous avez lu son *Handbuch für Untersuchungsrichter* ?

Le cœur de Zofia se mit à battre plus fort. Pas même à Ignacy, à qui elle avait pourtant juré devant Dieu l'honnêteté conjugale, n'avait-elle révélé son secret ; que c'était elle justement qui avait contribué à résoudre l'affaire de

1 En français dans le texte (N.d.T).

2 *Idem.*

la Maison Helcel, qu'elle avait eu sa part dans la découverte du meurtrier de Karolina – bien que, au regard des circonstances actuelles, ce dernier ne fût plus aussi sûr. Depuis un certain temps, cependant, le besoin de trouver un confident s'était fait sentir. Elle avait bien entendu Franciszka à ses côtés, réellement précieuse pour ce qui concernait les affaires nécessitant du flair féminin ou des contacts avec… hmm… avec sa classe, mais il manquait à Zofia quelqu'un qui l'estimerait à sa juste valeur… Comment Lunicorne l'avait-il formulé, l'an passé ? Que chaque criminel désirait en réalité se vanter de son acte ? Eh bien, Zofia Turbotyńska ressentait la même chose : elle voulait que quelqu'un apprenne son secret, que dans la Jekyll, épouse posée du docteur, quelqu'un apprécie Mlle Hyde, intrépide traqueuse de crimes. Le sentiment que le commissaire Lunicorne méritait justement de devenir son confident croissait en elle.

— Bien sûr, dit-elle enfin lentement, comme si elle reconnaissait avoir elle-même commis un crime horrible, j'ai eu le manuel pour les juges d'instruction entre les mains.

— Je suis très impressionné, ne serait-ce que par votre connaissance de la langue allemande. Je connais certains gardiens de la loi dans notre ville… je ne voudrais pas donner de noms, mais une partie d'entre eux vous est bien connue (il leva un sourcil expressif), qui n'ont pas même ouvert ce livre, dit-il avant de se racler la gorge. Mais nous parlions des photographies. Si nous n'utilisons pas la méthode anthropométrique d'identification, cela ne veut pas dire que nous ne pouvons appliquer les idées lumineuses de M. Bertillon, par exemple la manière dont il recommande de réaliser les photos des criminels.

Lunicorne ouvrit une solide armoire à dossiers et, des deux mains, prit sur une étagère un lourd et grand livre à la couverture de toile brune. Il était assez abîmé, ce qui prouvait qu'il était souvent utilisé. L'inspecteur posa le tome sur la table et l'ouvrit au hasard. D'innombrables visages s'offrirent au regard de Zofia, une vraie galerie des bandits cracoviens.

— Puis-je… ? demanda-t-elle timidement en prenant le coin d'un feuillet entre deux doigts dans un geste indiquant qu'elle voudrait tourner la page. C'est absolument fascinant !

L'inspecteur sourit et répondit d'un hochement de tête. Les yeux de dizaines de voleurs, ivrognes, querelleurs, mais sûrement aussi meurtriers regardaient Zofia. Ils étaient vieux et jeunes, certains avaient des années d'expérience dans le métier de criminel, d'autres étaient à peine sortis de terre, des enfants encore, aux grands yeux effrayés et aux lèvres gonflées ; la plupart d'entre eux semblaient las, certains, visiblement en colère ; quelques-uns avaient l'air amusé, plus pour la frime qu'en réalité. Un chiffonnier au visage d'ivrogne avait pour voisin un dandy à la cravate à motifs piquée d'une épingle avec une pierre, et le dandy, un respectable israélite. Et parmi eux pouvait se trouver un homme qui avait un lien avec le meurtre de Karolina.

— Nous n'indiquons qu'un numéro sous chaque photographie, auquel correspond une position spécifique dans le registre où nous inscrivons non seulement le prénom et le nom du criminel, poursuivit Lunicorne, amusé par l'excitation visible de Mme Turbotyńska, mais aussi sa profession, où il travaille, de quelle confession il est, son âge et d'autres données d'identification, en tout, seize points. Et, bien évidemment, le crime pour lequel il a été arrêté.

— Je ne vois pas beaucoup de femmes, remarqua Zofia sans cesser de feuilleter le livre.

— Chère madame, le sexe faible est, par la volonté de Dieu, moins enclin aux actes criminels.

— Je n'oserais remettre en question votre expérience, monsieur l'inspecteur, mais *mon* expérience à ce sujet m'en fait douter, affirma-t-elle d'un ton ferme.

Peut-être même un peu trop ferme. Elle ne voulait pas casser le fil d'entente qui commençait à se nouer entre eux, elle ajouta donc sur un ton plus doux :

— Et quid de la profession criminelle dans laquelle les femmes ont… hmm… la prédominance ? Pour ne pas dire le monopole.

Lunicorne en rougit presque.

— Madame le professeur, à vrai dire…

— Monsieur l'inspecteur, il n'y a probablement aucun habitant qui ne saurait où se trouvent les endroits de ce genre dans notre ville. Ne serait-ce que dans les alentours de la gare des chemins de fer. Et l'une des femmes licencieuses sort même dans la ruelle du Coin, derrière l'église Saint-Thomas, pour accoster les hommes la nuit. Dans un quartier comme il faut, ajouterai-je ! Ne serait-il pas possible, d'ailleurs, d'intervenir dans cette affaire ?

— Je me permettrai de vous rappeler, madame le professeur, dit-il en ouvrant les bras, que l'exercice du plus vieux métier du monde n'est pas un crime, dans notre empire. Ce que je déplore, à vrai dire. La liberté de mœurs correspond peut-être à la France républicaine, descendante de la révolution libertine, mais je suis d'accord avec vous pour dire que dans notre empire catholique une plus grande retenue devrait régner sur cette question. La prostitution est cependant soumise à un contrôle médical et de la police : depuis l'année 1877, nous tenons un registre des femmes aux mœurs légères et je dois dire que nombreuses sont celles qui travaillent dans le métier jusqu'à aujourd'hui. Si la femme de mauvaise vie dont vous parlez est réglementaire, si elle a un carnet de santé et se soumet deux fois par semaine à une visite médicale appropriée, alors je ne peux hélas rien faire dans cette affaire.

Zofia se dit que Lunicorne pouvait parfois être incroyablement naïf. L'expérience – et avant tout les nombreuses années de mariage avec Ignacy – lui avait appris que si l'on pouvait s'efforcer de brider la nature humaine, de la faire tenir dans un cadre, on ne pouvait certainement pas la changer. Comme l'enseignaient l'histoire et même la Bible, les femmes légères existaient depuis la nuit des temps, ce que l'on sait ne serait-ce que de l'histoire de Rahab à Jéricho. Mme Turbotyńska doutait du fait qu'une interdiction légale de mener des lupanars puisse changer quoi que ce soit ; pour éviter la répression, la prostituée publique passerait à la prostitution clandestine, voilà tout.

— Je n'avais pas en tête l'idée d'arrêter cette femme, expliqua-t-elle calmement, mais peut-être de l'encourager à déplacer ses… affaires un peu plus loin. Au-delà du parc Planty, si possible, et sinon, ne serait-ce que de l'autre côté de la Grand-Place ?

En guise de réponse à son regard interrogateur, Lunicorne ouvrit de nouveau les bras dans un geste d'impuissance.

— Pourrait-on appeler Mlle Franciszka ? demanda-t-il après un court instant.

Après quasiment une heure passée à feuilleter l'épais tome de photographies, Franciszka devait certainement être fatiguée, mais elle n'en laissait rien transparaître et continuait à tourner les pages, le visage fermé, observant avec attention chacun des portraits. Zofia n'avait rien à faire, tout dépendait à présent de la servante et de sa mémoire. Le commissaire aurait dû revenir à ses occupations, mais la présence de la femme du professeur avait changé l'activité officielle de présentation de l'album en visite de courtoisie. Il s'agitait donc, recevait de temps à autre des documents apportés par ses subalternes ou donnait des ordres à voix basse ; il avait même tiré d'une armoire des tomes de registres qu'il avait disposés sur la même table que l'album de photographies ; mais pendant tout ce temps, il s'efforçait, en homme bien éduqué, de mener une conversation mondaine avec son hôte.

— … difficile de trouver une meilleure méthode de reconnaissance des criminels. Même si, en fait, dit-il en s'interrompant pour tousser, un nouveau système d'identification expérimental a fait son apparition… Qui sait s'il servira à quelque chose, mais les premiers résultats sont prometteurs. Il s'agit de prendre l'empreinte digitale de l'index et du majeur de la main droite, un tampon, pourrait-on dire…

— Un tampon ?

— C'est cela, il paraît que le petit tourbillon que nous avons tous sur le doigt… ou plutôt, disons, les lignes, les traits… que nous avons depuis la naissance ne sont absolument pas liés à l'âge… et ne changent pas avec celui-ci… Apparemment, le motif de ces tourbillons est unique et constitue, si l'on peut dire, une signature spécifique. Cette méthode a été introduite, tenez-vous bien, dans le Nouveau Monde, dans la lointaine Argentine.

— Qui aurait imaginé que quelque chose pouvait nous venir de l'autre côté de l'océan ? dit Zofia. Jusqu'à maintenant, la direction était plutôt contraire : tant de citoyens de notre monarchie ont à présent déménagé dans les deux Amériques...

— Oui, aux États-Unis, au Brésil, en Argentine dont il est question...

— Je l'ai ! cria Franciszka, Madame, monsieur le commissaire, je l'ai !

Ils se levèrent immédiatement de leurs sièges pour rejoindre la jeune fille devant la fenêtre où elle regardait l'album.

— C'est lui ! dit-elle en tapant du doigt sur une photographie collée sur une feuille épaisse. C'est lui, c'est sûr !

La photographie montrait un jeune garçon en tenue de ville, mince, basané, qui regardait l'objectif du photographe de police avec des yeux moqueurs et plissés ; ses lèvres serrées, cependant, indiquaient qu'il n'avait pas pris son arrestation à la légère. Sa chemise, sa cravate, sa veste n'avaient rien de particulier : elles n'étaient ni déchirées, ni excessivement élégantes, il s'agissait là de la tenue d'un honnête étudiant, d'un jeune négociant ou justement d'un ingénieur qui venait de quitter les murs de sa faculté.

— Es-tu sûre que c'est bien lui, Franciszka ?

— Madame, maintenant j'en suis plus que sûre, parce que le jour où j'l'ai vu avec Karolina, il portait exactement ces habits-là ! Ensuite il en avait d'autres, aux Wianki et à l'inauguration de la ligne de tramway, mais la première fois, il portait exactement ça !

Le commissaire se pencha sur les volumes de registres qui se trouvaient à côté et chercha celui dans lequel on avait décrit en seize points l'apparence et les données personnelles du jeune homme basané de la photographie.

Zofia remarqua que Franciszka avait soudainement perdu tout intérêt pour l'affaire : elle regardait à présent à travers la fenêtre – pas très propre, d'ailleurs – la rue Mikołajska où se déroulait une journée cracovienne comme une autre : les passants allaient d'un endroit à un autre, un marchand émacié portait à son cou une petite échoppe portable de pacotilles, avec des colifichets de kermesse ou des lacets et du cirage pour chaussures.

Cependant, Lunicorne avait saisi le dossier muni de l'étiquette *216-308*, l'avait ouvert et s'était mis à le feuilleter.

— Nous avons là fort heureusement... des criminels... pas seulement de Cracovie même... dit-il en tournant les pages, mais aussi... des villages alentours... de Podgórze... et même... le voilà ! s'écria-t-il en fronçant les sourcils. Oui, le voilà. Vous avez fait un excellent travail, jeune fille, dit-il en s'adressant à Franciszka. Votre souci de trouver le meurtrier de votre collègue est tout à votre honneur, même si nous avons toutes les raisons de penser que le criminel est mort depuis plus d'un an. L'important est que vous êtes une bonne fille et vous avez de bonnes intentions. Que Dieu vous protège... Erychleb, cria-t-il, accompagnez mademoiselle dans le couloir ! Vous pourrez attendre madame derrière la porte, car nous avons encore à parler.

Franciszka s'inclina sans un mot, ôta sa cape du portemanteau et se laissa gentiment accompagner vers la porte par le chétif agent Erychleb.

Lunicorne s'assit à son bureau, entrelaça ses doigts et dit d'une voix basse et chaleureuse dans laquelle on pouvait toutefois percevoir une petite note d'impatience :

— Madame le professeur, personne n'est plus admiratif de votre connaissance et de votre extraordinaire intuition en matière d'enquête que moi. J'aimerais que cela soit clairement dit. Hélas, mes possibilités ont des limites, dit-il en poussant un gros soupir, et je dois être sincère avec vous. Je ne vois pas comment je pourrais à présent envoyer des policiers sur les traces de l'homme indiqué par Mlle Franciszka, ou plutôt de ce criminel, car il a bien un casier chez nous, mais je peux vous assurer que ce n'est pas en raison de l'enlèvement et l'assassinat d'une femme. Il s'agit d'infractions d'un bien plus léger calibre. Et même si votre servante vient de l'identifier, même s'il a pu être passionné par une femme de chambre, nous n'avons pas de preuves pour le soupçonner de meurtre. Et cela peut également être une question de similitude frappante…

— Si elle dit qu'elle le reconnaît…

— Je vous assure que si quelqu'un m'avait vu juste une fois, de passage, il trouverait assurément quelqu'un dans cet album qui semblerait être mon double, et même plutôt : moi, sans aucun doute, sans aucune hésitation. La mémoire humaine est trompeuse et nous joue souvent des tours, le problème est quand ces tours…

— … se terminent par la condamnation d'un innocent, dit Zofia en hochant la tête.

— Exactement.

— Mais on peut sûrement quand même enquêter sur lui, le rechercher, le suivre… peut-être même l'interroger ?

— Dans quelle affaire ? Dans une affaire qui est déjà close, couronnée d'un succès claironné dans la presse ? Devrais-je encore offrir à Daszyński la tête de l'inspecteur Trzeciak sur un plateau d'argent ? L'assassin de

Mlle Schulz est mort en se faisant tirer dessus pendant son arrestation. C'est tout.

Zofia garda le silence pendant un instant puis lança sur un ton pathétique, en se disant que cela aurait un effet sur Lunicorne qui aimait parfois les mots ampoulés :

— Et la justice ? Vous n'êtes pas seulement un homme de loi, mais un homme droit. L'ombre du doute lui-même, que le vrai meurtrier puisse être en liberté…

— Madame le professeur, l'interrompit-il, avec tout mon respect : je vous rappelle que dans cette affaire le juge d'instruction est le juge Rozmarynowicz. Qui voulait immédiatement arrêter le sablonnier et le mettre derrière les barreaux. C'est vous qui avez attiré l'attention sur ce prétendu ingénieur Bzowski, que nous avons réussi à identifier et traquer grâce aux éléments obtenus auprès de nos informateurs. J'ai risqué ma peau une fois dans cette affaire, alors que le juge Rozmarynowicz, que Dieu m'en soit témoin, voulait régler l'affaire rapidement et sans problèmes, il m'a donc savonné en disant que je croyais à des « hystéries de bonne femme ». Et maintenant, il faudrait que j'aille le voir et lui dise que j'ai compromis sa réputation et la mienne ? Qu'il y a encore d'autres hystéries de bonne femme et que, maintenant, nous poursuivons quelqu'un de complètement différent parce qu'une jeune servante a indiqué d'un doigt potelé une photographie dans un album ?

Un silence suivit cette question rhétorique, mais Mme Turbotyńska ne savait bien évidemment pas ce qu'elle pouvait lui répondre; il reprit donc laborieusement son discours, un peu comme s'il expliquait quelque chose à un enfant, un peu comme s'il essayait de calmer ses remords.

— Nous ne vivons pas sur une île déserte, chère madame. Il y a Cracovie et nos relations, pour ne pas dire nos petites relations, et plus loin Lwów, la capitale de la Galicie, et plus loin encore Vienne. (Il se retourna et indiqua le portrait de l'empereur.) Et chacun de nous peut faire ce que des frontières déterminées en amont nous permettent de faire. Dans les affaires officielles règnent les règles de la bureaucratie, des systèmes enchevêtrés de dépendance rappelant quelque peu le delta d'un fleuve. À la source du pouvoir se trouve Sa Majesté, et pour y accéder, il faut nager à contre-courant. Plus on va loin dans le fleuve, plus on monte dans les ruisseaux de montagne, plus difficile est-il de nager, plus le courant est fort, dit-il en soupirant. Indépendamment du fait que j'aimerais vous aider, je dois dire franchement que je suis limité. Je sais manœuvrer dans ce fleuve, il suffit de voir que j'ai été rapidement promu et décoré…

— … pour de véritables mérites, lança-t-elle en désespoir de cause, comptant sur le fait que la flatterie pourrait l'aider.

— Il y a beaucoup de personnes méritantes, madame le professeur, mais toutes ne sont pas promues, Vienne n'envoie pas des médailles à tout le monde. C'est une question d'équilibre à trouver entre posture active et passive, entre position insoumise et docile… Il ne faut pas rester muet dans son coin car personne ne vous prêtera attention, mais il ne faut pas trop se quereller. Et moi, dit-il en écartant les bras, je ne suis qu'un humain. Un petit rouage dans la grande machine de la justice impériale et royale.

L'empereur, qui observait la scène avec bienveillance du haut de son portrait, confirmait en silence chaque mot du commissaire Stanisław Lunicorne.

Franciszka était humblement assise dans le couloir, les mains jointes sur son giron, et regardait fixement le mur. Un modèle d'indifférence. Ce n'est que lorsqu'elles atteignirent la Grand-Place qu'elle dit, en regardant autour d'elle d'un regard conspirateur :

— Madame, quand je l'ai reconnu, au lieu de le dire tout de suite, je l'ai trouvé moi-même dans le registre et j'ai lu comment il s'appelait.

Zofia était impressionnée.

— Comment ? Donne-moi le nom avant qu'il ne te sorte de la tête ! dit-elle en s'arrêtant et en sortant en un éclair de son aumônière son carnet en maroquin violet.

— Mordka ou encore…

— … ou encore…

— … Mordechaj Szyfryn… prononça Franciszka en se mordant les lèvres, ou encore Sztycer.

Zofia nota *Mordka / Mordech. Szyfryn / Sztycer.*

— Bien. Adresse ?

— Ensuite il y avait, comme chez les autres, la taille, la couleur des yeux et tout ça, mais monsieur le commissaire pouvait se retourner et m'attraper en train de regarder ses registres, donc je n'ai pas tout lu, parce que ça ne va pas aussi vite que ça non plus…

— C'est déjà bien !

— Et sinon, je me dis…

— Oui ?

La jeune fille lui lança un regard incertain.

— Que peut-être M. Kurkiewicz et ce Sztycer… manigançaient quelque chose ? Parce qu'il parlait toujours à Karolina, il avait toujours un mot pour elle.

Et une fois il paraît qu'il lui a raconté des cochonneries, elle s'en est mise en colère.

— J'y penserai, j'y penserai, dit-elle avant de changer de mine, comme si tout à coup quelque chose avait changé. Le professeur n'aura bientôt plus de pierre d'alun pour se raser. Nous devons aller à la pharmacie. Ou bien (elle sourit malicieusement)… rentrons directement à la maison, nous avons toutes les deux assez travaillé pour aujourd'hui. Et j'enverrai Józia chercher la pierre d'alun.

Quand l'empereur du Saint Empire Henri IV eut décidé de s'humilier face au pape Grégoire VII, il se planta pieds nus devant le château à Canossa où se trouvait le pontife, vêtu d'une toile de sac, avec de la cendre sur les cheveux. Plutôt que de la cendre, Zofia Turbotyńska utilisa, comme toujours, le lait Pompadour du docteur Rix « qui remplaçait la poudre », et mit une robe de satin couleur lavande aux discrets motifs de bouquets de violettes. L'empereur Henri pouvait bien marcher pieds nus dans la montagne, elle avait choisi des pantoufles de cuir glacé violet, et ce n'est qu'à la moitié de la Grand-Place qu'elle se rendit compte que c'était la couleur de la pénitence.

Le juge Klossowitz ne la fit pas attendre longtemps. Son cabinet, revêtu de bois sombre, était plus foncé que la pièce où travaillait Lunicorne, mais infiniment plus élégant, tandis que le portrait du haut duquel observait l'empereur – cette fois-ci dans un uniforme couleur pigeon et non blanc – était plus modeste en taille et sautait moins aux yeux.

— À quoi dois-je le plaisir de votre visite dans cet édifice dangereux, madame le professeur ?

— Dangereux ? s'étonna-t-elle en s'asseyant dans le siège qui lui fut indiqué.

— Lorsque nous avons discuté la dernière fois, au concert de la Confrérie il y a un an, l'affaire de la fusillade était sur toutes les lèvres. Je pensais que c'était pour cela que vous ne m'aviez jamais rendu visite. Par crainte.

— Je n'avais pas jusque-là de raison de vous rendre visite, monsieur le juge, répondit-elle, légèrement piquée.

— Laissez-moi le formuler autrement. Vous estimiez ne pas avoir de raison pour une visite. Je comprends que cela a changé ?

— Ah, donc… ?

— Oui, je m'attendais à votre visite, dit-il en se grattant la joue. Nous nous connaissons depuis bien longtemps et j'étais persuadé que tôt ou tard…

— Plutôt tard, je le crains.

— Pourvu que cela ne soit pas trop tard, conclut-il avant d'ouvrir énergiquement son carnet. Et que sait-on de nouveau ?

Elle s'attendait à ce qu'il l'importune plus longtemps ; visiblement, il la traitait comme une rivale de taille et il lui suffisait qu'elle doive reconnaître son erreur.

— Franciszka, ma servante, comme vous vous en souviendrez peut-être, monsieur le juge, a brièvement vu l'homme qui fréquentait Karolina.

— Et qui se faisait passer pour l'ingénieur…

— … Bzowski.

— Et qui a été prétendument abattu par l'inspecteur Trzeciak. Est-ce qu'on a montré un cadavre à Mlle Franciszka ?

— Non. Ce sont les informateurs de police qui l'ont identifié. Que dire, il s'échappait, il se défendait… Beaucoup de preuves semblaient dire qu'il était l'assassin de Karolina. D'ailleurs, son visage avait été grièvement abîmé par l'un des tirs. Il n'y avait pas de raison de lui faire subir cette vision, puisqu'elle ne l'avait vu que brièvement et n'était pas sûre elle-même de ce à quoi il ressemblait. Plus tard, cependant…

— Oui ?

— Plus tard, cependant, elle l'a revu dans la foule. Deux fois. Et qui plus est, elle l'a identifié dans l'album de police. Mais le commissaire Lunicorne, qui, je dois le dire, a été d'une grande aide, a maintenant les mains liées.

Klossowitz afficha un sourire triomphant.

— Il ne veut pas… s'interrompit-elle.

— Il ne veut pas mettre sa carrière en péril, c'est évident. Il a peut-être été d'une grande aide, mais aussi longtemps que cela ne le dérangeait pas, au contraire, que cela pouvait être un nouvel échelon à gravir pour sa promotion. Nous nous connaissons depuis longtemps avec ce monsieur.

On entendit des coups à la porte, mais Klossowitz les ignora.

— Oui, mais vous pourriez l'y obliger en insistant auprès du juge Rozmarynowicz…

— Ah, Rozmarynowicz, dit-il en faisant un geste de la main, il n'y a aucun espoir de ce côté-là. Monsieur le juge vit depuis longtemps dans son monde, ce genre de choses n'est que complication indésirable, pour lui. Et comme il est le plus âgé d'entre nous… Qu'a donc dit le commissaire sur l'homme reconnu ?

— Pas grand-chose. Que c'était un simple voleur à la tire…

Aux coups qui se firent de nouveau entendre à la porte, le juge hurla :

— Pas maintenant !

— … en revanche, nous connaissons ses nom et prénom. C'est… dit-elle en prenant son carnet dans son aumônière, un certain Mordka ou Mordechaj Szyfryn, ou encore Sztycer.

— Mordka Szyfryn… murmura dans sa barbe Klossowitz, cela me dit quelque chose… je n'ai mené aucune affaire où son nom aurait figuré… mais ce nom me dit quelque… chose… un instant, s'il vous plaît.

Il sortit du cabinet, réprimanda quelqu'un dans le couloir en disant qu'il ne souhaitait pas être dérangé par qui que ce soit en ce moment car il était occupé, puis disparut quelques instants. Mme Turbotyńska regardait la coupole de l'église Saint-Pierre-et-Saint-Paul baignée du soleil de septembre, comme si elle avait été ramenée tout droit de Rome et élevée au-dessus du mur cracovien de brique qui sombrait dans l'ombre.

— Mordka Sztycer, dit le juge sur le seuil de la porte, un simple baguenaudier, et pas un requin du crime, il est vrai. Voleur à la tire, ce qui explique que votre servante l'ait toujours vu parmi la foule. Il venait tout simplement y travailler. Sans profession, on sait qu'il travaille dans…

Il allait s'asseoir à son bureau, mais ce mot embarrassant suspendit le cours non seulement des mots qu'il prononçait, mais aussi de ses mouvements, il demeurait donc suspendu au-dessus de son fauteuil.

— Dans ?

— Dans… un lupanar, finit-il par lâcher en s'asseyant.

Zofia resta impassible comme si ce mot n'avait pas fait la moindre impression sur elle, et d'ailleurs, se dit-elle, il lui faisait réellement de moins en moins d'effet.

— Dans un lupanar, c'est facile à dire. Mais dans lequel ? demanda-t-elle.

Klossowitz la regarda fixement, quelque peu surpris par une telle désinvolture chez une dame de la société.

— À Dębniki, rue des Rosiers, chez une certaine Gringaliewicz. Libéré depuis deux ans, deux petites arrestations depuis, dans la première moitié d'octobre et à la fin décembre. Est-ce que ces dates…

— Non, elles ne concordent pas. Ni avec le meurtre de Karolina, ni avec les rencontres.

— Eh bien, il va falloir l'observer. Il se peut que…

— Rue des Rosiers, dites-vous ? s'écria soudain Zofia. Dans la rue des Rosiers ? Chez Mme Aleks ? Avec des jasmins dans le jardin ?

Klossowitz était confus. Madame le professeur d'université était-elle familière du lupanar à Dębniki et tutoyait-elle la maquerelle Gringaliewicz ?

— Oui… pour ce qui est des jasmins, je n'en suis pas sûr, je n'ai jamais été fin connaisseur de botanique, mais *cette personne* s'appelle bien Aleksandra.

— Je dois vous communiquer une information confidentielle. Il se trouve que la carte de visite de l'ingénieur Bzowski n'est pas sortie de nulle part. Elle a été volée avec tout le porte-cartes quand monsieur l'ingénieur…

— … passait de bons moments dans la maison ornée de jasmins ?

L'empereur, fort heureusement, n'entendait pas toutes ces obscénités et avait le regard toujours aussi serein.

CHAPITRE VIII

Dans lequel Franciszka subit une torture morale, Zofia Turbotyńska a honte de demander un prix, Ignacy se penche pour une raison totalement superflue, et le parc Planty est le témoin muet d'une conversation entre une voilette et un légume.

Le son de la cloche pour appeler les domestiques retentit, se répandit dans la pièce telle une vague puis à travers la porte jusque dans le couloir, passa devant le portemanteau où à cette heure-ci il n'y avait ni le chapeau melon d'Ignacy ni son manteau, qui étaient tranquillement suspendus dans le vestiaire de l'université, et parvint enfin à la cuisine où il convia la personne adéquate.

— Józia n'est pas là ? demanda Zofia lorsqu'un instant plus tard la personne adéquate se présenta dans le salon.

— Je l'ai envoyée sur vos ordres chercher des anchois au magasin colonial.

La femme du professeur l'observa attentivement pendant un court instant, comme si elle se demandait encore si elle devait vraiment soulever un sujet sensible.

— Franciszka, j'aurais une mission pour toi, déclara-t-elle enfin d'une voix plaintive. Celle-ci pourrait éveiller des craintes de nature morale. Totalement justifiées, ajouterai-je, puisqu'elle brise les commandements de Dieu…

— Oh non, dit la jeune fille en haussant presque la voix, je ne préparerai pas de viande le vendredi, Madame.

— Je crains, Franciszka, que ce que je vais te demander soit bien plus sérieux, dit-elle en poussant un profond soupir. Tu ferais mieux de t'asseoir, ma chère.

Elle reçut un regard incertain et quelque peu effrayé en guise de réponse.

— C'est une affaire très délicate qui exige une discrétion absolue… j'insiste : *absolue*. Je suis toutefois convaincue que lorsque tu surmonteras ta résistance naturelle à la situation, tu sauras parfaitement remplir cette tâche.

Franciszka s'en pinça nerveusement les lèvres. Elle tenait dans ses mains son tablier récemment sali par les betteraves qu'elle venait de couper pour le bortsch. Elle restait toutefois muette en voyant sa maîtresse gênée elle aussi.

— Tu dois aller rue Saint-Thomas. Tard dans la soirée, bah, dans la nuit, même, quand il n'y a pas un chat par là-bas, pour que personne ne te voie, tu comprends ? Personne, répéta Zofia en baissant le ton, bien que mis à part elles deux il n'y eût personne dans l'appartement. Quand tu sortiras de la maison, tu prendras la rue de Sławków jusqu'à la Grand-Place que tu longeras jusqu'à la rue Saint-Florian que tu prendras, et de là, tu entreras dans la ruelle du Coin, pour qu'on ne voie pas que tu viens du côté de l'immeuble Au Paon. Tu y rencontreras une certaine personne. Quand tu auras fini, tu prendras la rue de l'Hôpital jusqu'au théâtre et de là, tu rentreras par le parc Planty à la maison. Tu t'en souviendras ?

— Oui, Madame, lâcha enfin Franciszka. Rue de Sławków, la Grand-Place, Saint-Florian jusqu'à la ruelle du Coin, puis rue de l'Hôpital et le Planty. Mais chez qui je dois aller, Madame ? La nuit il n'y a personne par là-bas mis à part, pardonnez-moi l'expression, cette vieille prostituée qui guette les petits jeunots comme une sorte de vampire…

Elle dévisagea Mme Turbotyńska, ses sourcils levés et son regard triste mais fixe.

— Mère de Dieu ! Madame, comment ça ? Pour quoi faire ? Ça n'est pas possible ! s'exclama-t-elle en se signant.

— Franciszka, je sais que je te demande une chose qui frise l'inconvenance, mais crois-moi, je fais cela dans un but noble. Il s'agit de retrouver l'homme que tu as vu, l'homme qui est lié à la mort de notre Karolina. Tu seras d'accord pour dire que cela justifie probablement… l'acte… que je te demande de faire ?

La jeune fille hésita puis finit par hocher la tête tout en faisant comprendre par toute sa personne que cette idée ne lui plaisait guère. Zofia jouait nerveusement avec la chaînette de son lorgnon.

— Par ailleurs, je pense que puisque le Christ a permis à une femme de mauvaise vie de Lui laver les pieds, alors je ne me déshonorerai pas en échangeant quelques mots avec elle pour une cause juste. J'ai toutefois besoin de ton aide pour prendre rendez-vous. Je suis sûre qu'elle acceptera de me consacrer un quart d'heure ou bien même une demi-heure si tu lui offres une couronne en mon nom.

Franciszka leva encore plus haut les sourcils mais hocha la tête.

— Et si elle se défiait, ajouta Zofia après un instant, mais seulement alors, rappelle-toi, *seulement* alors, tu peux lui proposer une couronne et demie. Mais pas un centime de plus !

La veille au soir, la femme du professeur avait vécu toutes sortes de tourments en essayant d'obtenir d'Ignacy des informations sur combien coûte un « service » d'une femme publique. Elle ne s'attendait pas, bien entendu, à ce qu'il ait cette information de première main, mais que dire… lors des petits déjeuners au Hawełka, dans ce cercle exclusivement masculin, certains collègues de l'université auraient pu mentionner quelque chose à ce sujet. Mais comment poser la question à son mari sans éveiller de surprise ? Elle pourrait théoriquement obtenir l'information de l'ingénieur Bzowski qui devait toujours avoir une peur panique que ses indiscrétions matrimoniales soient révélées, mais ce n'était pas le genre de question que l'on pouvait poser ainsi, au détour d'un billet, et elle n'avait aucune intention de retourner rue des Étudiants, risquer de tomber sur la Bujwidowa et ainsi de suite. L'espace d'un instant, elle s'était demandé si elle ne devait pas interroger Tadeusz qui, en tant qu'étudiant, pouvait aussi avoir ce genre d'informations – mais si elle aimait Żeleński, elle avait en revanche la pire opinion des étudiants cracoviens en général qui, selon elle, s'intéressaient à tout sauf à la science : à la beuverie, aux rixes, aux jeux de hasard et, justement, à la débauche en compagnie de demoiselles aux mœurs légères. Mais comment poser une question à l'étudiant de son mari, de manière désinvolte et sans le surprendre, au sujet d'une chose dont, en tant que femme, épouse, représentante de sa classe sociale, elle ne devrait pas même avoir idée ? Elle abandonna donc aussi cette option ; ce fut Ignacy qu'elle décida d'aborder avec une méthode « philanthropique » :

— Parfois, j'ai l'impression que Cracovie est un puits sans fond pour la bienfaisance… Le prince Lubomirski vient de construire aux sœurs de Łagiewniki une maison pour les jeunes filles déshonorées pouvant accueillir cent protégées, mais il y en habite tantôt cent trente, tantôt cent cinquante, ils n'arrivent pas à s'en sortir…

— Assurément, assurément, murmura Turbotyński qui collait de nouvelles coupures de presse dans un album.

— Que dire, c'est une ville de garnison. Et universitaire. De soldats et d'étudiants. Partout la débauche, partout ces… relents de dépravation.

— Tant que l'on n'installera pas des canalisations, ces relents ne partiront pas ! répondit-il dans sa barbe.

— Ignacy ! Je ne parle pas des impuretés dans le sens… hygiénique, voyons, mais moral. Dis-moi si cela ne t'étonne pas qu'à notre époque autant de femmes se décident à prendre le chemin du péché ?

— Oui, c'est étonnant, en effet, répondit-il ; cette fois, il posa sa colle et ses ciseaux et la regarda.

— Seraient-ce les deniers qui les attirent ?

— Zofia, à vrai dire, je n'en ai aucune idée…

Mme Turbotyńska ouvrit un livre mine de rien et se mit à le feuilleter. La lampe à pétrole sur colonne qui se trouvait à côté d'elle éclairait d'une lumière douce les pages de son livre.

— Car combien peut-on bien gagner en faisant ce travail ? lança-t-elle enfin une minute plus tard. Gagnent-elles plus ou moins qu'une lavandière, repasseuse, marchande ou une autre femme honnête ? Pour combien se déshonorent-elles ?

On entendit encore une fois le bruit des ciseaux sur la table, suivi d'un raclement de gorge gêné. Elle patienta, mais rien d'autre ne vint.

— Une demi-couronne ?

— Je n'en ai vraiment pas la moindre idée, car d'ailleurs... Zofia... comment pourrais-je...

Zofia ferma alors son livre et prit un ton le plus compréhensif au monde.

— Oh, je sais que tu m'as prise pour femme en tant que jeune fille et que tu me considères parfois encore comme telle, mais je ne suis pas une enfant et je me doute qu'en tant que médecin de l'université tu côtoies parfois des choses que ni toi ni moi ne voudrions jamais entendre ni voir. C'est ce qu'on appelle (elle s'interrompit un court instant puis reprit avec un profond soupir)... être au service de l'humanité. Oui, il n'en est pas autrement. Le service de l'humanité. Je sais donc que tu touches ce qui est honteux, douloureux et coupable... ne le nie pas ! Mais cela ne te déprécie en rien, bien au contraire, cela t'élève !

Turbotyński était toujours assis à sa table et affichait une mine déconcertée, car depuis des années ses recherches portaient principalement sur les animaux, en particulier les reptiles et les batraciens, dont les liens avec la prostitution étaient plus que douteux, et avant cela, il ne s'intéressait pas spécialement ni à la vénérologie ni à la médecine légale. Il savait toutefois que si sa femme vantait ses mérites, il ne fallait pas l'interrompre ou entrer en polémique avec elle.

— Une demi-couronne ? répéta-t-elle soudainement à la fin de son discours.

— Plutôt une couronne, laissa-t-il échapper automatiquement cette fois, car il savait bien des choses, puis il ajouta, incertain : C'est du moins ce que j'ai entendu dire… de… des autres médecins.

— Une couronne. Pour perdre son âme, déclara théâtralement Zofia puis, considérant que l'affaire était réglée, rouvrit son livre et augmenta le débit de la lampe à pétrole.

Et à présent, elle était justement en train d'ordonner à Franciszka de proposer à *la femme de mauvaise vie* cette somme, autrement dit une couronne, ou tout au plus une couronne et demie, à la condition que la somme serait payée seulement à la fin du rendez-vous, puis elle vérifia encore si la servante avait mémorisé le chemin à prendre à l'aller et au retour.

Le soir, tandis qu'Ignacy ronflait dans son lit sombre et gothique tel un chevalier du roi Ladislas Petite-Coudée, elle veillait dans le lit jumeau, à l'écoute des plus petits bruissements qui lui parvenaient tant de la ville que de la maison : tantôt l'une des antiques poutres craquait, tantôt se répandait le raffut de deux matous qui combattaient ; la tour de l'église Sainte-Marie sonna une heure du matin, puis un vieux fêtard, ténor héroïque au repos, entonna un disgracieux *Ladonnaèmobile.* Ce n'est qu'à ce moment-là que l'oreille sensible de Zofia perçut les pas discrets de Franciszka qui se glissait presque sans un bruit du couloir vers la porte, tournait la clef dans la serrure et, au rythme d'un grincement à la fois, descendait les marches de l'escalier. L'instant d'après, le bruit de ses pas venait de derrière la fenêtre : il diminuait progressivement à mesure qu'elle s'approchait de la rue des Piaristes, avant de disparaître complètement dans la nuit épaisse comme dans un rouleau de velours noir.

Elles en parlèrent sur un ton conspirateur au moment du coiffage du matin. La bonne nouvelle était que la *femme* avait accepté de rencontrer la mystérieuse dame. La mauvaise, que cela s'était arrêté à une couronne et demie, et ce, en bougonnant. Le lieu et le moment furent établis, il ne restait plus qu'à réfléchir à un comportement *incognito*. Zofia était assise avec son ouvrage sur le canapé et construisait mentalement les étapes d'un plan de protection efficace contre les yeux indiscrets des Cracoviens.

Cependant, Ignacy vivait au rythme d'événements complètement différents. C'était en effet la fin du monde, le 4 septembre, ce qui signifiait que d'abord le prêtre Chromecki avait dit la messe avec pompe chez les Piaristes, puis toute une compagnie était passée par la rue Saint-Jean, sous les fenêtres de l'immeuble Au Paon jusqu'au palais des Wodzicki, au numéro 11, où l'on avait inauguré avec tout autant de pompe le premier collège féminin à Cracovie, établi grâce aux efforts des deux Bujwid, de Napoléon Cybulski, doyen de la faculté de médecine, et du linguiste Bronisław Trzaskowski qui devait diriger la nouvelle école. Si encore cela avait été fait par de folles émancipatrices, des étudiants *ad vitam aeternam* qui, au lieu de valider leurs examens, passaient leur temps dans les cafés en rêvant d'éducation des femmes. Mais que pas moins de trois professeurs de l'université, des hommes dignes, à la position et la réputation bien établies y prennent part ?

Ignacy Turbotyński était donc assis tout près de la fenêtre et faisait semblant de lire *Le Temps* alors qu'en réalité il épiait la procession qui se traînait en contrebas, qui n'était pas encore sortie tout entière de l'église qu'elle disparaissait déjà derrière la porte du palais. Il lisait même à haute voix des fragments d'articles en interrompant sa lecture de temps en temps pour plaisanter :

— « À Saint Moritz en Suisse, on rapporte que les curistes s'amusent en faisant des batailles de boules de neige, du traîneau et d'autres jeux d'hiver, car la neige dépasse les chevilles… » Une messe ! Comme s'ils ne savaient pas que ces enseignements influenceront les petits corps de ces filles ! Mais c'est massacrer les enfants qui pourraient naître de ces corps. C'est un meurtre à grande échelle, Zofia, et le clergé y participe… et même Trzaskowski ! C'était un jésuite, pourtant, qui a abandonné l'habit. Mais bon, les *jésuites*, dit-il en accentuant significativement le mot, on sait ce que c'est…

Il ne reçut que le silence en guise de réponse. Il jeta un œil par la fenêtre, vit d'en haut le chapeau tout rond de la Bujwidowa et la tignasse noire de Cybulski, puis reprit la lecture avant de s'écrier soudain sur un ton joyeux :

— Ah, voilà, de la science ! Écoute seulement la confirmation scientifique de mes propres paroles. « M. Forbes Winslow a présenté au congrès médical de Londres un travail remarquable sur les suicides. Son étude, qui s'appuie sur 7083 cas – tu noteras que ce n'est pas une bagatelle –, indique les raisons qui ont entraîné au suicide, à savoir : la misère a poussé à s'ôter la vie à 905 hommes et 511 femmes ; les préoccupations domestiques, 728 et 524 ; les pertes financières, 322 et 233 ; l'ivrognerie et les abus, 287 et 208 ; les pertes aux jeux, 155 et 141… » Qui aurait dit qu'autant de femmes étaient tombées dans le gouffre du hasard ? « … les ambitions déçues, 122 et 410 », 410 femmes, tout de même, « les peines de cœur, 97 et 157; un amour-propre démesuré, 53 et 53 », à parts égales, « des remords, 49 et 57; le fanatisme, 16 et 1; la misanthropie, 3 et 3; des raisons inconnues, 1381 et 667. Comme le montrent ces chiffres, les différentes raisons ont plus ou moins la même influence sur les deux sexes… » Zofia, est-ce que tu m'écoutes?

— Bien sûr, Ignacy, répondit-elle, et cette fois, c'était la vérité.

— « … mis à part pour l'amour et les ambitions déçues qui poussent au suicide bien plus de femmes que d'hommes. En ce qui concerne la première raison, c'est totalement naturel », bien entendu, nous savons une chose ou deux sur l'hystérie féminine, « la deuxième, en revanche, est une surprise et prouve à quel point les femmes sont plus ambitieuses que les hommes. » Pas par nature, toutefois, pas par nature, mais à cause de cette idée délétère d'éducation. On éveille en elles des désirs nocifs et tout cela finit sur une corde qu'on a tissée soi-même, par un saut sous un train ou un surdosage de laudanum! Cela ne te surprend pas que…

— Ce qui me surprend, c'est que premièrement, si je ne me trompe pas, on ait choisi un nombre inégal de suicides féminins et masculins. Et deuxièmement, que personne n'ait souligné cette plus grande disproportion : seize hommes fanatiques pour une femme fanatique, rétorqua froidement Zofia.

Turbotyński essaya d'abord de rassembler les chiffres dans sa mémoire et il compta en effet qu'il y avait plus d'hommes que de femmes, après quoi il reprit la lecture tout en jetant régulièrement un œil par la fenêtre.

— « L'empereur est rentré des manœuvres à Chłopy à quinze heures. Le soir, Komarno était à nouveau illuminé. Aujourd'hui, le temps est splendide... » Il paraît qu'il y a des Juives parmi eux. Oui, tu as bien entendu, non pas « une Juive », mais « des Juives ». Une, je peux comprendre, dit-il en secouant nerveusement le journal, une pourrait même ne pas faire de mal à notre roi. Mais qu'il y ait trois Esther en même temps ? Pour qui, pour quoi ?

De nouveau le silence. On entendit le tic-tac de l'horloge et les voix des dernières personnes passant la porte du palais des Wodzicki.

— C'est inconcevable, lança Ignacy, furieux, et sous notre nez, qui plus est ! Pratiquement dans notre salle à manger, ajouta-t-il en s'appuyant lourdement sur l'appui de fenêtre et en plongeant le regard dans le reste de la foule qui se faisait avaler par la porte baroque. Il suffit de se pencher à la fenêtre, et on voit tout comme dans sa main !

— Alors ne te penche pas.

— Madame a sonné ? demanda Franciszka en entrant dans la pièce.

Zofia leva le regard de son livre qu'elle ne lisait de toute façon plus depuis un bon moment.

— Non. Tu as dû te tromper. Et quand bien même, tu aurais pu envoyer Józia.

— Dois-je faire du thé ?

En tant que servante bien éduquée, elle n'avait point pour habitude de proposer ce genre de choses d'elle-même, l'épouse du professeur comprit donc qu'il se passait quelque chose et accepta la proposition.

— Et prépare une infusion de tilleul, pour monsieur. Cela le calmera, ajouta-t-elle.

Ignacy ne dit rien, mais il faut reconnaître qu'il avait cessé de regarder par la fenêtre.

Franciszka revint quelques instants plus tard avec un plateau laqué japonais sur lequel se trouvait une tasse de fine porcelaine également japonaise ainsi qu'un godet avec un protège-moustache pour Ignacy. Sous la soucoupe de la tasse dépassait le coin d'un petit papier plié. Lunicorne aurait-il changé d'avis et lui aurait-il envoyé quelque chose via un messager ?

Mais non, le message venait de Klossowitz et était, comme toujours chez lui, laconique :

Aucune trace de Mordka.
Il n'est pas à Cracovie.
Je vérifie d'autres possibilités.
Auprès des informateurs aussi.
R.K.

Quoi que l'on en dise, les couvre-chefs pouvaient susciter de vives émotions à Cracovie. On se souvenait encore, lorsque la femme du peintre Wojciech Kossak avait traversé la Grand-Place côté nord avec un chapeau à la forme assez originale importé de Paris, que quelques jours plus tard *Le Temps* avait fulminé contre cette véritable « horreur » violette devant et verte derrière, contre ces « extravagances parisiennes », etc. La rumeur disait qu'après la publication de l'article, la femme de l'artiste n'avait pas osé sortir de chez elle pendant trois jours, ne serait-ce que pour se promener au bord de la Rudawa. Que ce soit vrai ou pas, le fait est qu'elle ne se montra plus jamais publiquement avec ce chapeau. D'un autre côté, se dit Zofia, la vieille comtesse Potocka pouvait bien faire son apparition au théâtre avec tout un jardin tropical sur la tête dans lequel il ne manquait plus qu'un perroquet sans jamais s'attirer la moindre critique. Que dire, les comtesses et princesses avaient toujours été soumises à d'autres lois que le reste des mortelles, tel était l'ordre des choses établi.

La femme du professeur, nourrissant l'inébranlable conviction, quoique sûrement erronée, selon laquelle ses chapeaux étaient connus dans le monde entier, décida d'emprunter à Franciszka un petit chapeau discret en feutre de couleur vert foncé (la jeune fille, malgré sa réticence, n'avait pas osé protester). Avant de sortir, elle remit en place la voilette de deuil qu'elle avait fixée sur le chapeau à l'aide d'une simple épingle et s'assura qu'elle avait le visage voilé et que personne ne la reconnaîtrait.

Elle avait spécialement donné rendez-vous dans la « moins bonne » partie du parc Planty, au niveau de la place Szczepański, connue pour les jeunes gens, principalement de sexe masculin, qui la fréquentaient, fumaient et accostaient les demoiselles qui passaient. À vrai dire, les gardiens du parc chassaient ces jeunes hommes, mais de façon peu efficace ; ils préféraient s'occuper de fauteurs de troubles plus faciles, comme les garçons qui jouaient au ballon dans des endroits interdits. Par une étrange coïncidence, l'un des douze gardiens apparaissait alors, en uniforme, sa casquette de gardien sur la tête et un long bâton à clou à la main, destiné à ramasser les feuilles mortes. À l'improviste, il crevait le ballon du délinquant d'un geste brusque et s'éloignait sans dire un mot, laissant derrière lui des polissons désespérés. Les enfants savaient qu'il ne fallait pas jouer au-delà de la Barbacane, tandis que des fripouilles se contentaient du tronçon le long de la rue Podwale. Au parc Planty comme dans la ville, tout avait une place désignée.

Zofia Turbotyńska se trouvait à présent dans un endroit totalement inconvenant pour elle. Plutôt que de se promener sur le corso cracovien, le long des bâtiments de l'université, saluer les dames de la société, répondre aux salutations de ces messieurs, en imposer avec un couvre-chef importé de Lwów ou de Vienne, elle était assise sur un banc, le misérable chapeau de sa cuisinière sur la tête et vêtue d'une robe d'il y a plusieurs saisons de cela tirée du fin fond d'une armoire (et un peu trop petite ici et là, ce qu'elle avait masqué avec une petite veste) ; elle attendait le rendez-vous. Sa tenue remplissait parfaitement son rôle, car personne n'accordait la moindre attention à Zofia.

La mélodie du joueur de trompette de l'église Sainte-Marie lui parvint. Elle regarda une nouvelle fois autour d'elle, mais la personne qu'elle guettait ne venait pas. Sur le banc en face d'elle était assis un jeune homme qui fumait une cigarette et lisait un journal – si sa vue ne la trompait pas, il s'agissait du quotidien socialiste *En avant*. À couvert sous sa voilette, Zofia roula des yeux. Derrière elle, place Szczepański, le marché touchait à sa fin, les paysans des villages alentours repliaient leurs étals, chargeaient sur leurs charrette des sacs de choux, pommes de terre et carottes invendus. *Et si cette* personne *avait changé d'avis ?* se dit Zofia.

Une femme vêtue de gris foncé, à tous les coups une de ces marchandes, fatiguée après sa journée de travail, avait décidé de se reposer un moment. Elle prit place à côté d'elle et baissa la tête. Elle respirait bruyamment et toussotait de temps en temps. Elles passèrent plusieurs bonnes minutes assises l'une à côté de l'autre dans le silence. Mme Turbotyńska commençait à s'inquiéter. Et si la personne avec laquelle elle avait rendez-vous, en la voyant de loin assise à côté d'une autre, changeait d'avis et ne venait pas ? Toute cette conspiration pour rien ?

— Je crois que c'est moi que vous attendez, madame, dit enfin la femme à la tenue grise, d'une voix basse et enrouée.

— Je ne crois pas, madame, répondit Zofia tout bas mais sur un ton décidé.

La femme ne répondit pas, elle fixa du regard le sentier recouvert de gravillons, le parterre de dahlias qui, grâce aux soins diligents des gardiens, fleurissaient abondamment même dans la pire partie des jardins publics.

— Mais vous avez une voilette, reprit la femme, et je devais rencontrer une dame en voilette noire. Ce n'est pas vous ?

Zofia Turbotyńska plissa les yeux et l'observa enfin attentivement ; toutes ses connaissances sur la prostitution venaient de la littérature, elle s'attendait donc à voir une dame aux camélias : une Jézabel dissolue au maquillage provocateur, une tenue découvrant beaucoup trop, dotée d'une beauté vulgaire mais indéniable. N'était-ce donc pas la raison d'être de cette profession ? Pourtant, c'était une personne qui en apparence ne se distinguait en aucune façon d'une couturière de Grzegórzki. Certes, elle toussait comme une phtisique, mais la ressemblance avec la courtisane Violetta s'arrêtait là. Elle semblait bien plus vieille que Zofia ; de sous son couvre-chef, bien plus misérable encore que le petit chapeau de Franciszka, dépassaient des boucles de cheveux abîmés par le fer à friser couleur souris, recouverts de restes de teinte rousse ; sa robe, en piteux état, reprisée ici et là, n'était pas de la première fraîcheur. Mais son visage était ce qu'il y avait de pire : la poudre maladroitement appliquée n'était pas en mesure de cacher son affreuse couleur rouge voire pourpre. Elle était aussi enflée qu'un ballon de baudruche de la kermesse.

— La fille m'avait promis une couronne cinquante, ajouta la pauvresse.

Zofia en resta bouche bée. Était-ce donc ce à quoi ressemblait une femme déchue ? Elle s'attendait à contempler la chute morale, mais c'était un tableau de misère et de désespoir qu'elle avait devant les yeux. Les hommes étaient-ils vraiment prêts à… ?

— Vous paierez d'avance, ou alors rien, dit la femme d'un ton décidé.

Zofia, toujours stupéfaite, prit son porte-monnaie sans dire un mot.

— J'ai déjà dit à cette jeune fille que je ne m'occupais pas de *ces* choses-là. Si ça vous intéresse, il y en a une, Mela qu'elle s'appelle, elle habite à Grzegórzki, je peux donner son adresse. Mais *moi* je ne touche pas à *ça*. Je suis honnête.

« Ces » et « ça » furent prononcés d'une façon qui surprit Zofia, mais elle ne comptait pas demander quelles étaient ces choses ni en quoi elles outrepassaient le répertoire traditionnel des services de la femme assise à côté d'elle. Évoquer son honnêteté ne lui semblait pas approprié, mais elle ne comptait pas polémiquer. *Il y a plus sur terre et dans le ciel que ne peuvent rêver les philosophes*, se dit-elle, *et moi-même, je n'ai pas besoin de tout savoir.*

— L'affaire qui nous lie n'est pas de nature… professionnelle. Tout du moins pas complètement.

— Alors que voulez-vous ? dit la prostituée sur un ton étonné. Jamais personne ne veut rien d'autre de moi que vous savez quoi, madame.

— Je voudrais discuter.

— Discuter ?

Malgré sa voilette, Mme Turbotyńska voyait sur le visage enflé de la prostituée ses yeux qui s'écarquillaient. Celle-ci était plus surprise que si Zofia lui avait demandé d'exécuter la danse des sept voiles à l'assemblée annuelle de l'Archiconfrérie de la miséricorde.

— Tout à fait. Et je suis sûre que la somme que je vous ai remise suffira amplement pour que nous échangions quelques mots, déclara d'un ton décidé Zofia qui avait enfin repris ses esprits. Auriez-vous déjà eu affaire à une certaine Gringaliewicz ? D'après mes informations, elle dirige…

— … un bordel à Dębniki ! Bien sûr que je le sais ! s'anima la femme, ce qui lui valut une quinte de toux.

Zofia tressaillit tout en remerciant Dieu (et elle-même) pour sa voilette.

— Mais elle n'a jamais voulu de moi là-bas, ça non ! Elle a ses jeunes donzelles à elle, fringantes, toutes en bonne santé, pas sans chaude-pisse ni grande vérole, mais sans phtisie ni rien, le teint lisse, la bouche pareil. Pas de la carne ordinaire, mais soi-disant de luxe. On peut même parfois y trouver des tendrons, vous voyez.

Zofia ne voyait pas, mais elle hocha la tête pour dire oui.

— Vous voyez, on était trois, madame. Fajga Blum, Aleks dont vous parlez et puis moi. Maintenant ils m'appellent « Manu la Tomate », vous comprendrez bien pourquoi… dit-elle avant d'être prise par la toux. Mais à l'époque, j'étais connue comme « Manu la Rousse ». Je me teintais les cheveux en roux, j'avais les mêmes cheveux que Marie-Madeleine, très beaux. Ce n'est pas pour me vanter, mais tout le monde à Cracovie disait : « Personne n'a de cheveux aussi flamboyants que cette

Manu, allez la voir », qu'ils disaient… J'étais célèbre, ajouta-t-elle tristement.

Zofia attendait silencieusement la suite de l'histoire. Elle l'entendit enfin quand Manu eut fini d'évoquer les temps de sa splendeur passée.

— Nous étions postées dans le parc Planty, à l'époque, du côté de la gare. On recevait nos clients dans une cabane dans la rue des Paons qu'une femme nous louait. Une chambre avec juste un plumard et une bassine, mais c'était suffisant. Fajga ne voulait pas travailler à Kazimierz, elle disait qu'à Cracovie on payait mieux, et que si un nanti avait envie d'une petite Juive, il n'aurait pas à se traîner jusqu'à Kazimierz. C'était sa vision des choses. Elle était futée, il faut le reconnaître. Mais pas assez, visiblement, parce qu'elle a eu le gros lot, je veux dire la grande vérole. Elle s'est soignée, mais ça n'a rien donné, et à la fin plus personne ne voulait d'elle… D'ailleurs elle ne pouvait plus travailler légalement, parce que le médecin ne voulait plus lui cacheter son carnet de santé quand elle allait à la police pour le contrôle. Elle en a paumé la raison et la pauvre est morte. Et moi je me suis mise à boire.

Zofia ne l'interrompait pas. Elle voulait partir le plus vite possible, rentrer chez elle pour que personne ne la voie ni ne la reconnaisse, mais elle comprenait qu'elle devait laisser la femme lui raconter toute son histoire, avec tous les détails, les intrigues secondaires, toute la douloureuse vérité. Elle apprit que sa mère l'avait envoyée dans la rue pour entretenir toute la maison ; que ses frères et sœurs étaient morts les uns après les autres de diverses maladies ; que les policiers la persécutaient et n'hésitaient pas à percevoir en nature les « redevances publiques », que ses espoirs de quitter la « profession » s'amenuisaient et toutes les choses qu'elle n'avait sûrement jamais eu l'occasion de partager avec qui que ce soit et que personne n'avait jamais écoutées. La vie de Manu la Tomate apparaissait devant les yeux de Zofia Turbotyńska tel un sombre gouffre sans fond dans lequel elle s'enfonçait de plus en plus profondément.

— Mais vous vouliez parler d'Aleks, et pas de moi, se ravisa enfin Manu la Tomate. Elle a rencontré un bonhomme. Ça ne le dérangeait pas qu'elle soit de la profession, il pensait peut-être que ça lui coûterait moins cher, qui sait. Elle non plus n'était pas du genre à chipoter… et peu de filles le sont. Et ce Gringaliewicz, parce que c'est de lui qu'il s'agit, a demandé à la police qu'ils la rayent…

— Qu'ils la rayent ?

— Oui, du registre des prostituées. Quand le fiancé se déclare, ils rayent la fille et elle ne doit plus passer de contrôles, de visites médicales, etc. Elle est libre. Elle s'est arrêtée de travailler pendant un temps, elle a emménagé à Dębniki…

— Rue des Rosiers ?

— Ah non, dit Manu en secouant la tête tandis que son corps était de nouveau ébranlé par une quinte de toux, la rue des Rosiers, elle y est allée quand elle a connu ce youpin.

— Un Juif ?

— Je sais pas grand-chose sur lui. Un ponte, apparemment. Ils devaient bien s'entendre, elle est devenue sa môme, je veux dire sa maîtresse, parce que le Gringaliewicz était hors jeu, de toute façon ensuite il a reçu un coup de couteau dans les côtes à Podgórze et c'en était fini, et le youpin est resté avec elle en tant que barbiquet.

— En tant que quoi, pardon ? dit en s'étonnant Zofia.

— Barbiquet, je vous dis. Alphonse. Il lui a acheté une baraque, lui a installé un bordel et a mis Aleks aux affaires. Maintenant, c'est une grande dame, une bordelière, fi donc, elle a oublié ses vieilles amies, nom d'un chien…

— Vous souvenez-vous du nom de cet Alphonse ? demanda-t-elle rapidement pour éviter la litanie d'injures qu'elle voyait venir.

— Il m'est sorti de la tête, je me souviens même pas de son prénom.

— Comment ça ? Mais vous venez vous-même de le dire : Alphonse…

La femme secoua la tête et sur ses lèvres se dessina même un demi-sourire.

— Vous, les dames aux chapeaux, vous ne comprenez vraiment rien. On appelle les protecteurs comme ça : « alphonse ». Moi je ne sais rien sur ce youpin.

Elles gardèrent le silence quelques instants. Soudain, la femme se souvint de quelque chose.

— Oh, mais monsieur le docteur, il peut vous en dire plus. Il s'y connaît dans les affaires, il sait qui fait quoi, il est bien. Dès qu'une fille a des problèmes, elle va le voir, qu'elle soit juive ou catholique, peu importe. Il a essayé de soigner Fajga, ça n'a pas marché, mais bon, c'est que c'était son destin, dit-elle en haussant les épaules.

— Le docteur ? Mon mari… dit-elle avant de s'interrompre, je veux dire feu mon mari… je suis veuve, comme vous le voyez… faisait partie du milieu des médecins, peut-être que son nom me dira quelque chose…

— Docteur Brodzki, répondit-elle d'un ton plein de respect, rue Skawińska, à l'hôpital israélite.

— Israélite ? Non, mon mari ne devait sûrement pas connaître ce médecin ! dit Zofia, quelque peu ébranlée.

Mais elle retint le nom. Elle salua ensuite froidement Manu la Tomate, trop froidement peut-être, prit un détour en se retournant régulièrement et vérifiant que personne ne la suivait et rentra enfin chez elle.

Franciszka était à la fenêtre, feignant de laver les vitres nouvellement installées qui portaient les grosses marques de doigts du vitrier, mais en réalité elle guettait la femme du professeur pour lui faire signe qu'il n'y avait ni Józia, ni Ignacy à la maison. Elle fit un signe solennel de la tête ; c'est alors que le personnage singulièrement habillé passa le porche de l'immeuble Au Paon pour courir au plus vite à l'appartement, se terrer dans la chambre et enfin revenir à sa propre et digne apparence.

CHAPITRE IX

Dans lequel Zofia Turbotyńska se rend dans des contrées orientales en compagnie d'un brave écuyer, apprend la différence entre une boîte en nacre et un sac à pommes de terre, et subit les persécutions d'un canard.

De la porte de l'immeuble Au Chêne se trouvant au pied même des bastions du Wawel venait de sortir une vieille femme d'un grand âge en tenue de deuil couronnée d'une coiffe rappelant le nid d'une corneille; un domestique du même âge en redingote quelque peu roussie et élimée la soutenait. À en juger par la couverture en maroquin du missel que la dame serrait entre ses doigts arthritiques, ils se rendaient à la messe dans l'une des églises des alentours. Mme Turbotyńska les dépassa, ainsi que deux nonnes qui marchaient lentement, un jeune officier penché sur sa pipe et de nombreuses autres personnes. Elle était pressée. Elle passa devant la large façade des bernardins sur sa droite, celle des missionnaires à gauche, et enfin longea l'ancienne église Sainte-Hedwige transformée un siècle plus tôt par les Autrichiens pour en faire des offices puis un bureau de poste. Quand fut érigé à Wielopole quelques années plus tôt le nouveau bâtiment de la poste, « digne de Lwów et de Vienne », comme on le disait alors avec une certaine emphase, l'une des nombreuses institutions militaires – le commandement de la garnison – emménagea à Stradom, et à présent, les silhouettes de gratte-papier de l'armée assis à leur bureau se profilaient aux fenêtres.

La bande de jeunes arbres verdoyants de la rue Józef-Dietl se dessinait au loin et on voyait au coin, entre la riche façade de l'immeuble des Jacobsohn à l'immense terrasse et le kiosque en bois, un personnage encore minuscule dans cette perspective, mais qui grandissait à mesure qu'il avançait : un jeune homme maigre, légèrement voûté, à la chevelure noire, Tadeusz Kamil Marcjan Żeleński, étudiant en médecine.

— Ah, madame le professeur, dit-il en s'inclinant, quelle surprise !

— Monsieur Żeleński, quel plaisir de vous voir !

— Dans quelle direction allez-vous ?

Elle jeta un œil autour d'elle.

— À l'hôpital... juif. Rue Skawińska.

Il lui tendit le bras. Dans la poche de sa veste se trouvait une lettre laconique – par sécurité – qui lui avait été délivrée par Franek, le précieux coursier de la Société coopérative agricole :

Cher monsieur, je vous saurai gré de bien vouloir me rencontrer concernant une affaire importante demain à midi pile au coin de la rue Dietl et de Stradom, puis de me consacrer une heure ou deux. Que les personnes présentes prennent cette rencontre comme fortuite.

— Je n'ai pas téléphoné pour ne pas donner lieu à des commérages. Les domestiques ne sont pas toujours discrets. Les affaires dont vous allez prendre connaissance doivent rester entre nous, lui expliqua-t-elle à voix basse tandis qu'ils avançaient dans la rue de Cracovie. Il semblerait que l'assassin de Karolina n'ait pas du tout été condamné. Et nous pouvons le démasquer grâce à un certain médecin que toutefois… je ne connais pas personnellement… mais chez qui je n'aimerais pas me rendre seule non plus. Surtout qu'il faut y arriver… en traversant ce quartier.

Une charrette de paniers remplis de pommes tirée par un jeune percheron énergique passa tout près d'eux dans un grand fracas. Puisqu'ils se *promenaient*, il leur fallait se lancer dans une conversation.

— Quelles sont les nouvelles de vos parents ?

— Oh, ils sont extrêmement occupés… Vous savez peut-être qu'à Cracovie séjourne…

— M. Paderewski, bien sûr.

— Oui ; son élève, Mme Szumowska, vient justement d'épouser M. Adamowski, violoncelliste et bon ami de Paderewski, et le maestro est venu spécialement pour leur mariage. De même que M. Górski, premier violon de l'Opéra de Paris. Mercredi, mes parents organisent chez nous une dernière réception pour eux, le jour de la Saint-Sébastien.

— Ce sera sûrement un événement merveilleux ! lança Zofia avec enthousiasme, en comptant sur une invitation ; elle n'avait pas réussi avec Modrzejewska, mais peut-être avec Paderewski ?

— Il n'y aura que des musiciens, dit-il en balayant ses illusions, ou bien des gens plus ou moins liés à la musique, ne serait-ce que, hmm, par lien de parenté, comme la sœur du maestro… ou comme Mme Strojowska qui dirige un salon musical. D'ailleurs, elle est aussi la mère du pianiste et compositeur Zygmunt… Quoi qu'il en soit, vous pouvez facilement vous imaginer, madame le professeur, que toute la maison est sollicitée. Ma mère planifie encore ce qui sera servi et comment, quant à mon père, il arrange un autre menu : celui qui doit être joué, car il est évident que lorsque tout le monde se sera rassemblé, chacun voudra se produire… Lors des dernières discussions, on s'est accordé sur des airs de l'opéra *Goplana*, mais il est difficile de savoir s'il s'agit là de la version finale du programme.

— C'est un vrai festin musical qui se prépare, rétorqua Zofia, cette fois sans enthousiasme puisqu'elle savait que cette soirée allait également lui passer sous le nez.

— Heureusement limitée dans le temps, lança-t-il d'un ton sarcastique, car Paderewski et les Górski auront un train à prendre, il faudra donc les accompagner à la gare.

La scène avait changé entre-temps : la rue de Cracovie, bondée, sordide, ne rappelait en rien la vaste artère Józef Dietl. On voyait partout des groupes d'hommes en manteaux longs quasiment jusqu'au sol qui discutaient à haute voix sur des sujets qui semblaient mystérieux pour Zofia, car noyés dans un jargon étrange qui lui était inconnu, qui ressemblait légèrement à l'allemand ; mais elle se dit, amusée, qu'il devait en réalité s'agir là d'affaires aussi prosaïques que celles discutées sur la place Szczepański ou à un étal du marché de Kleparz. On voyait ici et là un vieil homme à la longue barbe grise, parfois vêtu d'un *schtreimel* en fourrure, ailleurs une vieille femme à la coiffe brodée et au tablier à motifs. À côté des enseignes polonaises et allemandes comme *Anna Rubinstein – SAGE-FEMME* se trouvaient des lettres étrangement flamboyantes qui semblaient annoncer les choses les plus saintes et dignes, bien que, à en croire leurs équivalents polonais, elles ne signifiaient rien de plus que : *CHARCUTERIE KASHER, des saucisses fraîches tous les jours* ou *Vente de victuailles.*

Ils plongeaient dans un monde aux mots différents, aux physionomies différentes, aux odeurs différentes ; même les senteurs de cuisine qui leur parvenaient des portes sombres et basses étaient différentes de celles des quartiers pauvres chrétiens. Ils marchaient dans des rues aux bâtiments sales et de petite taille, peut-être aussi anciens que l'immeuble Au Paon mais assurément plus indigents. Les murs humides recouverts de lichen qui semblaient avoir eux-mêmes besoin d'une consultation en clinique dermatologique s'interrompaient soudain pour céder la place à une clôture assez basse : une base de maçonnerie avec de simples poteaux à grillages au travers desquels on voyait des arbres rachitiques, puis plus loin, sur un vaste terrain vide quelque peu en retrait de la rue Skawińska, un immeuble à un étage. C'était l'hôpital israélite. Comme il paraissait pauvre en comparaison avec l'imposant bâtiment du Collegium Medicum qui avait récemment été terminé, un vrai palais au socle à bossages et aux chapiteaux corinthiens élancés !

— Cela ressemble à une gare de province, dit Zofia.

— Ou à la caserne d'une petite ville, confirma Tadeusz.

— Heureusement qu'il y a des ornements aux fenêtres, sinon chacun aurait peur d'entrer à l'intérieur en se demandant s'il n'a pas affaire à une boucherie plutôt qu'un hôpital…

Elle passa par le portillon sagement entrouvert.

Le docteur Brodzki, informé à l'avance de sa visite, les attendait dans son cabinet ; il leur ouvrit la porte lui-même puis leur indiqua deux tabourets en bois rayés avant de s'asseoir lui-même dans un fauteuil qui avait vécu de meilleurs temps. L'intérieur était haut de plafond mais très étroit, sur le plafond quelques taches grises formaient la carte d'une contrée où personne ne voudrait se rendre. Tout l'ameublement, simple, disparate, avait dû être racheté à des hôpitaux plus aisés ou des cabinets médicaux. On sentait l'odeur du torchon mouillé et de la maladie.

— Nous avons des conditions malheureusement très modestes, dit le docteur sur un ton d'excuse.

— J'ai remarqué. Le bâtiment en lui-même est… sobre. Je m'attendais à quelque chose de plus paré, plus à la mode…

Brodzki sourit.

— Ah, madame le professeur doit sûrement faire partie des personnes qui pensent que les Juifs aiment l'excès.

— C'est un trait oriental… dit-elle pour tenter de se sortir de la situation.

— Notre hôpital a été construit il y a trente ans, d'autres goûts dominaient alors. D'ailleurs, ni à l'époque ni à présent la commune n'est-elle trop riche. Et c'est un catholique qui l'a construit, M. Stacherski ; il a dessiné aussi des églises. Malheureusement, il est mort jeune, je ne sais pas s'il a vécu jusqu'à ses trente ans.

— Ah, c'est curieux. Qu'un catholique ait construit un hôpital juif tandis que M. Sare, qui vient de terminer ses travaux sur le Collegium Medicum, est quant à lui… provient… d'une famille israélite.

— Oui, il est juif, ajouta le docteur.

Un silence gênant s'installa. C'est là qu'intervint Żeleński qui, en tant qu'étudiant de la faculté de médecine, avait plus de facilités à utiliser un idiome professionnel susceptible de les sortir de l'embarras.

— Nous nous permettons de vous importuner, monsieur, car madame le professeur, qui est une philanthrope connue, désirerait connaître les aspects médicaux et sociaux de la prostitution. On dit qu'en raison de votre pratique dans cet hôpital, parmi… les classes plus indigentes… vous avez acquis une grande expérience et vous pourriez nous éclairer de vos connaissances (il s'interrompit avant d'achever soudain sa phrase, comme s'il considérait que c'était assez)… dans ce domaine.

— Ah, la philanthropie… une bien belle chose… répondit-il, sans que l'on saisisse si le ton était aimable ou sardonique. Récolter de l'argent pour de bonnes causes… Bien. Bien. Mais sur ce sujet, je crains que les belles idées et les beaux efforts ne suffisent pas, il est nécessaire de transformer… toute la société. Non seulement la nôtre, mais je dirais aussi mondiale. Et c'est un travail qui prendra des années, des dizaines si ce n'est des centaines d'années, peut-être.

Durant un instant, il fixa du regard son bureau abîmé sans dire un mot, comme s'il espérait y trouver un conseil ou de l'aide.

— Qui donc vous a recommandé de me solliciter ? demanda-t-il soudain. Je ne savais pas qu'au-delà des médecins du quartier de Kazimierz quiconque était au courant ne serait-ce que de mon existence. Je mène une vie modeste, comme vous pouvez le voir, de la maison à l'hôpital, de l'hôpital à la maison, je ne me rends pas aux événements des grandes institutions, je n'assiste pas à la messe ni aux salons, je ne franchis quasiment jamais la rue Józef-Dietl. C'est très aimable que quelqu'un…

— Il ne s'agissait pas ici d'un médecin, dit avec précaution Zofia, mais de l'une des dames à qui le bien des femmes tient à cœur.

Brodzki hocha la tête.

— C'est tout aussi bien, dit-il. C'est un plaisir de rencontrer une âme sœur, je me réjouis que de plus en plus de dames de la société, comme vous, madame, adoptent une attitude bienveillante vis-à-vis des classes populaires et prennent la défense du droit des femmes. C'est justement de cela que je parle, poursuivait-il avec enthousiasme, sans changement fondamental du rôle de la femme, sans rejet du corset emprisonnant la femme d'aujourd'hui, sans autonomisation de la femme, sans octroi du droit de vote ni égalité vis-à-vis de l'homme, nous n'évincerons jamais l'opprobre de notre siècle qu'est l'amour vénal. Ah, l'amour ! Le simple fait de juxtaposer ce mot à « vénal » le salit ! Mais je pense que je ne dois pas vous l'expliquer.

Mme Turbotyńska fit bonne mine à mauvais jeu et ne dit rien qui puisse dévoiler qu'elle n'était absolument pas partisane de l'égalité entre les sexes ; l'étudiant Żeleński, en revanche, affichait un visage de marbre, se tordant visiblement de rire à l'intérieur à l'idée que la femme du professeur soit devenue, *nolens volens*, une combattante émancipatrice. Brodzki s'était tu entre-temps et semblait réfléchir à une chose. De petite taille, coincé dans sa veste de costume quelque peu élimée, il rappelait un animal de trait à la grosse et lourde tête, aux lignes épaisses et au front sillonné de rides.

— Je ne voudrais pas être mal compris, reprit-il enfin, mais ce que vous me demandez ne peut être exposé d'une façon qui pourrait être répétée autour d'une tasse de thé ou… dans une réception de bienfaisance. Nous parlons d'une descente dans des ténèbres dantesques, dans les cercles de l'enfer. Je sais que les exigences courantes de la politesse défendent que l'on aborde ces sujets en compagnie des dames. Cependant, je sais aussi qu'il existe des femmes qui se sont affranchies des fausses limitations entre les sexes et avec lesquelles il est possible de discuter d'égal à égal. Car l'activiste… dit-il en fronçant encore plus les sourcils, l'activiste n'a pas de genre. Il se positionne au-dessus des sexes. Il prend la vie et le monde tels qu'ils sont et s'efforce de les transformer, de les forger de ses propres forces, il tâche…

Tadeusz Żeleński avait sorti son porte-cigarettes de sa poche et le regardait, concentré, tandis que Zofia fixait des yeux le médecin avec attention avant de l'interrompre :

— Docteur, ce sont des questions qui vont de soi. Veuillez ne pas m'épargner. Nous parlons de causes plus importantes.

Un éclair de reconnaissance brilla dans les yeux du docteur : il avait en face de lui une semblable.

— Je comprends que vous avez lu *La Misère de la Galicie en chiffres* de l'ingénieur Szczepanowski ?

Il se trompait. Zofia se souvenait d'Ignacy lisant ce livre et criant à la diffamation de la Galicie et Lodomérie, « car il suffit de se promener à Cracovie pour avoir la preuve que personne ici ne meurt de faim ».

— Ah, je vois. Bien, dit-il avant d'expirer lourdement, commençons par le début. Notre pays fait partie des plus peuplés d'Europe, dont les trois quarts, si ce n'est quatre cinquièmes de la population s'occupent d'agriculture, et chaque kilomètre carré doit nourrir bien plus de personnes qu'ailleurs, si ce n'est en Chine ou en Inde. L'agriculture est arriérée, chaque Anglais produit six fois plus de viande et de lait, et ses récoltes sont presque trois fois plus grandes que celles d'un de nos paysans. Toute notre industrie, exploitation minière, manufacture apporte moins de revenus par personne que ne serait-ce que dans le royaume du Congrès, et une grande part de cet argent sert en plus à rembourser le capital étranger. De tous les pays du monde, le travail en Galicie est le moins efficace ! En même temps, cependant, si le même ouvrier est transféré en Amérique ou en Westphalie, par exemple, dans de meilleures conditions de travail, où il est traité comme un humain, il y travaille de manière beaucoup plus efficace et est apprécié pour son sérieux. Pourquoi ?

— Tout est une question de malnutrition, intervint Żeleński. Le Galicien s'alimente mal, bah, il est affamé, il n'a donc pas la force de travailler. Il travaille de façon misérable, il a donc des récoltes misérables. Et la plupart d'entre eux doivent de toute façon vendre pour payer l'impôt, s'acheter des chaussures ou un tablier pour sa femme. Il doit en plus subvenir aux besoins de classes improductives qui ne cessent de se multiplier : l'armée et la bureaucratie.

— C'est cela. Tout notre peuple mange considérablement moins que les pauvres en Angleterre qui sont entretenus par des fonds publics ; cette façon de manger ne peut suffire au maintien de la vie. C'est pourquoi toute la nation rapetisse, dit-il en tapant de sa main ouverte contre la table, nous avons le plus grand taux d'inaptes au service militaire de toute l'Europe. L'espérance de vie moyenne pour un homme est de vingt-sept ans. En Angleterre, quarante. Nous perdons chaque année plus de cinquante mille personnes à cause de la famine, tout autant pour des maladies épidémiques qui sévissent dans des organismes affaiblis !

— Mais c'est plus que tout Cracovie ! s'exclama Zofia avec étonnement.

— En effet, en effet. Tout cela peut sembler négligeable, en apparence. Mais je le mentionne parce que des moralistes de tous bords, des pères qui prêchent des homélies depuis leurs chaires… Vous souriez. Que dire, vous pouvez vous amuser du fait qu'un Juif se plaigne des prêtres, mais les moralistes sont les mêmes partout, et les rabbins ne sont pas si différents… Quoi qu'il en soit : tous ces gens considèrent la prostitution comme une question de morale (à ce moment-là, Zofia eut envie de demander : « Et ne l'est-elle pas ? » mais elle se retint) alors que c'est une question économique. Uniquement économique. On peut parler de choix éthique lorsque nous avons réellement affaire à un choix. Est-ce que, veuillez excuser cet exemple, une femme asservie par un homme qui tient un revolver sur sa tempe agit de façon amorale ?

— Et ce n'est pas un revolver qu'on leur applique sur la tempe, mais la mort par famine, qui est incomparablement plus longue et douloureuse, acheva Żeleński.

— Si encore ce n'était que sa propre vie, car on peut toujours, dit Brodzki en prenant un ton moqueusement solennel, offrir la sienne sur l'autel de la vertu, comme on dit. Bien que ce soit un acte d'héroïsme que l'on ne puisse exiger de personne. Mais quand il s'agit de la vie d'un enfant qui lentement, jour après jour, s'éteint sous les yeux de sa mère ? Lequel de ces moralistes aura le courage, plutôt que de maudire la « débauche des femmes », de dénoncer la totalité de nos rapports sociaux ?

Zofia Turbotyńska et Żeleński marquaient leur accord d'un hochement de tête silencieux.

— On voit plus clairement dans la campagne de Galicie que la prostitution semble la seule voie possible pour ces jeunes filles, qui n'ont reçu ne serait-ce que la plus élémentaire des éducations, souffrant de pauvreté, traitées à la maison comme des bêtes de trait, mais parfois aussi esclaves qui doivent répondre aux vils besoins des voisins, pères, oncles, cousins, car dans ces obscures chaumières, on en arrive aux pires abaissements... et il suffit qu'elle tombe enceinte pour que ceux qui l'ont souillée deviennent les plus rigoureux des moralistes : ou bien ils l'obligent à avorter chez une « bonne femme » ou « faiseuse d'anges » qui bien souvent à cette occasion l'envoie dans l'autre monde, ou bien ils la chassent de son village natal. Et cette fille qui n'a rien vu mis à part sa propre paroisse, le carré de terre avec une église, une synagogue ou un temple orthodoxe doit soudain mener une vie de vagabonde. Vous avez sûrement entendu parler de l'institution appelée « marché des serviteurs » ? Tous les jeudis, sur la Grand-Place, du côté ouest de la Halle aux draps ?

— J'engage toujours des filles de l'agence de placement de Mme Mikulska, rue des Pigeons. Une agence mandatée, déclara avec fierté Zofia. Mais je suis bien sûr au courant pour le marché, tout le monde sait.

— Mais tout le monde sait-il ce qui s'y passe en réalité ? Je vous garantis que ce ne sont pas seulement les dignes habitantes de Cracovie qui s'intéressent aux jeunes filles postées devant le bâtiment de la Halle aux draps. Une fille comme ça, à peine arrivée dans la grande ville pleine de lumières, de bâtiments imposants, de foules de gens (dans le récit de Brodzki, Cracovie avait crû jusqu'à jouer le rôle d'une métropole comme Paris, Londres ou New York), est, comme je le disais, naïve. Et elle se fait berner par une « gentille dame » rencontrée là-bas qui « s'occupera » d'elle, lui prêtera de l'argent pour une robe, pour louer un petit coin, et la poussera ainsi sournoisement dans des dettes présumées dont elle ne sera pas en mesure de se dépêtrer et qu'elle ne pourra rembourser que d'une seule manière. Ou bien elle s'en laissera conter par un sympathique monsieur qui lui proposera un poste de domestique bien payé ou bien de nourrice, qui s'avérera, une fois sur place, de la prostitution pure. Ce n'est rien d'autre que de l'esclavage moderne, dit Brodzki en rougissant. Le serf a été libéré de son maître, mais on a poussé la femme dans un servage encore plus horrible.

— Mais il arrive parfois qu'elles seules, ni forcées ni trompées par quiconque, se dirigent vers cette… profession, lança Żeleński. Je me rappelle un communiqué de presse d'il y a quelques années sur une fille de la campagne qui s'était retrouvée à Rio de Janeiro, il me semble, s'y était enrichie, y était morte prématurément et avait laissé une fortune à son père. Et lorsqu'on apprit la nouvelle dans son village ou sa petite ville, les jeunes femmes se précipitèrent pour acheter des billets et aller à…

— Cher ami, cher ami, l'interrompit Brodzki, je sais de quoi vous parlez. C'est l'histoire de Jelena… son nom ne me revient pas… qui provenait de la région de Śniatynia, une affaire très connue. On ne sait pas comment elle s'est affranchie de cette, hmm, industrie. Mais elle est morte à La Havane, à Cuba, car l'affaire concernait La Havane et non Rio, en tant que riche propriétaire d'une maison publique, et elle a laissé toute sa fortune à son père qui d'ailleurs l'a très rapidement dilapidée et est décédé dans une misère plus grande encore que celle dont il souffrait auparavant. Mais quelqu'un a-t-il vu ses milliers de florins ? En effet, la presse a publié l'information, mais les rabatteurs n'attendaient que ces jeunes filles qui soudain rêvaient toutes de ramener dans leur chaumière un coffre rempli d'or... Je ne m'étonnerais pas si on me disait que toute cette histoire a été inventée dans une des tavernes pendant une réunion de proxénètes puis rapportée à la presse. Que dire, comme toujours, c'est la pauvreté qu'il faut blâmer, la pauvreté et le manque d'éducation, dit-il en hochant tristement la tête. Je comprends que votre intérêt pour la question est justement né des travaux dans la Société des écoles populaires ?

La femme du professeur avait jusque-là écouté patiemment l'exposé du docteur, même si depuis un certain temps elle avait l'impression de se trouver en plein milieu d'un piquet socialiste où discourait « l'éloquent Ignacy » Daszyński. Autrement dit, elle pouvait laisser passer beaucoup de choses, mais de là à ce qu'on l'associe à la Bujwidowa ?

— Ah non ! protesta-t-elle vigoureusement. C'est l'effet d'un dramatique incident. Ma servante, dit-elle avant de prendre une profonde inspiration, a été assassinée. Enlevée et assassinée.

Le docteur se redressa sur sa chaise.

— Par des proxénètes ? Des trafiquants d'êtres humains ?

— Cette idée ne m'a pas traversé l'esprit, dit-elle avec étonnement, et la police n'est pas tombée sur cette piste... Je sais cependant qu'un certain jeune homme, feignant d'être un ingénieur, l'a bernée et lui a proposé de se marier. Je sais aussi qu'il travaillait dans une des maisons publiques. Elle avait démissionné, elle devait l'épouser et partir aux États-Unis.

— Ah, c'est un *modus operandi* très typique, surtout dans le cas des criminels juifs.

Il s'interrompit un instant comme s'il hésitait.

— Je pense que vous avez déjà compris, madame et monsieur, que je suis un homme direct et que je ne compte pas mâcher mes mots dans le seul but de ne pas blesser un quelconque amour-propre. C'est pourquoi je suis, dans de nombreux cercles, un véritable paria, un intouchable que l'on ne croise pas volontiers aux événements mondains et scientifiques. Par un étrange hasard, les invitations de l'Association de médecine ne m'arrivent pas... mais cela ne m'étonne guère, en réalité, les préjugés nationaux sont fort vivants à Cracovie. La même chose se produit avec les organisations philanthropiques juives. Pourquoi ? Eh bien parce que je le dis franchement : le commerce d'êtres humains est dans sa plus grande mesure le déshonneur de notre classe sociale.

— Sauf que cela amène bien évidemment de l'eau au moulin de tous les antisémites du type de Lueger, lança Żeleński.

— Je dois malheureusement admettre que vous avez raison, monsieur. Certains racontent volontiers des aberrations selon lesquelles « dans la prostitution, il y a le facteur masculin, le facteur féminin et le fomentateur juif ». Alors que les Juifs sont ici à la fois les bourreaux et les victimes. Car sont juifs non seulement la plupart des trafiquants... qui d'ailleurs sont grassement rentables pour les maires polonais et autrichiens, les policiers et fonctionnaires de tout poil... mais la plupart des victimes le sont aussi. Les filles juives partent beaucoup plus souvent dans les maisons publiques d'Istanbul, des États-Unis, d'Argentine que les Polonaises ou Ruthènes. C'est là, si l'on peut dire, un crime commis au sein de la famille. Et bien sûr, on peut dire beaucoup de choses sur les causes d'un tel état de fait, sur la place des Juifs dans la société polonaise, dans tout l'empire, des négligences et préjugés séculaires, néanmoins…

— Vous parliez de *modus operandi*… lui rappela Żeleński.

Entre-temps, les nuages de l'après-midi avaient recouvert le ciel d'une épaisse couche et il faisait encore plus sombre qu'auparavant dans le cabinet. Le bureau était devenu tout noir là où le vernis avait disparu, et là où le bois brut avait eu le temps d'apparaître, il présentait une lueur livide telle la peau d'un cadavre.

— Oui, c'est ainsi que cela se passe. D'ordinaire, un bon parti fait d'abord son apparition : un ingénieur, un banquier, un marchand qui est venu pour un court moment d'Amérique où il a émigré il y a quelques années et a fait, bien entendu, une carrière éclair. Il est jeune, beau, bien habillé, il n'hésite pas à dépenser pour des cadeaux onéreux. Il est revenu dans son ancien pays, car il souhaite une fille d'une maison juive comme il faut, pieuse et pure. L'hymen, dit-il avant de se racler la gorge tandis que Zofia baissait les yeux, a une dimension purement financière, il constitue une marchandise concrète et précieuse pour laquelle on peut exiger un tarif approprié, surtout dans le cas d'une fille particulièrement belle. L'entremetteur ou l'entremetteuse insiste : le jeune marié doit vite rentrer et surveiller ses affaires florissantes, le mariage est organisé à la va-vite chez un rabbin de substitution. Le couple part immédiatement, et après un certain temps, le même jeune homme rentre, de nouveau célibataire, et cherche une femme non plus à Borysław, mais à Równo ou à Drohobycz.

— Presque tout concorde, rétorqua Zofia, à un détail essentiel près, c'est que ma servante était catholique.

Elle devait se marier à Hambourg, chez un prêtre local, un prétendu ami de l'ingénieur.

— C'est la fille et non la confession qui compte, dit Brodzki en haussant les épaules. Malgré les préjugés communs parmi le peuple, une Juive ne se différencie pas anatomiquement parlant d'une Polonaise ou d'une Ruthène. Si je puis me permettre, votre servante était-elle vierge ?

— On sait cela avec certitude. Une autopsie a été pratiquée, la mort est survenue d'un coup unique donné avec un instrument aiguisé dans le cœur, mais le docteur Kurkiewicz a indiqué qu'avant son décès la victime (cela faisait un drôle d'effet à Zofia de parler en des termes si impersonnels de Karolina) a été outragée.

— Le docteur Kurkiewicz, dit-il en s'animant, ah, c'est un étrange personnage. Je l'ai rencontré à plusieurs reprises. Je ne pourrais pas dire qu'il m'est particulièrement sympathique.

— Je pense que chaque docteur et chaque étudiant en médecine de la ville pourrait en dire autant, dit en riant Żeleński.

— Pourquoi Schwarz n'a-t-il pas pratiqué l'autopsie ?

— Kurkiewicz devait justement l'assister ce jour-là, expliqua-t-elle. Et c'est lui qui a reconnu la dépouille, car il était déjà venu à plusieurs reprises à la maison en raccompagnant mon mari de l'université.

— Une coïncidence extraordinaire.

— Suggéreriez-vous quelque chose, docteur ? demanda Tadeusz qui s'intéressait visiblement lui aussi à l'enquête.

— Non, pas du tout. Mais vous admettrez qu'il s'agit là d'une singulière coïncidence. D'autant que M. Kurkiewicz s'intéresse depuis longtemps aux questions sexuelles et ce, dirais-je, d'une manière à moitié morbide.

S'agirait-il de lui ? se dit fiévreusement Zofia. *Mais c'est absurde, s'il voulait la conquérir, il n'aurait pas eu à feindre d'être Bzowski ni même* à *employer quelqu'un pour jouer l'ingénieur... D'un autre côté, cependant, son rapport avec Karolina a toujours été plus que cordial, il la complimentait chaque fois, paraît-il...*

— Mais peu importe, une tout autre chose ne me laisse pas en paix, grommela Bzowski. Car s'ils l'avaient déjà enlevée, l'outrager sur place n'était absolument pas profitable, pour eux. Était-elle belle ?

— Oui, je peux le confirmer, intervint Żeleński, elle était très belle.

— Les trafiquants ont leur propre langage criminel dans lequel ils appellent les filles laides des « sacs à pommes de terre ». Les jolies, surtout les vierges, sont vendues en tant que « tapis de Smyrne » ou « rouleau de soie », et les plus belles, comme « croix de diamants » et « boîte en nacre ». Et elles peuvent en effet atteindre des prix stupéfiants sur le marché noir. Ils ont pu la frapper si elle leur résistait, mais pas la mutiler, pour qu'il n'y ait pas de traces permanentes... Durant son voyage jusqu'à Istanbul ou en Argentine, les bleus auraient eu le temps de disparaître. Mais de là à la tuer ?

— Et si elle avait tenté de fuir ? Alors quelqu'un aurait pu lui tirer une balle (Zofia pensait à haute voix)... mais puisqu'il l'a poignardée, il aurait pu tout autant la ramener dans la cachette où on la gardait avant l'expédition.

— Il arrive que des conflits éclatent entre les filles emprisonnées, j'ai déjà eu affaire à ce cas, ajouta Brodzki, mais asséner la mort après un seul coup, c'est le travail d'un professionnel et non d'une jeune fille désespérée de dix-sept ou vingt ans qui pourrait tout au plus griffer sa camarade ou bien lui arracher une touffe de cheveux. Je n'y vois pas de sens, rien ne convient aux intérêts, or la traite humaine est avant tout une question d'intérêts. Horribles mais calculés, où chaque centime compte. Qui aurait bien pu gâcher le travail de la sorte ? Sait-on où travaillait ce prétendu ingénieur ?

— On sait même comment il s'appelle. Mordka Sztycer. Ou Mordechaj Szyfryn.

— Je n'ai jamais entendu ce nom, dit le docteur en écartant les bras, mais je m'occupe essentiellement des malades et souffrantes, et non de leurs persécuteurs.

— Et il travaillait rue des Rosiers. La propriétaire est une certaine Gringaliewicz.

— Oh, cet endroit, je le connais. Une petite précision : Mme Gringaliewicz n'en est pas la propriétaire, mais une figurante, l'endroit appartient à Lewicki, autrement dit Loewenstein. Vous avez sûrement entendu parler de lui.

— Nous ne connaissons personne de cette sphère, rétorqua-t-elle, piquée.

— Le procès de Lwów ? Vous vous souvenez sûrement de quelque chose. Il y a trois ou quatre ans, on a jugé un groupe de trafiquants, dont ce Loewenstein. Il a reçu la même petite condamnation que les autres, je ne me souviens plus précisément, mais tous ont été condamnés à seulement trois mois, six mois ou un an tout au plus. Il a purgé sa peine et puisqu'il en est sorti libre, il a repris les restes de ses anciens capitaux. Il n'avait pas perdu la maison close dans le procès, car il l'avait confiée, tout comme d'autres entreprises douteuses, à des personnes de confiance. Par exemple, à cette Gringaliewicz qui aurait été elle-même victime de la concurrence si ce n'était la discrète assistance de son protecteur. Il a changé officiellement de nom pour Szymon Lewicki, et il a plusieurs affaires en cours : ici du commerce de bois, là une taverne, ailleurs un magasin colonial, voilà un respectable marchand de Podgórze. Et sur le côté, il récolte les bénéfices de l'établissement à Dębniki. Et c'est ainsi que tout cela fonctionne.

— Il est donc le gérant de cette femme... son... *alphonse*...? (À ces mots, les yeux de Żeleński s'écarquillèrent.) Et personne n'y met fin? s'indigna-t-elle, car la prostitution lui semblait soudain plus grave que la triste compagnie de la prostituée déchue du coin de la rue Saint-Thomas. Une telle immensité de préjudice humain reste ainsi non sanctionnée?

Le docteur appuya son front ridé sur ses longs doigts de cire et la regarda en dessous.

— Mais qui en a cure? De ces filles de campagne, de maigres donzelles des sous-sols? Elles sont là et l'instant d'après elles n'y sont plus, elles meurent de tuberculose, de rachitisme, et ainsi elles disparaissent, tout du moins des yeux. Si vous saviez combien de fois on m'a reproché de prendre soin de catins, de garces, plutôt que de m'occuper uniquement de matrones dignes de respect en perruques et de jeunes mariées en couches avec leur légitime descendance sanctifiée par un mariage sous la houppa... Comme si l'un était en contradiction avec l'autre! Si vous voyiez certains de ces cas, certains de ces cas... dit-il en fixant le sombre bureau comme s'il regardait à l'intérieur de lui-même, comme s'il revoyait tous ces chancres et ulcérations syphilitiques, ces corps émaciés, couverts de bleus qui ont cessé de donner du plaisir à qui que ce soit et ont été rejetés comme de vulgaires torchons, ces femmes de vingt, trente ans qui ressemblaient à leur propre mère, pliées en deux, rongées jusqu'à l'os. Mais, bien sûr, les médecins progressistes, comme moi, sont toujours les plus grands ennemis des médecins religieux qui considèrent qu'un docteur devrait être le bras vengeur du Créateur… C'est très chrétien, n'est-ce pas ? Mais figurez-vous que c'est très répandu parmi les Juifs également. Alors que moi, j'ai fait vœu de sauver la vie humaine de façon inconditionnelle, et non de prescrire des médicaments seulement à ceux qui auraient reçu d'une assemblée un certificat de moralité… Ah, sourit-il avec résignation, nous, dans ce coin de la ville, nous sommes infiniment plus arriérés que les Cracoviens de l'autre côté de la rue Dietl !

— Vous êtes trop sévère, rétorqua Żeleński. Aujourd'hui, à l'heure où le médecin de l'émir d'Afghanistan est une femme…

— Mlle Hamilton, intervint Zofia qui avait, on ne sait pourquoi, retenu ce nom.

— … Mlle Hamilton, merci, qui introduit dans ce pays à moitié sauvage, dans ce pays asiatique, des vaccins de protection contre la variole, qui y établit avec une amie une véritable pharmacie européenne… en un mot : aujourd'hui, où même dans un État musulman la santé de toute la nation est confiée à une femme, notre faculté de médecine se plie en deux et en trois pour ne pas permettre aux femmes d'étudier. Et le professeur Bujwid est diabolisé parce qu'il veut procurer des doctoresses dans une société où se fait sentir un manque accablant de médecins !

Le docteur Brodzki regarda par la fenêtre puis dit :

— Mais que peut bien me faire que dans d'autres hôpitaux ou qu'à l'université tout est aussi vieux, croupi et sans âme… ? (À ce moment-là, Zofia s'emporta, mais elle ne dit pas un mot.) L'activiste… l'activiste a le monde face à lui, et le fait de savoir que cela va aussi mal ou même pire ailleurs n'est en aucun cas une consolation. Il devrait toujours tout donner pour que cela aille un petit peu mieux quelque part. Il passe sa vie à cela. Puis il s'étend dans son cercueil avec le sentiment d'avoir inlassablement et pourtant pas complètement rempli son devoir, solitaire, usé et totalement aigri.

Il termina sa phrase d'une voie étonnamment joyeuse et Zofia se dit que malgré toute cette misère c'était un homme non dénué d'un certain sens de l'humour.

Quand ils sortirent, des nuages bas recouvraient toujours le quartier de Kazimierz, comme s'ils voulaient appuyer encore plus fort sur ces immeubles courbés ; ce n'était pas qu'un orage approchait : la lumière était tout simplement sombre et sinistre ; même s'ils étaient alors allés visiter l'église Corpus Christi avec sa nef dorée et élancée, celle-ci aurait perdu, dans cette obscurité terne, tout l'éclat de miel coulant de ses dorures et des chaudes nuances du bois.

Mme Turbotyńska était reconnaissante envers Tadeusz pour son aide et elle serait volontiers revenue à une conversation plus légère, aux potins sur Paderewski et à la soirée musicale, mais tous deux étaient trop abattus par les propos du docteur Brodzki, ils marchaient donc dans un silence presque total, prononçant de temps en temps quelques mots pour maintenir des apparences de courtoisie, jusqu'à ce qu'ils se séparent enfin là où ils s'étaient rencontrés auparavant, au coin de la rue Stradom, sous la terrasse de l'immeuble des Jacobsohn. Żeleński, bien entendu, offrit sa compagnie jusqu'à la rue Saint-Jean, elle le remercia gentiment mais avec fermeté ; elle souhaitait être seule.

De là, elle ralentit le pas en songeant à tout ce qu'elle venait d'entendre. Était-il possible qu'à Cracovie, ville d'honorables professeurs, d'excellentes fondations, d'innombrables églises et cloîtres, de pieuses processions avec les reliques de son saint patron, se cache autant de saleté ? La ville lui dévoilait un visage jusque-là inconnu : sombre, brutal, incompréhensible. Des pères de famille hypocrites, des maisons en périphérie, des proxénètes impitoyables, des jeunes filles des campagnes qui se transforment en quelques années en épaves usées jusqu'à la moelle et consumées d'innombrables maladies. Manu la Tomate avait-elle vraiment pu être belle, auparavant ? Zofia tentait de se rappeler son visage rond cramoisi et d'y trouver un reflet de sa beauté passée. Karolina devait-elle connaître le même sort ? Si oui, c'était peut-être mieux qu'elle ait péri sur place d'un coup de couteau. Ou d'un objet pointu.

Et si… se disait-elle fiévreusement, si concentrée qu'elle ne remarqua même pas le commis de chez Maurizio qui la saluait d'un sourire en portant d'innombrables boîtes de chocolats vers une riche maison, *et si ce n'était pas du tout un enlèvement, et si déjà avant… ? Elle avait bien ramené à la maison ces robes, ces babioles qu'elle cachait à tous… Mais sa virginité, sa virginité était un signe évident, on peut dire que sa virginité était l'alibi moral de Karolina, certifiée par un médecin.*

Elle expira profondément. Mais elle eut de nouveau le souffle coupé et dut s'arrêter au début de la rue Grodzka lorsque lui vint une idée tout à fait nouvelle. *Et s'il y a eu une erreur médicale, comme cela a pu arriver auparavant ? Non, c'est impossible. Kurkiewicz aurait dû délibérément mentir ; de plus, il assistait le médecin légiste Schwarz. Mais qui pourra prouver qu'ils ont bien tout vérifié ensemble ?*

Et si Schwarz était sorti un instant et lui avait laissé faire toute l'autopsie ? Imaginons toutefois... tout cela n'est bien sûr que supposition, mais tout de même... imaginons qu'il n'ait trouvé aucune trace de blessures. Qu'est-ce que cela signifierait ? Quel soupçon et qui essayerait-il d'éloigner de l'enquête en faisant un faux certificat ? Peut-être que ce sexuologue *envoûté par les affaires corporelles, qui a tant de fois complimenté la beauté de la servante, était ce mystérieux amant se faisant passer pour Bzowski ? Mais pas du tout, Franciszka l'aurait alors reconnu...*

Elle se remit enfin en route, mais elle traversa la Grand-Place lentement, comme si elle pataugeait dans de la poix épaisse et collante, comme si un courant contraire la repoussait constamment en arrière sans lui laisser une minute pour reprendre son souffle ; elle sentait des gouttes de sueur se créer sur son front et couler sur ses joues malgré la poudre. Quelque chose lui disait que ce jeune homme antipathique en savait certainement bien trop. Son aversion intuitive pour l'étudiant était claire, à présent, et compréhensible : elle avait tout simplement perçu depuis longtemps cette noirceur qui se cachait en lui. À la seule pensée qu'elle allait devoir le rencontrer d'une façon ou d'une autre, un frisson glacé lui parcourut le dos, des volants de son col jusqu'au bord de sa tournure.

La nuit, des cauchemars qu'elle mettait le matin sur le compte d'un dîner trop copieux la tourmentaient, mais elle savait bien que son imagination avait composé en rêve des images horribles à partir de lambeaux d'informations, d'images et d'intuitions. Kurkiewicz se tenait dans une sorte de théâtre anatomique antique et racontait que son travail devait être de grande envergure et comportait donc des expériences sur des organismes vivants. Sur la table de pierre était étendue Karolina, avec une tache rouge de sang sur la poitrine, prétendument morte, bleue, mais aussi totalement consciente, les yeux grands ouverts qu'elle fermait toutes les deux secondes. Dans les galeries étaient installés des hommes nus ; l'un d'entre eux avait endossé un manteau, un autre n'avait qu'un chapeau haut de forme, un autre encore, des gants en cuir. Ils regardaient Kurkiewicz qui préparait des scalpels pour procéder à l'autopsie, mais il choisissait longuement et attentivement son instrument qui s'avéra être une dague coûteuse sertie de pierres précieuses. Les hommes descendirent des galeries en hauteur jusque tout en bas, de sorte qu'ils encerclèrent d'une foule dense la table de dissection et le cadavre, ou plutôt le corps qui faisait naître en eux un désir irrésistible…

Plus jamais de canard farci au dîner, se dit-elle au matin en retirant ses cheveux collés par la transpiration de sous son bonnet de nuit, *plus jamais !*

CHAPITRE X

Dans lequel une semaine chaude débute par une rencontre avec un rat tintinnabulant, un bibliothécaire barbu fait étalage de sa connaissance d'un jargon, et la presse déchire le rideau des apparences. Nous y rencontrons encore Job qui considère que les enfants ne devraient pas passer du temps dans les parcs de Cracovie, nous apprenons également qu'un adepte de la médecine néglige ses habitudes, et Zofia Turbotyńska s'engage elle-même dans la fosse d'un lion rouge signalée par l'emblème d'un agneau.

Lundi 7 septembre 1896, Zofia Turbotyńska se rendit à l'université. Non, elle n'alla point rendre visite à Ignacy à l'institut d'anatomie, comme elle en avait parfois l'habitude quand, sous prétexte d'une promenade chez telle ou telle dame où elle était invitée à boire le thé ou au parc de la Confrérie ou encore à la palmeraie, elle menait une inspection impitoyable de son cabinet, lui déplaçait (ou « organisait », comme elle le disait elle-même) ses papiers éparpillés sur son bureau et coupait toute tentative d'opposition d'un catégorique : « Je fais tout cela pour ton confort, Ignacy. » Mais non, cette fois, la femme du professeur s'y rendait pour puiser des connaissances à la source de la Bibliothèque Jagellon et se renseigner sur le procès de Lwów évoqué par le docteur Brodzki, mais aussi sur le mystérieux Loewenstein-Lewicki, protecteur de la Gringaliewicz qui était, quant à elle, l'employeuse de Mordka Sztycer.

Après les pluies et orages de la veille, la Grand-Place était propre comme elle l'était rarement ; le lendemain tombait la fête de sainte Marie la Semeuse, moins célébrée en ville pour des raisons évidentes, mais importante pour les paysans, c'est pourquoi ils se trouvaient presque tous dans leur village, mis à part quelques retardataires venus à la dernière minute pour acheter ce qui était inaccessible en dehors de la ville et indispensable pour les jours de fête. Il n'y avait presque que des membres de la société, quelques ouvriers, paysans en courses et fleuristes. Zofia déboucha sur la vaste étendue de la place principale et la fendit tel le vaisseau amiral de la bourgeoisie cracovienne, orné de volants, agrafes et boutons, et couronné, tel un pavillon, du grand panache framboise de son chapeau.

Elle marchait tout en songeant à la mystérieuse affaire de Lwów. Elle avait naturellement entendu parler du procès de Wadowice : on serait bien en peine de trouver quiconque à Cracovie et peut-être même dans tout le royaume de Galicie et de Lodomérie qui, presque sept ans auparavant, n'aurait suivi avec attention les informations provenant de cette petite ville endormie et oubliée de Dieu ainsi que de ses habitants, car l'on savait que rien d'intéressant ne se produirait à Wadowice, et soudain, le monde entier en avait fait l'objet de sa curiosité. Chacun se souvenait des troupeaux de journalistes étrangers qui s'étaient rassemblés à Cracovie et avaient réservé les chambres de presque tous les meilleurs hôtels ; dans les cafés et restaurants, outre les habituels polonais et allemand, on entendait le français et l'anglais, ce qui donna aussitôt un éclat international à la ville. La plupart des habitants tâchaient cependant de ne pas prêter attention à la triste réalité que les reporters étrangers n'avaient pas été attirés par la beauté de l'*urbis Cracoviae* ou des splendides monuments du passé royal, mais par une affaire criminelle à une échelle sans précédent à – tenez-vous bien – Wadowice.

Les représentants de la filiale d'Oświęcim de l'agence d'émigration de Hambourg avaient le contrôle sur pratiquement tout le flux de personnes partant vers l'ouest. Leurs agents enrôlaient des habitants pour émigrer par la corruption, le chantage et même la violence, en allant jusqu'à user de la force pour que les paysans achètent des billets de bateau pour l'Amérique. Qui plus est, des dizaines de personnes avaient enfreint la loi pendant près de dix ans, et les fonctionnaires de l'État non seulement ne les avaient pas inquiétés, mais avaient même collaboré avec eux : l'inspecteur des douanes y était mêlé, et même le maire de la ville. Bah, la cousine Dutkiewicz disait – car cela n'était mentionné dans aucun journal – que l'hôtel dans lequel se déroulait toute l'activité aurait appartenu au comte de Potocki, mais Zofia, et avec elle presque tout Cracovie, ne put y croire. La ville préféra détourner les yeux du scandale qui projetait une ombre sur l'administration impériale, on se plaignit donc ouvertement des « Juifs avides », autrement dit des principaux accusés, Klausner et Herz, dont les noms étaient sur toutes les lèvres dans chaque foyer de Cracovie, que ce soit autour d'un café, d'un thé, d'une part de *pischinger* ou d'un *tafelspitz*.

Le procès de Lwów était néanmoins différent. Si l'affaire n'était pas inconnue du jeune Żeleński, Zofia Turbotyńska n'en avait quant à elle jamais entendu parler, alors qu'elle lisait *Le Temps*, peut-être pas aussi précisément qu'Ignacy, toutefois assez régulièrement, en omettant seulement la rubrique « Revue politique », autrement dit les spéculations sans fin sur les tensions des cabinets, les analyses des élections pour le conseil municipal de Prague ou les récits des visites rendues au tsar russe par un député ottoman. Eh bien, visiblement, les comptes-rendus du procès avaient dû échapper à son attention et il était indispensable de consulter les journaux sur ce sujet.

Ignacy avait coutume de conserver les anciens numéros à la maison, mais les tas grandissants de « paperasses » exaspéraient Zofia qui menait depuis longtemps une guérilla contre elles. Tantôt elle déplaçait les piles d'un endroit à un autre, tantôt elle feignait de trébucher dessus ; mais surtout, elle roulait théâtralement des yeux avec une régularité impitoyable et prononçait les mêmes paroles immortelles : « Ignacy, pour l'amour de Dieu, quand feras-tu *enfin* quelque chose avec cela ? On ne peut tout simplement pas vivre ainsi. » Jusqu'à ce qu'arrivât enfin le moment où, quelques mois auparavant, ayant fini de rassembler des coupures de presse sur les événements les plus intéressants d'Europe et du monde (avec une considération particulière pour les pérégrinations des membres des maisons dirigeantes), Ignacy capitula.

Une partie des journaux finit en cuisine en guise d'allume-feu, le reste revint à un chiffonnier vagabond qui frappa un jour à la porte du couple pour demander « des ordures de toutes sortes ». Il reçut quelques casseroles qui ne pouvaient plus être rétamées, une tapette à souris cassée et le reste des numéros du *Temps* fourrés dans un panier de rotin vermoulu. Si Zofia avait quelque peu retenu son élan pour supprimer toutes les choses « inutiles » à ses yeux, elle aurait pu faire ses recherches dans le calme de son foyer, mais à présent, une expédition dans une vraie bibliothèque accessible à un vaste public l'attendait. Elle se répétait qu'une force majeure l'y obligeait, mais en réalité, c'était elle-même et son obsession du rangement qui en étaient responsables, ce qu'elle n'était pas en mesure de s'avouer.

Non seulement le bâtiment du Collegium Maius était médiéval et les voûtes recouvrant la salle de la bibliothèque dataient des Jagellon, mais tout l'intérieur avait été arrangé de façon à témoigner de l'antiquité du lieu : les fauteuils pour les lecteurs ressemblaient à des trônes d'évêques, chaque armoire était hérissée de pinacles et créneaux comme des châteaux en flèche, tandis qu'au centre de la salle se trouvaient de longues tables de chêne foncé sur lesquelles brillaient les reliures de grands folios au gaufrage doré; chacun de ces meubles ressemblait à un tombeau de cathédrale dans lequel, à la place du corps d'un noble, avait été déposé le savoir amassé par d'innombrables générations de l'humanité. Zofia se rappelait ce qu'avait l'habitude de dire Ignacy : qu'en réalité l'université était séculaire, mais les salles gothiques comme celle-ci n'avaient été construites que l'année de la découverte de l'Amérique par Christophe Colomb, quand la maison des conseillers de Cracovie, à savoir la maison Au Paon, existait déjà depuis un certain temps. Et pourtant, leur chambre à coucher était aménagée selon un goût similaire, Zofia aurait donc pu se sentir comme chez elle à un détail près : l'odeur – bien plus antique ici, ce lourd parfum des vieilles cartes, des parchemins tombant en lambeaux, de la poussière enfin – n'était pas aussi sacrée que celle imprégnée d'encens de l'église, mais tout aussi digne.

Lorsqu'elle prit place à l'une des tables de la salle de lecture, un assistant de la bibliothèque la regarda avec étonnement, inaccoutumé qu'il était à la présence de femmes entre les murs du Collegium Maius, puis, l'instant d'après, il disposa en silence devant elle une pile reliée de tissu gris des annales du *Temps* des dernières années qu'elle avait demandées.

Elle pensait qu'elle réglerait cette question assez vite, alors qu'en réalité elle passa presque deux heures sur les journaux et ne trouva rien – absolument rien. Elle était prête à capituler quand elle entendit au loin un son étrange, comme le tintement d'une clochette. Elle leva les yeux de son pupitre ; le son se rapprochait, mais à sa grande surprise, aucune autre personne dans la salle de lecture n'y prêta la moindre attention. C'est alors qu'apparut rapidement de derrière un rayonnage quelque chose de petit et de blanc qui, inexorablement, tintinnabulait.

— Un rat ! s'écria Zofia en mettant ses mains sur son cœur, effrayée tant par la vue de l'animal que par le fait d'avoir dérangé le noble silence de ce temple du savoir.

Quelques étudiants qui étaient installés aux tables levèrent les yeux ; les uns avec indignation, d'autres avec un visible amusement.

— Mais ma chère madame, dit une voix grave et douce, n'ayez pas peur, ce n'est que Djim.

— Djim ? demanda Zofia qui n'avait pas encore recouvré ses esprits.

— Mon petit lévrier, répondit en souriant un vieil homme de taille moyenne, quelque peu voûté, qui était sorti de derrière un rayonnage ; entre sa tignasse de cheveux gris et sa barbe ébouriffée brillaient des yeux radieux, foncés et vifs. J'avais jadis une paire de perruches, c'étaient là des oiseaux résolus, il faut l'admettre. Hélas, j'ai moi-même causé leur perte : lorsque nous avons installé la lumière à gaz à la bibliothèque, elles connurent une fin tragique…

Au regard interrogateur de Mme Turbotyńska, il répondit d'un ton triste :

— Elles ont brûlé, les pauvres bêtes. Qui aurait dit qu'elles allaient voler droit vers le feu tels des papillons de nuit ?! J'ai reçu Djim en guise de consolation.

Le chien se colla aux jambes de son maître comme s'il avait compris qu'on parlait de lui et se mit à remuer la queue en regardant avec méfiance le vaisseau amiral de la bourgeoisie cracovienne amarré à un port qui lui était inusuel.

Le directeur Estreicher occupait son poste depuis plus longtemps que les Turbotyński avaient été mariés. Il régnait à l'université Jagellon telle Sa Majesté sur la monarchie habsbourgeoise : il dirigeait d'une main douce mais assurée ses subalternes tout en aspirant à l'agrandissement de son empire indépendant. Du fait de la modestie des fonds octroyés à la bibliothèque par l'université ainsi que par le ministère des Religions et de l'Éducation, le directeur dépendait principalement de la générosité de bienfaiteurs. Il obtenait auprès des éditeurs, auteurs, rédacteurs ou collectionneurs de nombreux ouvrages, et parfois des collections entières – on disait que la bibliothèque pouvait recevoir autant que ce que les comtesses bienfaitrices les plus acharnées soutiraient en contribution des poches de la société cracovienne.

— Qu'est-ce qui vous amène donc dans notre

humble demeure, madame ? demanda en souriant le « patriarche Jagellon ».

Avant même que Zofia puisse prononcer ne serait-ce qu'un seul mot, il répondit lui-même à la question :

— Je me réjouis toujours lorsque des personnes qui ne sont pas de l'université nous rendent visite, et particulièrement les dames assoiffées de connaissance pour qui l'éducation que la société veut bien leur offrir ne suffit pas…

Zofia Turbotyńska avala sa salive en essayant de rendre le même sourire à Estreicher. Bien qu'elle eût senti un pincement de douleur en voyant que le directeur ne l'avait pas reconnue – ils n'avaient jamais été formellement présentés, mais ils s'étaient croisés de nombreuses fois au théâtre ou aux célébrations à l'université, il aurait donc dû se souvenir d'elle –, elle se dit qu'il serait préférable de ne pas se présenter. Les affaires dont elle comptait s'occuper à la bibliothèque universitaire n'étaient pas convenables pour la femme d'un professeur de l'université. Dans d'autres circonstances, elle aurait été la première à déclarer qu'une femme à la réputation irréprochable ne pouvait chercher à la bibliothèque que des *informations bienséantes*, mais la situation dans laquelle elle se trouvait était exceptionnelle.

— Voyez-vous, madame, reprit Estreicher, ma petite-fille, par exemple, termine cette année le séminaire des enseignants et si le Haut Sénat prend les mesures appropriées, elle commencera ses études à l'université dans deux ans…

Zofia ne savait pas de quelle petite-fille il s'agissait. Le directeur avait pris soin d'accroître sa dynastie aussi consciencieusement qu'il le faisait avec les collections de la bibliothèque : Mme Estreicher, elle-même issue de la grande famille cracovienne des Grabowski, avait mis au monde sept enfants qui avaient atteint l'âge adulte depuis longtemps. Depuis que l'empereur avait donné à Estreicher le titre de *Ritter*, ses descendants pouvaient, tels des archiducs, choisir parmi les meilleures lignées de Cracovie. Pourquoi une petite-fille du directeur irait-elle risquer sa chance de mariage par un acte si scandaleux ? Zofia n'était pas en mesure de comprendre *cela*. D'autant plus qu'elle ne saisissait pas l'enthousiasme à ce sujet du directeur lui-même ; elle décida toutefois de ne pas lui faire part de cette pensée.

— En quoi puis-je donc vous être utile ? demanda le directeur. Comme vous le voyez, il y a l'embarras du choix dans la section des périodiques. Quand j'ai repris la direction de la bibliothèque, ceux-ci occupaient tout juste une armoire, le croirez-vous ? Et maintenant ? s'exclama-t-il en faisant un geste circulaire de la main. *L'Hebdomadaire illustré* ? Ou peut-être *Le Lierre* ? On nous l'envoie régulièrement de Varsovie. Ou peut-être une des revues parisiennes ?

— Une autre fois, volontiers, monsieur le directeur, dit Zofia qui avait enfin repris ses esprits. Je cherche des informations au sujet d'un procès criminel qui s'est tenu il y a quelques années devant un tribunal de Lwów...

— Très intéressant ! Ah, je dois avouer que moi aussi, j'ai autrefois été fasciné par les affaires criminelles ! Lorsque j'étais jeune, il y a très, très longtemps, à la fin de la République de Cracovie, j'étais stagiaire au tribunal, et comme le travail n'était pas trop pesant, j'avais décidé d'en profiter pour recueillir le jargon de prison, autrement dit l'argot, des rimes de voleurs et autres chansons. J'ai publié ce dictionnaire dans plusieurs journaux, mais je me demande si je ne devrais pas le compléter et le faire publier en livre… Comment était-ce, déjà ? dit-il en se grattant la barbe, puis il déclama avec ardeur : « Trimardeur, grinchisseur amiche / Quand un type t'a coqué / Quand tu n'as pas su grincher dare-dare / Va sorguer derrière la harpe. » Ah, qui sait si je ne serais pas devenu juge d'instruction si mon activité littéraire n'avait nui à ma carrière… Mais bon, le destin en a voulu autrement.

— Je suis sûre que cela serait une perte irréparable pour Cracovie, monsieur le directeur, dit Zofia en souriant de la façon la plus douce possible, toute la ville sait bien qu'il n'y a personne pour vous égaler en connaissances et pour vous remplacer à la bibliothèque.

— Vous êtes bien aimable, la remercia Estreicher d'une révérence, mais assez parler de moi. Quel procès vous intéresse donc, madame ? De quels grinchisseurs s'agit-il ?

Bien qu'ils parlassent à voix basse, comme il se doit dans une bibliothèque, Zofia baissa encore le ton :

— Le procès de Lwów des trafiquants de femmes, chuchota-t-elle. (Estreicher haussa les sourcils.) C'est une affaire de la plus haute importance et de la plus grande discrétion ; je ne peux en dire plus, mais je vous le garantis. J'ai consulté les archives du *Temps*…

— J'ai bien peur que vous ne trouviez pas grand-chose dans *Le Temps*, madame, l'interrompit Estreicher. Si je ne me trompe pas, la rédaction a estimé l'affaire bien trop… fâcheuse pour ses lecteurs et a décidé de ne pas publier de rapports sur ce sujet. Je vous conseillerais de consulter les périodiques de Lwów : *Le Journal national* ou *Le Courrier de Lwów*. Sur nos terres, il me semble que *La Nouvelle Réforme* de M. Asnyk en a parlé. Je vous apporte dans un instant les années concernées, dit-il avant de disparaître derrière un rayonnage.

Djim trottina derrière lui en contournant largement l'un des globes terrestres assez bas qui jalonnaient la salle seulement pour que les gens y trébuchent, semblait-il.

Zofia frissonna à l'idée de la tâche qui l'attendait, mais la fin justifie les moyens, se dit-elle. Ou du moins la fin qu'elle s'était fixée.

Elle trouva finalement assez vite dans les journaux apportés par Estreicher ce dont n'avait pas informé *Le Temps*. « Le public apprendra d'horribles choses, annonçait *Le Journal national* sur un ton pathétique. Il observera sa propre vivisection, on coupera ses chancres nauséabonds sous ses propres yeux. S'il en est capable, il pleurera ces pauvres victimes, lys blancs jetés dans les excréments, ces jeunes filles insidieusement arrachées à leur mère et abandonnées hors du pays à la débauche publique. »

Elle lisait et notait les noms : Blima Zinader de Lwów, Itta Seif de Drohobycz, Betta Kiesler de Zółkiew... Il semblait qu'il ne s'agît que de Juives, mais non, elle vit aussi des noms de Ruthènes et de Polonaises : Antonina Peczeniuk de Złoczów, Julia Buczakówna de Przemyśl... de Przemyśl ! Elle en frémit.

Elle tomba sur la liste des accusés « du crime de viol public ». Vingt-sept personnes. Au fil de la lecture se dévoilait le schéma de fonctionnement de la bande. Les maquereaux se divisaient en *geber*, ou « émetteurs » qui séduisaient et incitaient les filles en leur faisant miroiter un travail bien payé en tant que bonne ou cuisinière, en *fahrer*, autrement dit « conducteurs », qui les emmenaient dans les maisons closes d'Istanbul, et enfin en *herren*, les « messieurs » qui résidaient à Constantinople et créaient entre eux un réseau, un *bund*, s'occupant du contrôle des prix et de la corruption des fonctionnaires ottomans pour que ceux-ci ne se mêlent pas de ce « commerce ». Tout portait à croire que Mordka Sztycer était l'un de ces *geber* et avait embobiné la pauvre Karolina. Était-ce à dire que le protecteur de sa cheffe, Loewenstein-Lewicki, était revenu au commerce de « tapis de Smyrne » ?

Le tribunal avait innocenté seulement cinq accusés, d'autres avaient eu le temps de fuir à l'étranger, comme Józef Silberberg de Cracovie. Zofia Turbotyńska ne pouvait cependant comprendre par quel moyen le reste des accusés avait reçu de si faibles peines. Malgré tous les efforts de la police – dont, d'après ce qu'elle avait lu, Lunicorne qu'elle connaissait bien – et des juges d'instruction, le chef de la bande, Izaak Schaefferstein, commerçant de bijoux de Lwów, n'avait été condamné qu'à un an de prison. Renforcé par le jeûne et le cachot, certes, mais un an à peine ? Cela lui semblait absurde. Elle lisait avec incrédulité que les accusés restants avaient reçu des condamnations encore plus faibles : Chaja Ehrensdorf, trois mois de prison avec jeûne, Isla Bucholzowa, six mois de simple prison. En comparaison avec les autres, mis à part la tête de la bande, la peine de Salomon Loewenstein de Cracovie, intermédiaire entre la bande et la Galicie occidentale, était la plus sévère : dix mois de prison ferme avec jeûne.

Estreicher, qui appréciait visiblement les femmes et qui à l'université – pour des raisons évidentes – n'en rencontrait que rarement, s'approcha plusieurs fois de Zofia, chargé de grands livres aux couvertures brunes, il lui faisait la conversation, s'assurait qu'il ne lui manquait rien, puis repartait en portant à bout de bras ses trésors tirés à grands efforts des profondes armoires de manoirs ou cloîtres, toujours accompagné du tintement de Djim. Elle le remerciait puis retournait à ses journaux.

« Jack l'éventreur, dont les crimes saisissent d'horreur tout un chacun, ne faisait qu'ôter la vie de ses victimes, tandis que ces dégénérés se livraient à un esclavage honteux et cruel, pire que la mort ou toute torture. Ils vendaient une femme pour une poignée d'or », fulminait *Le Courrier de Lwów*. Mais elle ne pouvait penser ni aux victimes elles-mêmes, ni aux criminels ; il y avait ici un enjeu tout à fait différent. Le mal ne l'étonnait guère : depuis le temps de la cueillette de la pomme par Ève, depuis le temps du crime de Caïn, les uns blessaient les autres en brisant les lois divines autant qu'humaines. Dans l'empire, en revanche, ils avaient face à eux non seulement le Décalogue et les codes, mais aussi tout l'appareil étatique qui, par ses degrés successifs de fonctionnaires, menait jusqu'au pied du trône d'où Sa Majesté observait de son regard bleu porcelaine les innombrables terres de son empire, un regard bienveillant pour les bons, sévère pour les mauvais. Ces regards descendaient le long de l'échelle, d'un fonctionnaire à l'autre vers les marches les plus basses, et atteignaient les sujets sous forme de châtiment ou de récompense.

Zofia n'était pas une enfant et ne croyait pas naïvement que tous les fonctionnaires de l'État étaient justes ou intègres, néanmoins, les dimensions de la corruption qui étaient dévoilées dans le procès étaient choquantes. Elle lisait avec une incrédulité grandissante que des représentants de professions les plus diverses prenaient part à la contrebande de jeunes filles à l'étranger : des médecins auscultant les filles avant que les *fahrer* ne les emmènent ailleurs, les inspecteurs des douanes qui produisaient les documents nécessaires, les policiers qui fermaient les yeux sur tout le processus… Mais il était à prévoir que les tentacules des criminels atteignissent des niveaux plus élevés encore… Des médecins ? Le docteur Kurkiewicz lui vint en tête : avait-il deux visages, celui du jeune scientifique quelque peu sauvage, d'un docteur Jekyll, et celui du cruel collaborateur des trafiquants, d'un Mr Hyde de Cracovie ? Cela pourrait changer les choses. Quand Lunicorne l'interrogeait, elle avait rejeté comme étant insensée sa suggestion selon laquelle Karolina pouvait avoir un visage amoral caché, et l'autopsie avait confirmé sa virginité. D'un autre côté, l'expérience lui avait appris à ne faire confiance à aucun document, car derrière chaque document se trouve une personne. Kurkiewicz aurait-il pu fausser le rapport d'autopsie ? Et si oui, pourquoi ? Quel avait été son rôle dans tout cela ?

Elle ne savait pas si c'était la chaleur étouffante qui régnait dans la bibliothèque ou son énervement, mais elle sentit un poids sur sa poitrine ; la même phrase tirée d'un article surgissait sans cesse dans sa tête : « Le rideau déchiré des apparences laisse entrevoir un sordide bourbier. » Quand elle se rendit compte qu'au bout de plusieurs heures à feuilleter les journaux elle avait noirci ses mains, elle se dit que ce n'était pas la poussière ni l'encre d'imprimerie, mais bien la saleté qui s'était nichée dans la monarchie impériale et royale austro-hongroise.

Tout à coup, un fracas l'extirpa de ses pensées : un vieil homme dodu s'était endormi à quelques mètres de là sur des annales d'une revue scientifique et avait presque atterri par terre ; il s'était réveillé assez tôt pour se rattraper à la table mais il avait par la même occasion fait tomber quelques tomes sur le sol ; le vacarme avait résonné contre les hautes voûtes gothiques, dans la salle d'à côté de vagues jurons se firent entendre, marmonnés par Estreicher, tandis que Djim qui avait été silencieux jusque-là aboyait deux ou trois fois pour signifier qu'il y avait des choses qui ne se faisaient tout simplement pas dans une bibliothèque. Zofia jeta un œil sur sa montre : il était presque onze heures trente ; si elle devait réaliser tout ce qu'elle avait planifié pour la journée, elle devait saluer en hâte le bibliothécaire et se presser vers le bâtiment du tribunal.

— Malheureusement, si vous n'avez pas de rendez-vous, monsieur le juge ne pourra vous recevoir, chère madame, dit d'une voix monotone et ennuyée un fonctionnaire du tribunal du bas de l'échelle.

— Si l'on demandait à monsieur le juge…

— Personne ne demandera à monsieur le juge, l'interrompit le fonctionnaire avant de poursuivre de sa voix monotone sans même lever le regard des papiers qu'il examinait : Monsieur le juge est occupé.

— Pourrais-je dans ce cas…

— Non.

— Monsieur, je…

— Non, répondit-il, les yeux toujours rivés sur ses papiers.

Elle ne voyait qu'une fine bande de cheveux coiffés de droite à gauche pour couvrir une calvitie grandissante malgré son âge relativement jeune. Elle prit donc place sur un banc ; il restait encore une heure et quart avant treize heures ; si Klossowitz était dans le tribunal, alors il… Et effectivement, le juge sortit d'un des cabinets presque au même instant, lui jeta un regard complice et s'éloigna. Dix ou quinze minutes passèrent. Le couloir, d'ordinaire plus bruyant, était quasiment vide, seul s'y trouvaient un sinistre vieil homme assis près de la fenêtre et quelques avocats et juges qui passaient de temps en temps.

Elle sortit son carnet et relut tout ce qu'elle savait de l'affaire; mais son regard ne cessait de s'échapper au-dessus du bord supérieur de son calepin pour chercher Klossowitz. Il tomba sur un autre personnage qui gravissait les marches non sans efforts. Il semblait à Mme Turbotyńska que ce petit homme corpulent, au front en sueur, ne lui était pas inconnu, mais elle ne savait pas le remettre. Il semblait chercher quelqu'un, il la regarda, fronça les sourcils puis se jeta soudainement sur elle.

— On dit en ville que vous vous occupez de la prostitution!

Zofia vit tout noir. Elle réussit à se couvrir la bouche de sa main et à gémir :

— Sainte Marie…

— Je sais tout, moi, madame! s'exclama le petit homme qui avait lancé cette accusation bouleversante en plein milieu d'un couloir du tribunal.

— Veuillez m'excuser, mais je pense que vous me prenez pour quelqu'un d'autre… ânonna-t-elle. Que dites-vous là? Je ne vous connais pas, monsieur… Comment osez-vous…

— J'ai mes sources, je sais ce que je dis! cria-t-il en faisant un geste d'impatience de la main, avant de prendre un ton suppliant. Que madame me porte secours, vous vous occupez de l'aide aux jeunes filles qui ont pris une mauvaise voie, vous allez voir le docteur Brodzki à ce sujet, je sais tout! Vous seule pouvez me sauver! Comtesse de la philanthropie, à l'aide!

Se faire appeler « comtesse » avait assurément aidé Zofia à se remettre. Elle jeta un œil dans le couloir pour s'assurer que personne n'avait entendu ces paroles enflammées qui la visaient, mais celui-ci était aussi vide qu'auparavant, et le vieil homme assis près de la fenêtre s'était endormi entre-temps. Lorsqu'elle se calma, elle eut de nouveau l'impression que le visage triste de cet homme lui était connu, mais elle ne pouvait l'associer à personne. Sa petite moustache bougeait nerveusement sur les côtés et ses yeux sombres dans lesquels se dessinait un réel désespoir observaient Mme Turbotyńska avec attention.

— De quoi parlez-vous, monsieur… ? J'exige des explications ! déclara-t-elle sur un ton qui ne tolérait aucune opposition.

— Je tombe aux pieds de madame la comtesse et implore votre miséricorde. Je m'appelle Brand, Léon Brand, à votre service, dit-il en s'inclinant presque trop bas, je me tourne vers vous d'une manière inattendue et sûrement inappropriée, mais je me trouve dans une situation si tragique que je ne sais plus où trouver ni aide ni salut, et vous êtes une personne éminemment bien placée, madame… vous avez d'excellents contacts non seulement avec le docteur Brodzki, mais avec monsieur le juge Klossowitz chez lequel je me rends aujourd'hui, ou encore avec monsieur le commissaire Lunicorne. Je vous supplie d'intervenir pour moi !

Zofia s'adressa à lui d'un ton le plus neutre possible :

— Si vous pouviez tout de même m'esquisser la situation, monsieur. Visiblement, vous me connaissez, mais moi, je dois dire que je ne connais pas la nature de vos préoccupations…

— Bien sûr, naturellement, laissez-moi vous expliquer… Veuillez excuser la maladresse de mes paroles, l'excès de mots et le manque de clarté de mon propos… qui sont dus à l'énervement, oui, à l'énervement, je suis tombé dans un gouffre de nerfs. Le trop-plein de malheurs qui s'est abattu sur mes épaules... (Brand se tenait debout devant elle, mais ne cessait de bouger, agité de toute une série de gestes inutiles qui ne rimaient à rien.) Au printemps dernier, l'honorable direction de la police m'a ordonné de vider ma maison dans laquelle je menais un lupanar...

— Vous êtes le propriétaire d'une maison de débauche ?! s'exclama-t-elle.

Ces jours-ci, peu de choses pouvaient encore l'ébranler, mais le fait de se trouver nez à nez avec le propriétaire d'une maison de prostitution comptait parmi les événements qui auraient fait de l'effet à n'importe quelle épouse d'un professeur de l'université, même à Zofia Turbotyńska. Brand écarta les bras et prit une mine encore plus triste.

— Je le reconnais, de telles maisons publiques sont en effet appelées « maisons de débauche », mais je vous garantis, madame, que mon établissement est une maison calme, bah, la clientèle est recrutée parmi les plus hautes sphères, les plus hautes ! Elle arrive silencieusement la nuit en fiacre et repart de la même manière. La nuit, le silence règne devant ma maison, car les filles dorment, ou bien elles partent en promenade dans des fiacres fermés l'après-midi. Que madame me dise (il semblait à Zofia que, dans son apologie, Brand allait user de moyens ultimes et était sur le point d'éclater en sanglots) comment, dans cet état de fait, peut-on appeler mon modeste lupanar une « maison de débauche » ? De quelle débauche peut-on parler ici ?!

Soudain, elle se souvint. C'était sa discussion avec le commissaire Lunicorne qu'elle avait entendue à travers la porte une année plus tôt ! Elle ne pensait pas à l'époque qu'il s'agissait d'une maison publique. Elle pensait plutôt à une institution israélite gênant le prêtre de l'église Corpus Christi. Il s'agissait alors de déplacer l'établissement de… de quelle rue déjà ?

— À Podbrzezie ? se souvint-elle également.

— Ah, je vois que vous connaissez mon affaire ! dit-il en esquissant ce qu'on pourrait appeler un sourire. Chassé de là-bas, j'ai trouvé un nouvel endroit sur la perpendiculaire de la rue Starowiślna, dans la rue Berek-Joselewicz, situé dans un coin que la commission sanitaire et la police ont jugé convenable. D'un côté du terrain, il y a une voie de chemin de fer, et en face, des parcelles non bâties, une rue calme, vous reconnaîtrez que l'endroit était destiné à cela !

— Je vous crois sur parole, dit-elle entre ses dents mais Brand n'y prêta pas attention.

Ou bien préférait ne pas remarquer. Il reprit aussitôt sur un ton plaintif :

— J'ai acquis la maison pour un prix élevé car le vendeur, sachant pour quoi j'achetais la maison, m'en a demandé un prix salé et j'ai payé dix mille couronnes de plus que sa valeur réelle, et j'ai rajouté plus de six mille dans l'investissement. Cela fait tout juste un an, et la convoitise humaine m'en déloge ! Voyez-vous, ma voisine, qui autrefois menait un lupanar elle aussi, a soudain déclaré qu'elle se sentait indignée par mon voisinage ! Je précise, dit-il en levant le doigt, qu'elle a elle-même dirigé un lupanar autrefois ! Le règlement émis par l'honorable gouvernement stipule que les femmes publiques peuvent habiter dans tous les quartiers de la ville à l'exception des alentours de grandes institutions scientifiques, églises et cloîtres. Vous vous demandez donc d'où vient cette opposition puisque dans le voisinage de la rue Berek-Joselewicz ne se trouve aucun lieu de culte ?

Zofia n'avait pas posé la question et, à vrai dire, elle ne comprenait pas vraiment où il voulait en venir, mais elle décida d'écouter l'histoire de Brand jusqu'à la fin. Son récit concernait en effet des affaires dont, comme le souteneur l'avait si maladroitement exprimé, elle « s'occupait » dernièrement, elle en vint donc à la conclusion qu'elle apprendrait peut-être quelque chose d'utile de cette conversation.

— Veuillez vous imaginer, madame, que ma voisine a convaincu le directeur de l'école de la rue Starowiślna d'y opposer son veto ! Mais je demande quel peut être le danger pour les jeunes gens dans cet état de fait ? dit-il en écartant les mains dans un geste d'impuissance. Premièrement, ce sont des rejetons qui ne savent pas même ce qu'est une maison publique ! Deuxièmement, le fait qu'ils passent par la rue Starowiślna ne peut avoir une influence pernicieuse sur eux s'ils ne voient rien qui puisse choquer les mœurs publiques, et je l'ai dit, les filles ne sortent pas devant la maison. Vous m'accorderez que le seul fait qu'existe un lupanar ne peut corrompre les enfants, sinon il faudrait interdire à la jeunesse de sortir sur les promenades et jardins qui par les chaudes soirées et nuits d'été grouillent de rendez-vous amoureux qui pourraient exciter les esprits sensibles de la jeunesse ! (Les rires indécents provenant des buissons du parc de la Confrérie revinrent en mémoire à Zofia.) Et dans d'autres quartiers de la ville, la jeunesse passe directement devant les lupanars… Je vais vous donner un exemple. Dans la rue Saint-Laurent, Mme Korkuczkowa dirige une maison publique, tout près de la station de gaz de la ville et de l'église Corpus Christi. Et quoi ? Et rien ! Ce lupanar-là, par un étrange coup du sort, ne dérange pas le prêtre de la paroisse, bien qu'il se situe tout contre la porte de l'église, il ne dérange pas, tandis que le mien, dans une rue silencieuse, dans le lointain, si. En voilà une énigme. La commission, par un prodigieux coup du sort, a aussi émis un avis favorable à Korkuczkowa. C'est un mystère, vraiment, un mystère… Mais je n'oserais pas accuser l'honorable direction de la police de prendre des pots-de-vin ! dit-il en levant les bras. Loin de moi cette idée !

— Pourquoi devrais-je intercéder en votre faveur, monsieur Brand ? demanda enfin Zofia. Veuillez me pardonner, mais vos dettes ne me regardent pas, et je considère le moyen de gagner votre vie abominable, je dois le dire…

Brand inspira profondément, prit sur lui, revit sa tactique puis attaqua sur un autre front :

— Je comprends votre indignation pour le type d'activité que je mène, mais veuillez prendre en considération le fait que j'ai une femme à entretenir, ma vieille mère et six enfants, oui, six !

En voyant le visage impassible de Mme Turbotyńska, il ajouta :

— Je tâche également de rendre service à la science ! Oui, oui, c'est bien cela, madame, à la *science*. Et je ne parle pas seulement du fait que parmi la clientèle de notre maison se trouvent également des étudiants de la faculté de médecine ou même des professeurs ! (Zofia fronça les sourcils, moitié courroucée, moitié nerveuse, ce que Brand interpréta comme l'expression d'un doute.) Mais bien sûr, veuillez me croire ! Des professeurs aussi ! En réalité, conformément au règlement de police, je ne peux donner aucun nom, mais je peux vous assurer que ce sont parfois des grands noms à la renommée internationale. Je souhaite donc rendre service à la science en permettant aux étudiants de médecine d'acquérir un savoir indispensable dans leur profession. Un certain étudiant, bah, il est déjà docteur, vient par exemple, il se penche avec ardeur sur les secrets de ce qu'il appelle « sexologie ». C'est un jeune homme assez étrange, mais toujours très poli auquel je permets, les jours plus calmes, de converser avec les filles pendant leurs heures de travail, quand bien entendu elles ne sont pas occupées. Et je ne réclame pas un kreuzer ! Alors que je pourrais !

— S'agirait-il de M. Kurkiewicz ? demanda-t-elle avec précaution.

— Oui ! Tout à fait ! Vous voyez vous-même que vous connaissez tout le monde ! Quels contacts, quelles fréquentations !

— Vous me pardonnerez, monsieur, dit-elle en l'interrompant, mais en tant qu'activiste sociale (elle jouait de façon convaincante pour la deuxième fois en quelques jours le rôle d'une deuxième Bujwidowa), c'est avant tout le destin de ces malheureuses jeunes filles qui m'intéresse, et non de leurs tortionnaires, le sort des femmes déchues, et non… non… des alphonses ! lui lança-t-elle à la figure.

Il décida alors de jouer sa carte la plus forte.

— Eh bien, je vois que, dans le cas d'une expulsion, vous ne vous inquiétez pas du fait que la faim et la misère ne soient une menace pas seulement pour moi, mais pour mes enfants… dit-il en hochant tristement la tête. Cette maison que j'ai surpayée, comme je le disais, ne se vendra pas rapidement, car chacun, en sachant sa localisation, m'offre moins que ce qu'elle vaut réellement. Mais je comprends que le destin de *mes* enfants, de mes *pauvres* enfants peut ne pas émouvoir votre cœur, je comprends (il ne cédait pas). Mais le sort d'une veuve avec quatre descendants que menace le spectre de la banqueroute ne vous émouvra-t-il pas non plus ?

— Comment cela ? s'étonna Zofia.

— Eh bien, madame, la veuve dont je parle, une personne au grand cœur, m'a prêté dix mille couronnes pour l'achat de l'immobilier, et en étant ruiné, je ne pourrais rembourser ma dette, et ma créancière tout comme ses enfants innocents seraient menacés de catastrophe financière. Oui, madame, le sort de deux familles repose entre vos mains ! Si cependant vous avez à cœur les malheurs des filles qui travaillent chez moi, je vous en prie, lisez donc !

Il tira de la poche intérieure de sa veste un papier, il ne le tendit pas à Zofia mais se mit à lire lui-même :

— « En parlant de ruine, nous ne jouons pas sur les mots, c'est bien la triste vérité. Nous sommes toutes endettées car notre vie l'implique. Si l'on nous expulsait sans que nous y soyons préparées, nous sortirions telles que nous sommes vêtues car toutes nos affaires sont en gage… » Entendez-vous les supplications des filles de Corinthe ? lança-t-il d'un ton désespéré avant de reprendre la lecture. « Le désarroi nous envahit en pensant à ce que nous allons devenir. En vivant au mépris du monde et des gens, nous n'avons tout de même pas perdu le sens de la honte pour aller vendre nos corps dans la rue… » C'est vrai qu'elles ne l'ont pas perdu, ce sont des filles convenables ! « Que sommes-nous donc, méprisées des gens, repoussées du monde ? » Madame, si le sort de mes innocents petits ne vous touche pas, peut-être que ces demandes le feront ? Elles seules, de leur propre volonté, forcées par personne, ont rédigé une telle lettre et m'ont demandé de la remettre à la police et au tribunal ! Elles seules ! Comprenez bien, madame, que chez moi les filles ont un lieu sûr pour exercer une profession dont, en raison de leur situation, après avoir perdu l'habitude d'autres métiers, elles s'occuperaient de toute façon. Est-il préférable de les laisser vendre leur corps dans la rue ? Je n'ai pas d'autre endroit pour elles. Si la direction de la police me déloge à nouveau, la rue sera leur prochain refuge, la rue les nourrira ! Ayez pitié, madame, et suppliez monsieur le commissaire, monsieur le juge, bah, même le gouverneur à Lwów, de bien vouloir, pour des raisons humanitaires, n'ayons pas peur de ce mot, *humanitaires*, avoir pitié de moi, pauvre et véritable Job, innocent poussé au désespoir, et accéder à mon humble demande ! Qu'ils acceptent de réunir une nouvelle commission qui prendra en compte mes arguments et suspendra le délogement…

Heureusement, le bruit des pas d'abord léger, étouffé par les murs épais, puis de plus en plus vif du juge Klossowitz se faisait entendre. Brand, qui poursuivait son monologue jobien sur le proxénétisme cracovien, s'interrompit en plein milieu d'un mot, se retourna et dit :

— Honorable monsieur le juge…

Auquel répondit un brusque :

— Pas maintenant, monsieur Brand.

— … je me permets…

— Veuillez ne pas vous permettre pendant les heures de bureau. Au revoir, monsieur Brand.

Le propriétaire malheureux du lupanar de première classe restait planté au milieu du couloir comme une poule arrosée. Il serra machinalement ses doigts sur son chapeau à plusieurs reprises puis il s'inclina humblement et commença à descendre les marches comme s'il allait se faire décapiter et que la guillotine l'attendait au rez-de-chaussée. La femme du professeur, entre-temps, débarrassée de cet effronté personnage, lança à Klossowitz un regard plein de gratitude qui semblait dire : « Mon chevalier sur son cheval blanc ! » puis elle se leva et se dirigea vers son cabinet.

— Je suis tenu de vous présenter mes excuses, dit-il en baissant la voix (il ne lui indiqua pas de chaise ni ne s'assit à son bureau, ils se tenaient tout simplement au milieu de la pièce), mais je suis en plein procès, c'est pourquoi je ne dispose que de très peu de temps… je me suis échappé pour un instant seulement. Et je m'empresse de vous informer que les recherches de ce Sztycer n'ont rien donné. Comme une pierre dans l'eau, aucun de nos informateurs…

— Juste un mot, l'interrompit-elle, un nom : Loewenstein.

— Qui me rappelle quelque chose…

— Le procès de Lwów.

— Bien sûr, condamné dans le procès de Lwów. Actuellement Lewicki, ancien souteneur…

— Actuel souteneur.

Klossowitz souleva un sourcil.

— Que dire, la prostitution n'est pas le champ principal de mes intérêts. Enfin, je voulais dire…

— Oh, j'en suis consciente.

— Néanmoins, je peux interroger à ce sujet le commissaire Swolkień qui a démasqué la bande de trafiquants du procès de Lwów. De toute la police de Cracovie, et peut-être même de Galicie, personne ne connaît aussi bien ce sujet. Et pourquoi cela vous intéresse-t-il ? dit-il en sortant du geste le plus discret possible sa montre de la poche de son gilet et en jetant un œil sur son cadran.

— C'est lui le véritable propriétaire de l'établissement rue des Rosiers. La Gringaliewicz n'en est à peine que l'administratrice, d'ailleurs ils sont liés, si je puis dire, par des *alliances pluriannuelles*, dit-elle en hésitant.

— Ah, dans ce cas, cela vaut la peine d'observer M. Lewicki… veuillez m'excuser, mais je dois déjà…

— Naturellement.

Ils sortirent ensemble dans le couloir, Klossowitz s'inclina et se dirigea d'un pas rapide vers la salle d'audience ; il s'arrêta cependant à mi-chemin, fit demi-tour, accourut vers Mme Turbotyńska qui posait justement la main sur la balustrade des escaliers, puis souffla :

— Je me suis rappelé une chose. Daszyński. Loewenstein a partagé assez longtemps la même cellule que Daszyński. Il sait peut-être quelque chose.

Elle hocha la tête puis se mit à descendre l'escalier – qui n'était pas propre, remarqua-t-elle avec dégoût – du pas majestueux avec lequel la femme d'un professeur de Cracovie devrait descendre. Un quart d'heure plus tard l'attendait une rencontre prétendument fortuite. À la lumière de ce qu'elle avait lu dans les journaux et appris de Brand, on pouvait s'attendre à ce que cette rencontre fût intéressante.

Quelque temps auparavant, Zofia avait remarqué que son esprit s'était mis, avec l'âge, à fonctionner assez différemment de celui des autres, mais elle n'y avait pas accordé d'importance ; cela lui semblait être une bizarrerie personnelle et donc une affaire assez embarrassante qu'il ne convenait d'avouer à personne.

Voici ce que c'était : elle ne pouvait cesser de penser; son cerveau était comme un feu qui avait constamment besoin de carburant. Si elle n'était occupée à lire un livre, à réfléchir à la complexité des dépendances sociales, à disséquer les potins ou vérifier lesquels d'entre eux comprenaient une graine de vérité et quels autres étaient inventés de toutes pièces, si elle n'occupait pas son cerveau à la tâche compliquée de planifier tous les repas de la semaine, elle devait lui donner quelque chose en pâture. Lorsqu'elle attendait dans un magasin, elle lisait machinalement toutes les étiquettes; en discutant avec quelqu'un d'ennuyeux, elle comptait ce qu'elle trouvait : les boutons sur une cape, les plis sur un col, les œillets dans une broche, les fenêtres sur les façades de l'autre côté de la Grand-Place. En se promenant avec Ignacy, dont parfois la conversation ne constituait pas un défi, elle avait également l'habitude de compter, et cette fois, les pas, ce qui lui permit d'apprendre, au fil des années, combien de pas la mèneraient à différents points de la ville. Elle ne pouvait peut-être pas donner le nombre sur commande, mais son esprit inscrivait ces nombres quelque part et les conservait, donnant ainsi une certaine sensation intérieure de distance.

C'est grâce à cette propriété de son esprit qu'elle savait que pour discuter avec Stanisław Teofil Kurkiewicz, elle devait se trouver aux alentours du Collegium Novum à très exactement une heure deux minutes. Elle l'avait salué tant de fois en le croisant par hasard à cette heure précise que son esprit avait saisi cette régularité et l'avait notée, de la même façon qu'il notait des centaines de données inutiles. La cause de cette régularité était simple : comme tous les grands scientifiques, ou plutôt comme tous ceux qui désiraient obsessivement devenir de grands scientifiques, Kurkiewicz s'imposait un régime absurde et monacal qui avait ses propres heures liturgiques. Il avait obtenu l'année précédente son titre de docteur en médecine – non sans controverse, comme l'avait appris Zofia des récits d'Ignacy –, mais il avait malgré tout conservé ses habitudes d'étudiant. Comme il terminait ses occupations à une heure, il allait toujours s'installer à une heure cinq à la même table près de la fenêtre dans le bouillon qui se trouvait au coin de la rue Wolska, un sordide bâtiment de plain-pied.

Elle prit place sur un banc puis, tout en feignant d'être dans ses pensées, jeta des coups d'œil obliques. Kurkiewicz n'apparut toutefois ni à une heure deux, ni à une heure cinq, ni même à une heure dix ; elle se leva donc et traversa la rue d'un pas lent en direction de la gargote, dépassa la porte comme si de rien n'était, mais s'arrêta juste au coin et fit mine de chercher quelque chose dans son aumônière tout en jetant des regards attentifs à travers la vitre sale. À la table de Kurkiewicz était installé un vieil homme négligé qui, penché sur son assiette, aspirait bruyamment sa soupe. Visiblement, la vie de l'étudiant n'était pas aussi régulière qu'il n'y semblait. Le chaos de Mr Hyde se serait-il introduit dans l'ordre du docteur Jekyll ?

C'était le début de l'après-midi, le soleil de septembre était encore haut, il illuminait l'élégante façade du Collegium Novum et se reflétait sur ses hautes fenêtres. Elle pouvait rentrer à la maison et s'occuper de quelque chose d'utile, mais tous ses travaux d'enquête fixés pour la journée n'étaient pas terminés ; puisqu'elle n'avait pas réussi à épingler Kurkiewicz, elle pouvait tenter sa chance ailleurs.

Une demi-heure plus tard, elle sortait courroucée du bâtiment de la police rue Mikołajska ; le galion de la bourgeoisie cracovienne glissait sur les pavés tel le *Hollandais volant*, poussé non par le vent mais par la colère de voir son enquête rencontrer sans cesse des problèmes.

Comme elle disposait de nouvelles informations, tant sur les liens entre Sztycer et Loewenstein que concernant le fait que Loewenstein avait partagé la cellule de Daszyński, elle avait décidé de se tourner vers Lunicorne. Mais elle se retrouva face à un mur. Certes, il avait maintenu les formes et l'avait accueillie courtoisement, même chaleureusement, mais il avait clairement réprimé ses remords d'avoir peut-être causé la mort de l'innocent Czarnota. Il répondit d'un ton résolu à la première question : « Chère madame, j'avoue que j'ai essayé d'aborder le sujet avec le juge Rozmarynowicz, mais je me suis vu répondre qu'il refusait catégoriquement de discuter d'une affaire classée. Veuillez me croire : même si je voulais enquêter sur les hallucinations de votre servante, le dernier mot revient à monsieur le juge, dans cette affaire. De mon côté, je ne compte pas compromettre davantage ma position pour des hallucinations. » Ils se saluèrent rapidement tout en maintenant les formes, mais pas chaleureusement. Elle avait vu en lui un confident et un allié, mais à présent il se révélait être un fonctionnaire paresseux et concentré exclusivement sur sa propre carrière. Quelle déception !

Zofia Turbotyńska ne se laissait cependant pas décourager par de tels échecs, au contraire, ceux-ci la poussaient à faire plus d'efforts encore. Elle s'arrêta sur le trottoir, s'appuya d'une main gantée à la vitrine en bois d'un magasin, expira plusieurs fois puis se fit à l'idée qu'une tâche infiniment plus difficile l'attendait aussitôt. Elle reprit la rue Mikołajska, fit le tour de l'église Sainte-Marie, coupa à travers la Grand-Place pour arriver rapidement rue des Cordonniers jusqu'à la maison au numéro 7 qui, au-dessus de son entrée, arborait un emblème aussi antique que l'immeuble Au Paon.

Dans l'immeuble À l'Agneau, ce qui par ailleurs avait inspiré moult plaisanteries racontées par les lecteurs conservateurs du *Temps*, se trouvait la rédaction du journal *En avant*. C'est là qu'officiait l'un des pires perturbateurs cracoviens, pire encore que Bujwidowa : Ignacy Daszyński.

Qu'il s'agît d'un scélérat, Mme Turbotyńska en était plus que persuadée – et il n'était pas question des bustes en plâtre renversés dont se lamentait Ignacy, mais du reste ! Le reste était plus que suffisant ! C'était un homme qui non seulement montait le parti socialiste, excitait le peuple aux piquets de grève, refusait tout anniversaire national et reprochait aux journalistes du *Temps* d'être du côté des nantis, mais qui passait tout simplement son temps dans les geôles russes, allemandes et autrichiennes pour ses scandales politiques ! En vérité, c'était un criminel, bien que – elle était en mesure de le reconnaître au fond d'elle-même – d'un autre type que celui qu'elle traquait.

Mais c'est justement parce qu'elle était persuadée d'entrer dans la fosse aux lions, et, pis, dans la gueule du lion, qu'elle agit autrement que si elle l'avait croisé sur un terrain mondain. Elle décida de mentir comme un arracheur de dents, du début à la fin – et cette idée l'excitait, un peu comme une sortie à un bal masqué. Comme toute personne intelligente, Zofia aimait assez mentir, en réalité, mais des scrupules de nature morale lui gâchaient ce plaisir ; à présent, en se justifiant par une bonne cause, elle se permettait de mentir avec insouciance, portée en outre par le fait que quelqu'un comme Daszyński, un rédacteur socialiste, était séparé de sa vie par un mur épais au même titre qu'un rétameur du quartier de Kowodrze ; il passerait en effet toute sa vie à écrire ses papiers subversifs et à jacasser dans les grèves ouvrières, personne ne le laisserait entrer dans aucun salon où ils pourraient se recroiser. Elle joua donc son va-tout.

Dans la première salle de la rédaction se trouvait attablé à un petit bureau un maigre garçon au visage enflé et enveloppé d'un foulard à carreaux. Il souffrait d'un abcès, ses mots filtraient à travers ses dents avec un effort visible :

— En hoi huis-je vous ailer ?

— Oa Uaszyńska, murmura-t-elle indistinctement. Pourrais-je parler au rédacteur Daszyński ?

— À hel suchet ?

— De la plus haute importance politique, dit-elle d'un ton auquel on ne pouvait s'opposer.

— Le hamarade est dans son habinet. Un inshant, dit-il en la regardant d'un œil torve, mais il se leva et disparut derrière une porte pour revenir l'instant d'après et lui indiquer sans dire un mot la porte qu'il venait d'emprunter.

Les fenêtres du cabinet de Daszyński, qui donnaient sur la rue, laissaient passer une lumière dorée qui dévoilait toute la misère de la pièce ; Zofia n'avait à vrai dire jamais mis les pieds dans la rédaction d'aucun journal, mais elle s'était toujours imaginé celle du *Temps* dans le palais des Kirchmayer comme une suite d'élégantes pièces dans lesquelles des messieurs grisonnants installés à des bureaux sculptés en chêne noircissaient des feuilles de papier d'une écriture élégante, et que les articles et chroniques ainsi écrits étaient apportés par des coursiers à l'imprimerie sur des plateaux d'argent. Elle pensait qu'*En avant* serait similaire, mais moins aisé et peut-être un peu plus sale. Elle ne s'attendait toutefois pas à ce que le lieu de travail d'un rédacteur si important, rédacteur principal jusqu'à peu de temps auparavant, fût aussi humble que le lieu de travail d'un simple greffier : aucun tapis par terre, ne serait-ce qu'un tout petit, un bureau rond recouvert de papier, deux armoires pleines de documents, quelques livres sur une étagère usée. Et derrière le bureau, Ignacy Daszyński, le diable incarné qui se levait justement pour la saluer.

— Je viens vous voir, monsieur le rédacteur, commença-t-elle dès le seuil de la porte, en nourrissant l'espoir que je n'occuperai pas trop de votre temps précieux. C'est une amie chère qui m'a incitée à venir, Mme Bujwidowa, dont j'ai un jour fait la connaissance (les mots lui manquèrent soudain, mais elle en trouva dans les recoins de sa mémoire)… à une conférence extrêmement intéressante sur les Amazones. Je sais grâce à elle que vous êtes bien au fait, en raison de votre lutte politique héroïque et remplie d'événements dramatiques…

— Chère madame, je ne fais que mon devoir, dit-il en s'inclinant légèrement et en lissant sa moustache.

— Veuillez ne pas vous justifier, nous tous, nous *tous*, répéta-t-elle, car le premier « tous » ne lui semblait pas assez sincère, vous sommes très reconnaissants pour ce… travail… sincère… et primordial.

Les yeux de Daszyński, surplombés de sourcils foncés, la fixaient; Zofia s'était attendue à toutes sortes de choses en entrant dans cette fosse diabolique, mais pas à ce que le diable s'avère diablement beau. À peine âgé de trente ans, grand, svelte, aux traits saillants qui pourraient sortir du burin de Wit Stwosz, il appartenait à ce qu'on appelle les bruns ténébreux dont les femmes s'amourachaient par douzaines. Il avait des cheveux de jais, coiffés vers le haut de sorte qu'ils créaient une sorte de crinière de lion à la Paderewski, les yeux enfoncés, noirs, mais qui brillaient d'intelligence – elle devait le reconnaître – sous des sourcils épais, et avec cela, des moustaches riches, peut-être pas aussi monumentales que celles du président du parlement, le député Smolka, mais qui témoignaient d'une vigueur masculine.

— Comme je l'ai déjà dit, je sais que vous êtes bien au fait de diverses sombres affaires de Galicie (Daszyński prit alors l'air d'une personne qui sait effectivement bien des choses sur plus d'une sombre affaire, mais ne peut pas forcément en parler ouvertement), mais ce qui m'amène est une question spécifique : une grande infamie qui détruit toute la classe ouvrière, le commerce de femmes.

— Une affaire brûlante, en effet. Dans le prochain numéro, dit-il en cherchant quelque chose sur son bureau, ah, voilà… dans le prochain numéro, nous publierons un nouvel article à ce sujet. Surtout à propos de Constantinople, où dans les quartiers de Pera et Galata on rassemble des filles attirées par des propositions de mariage ou de travail comme gouvernantes. Dans la maison d'un certain… voilà, dit-il en lisant le nom sur une feuille, Scharfman, Abaham Scharfman, que le gouvernement bulgare poursuivait pour meurtre, se trouvaient, aux « plus riches heures », environ quarante filles !

— Je sais que vous vous êtes retrouvé derrière les barreaux sous un prétexte quelconque et que l'on vous a alors placé avec un personnage répugnant…

— Ah, chère madame, dit-il en faisant un geste de la main, que ne font-ils pas pour me dégoûter… Une cellule avec une canaille, ce n'est rien. Figurez-vous qu'un jour vient me voir un jeune stagiaire du tribunal, il s'assied là où vous êtes assise et me raconte que le bureau du procureur de l'État est aux anges, les polices font la fête, le commissaire Wolaniecki assure qu'ils pourront bientôt m'accuser d'un crime particulièrement odieux : de séduction des enfants… (Zofia tressaillit, non tant à la simple pensée de la séduction des enfants, mais à l'idée que le rédacteur ne s'était pas donné le moindre mal pour exprimer cela d'une manière plus élégante.) Au début, je ne savais pas quoi faire, mais soudain, je me dis que mon appartement est tout le temps espionné !

— Ah oui ? dit-elle pour dire quelque chose.

— Et j'ai compris de quoi il s'agissait. Quelque temps auparavant, des amis se préparaient à aller à Bielany et m'envoyèrent leur fille de treize ans pour qu'elle me fasse venir avec eux. Mais j'avais alors mal à la tête.

— La migraine. Un cauchemar, lança-t-elle presque automatiquement en entendant ces mots, comme si elle parlait à l'une de ses amies.

— C'était peut-être une migraine, rétorqua-t-il en souriant imperceptiblement, il faut dire que j'avais promis de venir, et je n'y suis pas allé, la pauvre Stacha, car c'est ainsi que s'appelle la petite fille, a éclaté en vifs sanglots. Que dire, elle m'aime beaucoup. L'agent de police posté dans l'escalier a dû remarquer qu'elle descendait en pleurs et a directement rapporté au commissaire que j'embobinais des petites filles !

— Et comment vous en êtes-vous sorti ?

— Je me suis immédiatement rendu chez le directeur de la police, Korotkiewicz, je lui ai esquissé la situation et dit que si je n'obtenais pas satisfaction, premièrement, j'écrirais tout au ministre des Affaires intérieures, et deuxièmement, à la première apparition publique de Wolaniecki en tant que représentant des autorités, je le frapperais en plein visage et je dirais à tout le monde pourquoi !

Zofia imagina une telle situation ne serait-ce qu'à l'ennuyeux concert du 3 mai à la Confrérie et elle rougit même à l'idée que ce scandale animerait prodigieusement toute la soirée.

— Il était agité comme s'il était pris dans un piège, croyez-moi, poursuivait Daszyński qui était clairement dans son élément; on voyait qu'il adorait raconter des anecdotes. Il promit de convoquer et d'interroger Wolaniecki…

— Après quoi il déclara sûrement qu'il n'y avait rien eu de tel et que ce n'était qu'une rumeur ?

— C'est comme si vous y étiez ! Mais je lui ai fait comprendre que mes informations sur les fanfaronnades du commissaire reposaient sur la vérité. De toute façon, si ce n'est pas cette dénonciation, c'en est une autre, si ce n'est tel mensonge, c'en est un autre. Une autre fois, un ouvrier me réveille à l'aube… Au début, je ne comprends pas de quoi il s'agit, mais je finis par me réveiller pour de bon et qu'entends-je : un jésuite de la rédaction d'une petite gazette cléricale avait loué pour quarante et quelques florins un dénonciateur qui devait témoigner publiquement que, lors d'une conférence à l'Association des ouvriers, j'avais offensé la Sainte Vierge.

— Un jésuite ! siffla Zofia de manière convaincante, se sentant une nouvelle fois dans sa vie telle l'actrice Modrzejewska.

Puis elle écouta la suite de l'histoire alambiquée.

— De vrais renards rusés ! s'exclama Zofia au cours du récit tout en se demandant si elle ne chargeait pas trop le trait.

— Rusés, assurément ! C'est ainsi que le vieux Cracovie se défend de moi, alors qu'il pourrait plutôt se défendre du comte Starzeński… Ah, c'est un homme indigne !

En entendant parler en ces termes d'un comte quel qu'il soit, la femme du professeur éprouva un léger choc.

— Vous savez sûrement qui il est ? Une canaille comme il y en a peu, il vit de livraisons de foin pour l'armée et de spéculation, et il fait tourner ses capitaux en prêtant à un taux scandaleusement élevé. C'est un véritable usurier de Podgórze, chère madame. Non pas un misérable Juif, comme voudraient le voir certains, mais un comte polonais, au blason ornant les portes de sa calèche… Mais non, c'est envers *moi* que des gens qui ne me connaissent pas, dit-il le visage empourpré, qui ne m'ont jamais vu avant, des fonctionnaires, des policiers, l'évêque prince Puzyna et sa garde de prêtres, commettent une série de bassesses (Mme Turbotyńska ne laissa rien transparaître sur son visage, et, mieux, elle se força, par un effort de son corps entier, à un léger hochement de tête) pour, une fois pour toutes, piétiner et exterminer de la surface du monde le « socialiste » qui a révolté et détruit tout le vieux Cracovie aux cinquante églises et couvents, Cracovie la forteresse, le Cracovie des dévots et des bureaucrates, qui… qui…

Daszyński interrompit sa tirade car son nez le chatouillait et il s'apprêtait à éternuer ; il répéta encore « qui » deux fois en tâtant ses poches de ses mains à la recherche d'un mouchoir, puis il éternua enfin, d'un éternuement de grand style, retentissant, énergique, en dépit des bureaucrates, dévots et de l'évêque Puzyna lui-même.

— La prison devait être le pire, intervint-elle en profitant de cette pause qui lui semblait tomber du ciel. J'ai entendu dire que l'on vous avait même enfermé avec un souteneur…

— Ah oui, reprit-il en rangeant son mouchoir dans sa poche et en fronçant les sourcils pour se donner un air grave après avoir éternué, j'ai été emprisonné avec un souteneur, un certain Loewenstein. Mais avec qui n'ai-je pas été emprisonné, dit-il avec un large sourire, par exemple, le père Stojałowski !

Zofia maudissait intérieurement ce torrent d'anecdotes inutiles ; elle avait bien sûr entendu parler de ce prêtre subversif dont ses supérieurs avaient d'abord séquestré les revenus puis l'avaient suspendu et enfin dénoncé du haut de toutes les chaires. Pas plus tard que l'année précédente, juste avant la mort de Karolina ou juste après d'ailleurs, on avait lu une lettre de trois évêques à l'église : celui de Przemyśl, de Tarnów et de Cracovie, qui interdisaient aux fidèles de lire non seulement *En avant*, mais aussi les gazettes de Stojałowski, *Le Chapelet* et *Les Abeilles*.

— Mais nous nous sommes rencontrés dans la prison Saint-Michel il y a trois ans, quand on publiait sur l'assassinat de la police…

— L'affaire Rotter, tué par des policiers pendant son arrestation dans la prison municipale ! lança-t-elle sur le ton d'une personne qui s'y connaît et qui a soudain trouvé dans le torrent de mots quelque chose qui l'intéressait.

— Oui, exactement ! répondit-il d'une voix élogieuse. Le bureau du procureur a intenté un procès au rédacteur English pour diffamation et les témoins du rédacteur ont été condamnés pour parjure à une peine de prison qu'ils ont purgée, effrayés. Et comme j'ai été condamné à vingt-cinq florins d'amende échangeable contre cinq jours de cellule, j'ai convaincu le juge de m'enfermer, et ce, rapidement, dit-il en souriant malicieusement, les yeux brillants, pour ne pas voir les témoins. En réalité, le juge avait le devoir d'ordonner le recouvrement de l'amende, mais je lui ai expliqué que tous mes outils ne valaient pas même un cinquième de l'amende. (Mme Turbotyńska compta quels outils il faut avoir à la maison pour qu'ils valent cinq florins et en frissonna.) Et le prêtre était justement emprisonné à ce moment-là, entouré d'ailleurs du respect des geôliers. Ils m'emmenèrent à sa cellule et celui-ci me serra dans ses bras, m'embrassa, servit un excellent cognac et se mit à me raconter des détails de sa vie politique... Avez-vous déjà eu le plaisir de le rencontrer ?

— Malheureusement non, lança-t-elle, mais il y aura peut-être une occasion un jour, j'ai entendu dire que c'était un homme remarquable. Je sais que vous avez également été emprisonné avec un sout...

— En effet, remarquable ! Je pense à lui particulièrement ces derniers jours, alors qu'il est de nouveau emprisonné et n'accepte aucune nourriture en guise de protestation. Mais il faut aussi l'avoir vu ! Un corps robuste, le visage pâle, le nez aquilin, le front haut... Chose étrange, il emploie dans la conversation deux tons principaux : l'un sardonique, presque bouffon, et le second élevé et puissant. Il m'a raconté comment Badeni lui avait ôté une riche paroisse près de Lwów, comme il l'avait empêtré dans un procès pour avoir soi-disant détourné des dons collectés pour une lampe devant le tombeau du Christ à Jérusalem…

— J'ai peine à y croire ! s'exclama Zofia qui peinait vraiment à y croire.

— … comment le tribunal l'a condamné à perdre ses droits de citoyen pour qu'il ne puisse pas être élu député… Avez-vous entendu ces malédictions des évêques ?

— Qui ne les a pas entendues ?

— Toute la Galicie les a entendues ! Nous en riions avec monsieur l'abbé ! « Nous vous conjurons par l'essence de la Miséricorde Divine de ne pas lire ces gazettes ni les soutenir par les mots ou par l'argent sous peine de péché », voilà ce que cela disait ! Nous l'avons répété tant de fois dans les bonnes heures qu'il s'est gravé dans ma mémoire. J'ai demandé d'envoyer *En avant* à l'évêque Puzyna pendant un an gratuitement pour le remercier de la réclame qu'il nous a faite !

Zofia joua une scène de rire jovial dont elle contamina le rédacteur, puis elle passa à la contre-attaque :

— Et ce Loewenstein ? Car l'affaire qui m'a fait venir…

— Loewenstein ? Eh bien oui, dit-il en entrelaçant ses doigts, une célèbre figure, l'un des voleurs à la tire les plus habiles, dans sa jeunesse, puis commerçant de « marchandise blanche ». Il m'amusait beaucoup, en prison, beaucoup ! Nous étions tous deux emprisonnés dans le couloir IV qui était connu des camarades déjà au temps de Waryński et jusqu'à l'histoire plus récente des socialistes de Galicie... Il était même élégant, en redingote noire, en chemise à plastron blanche, mais avec le visage d'un vaurien. Nous avons eu de nombreuses discussions, il m'a exposé toute la théorie, l'éthique et la pratique du commerce des jeunes filles qui à ses yeux était la fonction d'un véritable bienfaiteur de l'humanité.

— Dans quelle mesure? demanda-t-elle avec de l'indignation dans la voix, cette fois authentique, ce qui fit froncer les sourcils de Daszyński qui se demandait s'il pouvait entrer dans les détails.

Elle perdait progressivement sa patience à expliquer à chaque homme qu'elle était certes une femme, mais qu'elle pouvait supporter les histoires les plus immorales du monde souterrain si cela pouvait l'aider à résoudre son énigme.

— Monsieur le rédacteur, reprit-elle, ne me ménagez pas outre mesure, s'il vous plaît. Dans les colonnes de votre journal, vous écrivez franchement, sans détours, veuillez faire de même avec moi. Si j'étais une demoiselle craintive, je ne m'occuperais pas d'affaires aussi tragiques...

— Eh bien, oui, votre amitié avec Mme Bujwidowa prouve que vous êtes prête à déclarer une vraie guerre au philistinisme cracovien, dit-il en riant. C'est d'accord, sans détours. « Voyez vous-même, me disait Loewenstein, une petite sotte de cette espèce n'a souvent pas un bout de pain noir à se mettre sous la dent et est obligée de se promener en haillons crasseux. Une fois que je l'ai correctement lavée et baignée, vêtue de brillants et de soie et expédiée à Buenos Aires, alors, bougre, elle se grise non pas de champagne, mais de ses vapeurs ! »

— De ses vapeurs ? Je ne comprends pas, dit Zofia en penchant la tête tel un oiseau.

— J'ai posé la même question ! Il me répond alors : « Eh oui, quand viennent les Anglais qui construisent une ligne de chemin de fer dans les montagnes, ils veulent qu'on verse du champagne dans une baignoire et ils veulent regarder comment cette fille s'y baigne. Dans du champagne ! »

— Je me permets de faire remarquer que la plupart de ces filles ne finissent pas dans un bain de champagne mais dans les couloirs des cliniques, à agoniser, retorqua-t-elle, irritée.

— Vous prêchez un converti ! dit-il en levant les bras dans un geste de défense, je sais parfaitement que c'est un homme pourri jusqu'à la moelle et cruel. Bien que cette cruauté ait des nuances. Il est capable de commettre la plus abominable des abjections à un ennemi s'il peut sauver un camarade dans l'infortune. Et même un camarade fortuit tel que moi. Figurez-vous, dit-il en baissant la voix, qu'il s'est mis dans une telle colère contre le procureur Tarłowski qu'il parlait de vendre sa fille à une maison publique à Buenos Aires !

— Pauvre fille !

— Si tant est qu'elle existe, je ne suis pas sûr que Tarłowski ait une fille, mais je l'ai bien évidemment calmé comme je le pouvais, mais lui revenait sans cesse à ses plans de la faire enlever ou bien encore d'envoyer quelqu'un la… déshonorer. Il se vantait en disant que ce serait la première vengeance de ce type.

— Incroyable ! Et maintenant, il feint d'être un entrepreneur de Podgórze.

— Tout à fait, j'en ai entendu parler… il suffit de dire qu'il traite chacun de ses employés, et surtout chacune de ses employées comme tout capitaliste.

— Puisque nous en parlons… savez-vous quelque chose au sujet de Mordka Sztycer ?

— Sztycer ? Cela ne me dit rien. Est-ce l'un de ses compères ?

— Un de ses employés. Du bas de l'échelle. Et j'ai toutes les raisons de croire… ce qui peut vous intéresser, monsieur le rédacteur… qu'il a pu y avoir un lien avec un certain Czarnota qui a été abattu par la police…

— Le camarade Maciej Czarnota ! De la fabrique de tabac ! s'anima Daszyński. Bien sûr, je connais cette affaire !

— Je sais, j'ai entendu votre discours pendant les fêtes du mois de mai.

— Alors vous avez sûrement entendu parler des derniers événements de ce type. Quatre policiers et un sergent sont entrés dans un restaurant, Chez Majerek à Podgórze, et ont jeté dans l'escalier deux ouvriers innocents qui en sont tombés sur le pavé. Et quand l'un des deux leur a fait une remarque en disant qu'ils ne devraient pas le frapper, il reçut un coup de sabre sur la tête et perdit connaissance…

Zofia faillit dire qu'ils ne devaient pas être si innocents que ça si la police s'intéressait à eux, mais elle se retint juste à temps. Elle eut même un sentiment similaire à celui qu'elle avait eu au moment où elle lisait l'article à propos du rideau déchiré des apparences, mais elle l'enfouit vite dans un coin de son esprit.

— Mais ce n'est encore rien en comparaison avec l'affaire de l'ouvrier Stolarczyk d'il y a quelques semaines à peine. Celui-ci avait fait une remarque à des policiers qui emmenaient un petit garçon haut comme trois pommes comme s'il s'agissait d'un détenu, alors ils l'ont arrêté lui aussi. Il leur échappa puis il fut rattrapé et mis en cellule. On le libéra le lendemain matin, il rentra chez lui et quelques heures plus tard il poussa son dernier soupir. Il avait de grandes contusions noires sur le dos et les flancs. Vingt-sept ans. Il a laissé une femme et un enfant, bien évidemment dans la misère. Et ce Czarnota ?

— Le connaissiez-vous ?

— On m'en a parlé plusieurs fois, un camarade fort capable. Mais je ne crois pas lui avoir parlé personnellement.

— Et pourrait-il travailler avec des trafiquants d'êtres humains ?

— Czarnota ? rétorqua-t-il, piqué. Non, c'est impossible. Nous avons parmi nous, je ne le nie pas, des personnes ayant… divers pactes, pour ainsi dire. Mais non, en aucun cas. Comment s'appelait l'homme dont vous parliez ? Sztucer ?

— Sztycer…

Ils discutèrent encore un quart d'heure ainsi, peut-être une demi-heure, comme deux socialistes enflammés se lamentant des autorités perfides, des jésuites cupides et du prince évêque, des cruels trafiquants d'êtres humains, jusqu'à ce que le garçon à l'abcès ne vienne avec une tâche urgente pour Daszyński qui se confondit en excuses et dit à Mme Turbotyńska qu'il devait retourner à son travail.

— Toutes mes excuses, ajouta-t-il à la fin, comment vous appelez-vous, car je n'ai pas bien saisi ?

— Oa Uaszyńska, murmura-t-elle une nouvelle fois puis, le gratifiant d'un sourire rayonnant, elle tourna les talons et sortit.

CHAPITRE XI

Chapitre long et substantiel dans lequel la femme du professeur mène deux conversations, dont une seule s'avère réellement importante, Franciszka en mène une elle aussi, peut-être même plus importante, tandis qu'une corne de rhinocéros taillade le bas-ventre d'un éléphant.

Le professeur Ignacy Turbotyński venait de sortir de son immeuble et se dirigeait d'un pas lent vers l'université quand de la même porte sortirent deux femmes : l'une plus âgée, plus élégante, dans une robe saphir aux larges manches bouffantes et un chapeau avec une aile – cette fois-ci, de pie – et la seconde, plus jeune, dans un petit costume simple mais non dénué de goût aux gros boutons d'ivoire. Quelqu'un de peu observateur – par exemple, la demoiselle pâle aux taches de rousseur qui les regardait de la fenêtre du nouveau collège de femmes puis qui se détourna quand on lui demanda de répondre à la question : « En quelle année le roi Mieczysław épousa-t-il la princesse Dąbrówka ? » – pourrait penser que la femme du professeur, comme elle en avait l'habitude, partait en courses avec sa servante et tournerait sûrement bientôt vers la place Szczepański ou vers la place du marché. Rien n'était moins faux, car Franciszka serait vêtue d'une tenue de travail, et non de sortie. Avait-elle alors congé ? Non plus. Franciszka partait en mission.

Elles atteignirent ensemble la Grand-Place où elles se séparèrent après s'être saluées brièvement : la servante resta à l'arrêt de tramway pendant que sa maîtresse poursuivait sa route sur les pas de son mari, vers le bâtiment de la faculté de médecine, rue Copernic. Elle ne voulait pas qu'il la voie, elle se tenait donc à une distance adéquate : assez près pour observer sa silhouette, le mouvement de sa canne dans sa main droite et son chapeau melon qui se soulevait régulièrement, mais assez loin toutefois pour que, au cas où il l'apercevrait, il ne la reconnût pas. Elle s'amusa du fait qu'elle était en train de suivre Ignacy, telle une femme jalouse qui soupçonne son mari de s'absenter subitement sous prétexte d'avoir du travail pour filer en réalité à des rendez-vous. Or, s'il y avait bien quelqu'un qui cachait quelque chose, qui filait en douce et mentait à propos de ses activités, ou du moins ne révélait pas toute la vérité, c'était elle. Elle se sentit triste. Cela faisait-il d'elle une femme déloyale ? Elle avait pourtant juré à Ignacy non seulement fidélité – qu'elle n'avait jamais brisée, même en pensées (*tout du moins conscientes*, précisa-t-elle en elle-même, *car qui est responsable de ses rêves ?*) – mais également honnêteté. Et dernièrement, celle-ci était, disons-le, un peu malmenée.

Elle ressentit une pointe de culpabilité à vivre sa deuxième vie non seulement hors de son mariage, mais aussi à la place de son mariage. Ce qui aurait dû lui suffire en tant que femme – un bon mari, une maison prospère, une activité de bienfaisance, le soutien spirituel de l'Église – était assurément passé au second plan. L'excitation qu'elle ressentait lors des recherches rocambolesques du meurtrier surpassait de loin la joie de prendre posément soin de son foyer ; consulter des revues en bibliothèque la réjouissait beaucoup plus que l'étude des livrets de prières, et la collecte de dons pour la rénovation de la cathédrale ne pouvait rivaliser avec la collecte de pistes et les tentatives de les agencer en une mosaïque qui mettrait au jour le secret de l'assassinat de Karolina. Dernièrement, elle éprouvait plus d'excitation à discuter avec le mauvais Ignacy – Daszyński, et non Turbotyński. Elle n'osait imaginer ce que dirait ce dernier s'il savait que son épouse posée et consciencieuse se rendait au siège des socialistes destructeurs de l'ordre public.

Le professeur qui ignorait être l'objet des réflexions de sa femme accéléra le pas, puis un fiacre qui passait le dissimula. Son chapeau melon apparut encore à Zofia puis il disparut complètement de sa vue.

Elle s'arrêta, poussa un profond soupir puis se remit en route d'un pas énergique. Elle comptait transformer son sentiment de culpabilité envers son mari en action, finir son travail et se prouver à elle-même que ce à quoi elle avait récemment consacré ses journées avait un sens. Elle sentait qu'elle marchait sur les talons du meurtrier.

Après avoir dépassé la poste principale, elle accéléra le pas elle aussi en passant rapidement devant l'énorme et somptueux bâtiment qui se trouvait à sa gauche et qui piquait les yeux de tous les docteurs de la ville. La médecine à Cracovie n'était pas une activité non lucrative, évidemment, mais personne d'autre au monde ne pouvait se permettre un palais tel que celui que s'étaient acheté les Pareński. Zofia ne put s'empêcher de jeter un œil par-delà la clôture. Les feuilles jaunissantes des arbres masquaient la façade de la résidence, mais au loin, derrière les arbustes, elle voyait une bonne tentant de maîtriser la petite colonie d'enfants des Pareński. *On est à la mi-septembre, mais voyez-vous ça : les rhododendrons ne sont ni protégés pour l'hiver ni paillés d'écorce. Quel amateurisme ! Tout cela va geler*, se dit-elle avec satisfaction.

Elle s'arrêta quelques immeubles plus loin. Juste à côté de ce palais de l'aristocratie de la médecine cracovienne, dans un immeuble discret, habitait dans un appartement loué un autre médecin. Il n'était pas professeur, il n'était pas médecin en chef, il n'était docteur que depuis six mois à peine, mais une conversation avec lui pouvait apporter à Zofia des réponses à la plupart des questions qui la tourmentaient : était-ce vrai qu'il agissait en accord avec Loewenstein, en lui fournissant des jeunes filles ? Si Karolina menait une tout autre vie, alors pourquoi avait-il certifié de sa virginité dans le rapport d'autopsie, quels soupçons voulait-il écarter ? Cette fois, elle ne comptait pas jouer la carte de la subtilité ni feindre une rencontre fortuite, mais jouer cartes sur table.

— Madame le professeur, quel plaisir que vous m'honoriez d'une visite !

Il s'inclina bassement en ouvrant la porte de son appartement.

— Docteur, dit Zofia d'un ton décidé, il faut que nous parlions sérieusement.

— Mais bien sûr, je vous en prie, entrez, entrez.

Il lui indiqua d'un geste de la main la porte de la petite chambre qu'il sous-louait.

— Je ne m'attendais pas à ce que vous cherchiez de l'aide médicale justement auprès de moi, mais je ne peux pas dire que cela me surprenne. Je suis certes un jeune médecin, mais j'ai la certitude qu'il n'y a, dans toute la ville, pas un spécialiste qui ait une expérience égale à la mienne…

— Je dois vous prévenir, monsieur, que je ne vais pas me tempérer, Dieu m'en soit témoin, dit-elle en prenant place sur la chaise bancale que Kurkiewicz lui indiqua.

— Nous pouvons parler en toute liberté, madame le professeur ! dit-il en essayant de mettre de l'ordre dans le bazar de son intérieur assez modeste tout en fixant sur Mme Turbotyńska un regard interrogatif. Quelle affaire vous amène, madame le professeur ? J'avoue que je m'occupe plutôt de problèmes de personnes… si je peux me permettre… plus jeunes, mais les questions concernant les mariages de longue date ne me sont pas tout à fait inconnues. L'embonpoint des hommes dans la force de l'âge, que j'ai pu remarquer, j'avoue, chez monsieur le professeur, s'accompagne parfois d'un tarissement… Des difficultés apparaissent dans l'atteinte du bien-être… Monsieur le professeur serait-il un jouisseur ardu ?

— Non ! s'écria Zofia. Non ! Que dites-vous là, doux Jésus !

— Chère madame le professeur, dit Kurkiewicz d'un ton attristé tout en glissant deux livres sous son lit d'un geste adroit, je ne comprends pas votre indignation. Selon les principes moraux qui dominent *urbi et orbi*, il ne faut toucher à aucune des choses qui concernent le sexe, qui sont appelées, si ce n'est « péchés », du moins « indécences », alors que la vie quotidienne, observée même dans une rue fréquentée, nous montre la force des phénomènes sexuels inévitables dont tout un chacun est curieux et qui nécessitent des explications… Je rêve que l'on puisse introduire le sujet sexuel dans l'ordre du jour de nos discours et pensées, madame, mais toujours, dit-il en soulevant le doigt, toujours de manière scientifique…

Mme Turbotyńska en restait bouche bée d'indignation. Lorsqu'elle réalisa le degré d'impertinence de Kurkiewicz, elle perdit complètement la voix. Elle s'étouffa en essayant de respirer.

— De l'eau… réussit-elle à sortir enfin.

Kurkiewicz s'arracha de sa chaise et se précipita vers une crédence abîmée puis, sans interrompre un instant son exposé, lui versa un verre d'eau gazeuse du siphon.

— Tout cela pour que l'on puisse, même en société, mener une conversation posée sur le thème du sexe sans offenser les oreilles avec des mots grossiers, et d'autant plus dans une conversation avec un médecin sexologue, une personne parfaitement compétente, dit-il en se frappant la poitrine, comme si l'on pouvait avoir un doute quelconque qu'il parlait de lui.

— Assez ! C'en est assez ! Je vous en conjure ! s'écria enfin d'une voix enrouée Zofia, qui se réjouit intérieurement qu'Ignacy eût d'autres intérêts scientifiques et que leur vie fût remplie de *devoirs conjugaux* et non de cette *sexologie*. Les questions que j'ai à vous poser concernent des affaires, n'ayons pas peur de mots, fondamentales…

— Mais bien sûr, bien sûr, madame le professeur ! dit-il en s'illuminant. Comme je suis fort aise que vous le compreniez, madame, que vous saisissiez l'importance de la lutte contre l'obscurantisme sexuel, le manque d'informations véridiques dans le domaine du fonctionnement et de la maladie du système et de la vie sexuelle. Je désire y apporter ne serait-ce qu'une pierre, créée laborieusement pour le bien général, c'est ce à quoi j'aspire, madame le professeur !

— Et moi, docteur, j'aspire à la vérité. La vérité au sujet de la mort de Karolina Schulz, ma servante que vous connaissiez bien, qui en mai de l'année dernière a été assassinée et jetée dans la Vistule. Et dont vous avez vous-même exécuté l'autopsie.

— En effet, c'est vrai, dit le médecin. Mais monsieur le professeur connaît les résultats de l'autopsie de Karolina, et le coupable, d'après ce que j'ai lu dans la presse, a été retrouvé assez vite par la police... Je ne vois pas vraiment comment je pourrais vous aider.

— Vous pourriez me dire toute la vérité sur les rapports qui vous liaient à la défunte.

— Les rapports ? Je ne comprends pas...

— Au contraire, vous me comprenez trop bien. Niez-vous lui avoir fait des avances en secret ? Toutes les fois où vous nous avez rendu visite, vous avez toujours été accueilli comme... un ami, bah, inutile de le nier, comme un membre de la famille ! Est-ce ainsi que vous nous rendiez la bienveillance qui vous était témoignée, l'attention que vous octroyait à tout moment, sans une once d'hésitation et dans tout besoin, mon mari le professeur Turbotyński ?

— Je ne nie pas, madame le professeur, que la beauté de Karolina a pu quelquefois éveiller en moi le facteur de plaisir, dit-il visiblement embarrassé, mais je ne suis pas un individu menant une vie sexuelle débauchée et pas un seul instant l'idée de charmer Mlle Karolina ne m'a traversé l'esprit...

— Vraiment ? Dans le milieu médical, vous jouissez d'une certaine réputation, pour ne pas dire d'une mauvaise réputation. Votre intérêt pour les affaires sexuelles est qualifié de pa-tho-lo-gique, dit-elle entre ses dents.

— La jalousie ne connaît pas de limites, madame ! s'écria-t-il sur un ton larmoyant, avant d'en changer subitement. Quand je pense que j'imaginais que vous veniez pour une affaire scientifique, pour améliorer l'atteinte du bien-être dans votre couple, alors que vous n'aspirez qu'à m'accabler ! On m'a déjà causé de nombreuses difficultés à l'université, mais ils n'ont pas réussi à me détruire ! Maintenant, alors que j'ai, au prix d'un effort surhumain, soutenu ma thèse de doctorat, la ville ne cesse d'éloigner les malades de mon cabinet, raconte de vils ragots à mon sujet et porte des accusations non seulement obscènes, mais qui sont une insulte au bon sens !

Mme Turbotyńska en avait assez de ces hommes qui s'apitoyaient sur leur propre sort, blâmant pour leurs problèmes tout le monde sauf eux-mêmes. On avait l'habitude de dire que les femmes tombaient dans l'hystérie – ce sujet éveillait toujours l'humour des collègues d'Ignacy – alors qu'il semblait à Zofia que c'étaient surtout les hommes qui succombaient à cette maladie, autour d'elle. Elle ne tint plus et lança à Kurkiewicz en pleine face :

— C'en est assez de ces petits jeux, monsieur, je sais tout. Vos contacts avec le monde de la prostitution me sont parfaitement connus. Vous fréquentez la maison de passe d'un certain Brand, dans un but prétendument scientifique…

— Pas « prétendument », madame ! s'offusqua Kurkiewicz. J'étudie les facteurs d'éveil sexuel tant chez les femmes que chez les hommes, il est donc naturel que je puise des connaissances à ce sujet dans un endroit aussi évident qu'une maison de prostitution, et M. Brand a l'amabilité de me permettre de mener mes recherches. Je discute avec les filles qui y travaillent, je les interroge sur ledit sujet… tout en conservant la plus grande discrétion, bien sûr, sans demander l'identité des clients. D'ailleurs, comme vous le savez peut-être, le règlement du comportement des prostituées leur défend de la divulguer, sous peine de prison. Vous voyez donc que mon intérêt pour le local de la rue Joselewicz est de nature purement scientifique.

— Dois-je comprendre, docteur, que vos contacts avec Mme Gringaliewicz sont aussi exclusivement de cette nature ?

— Gringa… quoi ? Gringaliewicz ? dit-il avec étonnement.

— Ne feignez pas avec moi. Sa… « maison de prostitution », comme vous dites, se trouve rue des Rosiers, à Dębniki. Une petite maison, des jasmins dans le jardin, vous connaissez parfaitement cet endroit.

— Je ne comprends pas, vraiment… Je n'y suis jamais allé, je ne connais pas cet endroit, veuillez me croire !

Mme Turbotyńska, qui était jusque-là convaincue d'avoir identifié le suspect, fut soudain prise de doutes. La stupéfaction sur le visage de Kurkiewicz lui semblait réelle. Le jeune docteur serait-il si bon acteur ? Ou peut-être, comme le héros du roman de Stevenson, ses propres actes le terrifiaient-ils, c'est pourquoi il cherchait à se racheter par un travail bienfaiteur, ou du moins qu'il considérait comme bienfaiteur ? Elle décida de jouer son va-tout et, sans se soucier des conséquences, d'essayer de réveiller le Mr Hyde dans le docteur Jekyll. Dans le pire des cas, elle se défendrait avec son parapluie.

— Seriez-vous en train d'essayer de me convaincre que vous n'appartenez pas à l'abjecte association s'occupant de commerce des jeunes filles ? Que vous n'aidez pas Loewenstein ou plutôt Lewicki à vendre d'innocentes vierges à des maisons closes à Istanbul ou

Buenos Aires ? Que vous n'employez pas votre savoir médical à des fins inavouables, brisant ainsi le serment d'Hippocrate ?!

Elle prononça ces dernières phrases presque en criant et en se levant de sa chaise grinçante. Elle surplombait Kurkiewicz qui était enfoncé dans un fauteuil, penchée au-dessus de lui telle une déesse de la vengeance en robe saphir. Elle serrait sa main sur le manche de son parapluie en forme de bec d'oiseau de proie juste au cas où. L'aile de pie sur son chapeau tressaillait, menaçante, comme l'aile d'une Érinye furibonde.

— Madame le professeur, je ne sais pas de quoi vous parlez ! Je ne connais aucun Loewenstein, Lewicki non plus, je… je ne pourrais jamais… Je… j'ai horreur de la prostitution, ces temples de l'infamie féminine… C'est de l'obscurantisme sexuel auquel… je m'oppose, que je serais ravi de voir éradiqué… Grand Dieu ! Je le jure sur la vie de ma très chère mère !

À la place de l'horrible Mr Hyde, bandit dénué de tout frein moral au service de Loewenstein, Zofia avait plutôt tiré du Jekyll-Kurkiewicz le Sganarelle de la médecine.

— Si vous n'avez pas agi en connivence avec Loewenstein ni ne vouliez séduire ma Karolina, alors pourquoi l'avoir courtisée ?

— Je ne la courtisais pas ! J'essayais de lui faire accepter une collaboration !

— Mais quelle collaboration, pour l'amour de Dieu ?

— Scientifique, bien évidemment !

— Docteur, si je comprends bien, le champ de votre intérêt scientifique concerne la sphère intime. Or Karolina, paix à son âme, n'avait *en ce domaine* pas la moindre expérience. Vous l'avez certifié vous-même en menant l'autopsie de sa malheureuse dépouille. Quel aurait donc pu être son utilité pour vos recherches ? À moins que vous ayez menti dans le rapport de police, dit-elle en haussant les sourcils.

— Mais que dites-vous là, madame le professeur ? J'ai écrit la vérité ! Mlle Karolina était, jusqu'aux derniers instants de sa vie, en état de virginité.

— Pourquoi donc vous intéressiez-vous à elle ? De quelle collaboration parlez-vous ?

— Vous me pardonnerez, madame, si je vous dis que vous vous trompez en pensant que l'absence d'expérience physique dans les questions sexuelles soit équivalente à de l'ignorance sexuelle. On peut être libertin sans avoir la moindre idée des questions sexuelles et, inversement, être la plus modeste des personnes et tout comprendre comme il se doit. Une modeste vierge surveillée, menant sa vie dans le calme, n'est pas forcément une personne sexuellement immaculée…

— N'avez-vous pas honte d'insinuer de telles choses ?!

— Je n'ai pas honte, madame, rétorqua-t-il vivement, car la honte dans la vie quotidienne est une exigence de l'obscurantisme, une honte causée par la simple pensée aux parties « indécentes » du corps et de leurs fonctions. Bien sûr, il est difficile pour un médecin sexuologue de mener ce genre de conversation, surtout avec les femmes non accoutumées à des discussions ouvertes avec un homme au sujet du sexe et qui considèrent celles-ci comme indécentes. Cependant, la vie quotidienne fournit de nombreux phénomènes sexuels inévitables. Nous grandissons, nous nous développons, les changements de la puberté apparaissent, qui viennent bouleverser tout notre système, nous regardons la vie sexuelle des chiens, de la volaille et autres animaux domestiques, dit-il en accélérant et avec une excitation de plus en plus visible. L'exacerbation de notre curiosité et l'éveil de l'imagination guident nos pensées sur des rails lubriques. Les servantes, jeunes mais célibataires, constituent un matériau de recherche très précieux. Elles s'éveillent sexuellement, que ce soit en cousant sur une machine à pédale, en roulant sur un bicycle ou encore parfois en dansant… à vrai dire chaque fois, car il s'agit en réalité d'une joie sexuelle, quand les corps se rapprochent l'un de l'autre dans des mouvements dansants, en particulier lorsqu'ils sont réchauffés par de l'eau-de-vie…

— Docteur, venez-en au fait.

— J'y arrive. Je m'intéressais, madame le professeur, aux expériences de Karolina, j'essayais… en vain, hélas… de l'interroger sur ses expériences dans le domaine du plaisir solitaire.

— Du plaisir solitaire ? répéta Zofia en fronçant les sourcils, pas très sûre de ce que pouvait bien entendre l'homme assis en face d'elle.

Bien qu'elle ne fût pas sûre non plus de vouloir le savoir. En tant que femme d'un professeur d'anatomie, elle ne demeurait pas – comment l'avait dit Kurkiewicz ? – dans l'obscurantisme sexuel, mais elle était toutefois convaincue que certains sujets étaient tout simplement indécents, même dans la bouche d'un médecin.

— Oh oui, madame. D'après les recherches que j'ai menées jusqu'à présent, très incomplètes, précisons-le, mais qui peuvent déjà constituer la base d'affirmations plus générales, se donner du plaisir est un phénomène très répandu. Un étudiant a reconnu qu'avec d'autres étudiants ils s'installaient en groupe sur plusieurs bancs du parc Planty et se livraient au plaisir solitaire...

Tout cela intéressait Mme Turbotyńska de moins en moins, elle commença donc à regarder la petite pièce modeste dans laquelle elle se trouvait ; si quelque chose puait ici, ce n'était certainement pas l'argent. Les meubles étaient vieux et abîmés, les fauteuils aux accoudoirs usés avaient dû servir à plus d'un locataire, sur la crédence se trouvait une rangée d'assiettes fêlées, en un mot : chaque détail de cet intérieur témoignait de la pauvreté, sans parler de la négligence ; quelqu'un ici économisait sur une servante.

Kurkiewicz ne se taisait guère :

— Il n'y a pas plus de quelques jours, sur la place Szczepański, un ouvrier vendant des concombres sur une charrette était allongé dessus avec son pendeux hors de son pantalon ! À la Halle aux draps, en regardant les vitrines d'un magasin avec des images de femmes nues, une jeune élève de collège s'est livrée au plaisir solitaire à travers son pantalon !

— C'en est assez ! Je ne veux pas entendre cela !

Zofia avait la certitude que ce médecin n'avait rien à voir avec l'enlèvement et le meurtre de Karolina. Il était complètement fou, aucun bandit sain d'esprit n'engagerait quelqu'un comme cela en tant que subalterne. Cet homme n'avait aucun frein, il racontait tout ce qui lui passait par la tête, il aurait révélé le secret de la bande criminelle dès la première occasion. Sans compter que les revenus secrets qu'il aurait reçus des criminels auraient eu un impact sur l'intérieur misérable de sa chambre.

— Vous racontez des choses scandaleuses ! Cela ne m'étonne pas que Karolina n'ait pas voulu vous parler de ces questions ! Elle n'était encore qu'une enfant !

— Scandaleuses, oui ! Cracovie est une Babylone, chère madame le professeur ! La prostitution y fleurit, dans les salles d'attente des sexuologues se retrouve une multitude de patients, on peut même y voir des élèves en uniforme, et personne ne soulève la question d'enseigner la vie sexuelle à l'école ! On ne parle que de scandale, mais les gravures obscènes circulent entre les mains des jeunes gens, les revues obscènes sont tranquillement posées près de l'oreiller, les jeunes filles se passent ce genre de littérature, « de demoiselle à demoiselle ». Et quoi ? Et rien ! Il ne devrait y avoir de place pour ce festin de l'imagination, ces conversations avec les camarades, mais seulement pour les faits et les connaissances fiables. Il faut promouvoir une vraie éducation sexuelle, vaste, surtout parmi les femmes... elles seront alors plus posées, plus résistantes aux dangers qui les guettent partout. Il faut dissiper les ténèbres qui créent cet état de fait sexuel défaillant ! C'est justement la tâche que je me suis donnée, moi, Stanisław Teofil Kurkiewicz, madame le professeur ! Je vous garantis que mon nom deviendra célèbre ! Non seulement dans cette ville, non seulement dans l'empire, mais dans toute l'Europe. Ce sera assurément le cas quand je publierai mon œuvre, mon *opus magnum* qui non seulement résume l'état actuel du savoir sexuel, du savoir « sexuologique », mais aussi, disons-le ouvertement, le complète grandement !

Mme Turbotyńska ne voulait pas écouter cet homme plus longtemps, ce médecin si follement passionné par la « sexuologie » qu'il semblait lui-même avoir besoin d'une aide médicale. Elle se leva, ajusta son chapeau à l'aile de pie et ânonna des salutations. Ce n'est que sur le seuil qu'elle tourna sur ses talons et demanda :

— Et pourquoi ne vous voit-on plus au bouillon rue Wolska ?

Kurkiewicz lui lança un regard pathétique et ne dit qu'un mot :

— Les *schnitzels*.

— Les *schnitzels* ?

— Une véritable ciguë. Trois jours d'intoxication alimentaire, mon travail scientifique abandonné pendant tout ce temps. Je ne peux pas prendre le risque d'une nouvelle pause dans la rédaction de mon œuvre. Maintenant, je mange près de la faculté de médecine. Je paye un chouia plus cher, mais… vous me comprenez.

Tandis que sa maîtresse circulait dans les rues environnant la Grand-Place, la servante s'aventurait dans des régions plus lointaines.

Si, au lieu de la domestique, Zofia Turbotyńska était descendue du tramway, si elle était passée devant la façade ondulée de l'église des frères de la Charité, elle aurait certainement eu le sentiment que la ville finissait là, que seul un pont la séparait de la pure campagne : Podgórze. Franciszka cependant avait un tout autre point de vue sur ces questions : si l'on voyait autour de soi plus de fiacres que de gens menant des animaux de ferme, on avait tout de même affaire à la ville, voilà tout.

Une lavandière sortait justement de l'avant-dernier immeuble avant le fleuve avec un grand panier en rotin dans lequel elle venait d'apporter du linge propre ; elle posa son panier, à présent léger ou tout du moins plus léger, sur le sol et sortit sa paye – quelques pièces de monnaie – de sa poche pour la recompter. Franciszka la regarda pour s'assurer qu'il ne s'agissait pas de la mère de Karolina puis tourna dans la rue de Podgórze qui longeait la Vistule, dépassa un peintre qui avançait avec une échelle sur son épaule (avec précaution, pour ne pas accrocher sa manche bouffante !), puis deux garçons déguenillés qui se disputaient vivement pour une broutille, et elle monta enfin sur le solide pont de pierre du nom de l'empereur François-Joseph Ier qui la mena à la place du marché triangulaire de Podgórze. La route d'Izdebnik, plus ancienne rue de la ville, ne pouvait être comparée avec les rues cracoviennes plus importantes ; les maisons avaient été construites ici non pour la décoration, pour se pavaner avec leurs tours et leurs futilités, mais pour avoir un toit au-dessus de la tête et, sous ce toit, protéger les innombrables petites pièces dans lesquelles travaillaient les tanneurs, brossiers, cordiers, couturières, assistantes modistes, gantières, etc. Les abeilles travailleuses de la ruche cracovienne, qui alimentaient la ville de l'autre côté de la Vistule en marchandises de premier choix et, parfois, de troisième choix, c'est-à-dire en visages émaciés.

Ce genre d'endroits et de personnes n'était pas étranger à Franciszka ; elle-même avait grandi à la campagne près de Bielsko-Biała et, en arrivant à Cracovie, elle s'était immédiatement retrouvée chez les Dutkiewicz, mais contrairement à Mme Turbotyńska elle avait connu des côtés plus sombres de la ville – bien que, fort heureusement, pas les plus sombres. Cette odeur forte, douceâtre, ce mélange de parfum de chou cuit, d'urine de chats, de moisissure, de fosses d'aisance cachées dans les cours ne la surprenait pas ; les sombres portes, obscures entrées, sous-sols humides, escaliers en bois qui grincent et semblent devoir s'effondrer sous des pas comme dans un cauchemar ne l'étonnaient guère. La mère de Karolina habitait dans l'une de ces maisons – certainement pas à l'avant, car même à Podgórze les lavandières et repasseuses ne pouvaient se permettre une chambre donnant sur la rue. Elle apprit enfin d'une grand-mère accoudée sur un coussin à l'une des fenêtres à l'étage de l'immeuble que Mme Schulz habitait deux portes plus loin, dans une officine. Elle remercia et reprit sa route d'un pas rapide.

La cour n'était ni plus laide ni plus belle que les autres : morne, sale, elle était illuminée ici et là par des flaques d'eau ou encore par les misérables feuilles d'une mauvaise herbe. Au fond, on voyait la porte de l'officine dans l'ombre de la galerie du premier étage. Ses vitres saphir et rouge constituaient les seules taches colorées dans cette immensité grise. Elle avait reçu comme indication la fenêtre à gauche de l'entrée, la seule qui était ouverte et qui exhalait une odeur étouffante et humide de savon. Elle poussa la porte aux vitres colorées et pénétra dans l'entrée.

Elle frappa une fois, attendit, puis frappa une seconde fois. Elle finit par entendre des bruits de pas et le grincement de la porte.

— Loué soit Jésus-Christ.

— Pour les siècles des siècles, amen, répondit la femme usée que Franciszka reconnut de l'année précédente, de l'enterrement.

La femme la reconnut également, car des larmes lui montèrent immédiatement aux yeux ; d'une main rouge comme un morceau de viande, elle prit son tablier et essuya son visage.

— Entrez, mademoiselle, entrez.

La pièce, malgré la fenêtre ouverte, était saturée de vapeur, si bien qu'il était difficile d'y déceler quoi que ce soit : le cadre d'une image sainte sur le mur entouré de sombres taches de moisissure, quelques pauvres accessoires dans les coins, et surtout, des baquets fumant de vapeur.

— Enlevez, ma bonne mère, cette bassine du feu. Ça vaut pas le coup d'chauffer, il nous faut parler.

La mère Schulz resta silencieuse un instant en la regardant avec hésitation, puis elle s'essuya les mains et dit :

— Quelle bassine ? C'est un ferrat. J'allois justement souffler un peu, j'vas enlever mon tablier, on va s'asseoir, se poser.

Franciszka prit place sur le tabouret que la lavandière lui indiqua, celle-ci en prit un autre derrière le baquet, l'installa au milieu de la pièce et s'assit en écartant grand les jambes. Elle appuya ses coudes sur les genoux et sa tête dans ses mains puis demanda :

— Causer de quoi ? Il a tué ma fifille, y a rien qui m'la rendra.

— Il l'a tuée.

— Mais les policiers l'ont trouvé et ils l'ont tué eux-mêmes. C'est ma vengeance sur lui pour c'qui m'a fait.

— C'est pas le gars qui l'a tuée qu'ils ont tué.

La mère Schulz se signa puis lança d'un ton réprobateur :

— Quelles histoires vous m'contez là ? C'était dans les journaux, c'est le sacristain qui m'l'a lu.

— Que le feu du ciel me frappe sur place si je dis pas la vérité, répondit Franciszka, piquée.

— Vous disez qu'des bêtises. La foudre sous un toit, dit-elle en faisant un geste de la main, puis elle fixa le sol du regard. Oh, tout le plancher est mouillé, j'ai tout gaugé avec mes souliers…

— Je vous dis que c'ui qui l'a tuée est libre, répéta avec insistance la jeune fille. Il faut trouver qui c'est.

Et avec ça, dit-elle en prenant une profonde inspiration, vous devez me révéler de qui était votre fille.

La lavandière la regarda avec méfiance puis tourna la tête.

— Moi ça m'est égal. J'vas bientôt casser ma pipe et j'vas vous dire, c'est tout c'que j'attends. Tout c'que j'attends, que j'vas bientôt casser ma pipe et je m'reverrai avec ma petite Karolina. Et d'en haut on r'gard'ra comment le diable il lui fiche des écots dans les yeux.

— Et s'il était vivant ? S'il allait vivre longtemps ?

La lavandière posa un regard fatigué sur elle, cligna des yeux et renifla avant de dire :

— J'ai toute l'éternité pour attendre, alors je peux bien attendre que'ques années.

— Dites-moi de qui était Karolina, et moi je vais…

La lavandière mit les mains sur ses hanches.

— De qui, de qui ?! Elle était de moi ! De moi seulement.

— Vous m'direz pas de qui ?

— J'le dirai pas !

— Vous l'direz pas ?

— J'le dirai pas.

— Même s'ils devaient l'attraper grâce à ça ?

Elle hésita, mais elle ne fit que répéter une troisième fois entre ses dents :

— J'le dirai pas.

— Et quelle mère vous faites, siffla Franciszka, si vous vous fichez que celui qui lui a pris la vie soit libre ?

— Quelle mère je fais ? Quelle mère je fais ? dit-elle en se relevant de sa chaise. La vie ! Quelle vie c'était ? Quelle vie j'ai eue, moi, quelle vie elle aurait, elle ? Lessiver ou repasser, repasser ou lessiver. Teusser au-d'ssus du ferrat, c'est peu dire, on en crache ses tripes à force de teusser…

fait chaud ou froid, faut aller en ville à pied, faut porter des poids, pousser ce panier d'linge... écouter les histoires de toutes les dames, que c'est pas bien repassé, que là une tache est restée... trembler de pas avoir quoi mettre dans la gueule, ou faut-y pas qu'on va manger que des raclures, comme des animaux ? dit-elle presque en criant. Se presser dans c'te pièce où se baladent des rats et de la vermine ? Quand elle était p'tite comme ça, là, dit-elle en soulevant sa main un mètre au-dessus du sol, un petit bambin, elle m'étraipait déjà le tablier et voulait m'aider. Une enfant en or... en or... dit-elle en éclatant en sanglots pour de bon.

Franciszka attendait, à travers ses pleurs s'échappaient des syllabes isolées dont on ne pouvait rien saisir.

— Mère de Dieu, comprenez-moi : ça ne dépend que de vous, qu'ils l'attrapent ou non ! Et pour qu'ils le trouvent, vous devez me dire de qui était...

— C'est... c'est... pas... un... m... m... mauvais bou-u-u... ou-gre...

— Qu'il soit mauvais, je le sais bien, puisqu'il vous a abandonnées, dit Franciszka en cherchant un bout de torchon avant de prendre le tablier enlevé par la lavandière pour lui essuyer les larmes. Allez, c'est bon, c'est bon, vous pouvez pleurer.

Et la mère Schulz pleurait, pleurait, mais de moins en moins fort, jusqu'à ce qu'elle se calme complètement, en restant dans les bras de la fille, soudain plus petite et plus menue qu'auparavant.

— À quoi bon causer, y a rien à causer. Karolina était une enfant de jeune fille.

— Je sais bien, voyons.

Elle se releva des bras de Franciszka et se secoua comme un chien mouillé, s'assit droite sur son tabouret puis lissa sa jupe.

— C'était un bonimenteur, y m'disait des mots doux. Et moi, j'étais jeune et bête. Il m'a d'abord eue avec du miel, il s'habillait en monsieur, il était beau… et bagarreur, il aurait donné des coups à chacun comme ça. Il avait du respect ici, je dis pas.

— Il était fort ? Sûrement un sablonnier ? Ou un porteur ? demanda-t-elle, en vain.

— Z'êtes bien curieuse. On était bien ensemble. Y faisait c'qu'y faisait, l'important c'est qu'y v'nait à la maison et m'embrassait. Mais quand j'ai enflé, y s'est fait teigneux… y m'causait autrement qu'avant. Ça a vite changé. Y criait chaque jour, des fois y me cognait la citrouille. Un jour j'ai eu une bosse pendant deux dimanches.

— Mais comment il s'appelle ?

— J'le dirai pas, rétorqua-t-elle, les dents serrées. Pouvez demander à une vieille commère, elle vous racontera toutes les histoires. Bon. Donc j'ai accouché de Karolina et j'étais seule parce que ma mère m'a maudite. Et elle était jolie ! Vous le savez d'ailleurs, qu'elle était belle. Et moi… moi j'voyais… qu'elle commençait à teusser, à queusonner dans les coins, c'est qu'avec ces savons on a tous la gorge malade… Elle aurait arrêté de pousser dans c'te misère. Une enfant en or… répéta-t-elle en se remettant à pleurer, mais cette fois pour un court instant. Quand ça m'a étouffée très fort, j'suis même y allée là-bas le voir, je savais c'qui f'sait, avec qui… J'savais qu'pour lui tirer cinq florins de son plumard, c'est rien… tu parles.

— Il a rien donné ?

— Rien. Pas un heller. (Elle cracha sur le sol.) Voilà ce qu'on valait, Karolina et moi.

— Ça peut être un bagarreur, c'est qu'un imbécile à mon avis.

— Un vrai con ! confirma la lavandière.

— Ma bonne mère, mais à quoi bon le cacher ? Je vais pas le raconter sur la place du marché !

La lavandière haussa les épaules.

— Que'qu'j'en sais, moi ? C'est un grand môssieur maintenant, paraît qu'y voyage dans des pays lointains. J'l'ai pas vu depuis des années. Mais c'est un homme mauvais, mauvais. Il apprend que j'ai causé et y m'écrasera comme une punaise.

— Mais les policiers…

— Les policiers sont les pires (elle cracha), il les tient par une laisse, les policiers.

Franciszka l'observait attentivement depuis un moment ; il ne s'agissait pas de peur, ici, tout du moins pas seulement de peur.

— Vous avez honte ?

— Et quoi, je devrais me vanter d'un enfant de jeune fille ?

— Non… non… vous avez honte d'autre chose.

La lavandière se leva de son tabouret, lui tourna le dos, plongea ses mains dans le baquet et se mit à lessiver. Mais Franciszka avait flairé une piste et ne comptait pas la lâcher.

— Un curé ? C'est un enfant de curé ?

Seul un ricanement lui répondit, suivi d'un clapotis.

— Un homme marié ?

Silence.

— Un Juif ?

La mère Schulz rougit encore plus, jusqu'aux pointes des oreilles. Elle cessa de lessiver et se tourna vers Franciszka.

— Un Juif comme moi ou toi. Y mangeait du jambon, l'allait pas à la synagogue. Habillé pas comme les autres Juifs, mais comme en ville…

— Oh, ma bonne mère, ma bonne mère, vous m'avez déjà tout dit. Dites-moi bien comment il s'appelle.

La femme fixa à nouveau le sol du regard et demeurait silencieuse. Elle souleva ses mains lourdes, grandes et mouillées, croisa les bras puis sortit enfin son nom.

— Józef. Silberberg. Mais allez-vous-en maintenant. Que Dieu vous garde.

Elle se retourna vite, plongea ses mains dans l'eau et se mit à lessiver fortement une chemise ou une nappe. On entendait ses sanglots rauques entre les clapotis de l'eau.

Franciszka faisait le service, en remplacement de Józia qui était de congé, et si Ignacy Turbotyński avait consommé son déjeuner avec un peu moins d'implication, il aurait peut-être décelé qu'entre sa femme et la cuisinière passaient des regards éloquents. Mais on donnait de la soupe aux champignons à la crème puis des escalopes de veau à la Maintenon servies avec du foie gras à la sauce madère, et enfin, des blinis poêlés avec des confitures de cerises griottes – des mets qui non seulement faisaient partie de ses plats préférés, mais étaient également lourds et le forcèrent à faire une solide sieste après le repas. Au moment où les premiers ronflements, initialement timides, lui parvinrent de l'ottomane, la femme du professeur était déjà à la moitié de l'escalier vers le rez-de-chaussée, et l'instant d'après, au bout de la rue sur la Grand-Place puis sur la rue Grodzka.

Dans le tribunal, la plupart des procès touchaient à leur fin, les accusateurs et accusés, les plaignantes et les témoins, les avocats et le public avaient déserté les couloirs – ce jour-là d'ailleurs, où dans la liste des audiences n'était inscrite aucune affaire particulièrement intéressante, seuls quelques habitués s'étaient présentés, qui par ennui étaient prêts à suivre même une dispute de délimitation. À cette heure-ci, à travers les murs épais du respectable bâtiment qui autrefois appartenait aux jésuites, pénétrait lentement la décontraction de l'après-midi.

Quand Zofia pénétra dans le hall d'entrée, Klossowitz posait justement le pied sur la dernière marche de l'escalier ; il avait fini son travail et, quelque peu affairé, le journal de l'après-midi – que lui avait visiblement apporté le concierge du tribunal – sous le bras, il prenait une direction connue de lui seul et qui, dans d'autres circonstances, aurait beaucoup intéressée Mme Turbotyńska. Aujourd'hui cependant, excitée par la découverte de Franciszka, elle n'avait cure de savoir si le juge d'instruction rentrait chez lui pour le déjeuner, chez un ami pour une partie d'échecs ou chez sa maîtresse, ni d'ailleurs s'il en possédait une ou non.

— Bonjour, monsieur le juge ! s'écria-t-elle avec une cordialité quelque peu excessive, observant du coin de l'œil le concierge qui s'était extirpé de son comptoir en bois et se tenait immobile tel un pantin. Je passais justement par la rue Grodzka et je me suis permis de venir avec une petite invitation. Nous organisons un goûter…

Elle remarqua avec satisfaction que le concierge avait perdu tout intérêt pour sa personne et qu'il fixait à présent de ses yeux éteints, cerclés de conjonctives rougies, le mur qui lui faisait face.

— Oh, madame le professeur, rétorqua Klossowitz, comme c'est aimable, je raffole des goûters chez vous ! Dans ce cas ne restons pas dans le hall, puis-je vous inviter un instant dans mon cabinet ?

Sans même attendre de confirmation, il tourna les talons et, en faisant bruisser ses chaussures lustrées sur les marches, il monta d'un pas rapide et brusque au premier étage sans vérifier si Zofia le suivait ou non, puis il s'arrêta devant une porte peinte en brun, sortit sa clef de sa poche et la fit tourner dans une serrure qui devait dater des temps de la République de Cracovie.

— De quoi s'agit-il? demanda-t-il en lui indiquant une chaise puis en contournant son bureau massif. Seriez-vous tombée sur quelque chose d'intéressant?

— Sur une chose ou deux, répondit-elle en haussant les épaules, dissimulant pour le moment son triomphe. J'ai posé des questions ici et là, je me suis renseignée chez toutes sortes de gens, des contacts que vous ne pourriez pas même soupçonner…

Il ne dit rien mais murmura quelque chose dans sa barbe.

— Et donc, poursuivit-elle, j'ai envoyé aujourd'hui ma servante à Podgórze qui, grâce à des efforts intenses, m'a obtenu une information. Une nouvelle surprenante : Karolina a un père.

— Tout le monde a un père.

Entre les deux vitres de la double fenêtre bourdonnait une mouche emprisonnée.

— En effet. Mais tous les pères ne sont pas connus.

— Madame le professeur, je vous assure que ce n'est pas une nouveauté, je connais d'expérience des cas où même la mère ne pouvait dire qui l'avait mise dans son état, non qu'elle ne voulût pas…

— Cela n'est pas le cas de Mlle Schulz, sa mère. Elle a eu affaire avec le père de Karolina pendant un certain temps, puis il l'a abandonnée sans jamais reconnaître sa fille. Il ne subvenait pas à ses besoins, ne s'occupait d'elle d'aucune manière, ne prenait pas soin d'elle. Et il est même parti dans des contrées lointaines pour des affaires.

— Et elle ne l'a certainement plus revu ?

L'aile de pie se balança légèrement avec tout le chapeau.

— Ça, je ne le sais pas. Mais j'aimerais le savoir, car cela n'a pas été sans conséquence, d'après ce qu'il paraît. Karolina devrait en réalité s'appeler Silberberg.

Le juge souleva haut ses sourcils.

— Ce Silberberg ?

— Józef Silberberg, qui faisait commerce de jeunes filles avec Loewenstein puis a échappé à la police avant le procès de Lwów et a disparu dans la nature.

Elle observa Klossowitz qui d'un geste semi-inconscient fourra son index sous son col boutonné et se gratta pensivement ; mais il réalisa vite qu'une dame était assise en face de lui et cacha ses deux mains sous la table avec embarras comme un petit garçon attrapé à avoir un comportement inapproprié.

— Il a disparu puis a réapparu.

— Oh, je vois que monsieur le juge en sait plus sur lui.

Un silence s'installa. Sa Majesté observait du même regard bleu porcelaine et paisible l'étrange couple assis de part et d'autre du bureau, tout en réfléchissant aux problèmes de son vaste empire. Le bourdonnement de la mouche emprisonnée se faisait de plus en plus intense dans ce silence, de plus en plus désespéré.

— Eh bien, soupira Klossowitz, je sais une chose ou deux grâce au commissaire Swolkień. Même si Silberberg n'a pas été condamné, nous avons toutefois accumulé des preuves, des indices, des témoignages…

Toute la structure du commerce de filles est, comme vous le savez, très compliquée…

— Bien sûr : les *geber*, les *fahrer*, les *herren*.

Elle ne pouvait se le refuser.

— Aussi, mais je n'entends pas tant la répartition du travail que les relations entre les différents criminels…

Il prit une feuille de papier à en-tête et un encrier massif, y trempa son porte-plume puis se mit à dessiner un diagramme compliqué.

— Nous avons ici Loewenstein, autrement dit Lewicki… et Mme Gringaliewicz en dessous de Sztycer. Et bien d'autres. Loewenstein se trouve à un niveau moyen. Il a en dessous de lui des lupanars concrets, dont il est parfois, comme nous le savons, le propriétaire, et qui sont menés par quelqu'un d'autre ; et parfois un établissement donné appartient à quelqu'un de plus haut placé, et cette sangsue ne touche qu'un pourcentage… Il y a plusieurs de ces Loewenstein à ce niveau. Ils n'ont pas forcément connaissance des autres, ne savent pas toujours qu'ils collectent de l'argent pour le même coffre. Au-dessus de chacun d'eux, il y en a d'autres, mais nous ne savons pas combien ils sont ni qui ils sont. Silberberg appartenait sans nul doute à ce rang supérieur, il agissait sur le plan international, et Loewenstein lui était subordonné, comme quelques autres. Ce qui ne veut pas du tout dire qu'il les connaissait tous…

— Il s'agit, si je comprends bien, d'une conspiration ? Comme chez les carbonari ?

— On peut le dire ainsi, répondit-il en souriant. Toujours est-il que moins on en sait, plus on est en sécurité et moindre est la chance que quelqu'un dénonce quoi que ce soit. Et, ce qui s'ensuit, que tout le réseau ne tombe. Ils n'ont la connaissance que de quelques collaborateurs, supérieurs, et subalternes directs.

— Je tends à penser, pour certaines raisons... (Zofia s'interrompit soudain, se leva de sa chaise, approcha de la fenêtre pour en délivrer la mouche avant de revenir à sa place comme si de rien n'était.) Pour certaines raisons, je tends à penser que Loewenstein n'était pas en bons termes avec Silberberg. Au contraire, qu'il voulait se venger de lui d'une horrible manière. Mais je n'ai pas trouvé d'explication dans ce que j'ai lu du procès de Lwów. Certes, Silberberg s'est enfui car, si je comprends bien, il était situé plus haut dans l'échelle, il avait plus d'argent, de plus grandes possibilités, il a été prévenu... et Loewenstein s'est retrouvé en prison. Pensez-vous qu'il veuille se venger pour cela ? Que son supérieur ne l'ait pas avisé ?

Klossowitz s'appuya sur le dossier de son fauteuil et regarda la coupole de l'église à travers la fenêtre.

— N-n-non. Je ne pense pas, c'est trop peu. Il arrive souvent qu'un criminel placé plus bas dans la hiérarchie prenne sur soi la culpabilité de celui qui se trouve au-dessus de lui. Ce dernier prend bien sûr soin de lui et de sa famille aussi longtemps qu'il purge sa peine. C'est une pratique commune et qui ne constitue pas une raison de se venger. Je soupçonne qu'il s'agisse plutôt d'argent.

— D'argent ? s'étonna-t-elle. Mais Loewenstein, en sortant de prison en tant que Lewicki, a acheté diverses entreprises et ateliers...

— Des broutilles, tout ça, dit-il avec un geste de la main, des pécules. Je vous parle de vrais montants. On gagne d'énormes sommes d'argent avec ce commerce, que l'on dépose dans une sorte de... banque criminelle.

Les dépenser immédiatement serait grandement suspect. Quelqu'un qui gaspille ostensiblement de l'argent pourrait être découvert. C'est pourquoi les gens tels que Loewenstein gardent leurs revenus chez des banquiers criminels, en général, ou bien chez leurs supérieurs, ou bien leurs hommes de confiance qui multiplient ces capitaux de façon on ne peut plus légale, ne serait-ce qu'à la Bourse de Vienne. Silberberg a pris tout son argent avec lui, y compris celui qu'avait rassemblé au fil des ans Loewenstein.

— Pour aller où ?

— Eh bien, au Brésil, figurez-vous. Et il a immédiatement commencé à y faire des affaires à grande échelle. Il avait des lupanars à Rio de Janeiro, et il en avait plusieurs… il paraît qu'il contrôlait tout un quartier. Et peut-être même deux. Et tout cela grâce à l'argent qu'il avait pris d'ici. Je ne comprends toujours pas pourquoi il est rentré.

— Il est rentré ? À Cracovie ?

— Mais bien sûr. Ah, car vous… mais c'est intéressant, car cela confirme parfaitement votre idée de vengeance. Je devrais… veuillez m'excuser une minute.

Klossowitz se leva de son bureau puis s'arrêta au beau milieu de la pièce, hésitant. Il finit par dire :

— Madame le professeur, veuillez me pardonner, mais en raison du règlement du tribunal, je ne peux laisser une personne tierce, même une personne que j'apprécie particulièrement et que j'estime, seule à seule avec les dossiers. Vous me voyez forcé…

— Ne vous en faites pas, dit-elle en se levant et en se dirigeant vers la sortie, j'attendrai dans le couloir, ce n'est pas du tout un problème.

— Alors dans ce cas, dit-il en la suivant puis en fermant la porte à clef tel un gardien de monastère avant de tirer deux fois sur la poignée pour s'assurer qu'elle était bien fermée, je vais de ce pas aux archives pour vous montrer quelque chose !

Quand il fut revenu et la fit rentrer dans le cabinet, le soleil était déjà si bas qu'une obscurité humide avait envahi le jardin, et la coupole de l'église Saint-Pierre-et-Saint-Paul était embrasée comme si l'on avait allumé à sa base un feu qui se propageait à présent sur les croisillons dorés des fenêtres.

— Je vous en prie.

Klossowitz posa sur la table un dossier qui avait dû être archivé peu auparavant, car sur la première page était inscrite assez proprement la date *1895*, et en dessous : *Actes de décès par suicide de Józef Silberberg ou José Silva.*

— Un suicide ! s'écria Zofia qui se mit à feuilleter fiévreusement les documents.

Puis il lui sembla soudain qu'elle avait déjà entendu ce nom quelque part. Bien sûr, José Silva qui était venu de Lwów, et avant cela du Brésil ! Le 16 au matin, après cette horrible nuit où était morte Karolina.

— Dites-moi, serait-ce possible que quelqu'un...

— Non, c'était vraiment un suicide, on l'a vu par hasard par la fenêtre de l'autre côté de la rue Saint-Florian... un instant... (Il tira l'un des témoignages du dossier.) Voyez : « Alojzy Pagaczewski, rentier, âgé de soixante-huit ans, veuf... par la fenêtre... à... qui se trouvait alors dans un état de forte agitation, ce que l'on pouvait voir à sa tenue négligée et au désordre qui régnait dans sa chambre d'hôtel, il prit un revolver dans un tiroir, mit le canon dans sa bouche, tira, et s'effondra sans vie. Les domestiques de l'hôtel entrèrent aussitôt dans la chambre... » et nous retrouverons la même chose dans le deuxième témoignage, si vous me permettez...

Il tourna quelques pages sans trouver celle qu'il cherchait, puis en prit enfin une, l'éloigna de ses yeux en tendant les bras et lut :

— « Maria Zawadil, femme de chambre, âgée de vingt-six ans, célibataire, a témoigné devant... en entendant le coup de feu, elle jeta la pile de draps qu'elle portait à... frappa à la porte puis, en sentant que la poignée s'ouvrait, elle se précipita dans la chambre et y trouva la dépouille sans vie gisant... » Il n'y avait personne d'autre dans la chambre, personne ne l'a visé de son revolver. Il s'est tiré une balle dans la tête de sa propre volonté, sans qu'on l'y force.

Mme Turbotyńska jeta un œil aux documents : les témoignages de quelques employés de l'hôtel, l'autopsie du corps exécutée par le docteur Schwarz qui, le jour suivant, laissait l'étudiant Kurkiewicz pratiquer l'autopsie de Karolina, le rapport d'identification de la dépouille signé par le cousin de Silberberg, Jojne Apfelbaum... En un mot : toute une masse de termes rédigés dans diverses écritures, parmi lesquelles, assurément, celle d'un agent qu'elle connaissait, Erychleb ou Pidłypczak, tous ces papiers, pourvus de cachets, signatures, numéros. Elle tenta pendant un instant de composer tout cela en un tout cohérent. Klossowitz se tenait debout près du bureau et avait appuyé le bout de ses doigts en étoile sur son sous-main.

— Autrement dit, la vengeance a été accomplie, dit-elle enfin lentement. Et Loewenstein a réussi à punir Silberberg pour avoir emmené l'argent outre-Atlantique. Et Karolina n'était qu'un outil de cette vengeance.

— Comment cela ?

— Un prétendu entremetteur, puis Mordka Sztycer, les avances, les gâteaux dans les cafés... tant d'efforts...

dit-elle plutôt à elle-même qu'à Klossowitz. Que dire, il arrive que les hommes qui s'occupent d'affaires aiment l'argent par-dessus tout… et ils en sont jaloux comme ils ne seraient jaloux d'aucune femme. Et si quelqu'un leur enlève cet argent, ils sont prêts à des sacrifices inouïs pour assouvir leur vengeance, une vengeance terrible… dit-elle, la voix tremblante, avant de s'interrompre.

Klossowitz lui laissa un instant pour qu'elle se remette, puis lui demanda :

— Vous aviez déjà parlé de vengeance, auparavant, comment pouviez-vous savoir…

— Oh (elle sortit un petit éventail de son sac et le mit en mouvement; ce geste mesuré la calmait toujours un peu), je suis descendue dans la fosse aux lions. J'ai discuté avec le rédacteur Daszyński qui…

— Avec Daszyński ! l'interrompit-il. Vous ne cessez de me surprendre !

— … qui m'a raconté assez précisément, trop précisément, même, ses péripéties politiques, dont le fait d'avoir partagé une cellule avec Loewenstein…

Elle relata alors assez habilement, en laissant quelques questions à la perspicacité du juge, en quoi consistait la vengeance appliquée dans le milieu des souteneurs.

Klossowitz s'assit derrière son bureau, sortit un grand carnet et se mit à écrire des noms, à dessiner des flèches, à barrer certains noms et à en rajouter.

— Et donc…

— Et donc, poursuivit-elle, Loewenstein a attiré Silberberg sous un prétexte quelconque à la maison de passe de Gringaliewicz où il lui a certainement montré que sa fille, qu'il avait abandonnée des années auparavant, avait connu le plus horrible des sorts. Elle a été déshonorée, peut-être même sous ses propres yeux, peut-être par Loewenstein ou par Sztycer, cela n'a pas d'importance… et de là, elle devait se retrouver dans les maisons closes d'Istanbul ou de Rio de Janeiro.

— Justement, pourquoi la tuer, alors ? Loewenstein pouvait assouvir sa vengeance sur Silberberg et y gagner en même temps.

— Je n'en sais rien. À moins que…

— … que ?

— … que le coup n'ait pas été porté par Loewenstein… Mais par son père biologique qui voulait la préserver de cette vie, car il était très bien placé pour savoir que cette vie n'est qu'une agonie qui dure des années.

— Et par la même occasion, il empêchait que son ennemi ne gagne de l'argent sur sa propre fille, dit-il en levant les sourcils. Pour quelqu'un qui aime tant l'argent…

— Peut-être, peut-être, répondit-elle en haussant les épaules, toujours est-il que nous avons ici une affaire criminelle. Même si le meurtrier de Karolina est mort, car il s'est tué de ses propres mains, il reste que Loewenstein est responsable de son enlèvement, et sûrement de son outrage. Vous avez selon moi de sérieuses raisons pour rouvrir l'enquête et…

Klossowitz regardait avec attention son carnet, comme s'il y voyait une apparition. Il reposa son porte-plume sur son support près de l'encrier puis se coiffa les cheveux avec les doigts.

— Non, madame le professeur. Aucune réouverture d'enquête. Je ferai ça à ma façon. Sans retentissement. Et je ne vous demande qu'une seule chose : pas un mot, à personne. À per-sonne.

Quand elle sortit du tribunal, la rue Grodzka était plongée dans ce magnifique moment de la journée où le soleil avait déjà disparu et dans tout le ciel chatoyaient diverses couleurs, du rouge au doré à l'ouest, jaune citron et céladon, azur et jusqu'à un riche bleu marine qui annonçait déjà la nuit. Les pointes noires des immeubles et des tours d'église se dessinaient sur ce magnifique fond, tels des découpages en papier dans un théâtre d'ombres chinois.

En marchant d'un pas rapide pour arriver à temps pour le dîner, elle pensait à Silberberg, un homme dénué de toute conscience, lui semblait-il, à la peau endurcie comme celle d'un éléphant, vivant du mal envers les autres, un joueur cynique retombant toujours sur ses pattes, qui s'était laissé surprendre d'un côté totalement inattendu. Il y avait donc une morale même dans l'horrible mort de Karolina, se disait-elle en longeant justement la façade de la maison Aux Éléphants, ornée de bas-reliefs de pachydermes, d'éléphants et de rhinocéros, à savoir que celui qui aura commis dans sa vie autant de mal mourra d'une balle coulée de ce mal ; si Silberberg n'avait pas abandonné la pauvre Schulz avec la petite Karolina à son sein, il n'aurait pas, des années plus tard, mis de canon de revolver dans sa bouche… Même dans l'âme du dernier des scélérats se cachait donc une conscience profondément enfouie qui l'avait poussé… Et soit dit en passant… ces deux hommes luttant avec tant de cruauté étaient une version noire des chevaliers médiévaux qui se livraient au combat sans prêter attention à rien ! Ou encore une version humaine de ce rhinocéros et cet éléphant des bas-reliefs Renaissance : ce n'étaient pas des bêtes enclines à s'écarter, elles s'affronteraient jusqu'à la dernière goutte de sang, et si elles cédaient pour un instant, ce ne serait que pour lécher leurs plaies et planifier une vengeance plus cruelle et douloureuse encore. Le fait que Silberberg n'eût pas digéré la mort de sa fille et, comme Macduff, qu'il n'eût pas relevé le gant mais se fût tué dans sa chambre d'hôtel ne lui plaisait pas, car il aurait bien pu…

En arrivant sur la place de la Toussaint elle s'immobilisa si brusquement qu'elle en vacilla – et si elle ne tomba pas, ce ne fut que parce qu'elle s'arc-bouta contre le sol à l'aide de son parapluie. La vengeance de Loewenstein, comprit-elle soudain, était si cruelle qu'on ne pouvait la revaloir ; même si Silberberg l'avait tué, si tel un roi perse il avait aussi tué la Gringaliewicz, Sztycer et tous ses subalternes, s'il avait brûlé l'établissement rue des Rosiers avec tous les corps encore chauds, cela n'eût pas suffi à effacer ce stigmate. Il ne s'était pas tué parce que Karolina avait été déshonorée ou vendue à un lupanar de Constantinople ; il s'était tué parce que c'était lui-même qui l'avait inconsciemment déshonorée. La corne du rhinocéros avait tailladé le souple bas-ventre de l'éléphant : dans la petite maison de Dębniki s'était produit un drame digne des plus cruelles pièces de Shakespeare ou des tragiques grecs.

CHAPITRE XII

Dans lequel Zofia Turbotyńska prend une noble décision, Ignacy dresse un portrait détaillé du sultan et décrit les derniers instants d'une vieille femme sourde et veuve d'un inspecteur, Franciszka dose des prunes avec des seaux tandis qu'un sort cruel se moque de tous les projets, de sorte que Zofia se retrouve dans le plus étrange des confessionnaux.

Ignacy dormait encore d'un profond sommeil quand Zofia ouvrit les yeux et réfléchit à son comportement des derniers jours, le regard rivé sur le plafond de leur chambre. La veille, absorbée par son enquête, non seulement avait-elle peiné à trouver le temps de s'occuper des affaires de la maison, mais elle en avait également éloigné Franciszka en l'envoyant à Podgórze. Au dîner, elle avait répondu à son mari par des monosyllabes tandis qu'elle repensait sans cesse à diverses versions des faits de cette terrible nuit de printemps ; il lui était même arrivé de répondre sèchement à Ignacy qui s'inquiétait sérieusement de cette distraction.

L'ourlet en dentelle de son bonnet lui tombait sur les yeux ; elle le releva d'un bref coup de souffle avant de prendre une décision : elle consacrerait toute cette journée à la maison, et en particulier aux confitures de prunes ; septembre battait son plein, les quetsches n'étaient pas trop juteuses et parfaites pour être poêlées.

À Cracovie, chacune de ces dames était renommée pour l'une de ses préparations ; la comtesse Potocka pour ses confitures de rose, la femme du professeur Rydel, d'abricots – on disait d'ailleurs que sa recette n'était similaire à aucune autre recette connue. Des ragots circulaient sur de secrets condiments épicés, sur des jus foncés de myrtille ou de sureau noir pour améliorer la couleur des produits, sur les proportions de sucre pour les fruits, sur des additifs étranges ; de véritables guerres avaient lieu entre les factions des dames qui versaient du sirop sur les fruits et celles qui préparaient le jus avec du sucre, ce qui était en réalité plus coûteux, mais, de l'avis de certains, conservait mieux les arômes. Zofia Turbotyńska, quant à elle, était renommée pour ses confitures de quetsches dont elle avait hérité la recette de sa mère, Antonina Glodt, comme part de sa dot de Przemyśl.

Si cependant ce devait être le jour de la cuisson, il fallait se lever au plus vite et réquisitionner Józia et Franciszka pour ces travaux extraordinaires. Dans l'immeuble Au Paon, on se préparait aux confitures de quetsches comme pour une campagne de guerre, à commencer par le nettoyage et l'ébouillantage des ustensiles (les tamis, les louches – nécessairement en bois, car les fruits noircissaient au contact des cuillères métalliques et prenaient un arrière-goût désagréable) ; puis on apportait les fruits, les pots en grès et des provisions de bois, pour finir par trier les prunes, les laver et les dénoyauter, et seulement alors, passer aux travaux en question.

— Et surtout, Franciszka, cria Zofia de la cuisine tandis qu'elle examinait les tamis et louches avec le sérieux d'un Napoléon inspectant son armée avant une grande bataille, n'oublie pas…

— … d'acheter des noix ! Dix vertes, dans leurs coquilles…

— … et trente à décortiquer, oui.

Le secret de Zofia était en effet de mettre dans sa confiture des noix vertes entières qui donnaient un goût relevé ; on les enlevait bien entendu avant de passer les fruits au presse-purée, mais on laissait des noix décortiquées qui donnaient une plaisante consistance croquante.

Ignacy finissait justement son petit déjeuner dans la salle à manger. On lui avait enjoint de déjeuner en ville et de ne rentrer à la maison qu'en fin de journée, ce à quoi il avait volontiers consenti, car il raffolait des confitures de quetsches comme de toutes les sucreries, d'ailleurs. Si la veille sa femme ne l'avait laissé lire aucune anecdote, ce jour-là, elle alla spécialement dans la salle à manger pour lui demander quelles étaient les nouvelles à Cracovie, en Galicie, dans l'empire et le monde entier.

— Un tramway a renversé une vieille femme sourde sur la place du marché à Kazimierz, « une Juive du nom de Dietel Forsche, âgée de quatre-vingts ans ». La pauvre n'a pas entendu le signal, le wagon lui a broyé la jambe. Elle était accompagnée de deux petits enfants…

— Mon Dieu !

— … mais ils ont survécu en s'enfuyant. « L'ambulance de la Société de secours a étanché l'hémorragie… » Ils l'ont transportée à Saint-Lazare, Obaliński l'a opérée. Une amputation.

— Heureusement que c'était Obaliński, tu dis toujours que c'est un excellent chirurgien.

— Elle est morte après l'opération, termina sèchement Ignacy.

— Et quoi d'autre ?

— Constantinople fête le vingtième anniversaire de l'accession au trône du sultan Abdülhamid II. « De taille moyenne, délicat, il incarne exactement le type arméno-azéri. Son visage dégage une tristesse mélancolique, le front large, l'œil d'un chasseur suspicieux avec des éclairs d'énergie, le nez long, droit, osseux, les lèvres épaisses, les dents saillantes, plutôt jaunes que blanches… »

— Les dents saillantes… dit-elle en hochant la tête.

— « … les cheveux coupés court, une barbe noire grisonnante, les oreilles longues, le teint pâle, usé, les mains délicates, tremblant nerveusement… »

— De l'opium, j'en suis sûre ! décréta-t-elle.

— Possible, possible. Ils écrivent que dans sa jeunesse il était loin d'hériter du trône et qu'il a vécu une vie agitée… « la voix sympathique, la posture quelque peu courbée ». Ils disent aussi qu'il dépense trois millions de francs par an pour ses écuries et attelages, sept pour ses palais, trente pour la cuisine, autant pour des caprices divers et variés, pour les présents et les traitements, cinq, pour son harem, quarante millions de francs…

— Tu peux être heureux de n'avoir qu'une seule femme, dit-elle en souriant, qui n'entraîne pas de telles dépenses.

Turbotyński ricana, engloutit le dernier morceau de sa tartine puis ajouta :

— Un étrange suicide à Lwów.

— Un suicide suspect ?

— Non, mais exigeant des forces singulières. Maria Koitschim, veuve d'un inspecteur des chemins de fer, âgée de cinquante ans. Elle souffrait de troubles nerveux. « Après avoir envoyé sa servante en ville pour des courses, elle ferma la porte de son appartement à clef puis à l'aide de la tête d'une hache porta un coup mortel d'une force inouïe sur son propre crâne qui se brisa sous le choc et fit jaillir un torrent de sang… À ce moment-là, une voisine frappa à la porte. Mme Koitschim avait encore assez de force pour tourner la clef dans la serrure et ouvrir la porte. Puis elle s'écria : *"Schauen sie, ich bin verrückt"…* »

— Difficile de ne pas être d'accord.

— « … et : *"Das hab' ich mir selber gethan!"* puis elle s'écroula sur le sol, sans vie. » Ils rapportent ensuite qu'elle s'était préparée au suicide : dans l'une des pièces régnait un ordre parfait, et dans l'autre, elle avait obstrué les fenêtres avec des coussins, « et sur le lit se trouvait une horloge ôtée du mur »…

— Elle avait donc l'intention de se pendre ?

— Comment le sais-tu ? demanda-t-il en levant les yeux du journal. Tu as déjà lu l'article ?

Zofia se troubla.

— Non, mais puisqu'elle avait planifié son suicide et avait ôté l'horloge du mur, alors chacun peut penser qu'elle voulait se pendre au crochet sur lequel était suspendue l'horloge. Dans de nombreuses maisons, c'est le crochet le plus solide.

Ignacy hocha la tête avec respect tandis qu'elle se faisait la réflexion qu'un tel suicide était à vrai dire très suspect. *Se tuer d'un coup de hache dans la tête ? Qui a jamais vu ça ? Avec cela un témoin qui arrive au moment opportun et confirme si aisément le tout ? Très suspect, vraiment. Mais Cracovie n'est pas Lwów, et par ailleurs, toute mort mystérieuse n'exige pas l'attention de Zofia Turbotyńska*, se dit-elle. *Mais et si…*

Franciszka, qui se tenait sur le seuil et guidait deux livreurs portant des caisses de quetsches, interrompit le flux de ses pensées. Il fallait en mesurer neufs seaux, car c'était la quantité qui pouvait tenir dans le grand chaudron de cuivre, d'ordinaire utilisé pour la lessive et que Józia était justement en train de frotter. Pendant ce temps, Zofia prit de l'étagère la plus haute du buffet du papier dans lequel elle découpa des cercles qu'on badigeonnait de vodka et que l'on posait, avant de recouvrir les pots hermétiquement, sur la confiture pour éviter qu'elle ne se gâte. Puis elle retira d'un petit paquet des silex qu'elle ébouillanta et déposa dans le chaudron – quand on mélangeait la préparation, ceux-ci demeuraient toujours en mouvement et empêchaient que la confiture ne brûle par en dessous.

Les livreurs prirent leur salaire, remercièrent, saluèrent bien bas puis disparurent derrière le seuil de la porte, tout comme Ignacy qui se préparait à aller au travail. On commença à laver les fruits à grande eau, découper les parties abîmées en se lamentant du fait que cette année les prunes étaient exceptionnellement mauvaises et chères, briser des morceaux du pain de sucre et les piler en poudre, récurer les pots en grès. La journée allait être longue.

Mais le destin est, comme on le sait, cruel ; chaque décision rencontrera une tentation, et plus cette tentation est noble, plus elle est forte. Voici donc qu'au beau milieu des travaux, alors qu'elles finissaient de tamiser les prunes cuites à travers un tamis métallique – elles mettaient de côté les noyaux, bien sûr, pour les faire sécher et les utiliser dans les poêles à chauffer ;

dans une maison si convenable, il ne viendrait à l'esprit de personne de gâcher les noyaux de neufs seaux de quetsches –, la sonnette de la porte d'entrée retentit. Zofia et Józia tamisaient la pulpe des fruits, tantôt avec une cuillère en bois, tantôt avec une petite balayette à grosses branches, et Franciszka alla vérifier qui les dérangeait ainsi.

Elle ne reconnut pas immédiatement le jeune homme émacié qui lui demanda d'une voix incertaine :

— C'est bien ici, l'annonce pour un étudiant aux manières impeccables ?

Elle répondit que c'était une erreur, sur ce, il lui glissa dans la main un petit billet en chuchotant : « À remettre en mains propres à madame le professeur », puis il descendit l'escalier en courant.

C'est alors qu'elle se rappela qui c'était. L'agent Erychleb, mais habillé en civil.

Chère Madame le professeur,

Nous avons procédé à des arrestations et convoqué des témoins. Si c'est possible, veuillez vous rendre au tribunal, le gardien vous mènera au bon bureau.

Avec mes respectueuses salutations,
Rajmund Klossowitz

Voilà ce que déclarait la lettre – ainsi que le sort, qui se moquait de Zofia Turbotyńska. Pendant un court instant, elle se mentit à elle-même en faisant mine d'hésiter, de se demander si le devoir de vérifier le goût des confitures pendrait le dessus sur l'enquête. Mais au fond de son cœur, elle savait depuis le début que dans quelques minutes elle se précipiterait hors de la maison Au Paon en direction du tribunal.

Elle essuya son visage qui était devenu rouge et humide dans la cuisine chaude et remplie de vapeur, puis elle rassembla ses idées.

— Franciszka, est-ce que…

— Oui, Madame, nous nous en sortirons, rétorqua la jeune fille qui comprenait parfaitement qu'il s'agissait de Karolina.

— Rappelez-vous…

— … de mélanger en forme de huit, je m'en rappelle, Madame.

Zofia courut vers sa chambre à coucher pour nettoyer son visage, se changer, s'embellir ne serait-ce qu'avec du lait Pompadour, en un mot : se transformer de maîtresse de maison en une dame.

— Et souvenez-vous, leur dit-elle depuis l'entrée en mettant son chapeau, de poêler les fruits jusqu'à ce que…

— Je sais, Madame, répondit en criant Józia cette fois, jusqu'à ce que la cuillère ne laisse pas de creux visible…

— … et que la confiture soit égale des deux côtés ! ajouta-t-elle en criant tandis qu'elle appuyait déjà sur la poignée.

Le gardien du tribunal avait effectivement été informé de tout; il l'attendait avec impatience. Dès qu'elle eut franchi le seuil, il surgit de derrière son comptoir, s'inclina puis la guida vers le premier étage, à travers le couloir jusqu'à une petite salle, et de la salle, dans un bureau d'où l'on entendait assez clairement une discussion qui se tenait dans la pièce d'à côté.

— C'est une pièce spéciale, expliqua-t-il en chuchotant, par ici, s'il vous plaît.

Il lui tendit une enveloppe et lui indiqua un petit escalier menant à une estrade assez haute. Une fois dessus, elle avait accès à une grille de ventilation en laiton à travers laquelle on voyait une autre grille et, derrière elle, la pièce d'à côté, dans laquelle Rajmund Klossowitz interrogeait un type maigrichon.

— … mais vraiment, monsieur le juge. Je ne sais rien. Qui se souvient un an plus tard de ce qu'il a fait un soir quelconque ?

— Un soir de fête, du lundi de Pâques ? Certains s'en souviennent.

— Alors j'étais sûrement en famille.

— En famille ? dit Klossowitz entre ses dents.

— Si c'était un jour de fête, alors j'étais en famille, répéta l'homme en posant la main sur sa poitrine dans un geste solennel.

Il pouvait avoir trente ans comme cinquante, un homme sans aucune expression, un visage dénué de tout trait caractéristique, facile à perdre dans une foule. Un teint grisâtre, des yeux grisâtres, des cheveux et une moustache grisâtres. Ses vêtements n'étaient ni élégants ni négligés ; même depuis son poste d'observation, à travers deux grilles de ventilation, Zofia voyait que tout le corps de cet homme constituait un camouflage.

— Et vous ne vous souvenez pas que l'on a amené une nouvelle fille à l'établissement de Mme Gringaliewicz ?

— Je ne m'en souviens pas, c'est un grand établissement, il y a toujours quelqu'un de nouveau…

— Mais certains s'en souviennent. Et vous ne voudriez pas passer pour quelqu'un qui dissimule quelque chose devant l'administration de la justice.

— Bien sûr que non, monsieur le juge, absolument pas, protesta-t-il avec ardeur alors que ni le ton employé, ni sa mimique n'indiquaient cette ardeur, bien au contraire, il conservait une voix et un air indifférents. Si certains se souviennent, ajouta-t-il toujours aussi calmement, c'est eux qu'il faut interroger, ils ont visiblement une meilleure mémoire.

Tandis qu'ils s'échangeaient ce genre de remarques, Zofia se souvint qu'elle tenait toujours l'enveloppe dans la main, elle en tira la lettre et lut :

Chère Madame le professeur,

Veuillez prêter attention à chaque détail, peut-être que quelque chose ne correspondra pas à ce que vous savez sur les événements ou les habitudes de Mlle Karolina. Si vous vouliez poser une question, veuillez me l'envoyer par l'intermédiaire du gardien qui me l'apportera immédiatement.

R.K.

P-S : Veuillez m'excuser de ne pas avoir prévu de chaise sur l'estrade, mais en étant assise, vous ne pourriez pas voir le visage des personnes interrogées.

Elle leva les yeux et vit le gardien qui se tenait dans un coin de la pièce occupé à regarder le mur avec indifférence. Elle s'émut non seulement du fait que Klossowitz, en envoyant la chercher, appréciait son apport à l'enquête et sa perspicacité, mais aussi de son souci pour le fait qu'elle dût rester debout pendant tous les interrogatoires.

— ... donc je le reconnais, peut-être qu'il y avait une fille, ou peut-être que non. On dit que le cœur a ses raisons, mais la mémoire aussi.

Klossowitz tapa du poing sur la table, l'homme en sursauta sur sa chaise.

— En voilà un aphoriste de Podgórze ! cria le juge, énervé. Vous allez peut-être me présenter un ballet, aussi ?

Cela commence à bien faire. Monsieur Stoczkowski, dit-il en s'adressant à un agent du tribunal qui était invisible de la grille, emmenez ce témoin dans une autre pièce, qu'il attende, peut-être qu'il se souviendra de quelque chose. Et faites entrer le témoin Majer.

Quelques instants plus tard, une femme qui semblait aux mœurs légères prit place sur la chaise.

— Monsieur le juge, commença-t-elle avant même que Klossowitz eût dit quoi que ce soit, moi je ne sais rien, je vous jure, je ne sais pas qui l'a volé, là-bas. Il était bien venu, a acheté des services, mais comment il s'appelle…

— Ah, ne m'embêtez pas avec un vol ! lança-t-il avec impatience. Nom et prénom ?

— Anna Majer.

— Âge ?

— Vingt-huit ans.

— Que faisiez-vous dans la nuit du 15 au 16 avril de l'année dernière ? Du lundi de Pâques au mardi ?

— Alors moi j'étais à Chrzanów, chez ma maman, monsieur.

— Et les autres ?

— Les autres n'étaient pas chez ma maman, répondit-elle, surprise.

— Où étaient les autres ?

— Eh bien si moi j'étais chez ma maman et qu'ils n'y étaient pas, alors comment pourrais-je le savoir, moi ? rétorqua-t-elle en fixant sur lui de doux yeux de génisse.

Klossowitz tambourinait des doigts sur la table.

— Vous leur avez peut-être parlé une fois rentrée ?

— Une fois rentrée d'où ?

— De Chrzanów.

— Aaaaah, de Chrzanów ? De chez ma maman ? Non, répondit-elle avec conviction, nous n'avons pas parlé. Un bordel, si je peux me permettre, ce n'est pas un endroit pour papoter, on y travaille durement.

Et ainsi de suite, et ainsi de suite. On fit entrer encore deux personnes, une autre prostituée, cette fois assez famélique, que la toux faisait trembler, enveloppée d'un épais foulard, avec des rougeurs couleur de brique sur le visage – à tous les coups une victime de la tuberculose, comme Manu la Tomate –, ainsi qu'une vieille femme sourde qui lavait les draps et serviettes de l'établissement rue des Rosiers ; elle avait répété six fois que pour une lavandière il n'y avait pas meilleur lieu de travail que les lupanars de première catégorie, car tout allait à laver après chaque fois, et les taches partaient alors plus facilement. Mais rien ne sortit de tous ces interrogatoires. On demanda à l'agent de libérer la vieille et d'amener Mme Gringaliewicz, et à ce moment-là, Klossowitz se mit à parler dans le vide :

— Ce sont bien évidemment des interrogatoires sans grande signification, ce n'est que le début. Attendons qu'ils cèdent. Grâce à chacun des détails obtenus, nous pouvons ensuite suggérer aux autres que nous en savons plus qu'en réalité, et cela…

Il s'interrompit car l'agent faisait entrer la propriétaire du lupanar de la rue des Rosiers.

— Nom et prénom ?

— Aleks, répondit-elle avec coquetterie.

— Nom et prénom complets !

— Aleksandra Gringaliewicz, rétorqua-t-elle, vexée.

— Âge ?

— Monsieur le juge, demander son âge à une femme ? dit-elle en battant des cils avec un ricanement.

Klossowitz se racla la gorge de façon éloquente.

— Trente-cinq.

— Les documents indiquent quarante et un.

— Monsieur le juge, nous n'allons pas négocier… dit-elle en ricanant une nouvelle fois.

Mme Turbotyńska voyait à travers la grille que les oreilles de Klossowitz avaient rougi d'énervement.

— La nuit du lundi de Pâques, le 15 avril, à mardi, le 16 avril, de l'année dernière.

Gringaliewicz fixa son regard dans le vide, comme si elle y cherchait quelque chose ; l'espace d'un instant, il sembla à Zofia qu'elle avait été repérée derrière le double maillage des grilles, mais ce n'était qu'une illusion. Elle observa *Aleks* avec attention ; c'était peut-être un exemple de beauté vulgaire, mais Zofia savait que ce type de luxuriance de tempérament, inscrit sur son visage – et le reste de son corps –, faisait de l'effet aux hommes. Et pas seulement sur les brutes ignares du genre de Loewenstein, mais aussi sur les hommes plus éduqués comme par exemple l'ingénieur Bzowski… Elle ne s'attendait visiblement pas à l'arrivée de la police, car sa tenue était plutôt domestique et non de sortie, elle était aussi maquillée sommairement ; or les femmes enclines à utiliser leur beauté tâchaient toujours, dans les moments de danger, de montrer aux hommes dont leur sort dépendait leur côté le plus charmant et le plus provocateur, sachant que c'était là que résidait leur force. Mais même privée de son artillerie la plus lourde, Gringaliewicz se présentait d'une manière – Zofia devait l'admettre – qui devait être efficace, surtout sur les hommes de tempérament comme Klossowitz : des cheveux noirs attachés en hauteur, un cou mince, des épaules rondes, une poitrine abondante et ondulant à chaque émotion, qu'elle fût vraie ou feinte.

— Je ne sais pas, je ne sais pas, monsieur le juge, dit-elle enfin, je voudrais pouvoir vous aider, de toutes mes forces, même, mais tant de jours, tant de nuits sont passés, la vie humaine est pleine d'événements inattendus, et la mémoire, la mémoire est faible, défaillante…

— Veuillez la forcer.

— Oh, dit-elle en clignant des yeux, comment pourrais-je, faible femme, forcer quoi que ce soit ? De quelle force parlez-vous donc ? Voyons.

Le bout des oreilles de Klossowitz prit une nuance encore plus cramoisie.

— Madame Gringaliewicz, veuillez vous rappeler. L'an dernier, les fêtes de Pâques, le soir du lundi. Que s'est-il passé dans votre établissement à Dębniki ?

Pendant ce temps, Zofia fit un signe au gardien et lui donna des questions écrites à la hâte sur l'enveloppe.

— Ah, une nuit de bonheur et de joie ! Nous, les filles de l'amour, ne comptons pas nos nuits ni nos jours… Vous connaissez la chanson : « Dębniki, Dębniki, prends-toi une lampe ou des bougies pour qu'on ne te touche pas quand tu en rentreras… »

Elle finit par un rire artificiel et carillonnant.

Zofia Turbotyńska se dit, à en juger par ses réactions, que Klossowitz allait sortir de ses gonds, mais elle comprit soudain que ses oreilles n'avaient absolument pas rougi de colère, mais parce que le charme particulier de Gringaliewicz agissait sur lui.

On entendit quelqu'un frapper à la porte, un fort « Entrez ! » et le grincement de la porte ; elle ne voyait pas le gardien par la grille mais seulement sa main qui posait l'enveloppe pliée en deux sur la table.

— Madame Aleksandra… reprit le juge, veuillez me dire (il ouvrit le papier)… Connaissez-vous… (il hésita, s'interrompit, puis se ressaisit et continua)… les problèmes de l'établissement de Léon Brand ?

Un silence s'installa.

— J'ai entendu une chose ou deux, grommela-t-elle, cette fois sans battre des cils.

— Une chose ou deux ? Hmm. Vous rendez-vous compte que tout établissement de ce type peut avoir ce genre de problèmes ?

— Monsieur le juge, ne plaisantez pas avec ça, s'il vous plaît.

Klossowitz se gratta la joue puis dit avec calme :

— À Podgórze, si je ne me trompe pas, se trouve une église paroissiale, et s'il y en a une, il y a un prêtre. On y trouvera aussi une école, avec des enfants qui peuvent être choqués par le lupanar. Et ce sont de terribles problèmes, ensuite, terribles. Vous pouvez demander à M. Brand. Quelles énormes pertes financières il a dû subir ! Non seulement il a fait banqueroute, mais la veuve qui lui avait prêté un petit capital…

Cela fit visiblement un effet foudroyant sur Gringaliewicz ; Zofia pouvait presque voir comment, sous ses cheveux attachés en hauteur, son cerveau, peut-être pas spécialement grand, mais efficace pour les affaires, calculait les risques, les pourcentages, les finances et les loyautés.

— Ah, la nuit de lundi à mardi, dit-elle avec un rire forcé, je me souviens peut-être de quelque chose. C'est quand même Pâques, donc on se souvient.

— Majer n'était pas là.

— Non. Mais une partie des filles, oui.

— Et quelqu'un de nouveau ?

Elle ne répondit pas, il décida donc de l'aider :

— Dois-je faire venir M. Brand pour qu'il vous raconte personnellement ses problèmes ? Il viendra sûrement en moins de deux, il veut vraiment rendre service à la police. Je vous conseillerais de rendre service à l'avance, cela rapporte toujours mieux.

— Il y avait une fille. Un type l'a ramenée.

— Quel type ?

— Sztycer. Mordka Sztycer.

— M. Sztycer doit être très occupé, car nous n'avons pas réussi à le voir.

— Il voyage, expliqua-t-elle d'une voix sombre.

— Très bien, un homme curieux du monde. Et voyage-t-il dans des contrées lointaines ?

— Je ne sais pas, mais cela ne m'étonnerait pas que ce soit loin.

— D'accord, dit Klossowitz, et qu'avez-vous à dire de cette nouvelle fille ?

— Elle s'est mise à hurler. Elle pleurait, elle nous maudissait. Des filles comme ça, il faut d'abord les mater, mais on n'avait pas le temps, cette fois. Que vous dire, monsieur le juge, vous savez comment c'est. Une petite dinde, elle pensait qu'elle allait se marier. Ah, quand on est jeune, on s'imagine que quelque chose changera notre vie, on pense être spécial, que le sort nous sourira enfin… mais avec l'âge…

— Quel était son prénom ?

— Si je m'en souvenais, dit-elle en haussant les épaules, elle pouvait bien avoir un prénom, mais l'important, c'était qu'elle soit belle et vierge, parce que c'était un cadeau pour M. Silberberg.

— Un cadeau ? demanda Klossowitz en écrivant quelque chose.

— Oui, il les aimait comme ça, Chlomo… je veux dire : M. Loewenstein… je veux dire : M. Lewicki disait que M. Silberberg les aimait comme ça. Il les aimait toutes, mais surtout les vierges. Surtout celles qui résistent…

Zofia, le visage presque collé contre la grille, écoutait attentivement chacune de ces paroles, bien qu'avec horreur ; à présent, elle en tressaillait de colère et de dégoût.

— Il y a eu, comme vous le savez, un problème, mais il a fini par faire ce qu'il devait faire…

— Et cela lui a plu ? demanda le juge d'une voix contenue.

— Moi, j'en sais rien. Mais il est parti le matin seulement, je dormais encore, parce que avec… M. Lewicki… nous avons tous un peu fait la fête.

— Et la fille ?

Gringaliewicz fit un geste de la main.

— Si je devais me souvenir de toutes ces filles… Elle est venue et elle est repartie, M. Lewicki l'a sûrement emmenée quelque part, car je ne l'ai plus vue. Elle doit parcourir le monde maintenant, elle prend peut-être des bains de champagne au Brésil ou a son propre établissement à La Havane qui lui rapporte beaucoup. Elle était belle, elle était jeune, alors pourquoi pas ?

Klossowitz fit tourner sa clef dans un tiroir, le tira vers lui et en sortit une photo de Karolina qu'il avait prise dans l'appartement du couple professoral pendant la perquisition.

— C'est elle ?

Elle tendit une main pleine de bagues, fit glisser la photo sur la table, la fit tourner à droite, à gauche.

— Oui, dit-elle d'une voix basse et neutre.

— Elle n'a pas l'air de prendre des bains de champagne ni même…

Il s'interrompit en entendant frapper à la porte. Le gardien refit son apparition dans le bureau et lui tendit la lettre au dos de laquelle Zofia avait écrit seulement : *Puis-je vous demander un instant, monsieur le juge ?*

— Je reviens tout de suite. Le gardien vous tiendra compagnie.

L'instant d'après, il se tenait nez à nez avec Zofia, ou plutôt face aux plis de sa robe. Ils ne pouvaient pas chuchoter ainsi, elle dut descendre de l'estrade.

— Vous voyez, madame, il suffit parfois de les presser un peu et ils chantent comme des oiseaux. Une information ou une autre, des détails provenant des interrogatoires précédents… et voilà.

— Il s'est passé encore autre chose, là-bas.

— Je vous écoute ?

— Il s'est passé encore autre chose, répéta-t-elle, et elle pense que nous savons quoi. Que vous savez quoi. Elle a dit qu'il y avait eu un problème, « comme vous le savez. »

— Cela vient des interrogatoires précédents. Avant votre arrivée, l'un des employés a rapporté que Silberberg s'était disputé avec Loewenstein, ou quelque chose du genre. Nous le saurons précisément quand nous arrêterons Loewenstein.

— Permettez-vous aux témoins de parler entre eux ?

Klossowitz la regarda comme la première naïve venue.

— C'est contraire aux principes de l'art, voyons…

— Justement, chacun d'entre eux est emmené vers une cellule séparée, d'après ce que j'ai entendu.

— Jusqu'à la fin des interrogatoires.

— Donc elle ne peut pas savoir que vous êtes au courant de la dispute. Car vous ne lui avez pas dit.

Le juge la regarda un instant avec concentration.

— On peut en effet supposer, avec une certaine prudence…

— Veuillez lui demander. Vous savez, mais vous voulez entendre sa version des faits, bien entendu.

— Cela va sans dire, chuchota-t-il avant de s'incliner et de disparaître derrière la porte, tandis que Zofia, tâchant de monter les marches le plus silencieusement possible, retournait sur le podium.

Elle était tellement excitée qu'elle avait oublié non seulement les confitures de prunes, mais aussi qu'elle était debout depuis deux bonnes heures.

— Vous avez dit qu'il y avait eu des problèmes dont nous avons déjà connaissance. Certes, nous le savons, mais nous voudrions connaître votre version des faits.

— Je ne comprends pas, dit Gringaliewicz avec étonnement.

— C'est simple. Les gens se souviennent de choses différentes et rapportent des choses différentes. Ils ne disent pas tous la vérité. Je voudrais donc…

— Je peux bien vous le dire, fit-elle en penchant la tête en arrière, mais je ne pense pas que vous me croirez plus que vos propres hommes. Vous n'envoyez pas un homme pour ensuite en entendre parler par une personne comme moi.

— Quel homme ?

Son étonnement allait grandissant.

— Eh bien, l'un des vôtres.

— Du tribunal ?

— De la police, vous savez bien, ce commissaire est venu au milieu de la nuit, il a fait une perquisition, il a gâché presque toute la soirée de Chl… M. Loewenstein… M. Lewicki. Il a fouiné, il a crié quelque chose, il est entré dans la chambre de M. Silberberg.

— Le commissaire ?

— Oui, comment s'appelle-t-il, déjà, dit-elle en hésitant. Rhinocéros. Non, Lunicorne.

Zofia qui avait soigneusement noté les moindres détails de l'interrogatoire ne pouvait se forcer à écrire, tant cela ne collait pas avec la situation dans son ensemble.

— Le commissaire Lunicorne était rue des Rosiers ?

— Mais bien sûr. Et il est parti. Si ç'avait été quelqu'un d'autre, le chef… M. Lewicki l'aurait fait jeter à coups de pied, mais le commissaire a le bras long, vous voyez.

— A-t-il discuté avec la fille ?

— Et comment aurait-il fait ? Elle était déjà chez Silberberg, dans ses appartements. Mais quand il est parti, tout a repris, M. Silberberg a fini ce qu'il avait à finir et il est parti, sauf que moi je dormais à ce moment-là…

L'interrogatoire poursuivit son cours, Zofia tenta même de se concentrer sur les détails, mais plus rien d'intéressant ne fut dit ; en revanche, la visite de Lunicorne dans le lupanar de la rue des Rosiers, jusque-là totalement dissimulée, éclairait le tout d'une lumière nouvelle, énigmatique, un autre rideau se déchirait, ou plutôt se recousait ici, et il fallait résoudre cela comme il se devait.

— Avant toute chose (tels furent les premiers mots de Zofia au juge), est-ce que le commiss…

— Le commissaire ne sait rien. Pour m'aider à arrêter les témoins, j'ai volontairement choisi des policiers qui ne sont pas sous ses ordres, et l'affaire a été gardée dans le plus grand secret que nous permettent nos procédures. D'ailleurs Lunicorne est occupé.

— Occupé ?

— Vous n'en avez pas entendu parler ? Il a été choisi en tant qu'éminent officier, grinça-t-il, pour être le responsable principal de l'ordre public le jour de l'arrivée de Sa Majesté, quand Sa Majesté s'arrêtera à Cracovie en rentrant des manœuvres militaires. Et c'est énormément de travail.

— Assurément, murmura-t-elle, assurément…

Ils restèrent silencieux quelques instants ; chacun tentait de s'expliquer autrement cette visite du commissaire rue des Rosiers la nuit du meurtre, chacun cherchait d'autres justifications, tentait de lier toutes les données d'une autre manière, mais rien ne collait. Et de surcroît, Zofia avait brisé la promesse qu'elle s'était faite à elle-même de consacrer la journée entière aux affaires de la maison, et non à l'enquête.

— Eh bien, dit-elle en interrompant enfin le silence, je vous remercie, monsieur le juge, pour l'invitation… et la confiance que vous m'avez accordée…

— C'est moi qui vous remercie pour votre aide.

— Je dois partir, maintenant, je suis extrêmement occupée. Aujourd'hui, nous préparons les confitures de prunes. Neuf seaux de quetsches, ce n'est pas du gâteau !

Cependant, quand elle rentra rue Saint-Jean, elle découvrit que l'appartement était envahi non seulement par une merveilleuse odeur, mais aussi par une atmosphère sinistre. Le professeur était assis dans un fauteuil, maussade, près de la lumière éteinte, et Franciszka, tout aussi maussade, surveillait les confitures.

— Ignacy, que se passe-t-il ?

— Il s'est passé une chose horrible. Józia ne travaille plus pour nous.

Mme Turbotyńska sentit ses jambes se dérober sous elle, mais Ignacy ajouta pour la rassurer :

— Ah, non, ce n'est pas comme pour Karolina. Il ne lui est rien arrivé, je l'ai tout simplement renvoyée.

Elle alluma la lampe pour pouvoir observer son mari ; celui-ci s'occupait de diverses choses dans la vie, qu'il s'agît du cyclisme ou de la dissection de l'appareil respiratoire d'une tortue, mais pour ce qui concernait les affaires domestiques, c'était toujours elle qui prenait les décisions.

— Ignacy ? demanda-t-elle d'un ton exigeant des explications.

Il poussa un profond soupir, il leva ses yeux plissés non acclimatés à la lumière et dit :

— Je ne peux m'en prendre qu'à moi-même. Je devais ne pas rentrer, mais j'avais besoin d'un article qui, comme je le pensais, se trouvait dans une revue assez ancienne, et donc dans le grenier... Je suis passé à la maison, j'ai juste pris la clef de Franciszka, j'ai appris que Józia était allée quelque part... acheter ou régler quelque chose, je ne me rappelle pas... je monte dans le grenier, et là... et là, je vois Józia. Pas seule.

— Pas seule ?

— Non. Avec le ramoneur.

— Peut-être... commença-t-elle à dire sans vraiment savoir comment terminer cette phrase.

— Non, dans une position qui n'était pas équivoque.

— C'est pire que la guerre, gémit-elle comme elle en avait l'habitude.

— Heureusement, personne ne l'a appris. Mis à part Franciszka.

— Mais Józia venait du bureau de placement de Mme Mikulska ! Quelle époque... quelle époque...

Elle sentait une migraine arriver, elle décida juste de vérifier si elle devait encore ajouter les confitures à la liste des catastrophes du jour. Or, unique fortune dans cette infortune, Franciszka avait fait un excellent travail. Malgré les événements dramatiques, elle n'avait pas quitté le chaudron ; elle y avait versé les noix au moment opportun, avait surveillé la température, rien n'adhérait au fond, le goût n'était ni trop sucré, ni trop acidulé. L'honneur des confitures de prunes légendaires de Zofia Turbotyńska avait été sauvé. Bien qu'on ne pût en dire autant de l'honneur de la maison.

La femme du professeur félicita naturellement Franciszka puis elle lui demanda de répartir la confiture dans les pots en grès. Elles ne prononcèrent pas un mot sur Józia. Seulement lorsque Zofia s'apprêtait à sortir de la cuisine entendit-elle la voix de Franciszka pleine de mépris et d'indignation, mais aussi – du moins lui semblait-il – de jalousie étouffée :

— Il y en avait deux, des ramoneurs.

CHAPITRE XIII

Dans lequel la femme du professeur se réveille avec une patience réussie, apprend qu'il y aura une cérémonie stationnaire, mais passe aussi par une épreuve du feu dont elle ressort en vie – mais quelle vie !

Si l'on disait souvent de Cracovie avec dédain – surtout les habitants de Lwów et de Vienne, qui pourtant visitaient Cracovie – que c'était une ville somnolente, il s'y passait tout de même beaucoup de choses en rêve. Quand Zofia Turbotyńska se réveilla le matin du 12 septembre, elle repoussa un volant de son bonnet qui était descendu sur son œil droit et constata que la place à côté d'elle était vide. Le soleil était déjà haut. Elle appela Franciszka et apprit que l'horloge sonnait dix heures moins le quart. Dans un premier temps, elle voulut se lever aussitôt, mais elle se dit ensuite que dix minutes n'allaient pas la sauver – d'autant plus qu'à la frontière du rêve et de la réalité, certaines questions qui ne s'accordaient pas auparavant s'étaient arrangées en un tout cohérent dans sa tête. Elle tentait à présent de se rappeler comment son demi-sommeil avait relié ces fils.

Mais un esprit sobre et réveillé ne pouvait le faire. Si elle avait une idée – qu'elle fût vraie ou illusoire – de la raison pour laquelle Loewenstein avait enlevé Karolina, elle ne savait toutefois pas qui l'avait tuée ni pourquoi. Loewenstein n'avait rien à y gagner. Silva aurait pu la poignarder par passion, épouvanté par l'acte auquel l'avait poussé son ancien associé – mais aurait-il alors abandonné le corps de sa fille en pâture aux employés de Gringaliewicz ? Le commissaire Lunicorne avait-il fait une descente dans cet établissement avant ou après la mort de Karolina ? Pourquoi n'en avait-il informé personne, pourquoi en gardait-il le secret ? Quel était le rôle de Mordka Sztycer dans tout cela ? C'était peut-être lui qui avait enfoncé le poignard dans le cœur de Karolina ? Elle avait l'impression de savoir beaucoup de choses, et en même temps, rien du tout. Elle s'était crue proche du dénouement, mais elle était aussi loin du but qu'auparavant.

Elle éternua puis se leva du lit en poussant un profond soupir. Il lui fallait surveiller le rangement du cellier où devaient trouver place les pots de confiture en grès, peut-être refaire des pots de concombres pour l'hiver tant que ceux-ci étaient bon marché, peut-être parcourir sa garde-robe d'été avant de la ranger dans les armoires… Et, bien sûr, aller au bureau de Mme Mikulska pour trouver une nouvelle femme de chambre. Tandis qu'elle se tenait devant le miroir dans sa chemise de nuit en se demandant quelle robe d'intérieur elle devrait mettre ce jour-là, tout à coup, une idée totalement neuve lui vint à l'esprit… ou peut-être celle dont elle avait rêvé au petit matin et qui avait disparu depuis ? *Oui !* se dit-elle fiévreusement, *oui !* Soudain, tous les éléments commencèrent à se réunir en un tout compliqué. Mais comment en trouver la confirmation ? Et où la chercher ?

Dans cette situation, il ne pouvait être question de tenue d'intérieur… elle devait choisir quelque chose de modeste mais d'élégant. Quelque chose de sobre, mais que l'on n'associe pas aux plaisirs des travaux domestiques… une robe stricte de serge, sans broderies excessives. Elle accrocha sa tenue au dossier de la chaise, souleva le couvercle du meuble de toilette sous lequel se trouvaient une cuvette et un pot rempli d'eau fraîche préparés par Franciszka, puis elle se livra à ses ablutions matinales.

L'enquête et son dénouement avaient beau l'attendre, elle prit un instant pour la maison. Avant de sortir à dix heures et demie, elle eut le temps de donner des instructions pour le déjeuner et de jeter un regard critique sur les étagères du cellier pour vérifier qu'aucun pot recouvert de cire ne s'était descellé durant la nuit. Elle se trouvait déjà à la moitié de l'escalier lorsqu'elle fit demi-tour et courut dans son petit boudoir, fouilla son porte-lettres, trouva ce qu'elle cherchait, et ressortit de l'appartement tel un boulet de canon tiré en direction de l'hôtel À la Rose, situé non loin de là.

Elle venait de prendre place à la table du déjeuner en marmonnant combien elle avait à faire, justifiant par là son absence de la maison des derniers temps, quand elle remarqua qu'Ignacy non seulement lui prêtait plus d'attention qu'aux plats servis par Franciszka, mais avait dans les yeux une lueur malicieuse qu'elle ne voyait plus depuis des années ; sous la redingote du professeur battait en effet – et elle le savait très bien – le cœur d'un polisson. Il menait clairement une lutte intérieure en répondant laconiquement à ce qu'elle disait pour repousser le moment de lui révéler une bonne et importante nouvelle. Et plus il le repoussait, plus elle se faisait impatiente.

— Et que dirais-tu, ma chère âme, lâcha-t-il enfin en découpant une feuille de salade avec son couteau, si nous passions ensemble la soirée de mercredi ?

— S'agit-il encore d'une course ? demanda-t-elle avec suspicion.

— Oh non, pas du tout. Nous ne bougerons pas de place. Une soirée, pourrait-on dire, stationnaire, précisa-t-il avec un nouvel éclat dans les yeux. En tenue de fête.

— Ignacy, toi et tes devinettes ! Tu sais pourtant que je n'aime pas les devinettes !

— Eh bien, ma chère Zofia, figure-toi…

À ce moment-là, Turbotyński tenta une manœuvre qu'il avait visiblement préparée à l'avance en tirant quelque chose de sous son assiette ; il le fit cependant si maladroitement que l'assiette glissa de la table et faillit se briser sur le sol ; faisant preuve d'une agilité qui lui était inhabituelle, il l'attrapa toutefois au vol tout en s'étalant de la sauce sur la manche de sa redingote, puis, un peu embarrassé, un peu triomphant, il reposa l'assiette sur la table, essuya sa veste avec sa serviette, négligemment, bien entendu, et finit enfin sa phrase :

– … figure-toi que mercredi Sa Majesté fera quelques minutes d'arrêt à la gare et que nous allons pouvoir la saluer ! J'ai des billets !

Et ce furent justement ces billets, légèrement barbouillés de sauce, qu'il déposa avec joie sur la nappe.

Le Wawel peut s'écrouler sous terre qu'il m'aimera toujours, se dit-elle non sans fierté. Puis, même si elle avait été préoccupée par des affaires complètement différentes auparavant, elle dit avec conviction :

— Tu es merveilleux !

Il rougit et baissa les yeux comme un écolier.

— Bien évidemment, le sénat académique, les autorités séculaires et religieuses, les conseillers, les représentants se tiendront le plus près... mais nous aussi... nous aussi, ma chère Zofia, à des places guère plus lointaines, et sur billets, ce que la presse ne mentionne même pas, ceci... dans la mesure de mes modestes possibilités... et connaissances.

— Ignacy, quel autre professeur de l'université sait rendre heureuse sa moitié comme toi ? Et ce, après la catastrophe d'hier ?

— Sa meilleure, sa meilleure moitié, dit-il, en rougissant encore plus.

Le lendemain, à midi pile, au tribunal, dans l'un des sombres cabinets lambrissés de chêne s'étaient réunis plusieurs messieurs sérieux et titrés qui étaient à présent assis autour d'une table en chêne massif. Des redingotes noires, des uniformes noirs – si ce n'étaient les cols et plastrons des chemises, si ce n'étaient les visages sur lesquels tombait le soleil blafard de ce jour-là, la pièce entière aurait été totalement noire.

Le juge Klossowitz était arrivé le premier ; il les avait tous invités la veille pour « une affaire on ne peut plus urgente, quoique délicate ». Ensuite fit son apparition le juge Rozmarynowicz qui avait autrefois mené l'affaire de Karolina – installé dans le fauteuil le plus confortable, il luttait justement contre la somnolence –, puis le commissaire Lunicorne qui l'avait remplacé à l'époque pour de nombreuses tâches, enfin le spécialiste du commerce de la traite humaine, le commissaire Swolkień, et le directeur de la police et conseiller Korotkiewicz, visiblement irrité d'avoir dû sortir de son bureau pour une bêtise. Les salutations furent assez apathiques ; ils n'avaient aucune raison de refuser l'invitation rédigée sur un ton courtois bien que résolu, mais tout le monde avait le sentiment que Klossowitz avait imaginé quelque chose et qu'il allait leur faire perdre un temps précieux.

— Messieurs, commença-t-il enfin d'une voix étonnamment incertaine venant de lui, je me suis permis de convoquer notre petite réunion, car les circonstances me semblent particulières. Il ne s'agit pas seulement d'une affaire concrète, mais aussi de l'honneur de toute la police et la justice cracoviennes.

À ces mots, Korotkiewicz et Rozmarynowicz, de façon totalement indépendante, firent quelques gestes nerveux, comme toutes les fois où quelqu'un osait suggérer que la justice ou la police cracoviennes n'étaient pas des entités idéales.

— Je dois reconnaître que ma réaction était au départ mitigée vis-à-vis de ces révélations, toutefois... toutefois, convaincu... eh bien, par des preuves, des implications... j'ai décidé de vous les communiquer, messieurs. Je vais devoir vous demander, en raison de la délicatesse des questions soulevées, une totale et rigoureuse discrétion. Tout ce qui sera dit ici doit demeurer un secret absolu qui ne pourra sortir de notre cercle que par l'unique voie de la procédure judiciaire officielle.

La tête de Rozmarynowicz tomba alors brusquement sur le côté, ce qui réveilla le juge et le fit tousser quelques fois pour montrer qu'il ne dormait absolument pas.

— J'espère, poursuivit Klossowitz, que vous permettrez que l'affaire vous soit rapportée par la personne qui y a consacré le plus de travail, qui est arrivée à ces conclusions à la fois horribles et choquantes…

— Venons-en au fait, monsieur le juge, l'interrompit Korotkiewicz, peu importe qui la rapporte tant que c'est de façon cohérente. Et rapide.

— Merci. Messieurs ? J'ajouterai seulement pour la forme que la personne qui parlera est tenue à la même rigoureuse discrétion.

Il ne reçut que des hochements de tête impatients et un raclement de gorge en guise de réponses ; il sourit vaguement, fit deux pas, et alors entra dans le bureau un personnage auquel aucun de ceux qui étaient réunis ne s'attendait : Zofia Turbotyńska née Glodt.

La veille, quand elle avait eu confirmation de sa théorie, elle s'était précipitée chez Klossowitz et lui avait tout exposé en détail, puis elle lui avait demandé de convoquer cette réunion. Elle n'était pas sûre d'obtenir ce qu'elle voulait. Certes, elle battait le fer tant qu'il était encore chaud et profitait d'un moment d'agitation, un moment où elle l'éblouissait, le séduisait par son argumentation, mais il aurait pu tout aussi bien ne pas être d'accord. Fort heureusement pour elle, des questions d'ambition entraient en jeu ici, ainsi qu'une certaine forme d'assurance : il savait que si la femme du professeur se trompait, il serait haï pour leur avoir à tous gâché la matinée avec les élucubrations d'une folle et grotesque mégère, mais que sa carrière n'en vacillerait pas autant que s'il avait lui-même sorti l'artillerie ; si en revanche elle ne se trompait pas, la victoire serait portée à son crédit, c'est sur lui que retomberait la splendeur de l'affaire résolue. Il savait compter. Et elle savait que les mathématiques étaient de son côté, pour cette question.

Comme la veille, Zofia avait choisi une robe de serge grise, sobre, animée d'aucune couleur; elle ressemblait à une nonne en habit ou une gouvernante peu disposée au moindre sourire, en un mot : à des femmes qui méprisent leur sexe. Mais malgré cela, quand elle entra dans la pièce, ces messieurs étaient si étonnés qu'ils ne se levèrent pas immédiatement de leur chaise, persuadés qu'ils étaient de voir venir un jeune policier ou un employé des tribunaux; le premier à rejoindre Klossowitz qui était déjà debout fut Lunicorne qui se leva galamment et fit claquer ses talons, suivi par Swolkień; le directeur de la police se leva avec un certain effort et une visible réticence, tandis que Rozmarynowicz s'inclinait légèrement sans se lever de son fauteuil.

— Vous me pardonnerez, dit-il, surpris, mais nous avons une réunion, n'est-ce pas, importante, nous attendons, n'est-ce pas, un rapporteur, on peut présenter son affaire à un moment, n'est-ce pas, opportun…

— Madame le professeur Zofia Turbotyńska, dit Klossowitz pour la présenter, qui nous a rendu de grands services en résolvant il y a trois ans l'énigme du meurtre de la Maison Helcel.

— Nous nous en souvenons, bien sûr, dit en souriant Lunicorne, une affaire on ne peut plus intéressante.

— Vous ne pensez tout de même pas, monsieur le juge, dit Korotkiewicz avec humeur, que nous sommes venus ici pour des bavardages et des ragots…

— Non, bien au contraire, l'interrompit-elle, vous êtes venus pour une discussion très sérieuse, car quelqu'un dans cette ville – et ce n'est, je dois le dire avec tristesse, aucun d'entre vous – a découvert l'auteur d'un crime.

Le murmure de réprobation se calma petit à petit, on entendit un acerbe « Allons bon » prononcé tout bas, les messieurs reprirent leur place sur les sièges et Zofia, ayant renoncé à prendre une chaise, commença son exposé :

— La clef de l'énigme de la mort de Mlle Karolina Schulz, car c'est de cela qu'il s'agit, est que nous avons affaire non pas à un seul jeu de patience, mais à plusieurs jeux distincts qui se rejoignent en un lieu et un moment. Qui plus est, nous avons trois joueurs différents, chacun d'entre eux ne connaissant qu'une partie de la vérité, et conformément à cette image incomplète…

— Chère madame, pourriez-vous en venir au fait ? l'interrompit Korotkiewicz.

— Vous avez eu un an pour en venir au fait, rétorqua-t-elle, et je m'efforcerai de vous prouver que non seulement vous n'en êtes jamais venus au fait, mais vous en êtes très loin. Et avez frappé, en outre, une tierce personne complètement innocente.

Korotkiewicz fronça les sourcils et voulut ajouter quelque chose, mais il se tut.

— Et donc : commençons par dire qui est Karolina Schulz. Elle n'est personne. Une simple servante dans une honorable et respectable maison cracovienne…

— … dans la maison de madame le professeur, expliqua Klossowitz.

— Certes. Mais cela n'a pas la moindre importance, répondit-elle sans sourire. C'est, comme on dit, une enfant de l'amour, bien qu'il soit difficile de dire si l'amour était réciproque ou s'il s'agissait d'un côté de la simple concupiscence de l'homme. Toujours est-il qu'il a abandonné non seulement sa bien-aimée mais aussi le fruit de cette relation, qui a mûri sans avoir conscience que son père était entre-temps devenu un homme aisé ayant le plus honteux et le plus lucratif des métiers : la traite humaine. Cet homme s'appelait Józef Silberberg, et depuis peu José Silva.

Korotkiewicz lança un regard interrogateur à Swolkień qui acquiesça :

— En effet, je confirme. Nous n'avons pas réussi à condamner ce trafiquant dans le procès de Lwów, et récemment, au printemps, il s'est suicidé dans l'hôtel À la Rose…

— Non seulement récemment, l'interrompit Zofia, mais au petit matin de la nuit du meurtre. Mais n'anticipons pas les faits. Je suis sûre que monsieur le commissaire Swolkień…

On entendit alors le ronflement du juge Rozmarynowicz ; Klossowitz, qui était assis à côté, lui donna un léger coup de coude.

— … confirmera que le système de pouvoir et des finances des trafiquants de femmes est très complexe et opaque.

Elle se tut, et le commissaire se sentit à nouveau appelé à répondre.

— En effet, en effet, dit-il en se raclant la gorge, c'est un système que l'on peut qualifier d'arborescent… les travailleurs subalternes sont les branches menues qui poussent à partir de branches plus grosses, celles-ci, de plus grosses encore, et celles-ci enfin, d'un ou deux troncs…

— Sachant que… ajouta Zofia qui essayait de lui faire dire quelque chose.

— Sachant que ?

— Sachant que les grosses et les petites branches ne savent généralement pas…

— Ah, oui, on peut le dire ainsi. Seuls les collaborateurs les plus proches ont connaissance les uns des autres, autrement dit les supérieurs et les subalternes, et parfois, on peut le dire ainsi, deux grosses branches voisines…

— Je vous remercie, monsieur. En effet. C'était aussi le cas dans l'affaire qui nous occupe. Le procès de Lwów auquel les deux commissaires ont participé, auquel ils ont ainsi tous deux contribué, a permis d'abattre une partie de cet énorme arbre. Mais ne nous leurrons pas, dit Zofia qui s'avança et commença à faire le tour de la table où ils étaient tous assis, il n'est pas tombé uniquement sous la hache de la police…

— Pourrait-on cesser ces métaphores de scierie? lança Korotkiewicz.

Elle l'ignora mais abandonna effectivement la métaphore.

— La corruption atteignait malheureusement les plus hautes sphères des pouvoirs administratifs et vous comme moi savons que *le droit est telle une toile d'araignée, le bourdon passe au travers et la faute tombe sur la mouche.*

— Chère madame! s'indigna Rozmarynowicz. Ce n'est pas acceptable, pas acceptable… le droit…

— Ce sont les mots de Mikołaj Rej, très antiques, mais toujours aussi justes. Plusieurs gros bourdons sont passés au travers, et l'un d'eux s'est envolé vers des contrées lointaines, jusqu'au Brésil, non seulement en abandonnant ses subalternes à la merci de la justice, mais aussi en emportant avec lui presque tout leur argent, presque toute la caisse de cette entreprise inhumaine. Il s'agissait, comme vous le savez, de Józef Silberberg qui, à Rio de Janeiro, en tant que José Silva, a recommencé sa vie en faisant ce en quoi il était le plus expérimenté, à savoir qu'il a créé, grâce à tout l'argent rapporté, un empire de maisons closes. Les plus petits moucherons...

— Si ce n'est pas la scierie, c'est l'étymologie ! murmura Korotkiewicz.

— L'entomologie, le corrigea Zofia, non sans satisfaction. Les plus petits moucherons se sont retrouvés en prison, et parmi eux Solomon Loewenstein ou Lewicki, qui a juré d'exercer à l'encontre de Silberberg une vengeance terrible. C'est là que commence le drame de Karolina Schulz qui ne savait même pas que son père construisait de l'autre côté de l'océan son empire clandestin, mais dont la paternité allait à présent peser sur sa vie entière. Ou plutôt sur sa mort.

— Si certains détails sont trop délicats, je suis prêt... proposa Klossowitz.

— Non, n'ayez crainte, lui répondit-elle en se plaçant derrière le dos de Swolkień, je ne suis pas peureuse de caractère. Et donc : nous savons d'autre part que Loewenstein avait une manière préférée de se venger : souiller les filles de ses adversaires. Cette fois cependant, si je ne me trompe, il planifia une vengeance proprement diabolique : il fit en sorte que José Silva lui-même... si je puis dire... viole sa propre fille.

Swolkień, Lunicorne et Korotkiewicz la fixèrent d'un regard attentif; même Rozmarynowicz s'intéressa à ce qu'elle disait et seul Klossowitz était assis légèrement en retrait, les yeux mi-clos, comme s'il regardait un spectacle une deuxième fois, certain qu'aucune des scènes qui seraient jouées ne le surprendrait.

— Pour convaincre Mlle Karolina, il envoya un homme expérimenté, son subalterne, un certain Mordka Sztycer qui travaillait dans la maison close de Gringaliewicz rue des Rosiers. Sztycer agit selon les règles établies : il feignit d'être un riche ingénieur tombé amoureux d'une jolie jeune fille, qui voulait l'épouser sur place et l'emmener dans le Nouveau Monde où il la couvrirait de luxe et de bonheur. Et effectivement, tout en gardant le secret auprès non seulement de ses patrons, mais aussi de sa propre mère, elle se mit à fréquenter ce prétendu ingénieur qui l'emmena faire ce long voyage qu'est la route vers Dębniki lorsque ce fut le bon moment. Et ce fut le bon moment quand José Silva vint en Galicie. Pourquoi ?

Elle reçut des regards étonnés.

— C'est une question pour vous, monsieur le commissaire.

Swolkień cligna des yeux puis dit avec précaution :

— Il était… assurément… venu chercher… de la nouvelle marchandise ?

— Oui, très bien, le félicita-t-elle comme une vraie gouvernante. José Silva est venu chercher de la marchandise fraîche, des « tapis de Smyrne » et « boîtes en nacre », autrement dit de magnifiques jeunes filles qui, achetées via un troisième intermédiaire à Rio de Janeiro, coûtaient infiniment plus que si elles étaient achetées sur place, à la source, à moitié prix. Quand Loewenstein entendit parler de ce voyage, il contacta son ancien supérieur. Je suppose qu'il ne lui demanda pas de lui rembourser son argent, bien au contraire, il choisit d'oublier leurs querelles, il ne nourrissait aucune rancune pour les dix mois passés en prison, mais proposa de s'occuper lui-même des affaires de Silberberg en Galicie et, en échange d'un modeste pourcentage, de se charger de lui envoyer de belles filles à Rio de Janeiro. À Cracovie, dit-elle en ouvrant son calepin, le voyageur du Brésil arrive le 10 avril, le mercredi avant Pâques, et séjourne à l'hôtel À la Rose… Le 13, le samedi saint, Karolina s'enfuit avec son fiancé qui l'emmène à Dębniki ou dans un autre endroit où elle est retenue jusqu'au lundi de Pâques. C'est alors que Loewenstein décide d'assouvir sa vengeance…

— Bien entendu, lança d'une voix enrouée Rozmarynowicz, les Juifs à Pâques sont dangereux ! Dangereux !

— … et pour sceller le contrat, il amène à Silberberg une vierge pure, qui plus est une vierge qui lui résiste, ce qui, comme vous le… ce qui… réveille en cet homme… la pire des concupiscences.

— J'avais entendu parler de l'enlèvement de deux filles pour des vengeances, mais de toute ma vie… je n'avais jamais entendu parler de quelque chose comme cela ! dit lentement Swolkień, le front perlant de sueur.

— Une abomination, une abomination, répéta Lunicorne avec ardeur.

Zofia Turbotyńska tourna les talons et se mit à marcher dans le sens inverse, en refaisant le tour de la table et en s'arrêtant régulièrement derrière tel ou tel siège.

— Bien évidemment, la vengeance n'aurait pas été complète si Silberberg n'avait pas appris qui il venait de souiller. Loewenstein lui avait pourtant préparé une agréable soirée, ces messieurs et ces dames buvaient, mangeaient, consommaient des plaisirs… ce n'est qu'au petit matin que tombèrent ces terribles mots, quand…

Le directeur Korotkiewicz l'interrompit :

— Veuillez m'excuser, mais j'ai des affaires plus urgentes que d'écouter des extraits d'un roman. Avez-vous seulement une idée de ce en quoi consiste le travail d'enquête ? Veuillez me croire qu'il ne s'agit pas d'histoires larmoyantes sur l'enlèvement de vierges !

— Je vous rapporte non pas un roman, mais l'histoire d'un crime, s'emporta Zofia, et je m'appuie sur des témoignages, de longues semaines de travail et d'enquête sur ce crime du fil jusqu'à la pelote !

— Le fil et la pelote sont des occupations, si je peux me permettre, plus adéquates que…

— Monsieur le directeur, lança de l'autre côté de la table Klossowitz, j'en appelle à votre patience.

— Que ce soit prompt, alors, murmura le policier.

— Ce sera plus prompt si vous cessez de m'interrompre. Où en étions-nous ? Ah oui. Au petit matin, Silberberg apprend ce à quoi on l'a incité. Bouleversé, il part pour sa chambre d'hôtel et là, comme vous le savez déjà, il se suicide d'un coup de pistolet.

— Et la fille ? Que lui est-il arrivé ?

— Eh bien, dit-elle en ôtant une poussière sur sa manche, ici, malheureusement, nous devons introduire une autre personne. Un troisième joueur qui, dans l'arborescence des trafiquants, était au même niveau que Silberberg, plus haut placé donc que Loewenstein, et tirait de larges profits de cette entreprise, mais en ne faisant pas grand-chose. On peut même dire qu'il était payé pour ne rien faire. Comme Loewenstein, il avait perdu sa part de l'argent qui avait été emporté au Brésil, mais contrairement à ce dernier, il préférait le liquide à la vengeance. Le troisième joueur ne pouvait accepter que les grosses sommes qu'il avait déposées en toute confiance dans les caisses des criminels servent simplement à construire l'empire privé de Silva à Rio de Janeiro. Et comme c'est un homme qui, à sa manière tortueuse, croit au pouvoir de la loi, à l'État de droit, à une certaine *loyauté*, dirais-je, il a voulu en appeler à, ne riez pas, la *conscience* de son ancien associé…

Seul gloussa Klossowitz que cela amusait clairement.

— … et en apprenant que Silva était en Galicie, qu'il séjournait à Cracovie, il décida de demander le remboursement de ces dettes. Lors de cette soirée fatale au cours de laquelle Loewenstein accomplit sa terrible vengeance, poursuivit-elle, se tenant derrière la chaise de Lunicorne, la maison close de la rue des Rosiers était bien entendu fermée pour la clientèle ; deux hommes avaient été postés devant l'entrée pour congédier tout importun, si ce n'était par les mots, alors par les poings. Cependant, le troisième joueur dut être introduit à l'intérieur, à la grande irritation de Loewenstein. Il est en effet difficile de renvoyer un commissaire de police.

Les derniers mots, prononcés avec insistance, provoquèrent une agitation compréhensible ; Korotkiewicz se sentit le premier offensé, il regarda autour de lui comme s'il cherchait quelqu'un qui rejetterait aussitôt l'accusation. Seul Lunicorne restait immobile, son visage livide tel un masque mortuaire gisant sur un fond de serge grise – la robe de Mme Turbotyńska qui se tenait derrière lui.

— Le commissaire Lunicorne, car c'est de lui qu'il s'agit…

— Monsieur le commissaire, dites quelque chose ! lui lança Korotkiewicz, révolté.

— Pourquoi ? répondit calmement Lunicorne. Je ne vois pas de raison de questionner les faits. Je ne vois rien de blâmable non plus dans le fait qu'un policier traque des suspects. Comme vous le savez, Silberberg était lié à l'affaire de la traite humaine, mais nous n'avions pas réussi à en obtenir la preuve ni à le saisir avant qu'il ne s'enfuie à l'étranger. Puisqu'il était réapparu en Galicie, il était de mon devoir de me tenir au courant. Pour ce qui est des calembredaines débitées par cette dame, je n'ai rien à dire, je n'ai pas l'habitude de me défendre de reproches inventés de toutes pièces.

— Pourquoi donc ne pas avoir dit un mot du fait que vous étiez rue des Rosiers la nuit où le meurtre a été commis ? demanda Zofia qui se tenait trois pas plus loin, derrière Swolkień, pour pouvoir regarder Lunicorne. Vous meniez une enquête, et pourtant…

— Oh, veuillez m'excuser, dit en riant le commissaire. On voit que vous n'avez aucune idée de ce qu'est le travail de la police. L'enquête était menée par le juge Rozmarynowicz.

— Nous savons tous parfaitement…

— Non, madame, *nous* savons. *Vous* ne savez rien. Vous ne faites que vous imaginer des choses.

— Je m'imagine donc le fait que vous ayez dissimulé votre présence rue des Rosiers ?

Lunicorne leva légèrement le menton, passa une main sur son visage puis s'adressa à elle comme à un enfant indiscipliné :

— Je reconnais, devant tous ceux aujourd'hui réunis, que mon comportement à votre égard a été guidé par une certaine faiblesse, vous êtes en effet une femme, l'épouse d'un professeur, une personne respectée qui a subi un choc compréhensible quand on a assassiné sa servante. Et en effet, je bats ma coulpe : dans nos conversations, je vous ai donné accès à trop d'informations peut-être, ce pourquoi vous avez pu vous figurer que vous étiez en quelque manière autorisée à accéder à l'enquête. Cependant, votre unique rôle dans cette enquête était celui de témoin. Le fait que je ne vous aie pas parlé de ma visite rue des Rosiers ne signifie pas que je n'en ai pas parlé au juge d'instruction.

— Monsieur le juge ? dit le directeur de la police à Rozmarynowicz.

— Assurément, assurément, répondit-il indistinctement, cela doit figurer quelque part dans le dossier...

— Non, cela ne figure pas dans le dossier, répondit calmement Klossowitz.

Lunicorne se mit à rire.

— Serais-je accusé de collaboration avec des trafiquants d'êtres humains parce que quelqu'un n'a pas inscrit la totalité de mes témoignages dans les dossiers ? Vraiment, c'est le raisonnement par l'absurde le plus ridicule que j'aie jamais vu !

— J'ai l'impression que nos bavardages touchent à leur fin, dit Korotkiewicz en se levant. Nous sommes des hommes occupés qui remplissent des fonctions sérieuses, et ici, en revanche...

— Un petit instant, messieurs, messieurs, dit Zofia, cette fois sur le ton d'une gouvernante sévère, nous ne sommes pas encore arrivés à la moitié de l'exposé ! Vous ne pensez tout de même pas que j'aurais demandé au juge Klossowitz de convoquer cette réunion si je disposais uniquement de maigres pistes ? Bien sûr que non.

— Monsieur le directeur, intervint Klossowitz, j'insiste pour que vous l'écoutiez jusqu'à la fin.

Korotkiewicz hésita puis se rassit avec précaution.

— Revenons donc aux événements de cette nuit fatidique... Du témoignage de la propriétaire de la maison close – d'ailleurs seulement propriétaire fictive – nous savons que le commissaire s'est introduit dans la chambre dans laquelle on avait installé *le respectable hôte* ainsi que son *cadeau*. Dans l'entrée eut lieu un court mais brusque échange avec Loewenstein, puis, une fois dans la chambre, une dispute entre les deux anciens collaborateurs.

— Je ne peux pas en écouter plus! s'offusqua Lunicorne.

— Ne geignez pas et supportez cela comme un homme, voulez-vous! lui lança Zofia avant de reprendre sa marche autour de la table. Je voudrais attirer votre attention sur une certaine dépendance, messieurs. Loewenstein ne savait absolument pas que le commissaire collaborait avec Silberberg, bien au contraire, le commissaire l'avait arrêté et envoyé pour presque un an derrière les barreaux. Il pensait donc que c'était une descente de police qui, de surcroît, pouvait contrecarrer ses plans. S'il avait su qu'ils étaient membres de la même organisation...

— Madame le professeur! fulmina Korotkiewicz.

— ... il aurait fait preuve de plus de hardiesse avec lui. Mais il ne le savait pas, ni aucun de ses employés, car le commissaire Lunicorne n'agissait en effet de façon si efficace, il n'était d'une si grande aide que parce que ses contacts avec la bande se limitaient à un strict minimum. Peut-être Silberberg était-il le seul à savoir à qui les criminels devaient la protection de la police cracovienne, qui les prévenait à temps des descentes de l'honnête commissaire Swolkień.

Celui-ci, qui affichait une mine sérieuse, tendue, écoutant chacun de ses mots avec la plus grande attention, bougea légèrement.

— Et seul Silberberg lui payait un salaire, ou plutôt des dividendes sur le capital toujours accumulé dans la caisse criminelle. Au moment où se déroulait à voix basse derrière la porte close la dispute au sujet de l'argent...

— Balivernes, balivernes, pas un mot qui soit vrai ! explosa Lunicorne.

— … Loewenstein, Gringaliewicz et tous les autres pensaient que José Silva sortirait de la chambre en tant que détenu, et que toute la vengeance était suspendue à un fil, selon que la jeune fille avait été souillée ou pas encore. À un certain moment, cependant, le commissaire sortit dans le vestibule puis claqua la porte, et on ne le vit plus. Pourquoi ? Eh bien parce que, en réalité, ils ne parlaient absolument pas entre quatre yeux. Une porte les séparait certes du vestibule, recouverte d'une épaisse tenture qui étouffait les sons, ce que nous savons du témoignage de Gringaliewicz, mais à l'intérieur, en plus de Silberberg se trouvait également Mlle Schulz, ou plutôt Silberberg… Je ne sais pas comment le commissaire ne l'a pas remarquée, peut-être était-elle allongée, honteuse, dans les draps emmêlés, peut-être la lumière était-elle trop faible pour repérer quoi que ce soit, peut-être enfin s'était-elle enfermée dans les toilettes où mène la porte du petit salon puis en avait soudain surgi… Peut-être qu'en entendant la dispute et en comprenant qu'elle avait affaire à un policier, elle est sortie d'un coin en le suppliant de l'aider ? Nous ne le saurons pas. Karolina est morte, Silberberg aussi, et monsieur le commissaire ne sera pas enclin à faire des confessions sur ce sujet.

— Souhaitez-vous que je raconte d'autres balivernes en réponse aux vôtres ? Je vous en prie, dit Lunicorne d'une voix calme et hostile. Je suis entré dans cette pièce, mais je n'y ai trouvé que Szewczyk Dratewka qui servait à M. Silva un agneau farci au soufre et au goudron. J'espère qu'on pourra considérer que cette réunion se termine là. Je ne sais pas vous, messieurs, mais moi, j'ai du travail, Cracovie est une ville calme, mais nous avons assez de crimes comme cela. Vous permettrez, messieurs…

— Assieds-toi, Stan, lui lança Swolkień d'un ton bref mais décidé, si bien que Lunicorne, qui avait eu le temps de se lever, retomba sur sa chaise.

— Merci, lui dit Zofia en s'inclinant. Laissons donc de côté cet agneau et revenons à nos moutons. M. Lunicorne, dit-elle en se tenant exactement en face de lui et en le regardant droit dans les yeux, se rendit compte à un certain moment que se déchirait le rideau savamment créé ; toutes ces années de travail à dissimuler le visage de Mr Hyde derrière le masque du commissaire Jekyll étaient réduites à néant. Outre Silberberg, il y avait désormais une autre personne qui connaissait son secret, une donzelle fortuite, sans valeur, donnée à Silberberg pour qu'il s'amuse, une parmi des centaines, des milliers d'autres qui affluent en abondance de toute la Galicie vers les lupanars de Constantinople, Rio de Janeiro et New York. Il comprit que non seulement il n'avait rien obtenu de son ancien associé, mais qu'en outre il s'était exposé de façon périlleuse, mettant en péril toute sa réputation, sa carrière, ses insignes, son poste et le respect social dont il jouissait. S'il avait pris le temps de réfléchir, s'il avait alors repris ses esprits devant la maison rue des Rosiers, dans la fraîcheur de la nuit, il aurait su qu'il n'y avait pas d'inquiétude à avoir. (Lunicorne soutenait son regard.) Le lendemain, peut-être deux jours plus tard, au plus une semaine, la fille souillée connaîtrait le sort des autres, et le fait qu'elle sache le secret d'un commissaire cracovien ne signifie rien dans une maison de passe de Constantinople. Mais il se laissa emporter par ses émotions. Pourquoi ? Eh bien, chers messieurs, chaque homme est porté par des appétits. Les uns, par des désirs nobles, d'autres par des désirs bas. L'avidité est aussi forte, et chez certains plus forte, que le désir charnel qui parfois…

— Des preuves, chère madame, des preuves ! l'interrompit Korotkiewicz.

Zofia Turbotyńska appuya ses bras sur le fauteuil du juge Rozmarynowicz avant de déclarer :

— Les preuves arrivent. D'abord, l'accusation. J'accuse, dit-elle d'une voix forte, votre subordonné, le commissaire de police Stanisław Lunicorne, d'avoir, dans la nuit du 15 au 16 avril de l'année dernière, épié les fenêtres de la maison de la rue des Rosiers puis, quand Józef Silberberg se fut endormi et pendant que Loewenstein et ses acolytes buvaient pour fêter la vengeance, d'avoir aidé Karolina Schulz à s'enfuir, puis de l'avoir assassinée d'un coup de couteau… d'un instrument pointu… et d'avoir jeté le corps dans la Vistule depuis le pont de Dębniki. Lorsque toutefois il apprit que le fleuve avait recraché la dépouille sur la berge du côté de Podgórze, il fit en sorte, par des moyens que lui seul connaît, que ce ne soit pas le tribunal de Podgórze mais celui de Cracovie qui prenne l'affaire en charge, et ce qui en découle, à savoir la police cracovienne. Veuillez me corriger si cela ne constitue pas une violation de la loi, dit-elle avant de se taire, mais elle n'obtint que le silence en guise de réponse. Ce n'est pas tout ! Il a tout fait pour que l'affaire soit confiée à Rozmarynowicz qui devrait jouir depuis bien longtemps d'une retraite amplement méritée (elle s'attendait à cet endroit à une forme de protestation, mais Rozmarynowicz se replia sur lui-même tandis que les autres ne comptaient pas discuter des évidences) et *de facto*, il s'est chargé lui-même de l'enquête en l'orientant sur de tierces personnes. D'abord sur le fiancé de Mlle Schulz, mais cela ne donna rien : je m'étais en effet mêlée… je veux dire, je m'étais jointe à l'enquête et j'ai indiqué l'existence d'un *geber* qui avait embobiné la jeune fille en se faisant passer pour un ingénieur. En voyant qu'il ne s'en sortirait pas si facilement, monsieur le commissaire décida donc de faire d'une pierre deux coups. Il changea de cible et se fixa sur le jeune socialiste Maciej Czarnota, qu'il abandonna à une mort certaine aux mains de l'inspecteur Trzeciak (Swolkień tapota nerveusement le dessus de sa chaussure mais ne dit pas un mot)… connu pour sa haine des socialistes. Grâce à cela, premièrement, il trouva un coupable et clôtura l'enquête, et deuxièmement, il donna à l'inspecteur une occasion d'abattre l'activiste qui l'enquiquinait particulièrement. Malheureusement, le *geber* continuait à se promener dans Cracovie ; ma servante tomba dessus à deux reprises, et l'identifia comme étant Mordka Sztycer. C'est alors que le commissaire Lunicorne avisa de façon anonyme Loewenstein du fait que Sztycer devait absolument être caché de la police qui voyait en lui le meurtrier, ce qui aurait pu guider les gardiens de la loi jusqu'à l'affaire de l'enlèvement. Mordka a évidemment été expédié à Constantinople ou à New York, monsieur le commissaire me prévint alors que l'affaire était classée et que le juge Rozmarynowicz avait formellement interdit de s'en occuper.

Un silence s'installa. Tout le monde pesait ces mots, chacun à sa façon. Lunicorne se résumait toute l'histoire mentalement et vérifiait s'il y avait là-dedans une quelconque *preuve*, et non un *indice*, qui pourrait l'inculper ; Korotkiewicz faisait de même, mais il évaluait aussi les possibles problèmes qui surviendraient si l'affaire était révélée, à Dieu ne plaise, dans le journal de Daszyński ;

Swolkień passait en revue dans sa mémoire toutes les enquêtes pour lesquelles il avait collaboré avec Lunicorne et il décela des anomalies inquiétantes, mais il savait que l'accusation reposait sur des fondations très fragiles ; Klossowitz, quant à lui, attendait le coup décisif. Seul Rozmarynowicz dit tout bas :

— Mais je n'ai rien interdit, moi…

— Et c'est tout ? Cette fable ? Ce sont là vos « preuves » ? dit enfin en riant Lunicorne avec un soulagement apparent. Oh, nous avons écouté un conte on ne peut plus intéressant, inventé de toutes pièces par votre belle imagination. Cette fois, vous me permettrez, messieurs, je ne resterai pas plus longtemps à m'ennuyer ici. (Il se leva de sa chaise.) Dans des circonstances ordinaires, je vous aurais intenté un procès pour diffamation, mais je ne vais pas porter plainte contre une femme au tribunal. J'ai entendu dire que les femmes qui n'ont pas d'enfant peuvent souffrir d'une sorte d'agitation, d'hystérie qui prend diverses formes, entre autres ce type de fantaisies. C'est un fait médical. Et donc…

— Non, ce n'est pas tout, dit Zofia d'un ton glacial, je n'ai pas encore mentionné un détail. Un détail qui complétera le tableau. Vous vous souvenez certainement, lorsque nous parlions du système de Bertillon, du manuel de Gross… (Swolkień en haussa un sourcil d'étonnement.) Nous nous lamentions tous deux que notre police n'employât pas suffisamment les dernières découvertes de la science. Il s'avérait cependant qu'une simple photographie suffisait. Vous souvenez-vous de cette soirée mémorable ? Veuillez encore m'excuser, j'ai été distraite, j'ai oublié de vous l'envoyer… dit-elle en tirant de la poche de son costume un petit carton qu'elle déposa sur la table.

Sous l'empreinte en relief de l'indication *Sebald* se trouvaient trois personnes dans des tenues de fête sur un fond peint représentant les ruines d'un gros château : de chaque côté se tenaient deux hommes en *kontusz*, et entre eux Mme Turbotyńska, souriant coquettement sous son chapeau rond.

— Les gens ont en général une mémoire courte et faible. Le personnel hôtelier ne constitue pas une exception de ce point de vue, puisque chaque jour des foules se succèdent dans quelques dizaines de chambres, que dire d'une semaine, un mois ou un an ? Et pourtant, après un an, il est possible de se rappeler quelque chose, si ce souvenir est lié à un événement dramatique, et le suicide de Silberberg était assurément de ceux-là. On se souvenait donc de sa visite. Et au moins deux membres du personnel de l'hôtel À la Rose se souviennent de cette scène désagréable du vendredi saint, quand José Silva, citoyen brésilien, a jeté dans l'escalier un homme qu'il avait auparavant invité dans sa chambre. Ils se souviennent aussi que le citoyen brésilien a crié dans un polonais pur : « Tu ne recevras pas un cent, sale *schmuck* ! Pas un cent ! » mais aussi « Tu me menaces ? Moi ? Pense un peu à ce que tu as à perdre ! ». Il a suffi de leur tirer les vers du nez. Et de leur montrer la photo en demandant si par un extrême hasard cet homme mystérieux habillé en civil ne se trouvait pas sur la photo, si joliment apprêté dans son *kontusz*. C'est pourquoi (elle regarda Lunicorne droit dans les yeux) vous avez ensuite fait irruption, furieux, à la maison close de Gringaliewicz : vous saviez que c'était la dernière chance, Silberberg allait bientôt partir, et alors tous vos espoirs de récupérer votre argent s'évanouiraient. Et c'est pourquoi vous avez réagi aussi *hystériquement* en tuant Karolina : pour la deuxième fois, votre ancien associé avait failli révéler tout le secret. Dans l'hôtel À la Rose, des mots avaient été prononcés en public dont vous auriez pu vous défendre, Karolina en avait appris beaucoup plus par hasard, et ce, de votre propre bouche. Je vous informe cependant, dit-elle en s'adressant à tous, que monsieur le juge Klossowitz a déjà pris les dépositions et la photo ne finira hélas pas dans les mains de monsieur le commissaire en tant que souvenir agréable d'une soirée de mai, car elle a été jointe au dossier.

Lunicorne était bouche bée, tout comme Swolkień et Korotkiewicz, d'ailleurs. Rajmund Klossowitz posait son regard sur chaque visage l'un après l'autre en essayant d'évaluer quelle impression avait fait sur eux la dernière pointe de Mme Turbotyńska. Korotkiewicz, clairement énervé, se pencha vers Swolkień, avec qui il chuchota quelques instants; il se leva après un instant, s'inclina et dit :

— Chère madame, nous apprécions votre contribution à l'enquête, vous avez sans aucun doute décelé des dépendances diverses et intéressantes qu'il faudrait fondamentalement éclaircir, et la police s'y attellera avec certitude. On ne peut toutefois ignorer que… l'accusation que vous portez… en raison de faits différents et pas forcément connectés entre eux, est on ne peut plus faible. C'est plutôt un ensemble d'observations, d'indices flous…

— Mais pourtant… protesta-t-elle.

— *Nous connaissons* notre travail, dit-il fermement. Chacun de nous a derrière lui une série d'affaires résolues et je vous assure que cela n'a jamais consisté à tirer des conclusions aussi libres que cela. Les indices, les démonstrations, oui, tout cela est essentiel, mais le tribunal doit s'appuyer sur des preuves. Et de preuves, nous n'en voyons pas, du moins pas pour le moment. Il se peut que les suites de l'enquête des organes qui y sont consacrés en révéleront davantage. Nous remercions donc le juge Klossowitz d'avoir convoqué cette réunion, et vous madame pour ce récit sans aucun doute intéressant pour diverses raisons. Au revoir.

Elle se tenait debout sans vraiment savoir ce qu'elle devait dire. Elle regarda Klossowitz qui lui fit comprendre d'un mouvement presque imperceptible des paupières qu'il fallait céder cette fois-là, donc elle se contenta de dire, avec une énorme peine :

— Je vous remercie pour le temps que vous m'avez consacré. Pourvu qu'il porte ses fruits. Au revoir.

Et elle sortit. D'abord dans le couloir, puis du tribunal, enfin dans la rue Grodzka, en cette journée froide et nuageuse de septembre. Autour d'elle, la ville continuait à vivre sa vie : les porteurs portaient, les marchandes marchandaient, et les fiacres roulaient vers leur destination.

ÉPILOGUE

La ville était magnifiquement parée pour l'arrivée de l'empereur. Des festons de lanternes colorées, de lampions, d'éclairage au gaz et même électrique avaient été accrochés aux ponts. On avait illuminé toutes les rues le long des chemins de fer, mais surtout la rue Dietl pour que l'éminent hôte, en passant par le viaduc à Grzegórzki et en regardant vers le bas, pût voir un torrent de lumières, telle la recréation, par le miracle de l'électricité, de la Vistule qui passait jadis par là, mais qu'on avait fini de combler juste avant la visite de Leurs Majestés Impériales une quinzaine d'années plus tôt. À présent, Son Altesse visitait Cracovie seule. Si elle voulait bien lever le regard, elle verrait la colline du Wawel illuminée, les toits et coupoles des églises, et encore plus loin, la tour de l'hôtel de ville. Il verrait Cracovie qui s'était paré de tous ses fastes pour lui montrer ne serait-ce que pendant un court instant sa meilleure facette. François-Joseph ne vit toutefois ni les illuminations des ponts, ni les églises, ni les foules qui se dirigeaient vers les viaducs et remblais des chemins de fer pour apercevoir ne serait-ce qu'un instant le passage du train avec Sa Gracieuse Majesté. Celle-ci se tenait voûtée à son bureau sur lequel s'entassait une pile de documents exigeant son attention urgente : des nominations de généraux, des remerciements, des rapports administratifs, autrement dit tout ce qu'elle appelait parfois, démunie, « le tonneau des Danaïdes ». Penchée, elle terminait d'écrire une lettre à sa chère amie Katharina Schratt : *L'accueil est ici vraiment formidable, chaleureux et patriotique, les ovations n'en finissent pas, il n'y a que cette habitude de me remettre une infinie quantité de demandes pendant mon voyage...* Le pâle reflet des lumières d'une nouvelle ville de Galicie où elle devait s'arrêter perça à travers les rideaux des fenêtres – l'une des innombrables villes de ce pays pittoresque mais quelque peu sauvage.

Les chanceux qui, à l'instar du couple professoral Turbotyński, avaient réussi à obtenir un billet pour le quai auprès de la municipalité se rassemblaient autour de la gare. Le bâtiment, auquel avait récemment été ajouté un demi-étage et qu'on avait orné de décorations, se présentait de façon tout à fait digne, mais l'arc de triomphe à trois voûtes au-dessus de la rue Lubicz, dont l'arcade du milieu atteignait le deuxième étage du hall de la gare, le ternissait. Au-dessus de l'arc s'élevait également une couronne impériale aux initiales *FJ* entremêlées, surmontée de l'aigle à deux têtes des Habsbourg, le tout étant auréolé de drapeaux ondulant délicatement dans le vent : noir et jaune pour l'empire, rouge et blanc pour la Galicie, blanc et bleu pour Cracovie.

Ignacy était en admiration.

— Un ciel pur et notre belle Vistule bleue, les couleurs de notre ville combinées avec les couleurs de la dynastie des Habsbourg ! Une vue édifiante, vraiment ! N'est-ce pas, ma chère ?

— Hmm, grommela Zofia.

Elle remit en place son chapeau noir orné de rudbeckias jaunes, choisi sur la suggestion insistante de son mari qui tenait à cette association de couleurs, et observa tout ce qui se passait autour d'elle avec un mélange d'indifférence et d'irritation.

— Regarde, dit Turbotyński, tu as vu comme ils ont arrangé ça avec ingéniosité ?

L'arc qui se trouvait au-dessus de la rue, juste devant le passage de la voie ferrée, avait également une autre fonction hormis celle de louer la gloire de la maison régnante ; quelque temps auparavant, on avait démonté la plate-forme à retourner les locomotives pour pouvoir abaisser le niveau de la rue et construire une fosse sous les rails ; des tas de terre et de sable extraits pendant les travaux préparatoires avaient été cachés par une clôture hâtivement montée qui à son tour cachait le pilier de l'arche triomphale enveloppée de festons verts.

— Un croisement à double niveau, poursuivait-il, imagine quel miracle technique ! Je m'étonne toutefois, à vrai dire, qu'on ait chargé de tout ça l'étrange Talowski, mais bon, messieurs les conseillers sont connus pour, hmm, leurs idées non conventionnelles. Espérons seulement qu'il ne nous ornera pas le viaduc d'araignées, de scorpions et d'autres arthropodes…

— La saleté et le désordre cachés par la beauté des guirlandes. Le masque du simulacre posé sur une réalité hideuse. On pouvait s'y attendre, lança sèchement Zofia.

— Mais ma chère…

Ignacy la regarda avec incompréhension, mais à ce moment-là, le responsable de la commission de l'ordre public, le docteur Weigel, ordonna la mise en place des invités rassemblés : les généraux de la garnison cracovienne, les princes évêques et le clergé, les représentants de l'aristocratie et de la noblesse en *kontusz* ainsi que de la paysannerie en habit de fête, des délégués du Conseil de l'État, des conseillers, le président et vice-président, le recteur de l'université avec une délégation de professeurs (Turbotyński n'y fut pas choisi, cet honneur revint à Kostanecki, ce que Zofia, au grand étonnement de son mari, ne commenta pas même d'un mot malveillant), les fonctionnaires des bureaux les plus variés, les directeurs d'école. Autrement dit, tout le gratin cracovien tiré de l'*Almanach de Czech* pour l'année 1896 se mit à circuler sur le quai recouvert de tapis, essayant d'occuper les places qui leur avaient été attribuées entre les rideaux carmin de damas, les palmiers et les fleurs en pot, tandis que les membres affairés de la garde d'honneur, portant des cocardes blanches et bleues, essayaient de toutes leurs forces d'exécuter les ordres de Weigel.

Dans le groupe des notables, Zofia vit le comte Starzeński s'entretenant agréablement avec le directeur de la police Korotkiewicz.

— Ah, oui, Starzeński, chuchota Ignacy qui avait remarqué dans quelle direction regardait sa femme. Nouveau staroste de Podgórze, vraiment. Qui eût cru que cette petite ville connaîtrait un tel honneur !

Puis, voyant que Zofia ne réagissait pas, il décida de l'amuser d'une comparaison plaisante :

— Il y a quelques jours, j'ai lu dans le journal la description de la cérémonie d'ouverture et je dois dire que les célébrations n'avaient presque pas à envier en pompe ce que nous vivons aujourd'hui, dit-il avant de rire lui-même, pensant que cela amuserait sa femme.

— Oui, c'est vraiment très probable, répondit-elle en plissant les yeux pour mieux observer le staroste.

— *Le Temps* a exprimé une opinion très bienveillante. Le comte a assuré que son seul but serait le bien de la ville et de ses habitants…

— J'ai entendu dire qu'il avait à cœur avant tout son propre bien. On dit qu'il spécule sur les livraisons de foin pour l'armée. Et qu'il pratique l'usure à des pourcentages élevés.

— Vraiment, Zofia, je ne peux pas y croire, dit le professeur en secouant la tête, mais même si cela était vrai… ce dont, comme je l'ai dit, je doute sincèrement… mais crois-tu que le gouvernement l'aurait chargé d'un poste aussi important ?! Les fonctionnaires publics de notre monarchie doivent tout de même être des personnes à la réputation irréprochable.

Zofia lui jeta un regard plein de commisération, teinté malgré tout d'une tendresse éveillée par son honnête naïveté. Elle ne dit cependant pas un mot.

— Pardonnez-moi, monsieur…

Un grand roux dégingandé avec une cocarde blanche et bleue sur son revers surgit soudain devant eux.

— Monsieur le cadet Erychleb, dit la femme du professeur qui reconnut immédiatement le jeune homme.

Les sourcils haussés de son mari indiquaient toutefois que ce dernier ne savait pas qui c'était.

— À votre service, dit-il en claquant des talons.

— Bien sûr ! s'écria Ignacy en se souvenant enfin d'où il connaissait cet homme. L'an dernier, à l'occasion de l'affaire de notre malheureuse Karolina ! Quelle mémoire, Zofia ! C'est un plaisir, monsieur.

Erychleb acquiesça de la tête puis reprit :

— Pardonnez-moi, monsieur, si je me permets, mais…

— Je vois que vous avez été délégué à la garde civile, poursuivait Ignacy, mais comment est-ce possible, puisque vous êtes policier ? Serait-ce que, dit-il en baissant le ton, vous êtes là *incognito*, en tant que… *agent secret* ? demanda-t-il en chuchotant ses derniers mots.

— En réalité, monsieur le professeur, répondit Erychleb, confus, j'ai reçu l'ordre de me porter volontaire pour la garde civile, au cas où… C'est bien entendu lié à la sécurité. C'est le commissaire Lunicorne, paix à son âme, qui m'y a incité, car il était, comme vous le savez sûrement, l'un des vice-présidents du comité de l'ordre public…

— Nous sommes tous bouleversés par la terrible tragédie qui a touché monsieur le commissaire, l'interrompit Turbotyński. Qui eût cru qu'un policier aussi expérimenté pût mourir en nettoyant son arme ? Une mort si inattendue !

— En effet, qui l'eût cru ? dit tout bas son épouse.

— Nous avions une énorme dette de reconnaissance envers le défunt commissaire pour son excellent travail dans la résolution de l'énigme de la mort de notre chère Karolina… poursuivait Ignacy. Il a attrapé le meurtrier en un éclair, sans ménager ses efforts… N'est-ce pas, Zofia ? Oui, oui, c'était un grand homme, qui se consacrait tout entier à son service. On peut même affirmer qu'il y donna sa vie, dit-il en hochant tristement la tête. C'est tout simplement un symbole de ce qu'est notre police, et je dirais même plus, des valeurs sur lesquelles s'appuie tout le ministère dans notre empire. Tu es d'accord, ma chère ? (Cette question resta cependant sans réponse.) C'est une perte incommensurable pour notre ville… Et c'est bien dommage que les funérailles de monsieur le commissaire aient eu lieu si promptement, et ce, non pas dans le cimetière de Rakowice, qui serait l'endroit le plus adéquat pour une telle personne, mais dans la commune natale de sa femme... Nous ne pouvions malheureusement pas y participer, vous comprendrez, monsieur, mais j'espère, et même plus, j'ai la certitude que la célébration d'aujourd'hui, si parfaitement préparée, restera l'héritage de monsieur le commissaire Lunicorne. Elle laissera derrière elle un souvenir aussi bon que celui du défunt commissaire.

— Sans aucun doute, monsieur le professeur, merci pour ces paroles réconfortantes, dit Erychleb qui réussit enfin à prendre la parole, mais je me tourne vers vous au sujet de l'organisation... J'aurais voulu demander à madame le professeur si elle voulait bien avoir l'obligeance de se rendre dans la section des dames qui, dit-il en faisant un geste de la main, se trouve là, vous voyez...

— Non, jeune homme, déclara Zofia Turbotyńska d'une voix glaciale, je ne veux pas. Je compte rester là où j'en ai l'envie, et ne pas être traitée différemment sous prétexte que je suis une femme.

— Mais, madame le professeur... dit le jeune homme en s'inclinant, comment oserais-je...

— Zofia, monsieur ne pensait pas à mal, voyons...

— C'est juste une suggestion, je suis vraiment désolé si...

À ce moment-là résonna la clameur « Vive l'empereur ! » sortant des poumons des centaines de personnes rassemblées sur le quai et des milliers devant la gare. Erychleb se replia tout en faisant des révérences jusqu'à la place qui lui avait été attribuée. Ignacy, comme tous les hommes réunis sur le quai, retira son haut-de-forme et se redressa tel un piquet.

Quand le train entra en gare, l'orchestre des vétérans se mit à jouer l'hymne. À la fenêtre du wagon vert orné des blasons dorés apparut à la grâce de Dieu l'empereur d'Autriche, roi apostolique de Hongrie, roi de Bohème, de Dalmatie, de Croatie-Slavonie, de Galicie, Lodomérie et Illyrie, roi de Jérusalem, etc., archiduc d'Autriche, grand-duc de Toscane et de Cracovie, duc de Lorraine, de Salzbourg, de Styrie, Carinthie, de Carniole et de Bucovine, grand-prince de Transylvanie, margrave de Moravie, duc de haute et basse Silésie, de Modène, de Parme, de Plaisance et de Guastalla, d'Auschwitz et de Zator, comte princier de Habsbourg et du Tyrol, de Kybourg, de Gorizia et de Gradisca, prince de Trente et de Brixen, margrave de haute et basse Lusace ainsi que de l'Istrie, comte de Hohenems, de Feldkirch, de Bregenz, de Sonneberg, seigneur de Trieste, de Cattaro et de la Marche de Windisch, grand voïvode de la voïvodie de Serbie, etc. Il portait son uniforme de général. Son crâne était chauve telle une colline désertique, et ses favoris étaient blancs comme une paire d'ailes de neige. Il remercia l'orchestre d'un hochement de tête puis descendit les marches revêtues de velours cramoisi.

— Ah, quel pas élastique, impérial! chuchota Turbotyński.

— Il est voûté, remarqua lucidement Zofia.

— Mais que dis-tu là, enfin! siffla Turbotyński.

Ses favoris grisonnants, symbole de l'énorme respect qu'il nourrissait pour Sa Majesté, en tressaillirent de colère. Pour la première fois depuis très longtemps, il se sentait véritablement fâché contre sa femme. Tant d'efforts pour avoir des billets, tant de peine, tout cela dans l'espoir qu'il lui ferait plaisir avec des places sur le quai même, presque à portée de main du monarque adoré. Et pourtant, ses bonnes intentions ne lui valaient que des brusqueries et des paroles qui pourraient même passer pour une insulte envers Sa Majesté.

— Je me réjouis de me trouver dans mon royaume bien-aimé de Galicie où battent tant de cœurs qui me sont bienveillants, dit l'empereur après avoir écouté le discours de bienvenue du président de la ville qui l'avait assuré de la plus profonde affection et fidélité des habitants de Cracovie. En effet, ajouta-t-il. Je souhaitais m'y arrêter, ne serait-ce que pour un instant.

Des vivats lui répondirent.

Zofia Turbotyńska observait la scène avec une irritation qui avait complètement pris la place de l'indifférence qu'elle éprouvait auparavant. L'empereur – avec succès, il faut l'avouer, en masquant son ennui – demanda « si la ville s'élevait », « si on construisait beaucoup » et ainsi de suite, puis on lui présenta une série de personnes. Ignacy suivait tout cela avec la plus grande exaltation, tandis qu'elle observait avec dégoût l'élite cracovienne : ici l'usurier Starzeński, là le mesquin Puzyna, il s'en était fallu de peu que le commissaire Lunicorne avec ses médailles rutilantes ne se tînt parmi eux.

Était-elle contente ? Eh bien, elle aurait préféré voir Lunicorne comparaître devant le tribunal, dégradé, publiquement humilié, et enfin derrière les barreaux, ou alors sur l'échafaud. Mais le fait que la police et les tribunaux aient préféré régler cela d'une autre manière qui ne jetterait pas d'ombre sur la magistrature impériale et royale ne l'étonnait guère : Lunicorne avait reçu un ultimatum. Ou bien sa femme et ses enfants percevaient une aide généreuse de la caisse de l'État en tant que veuve et orphelins d'un commissaire méritant qui avait tragiquement péri dans un malheureux accident, ou bien il serait condamné par un tribunal, et sa famille, par un tribunal encore plus sévère, celui de la société cracovienne. Peu sont ceux qui auraient choisi autrement.

Dès le jour de la réunion, la police s'était mise au travail de manière énergique. Des arrestations eurent lieu le soir même chez Sidoli où se produisaient des attractions venues directement de Paris, à savoir les quatre célèbres sœurs Chiarini, des Italiennes qui voltigeaient sur leur trapèze, ainsi que les mangeurs de feu américains, les frères Dantes. On fit sortir du cirque Anna Blum de Thessalonique, l'agente d'Ehrlich de Lwów (qui recrutait les jeunes filles soi-disant pour un orchestre de femmes, mais elle exigeait qu'elles soient belles et bien formées ; Solomon Ehrlich leur envoyait une avance pour le voyage et assurait leurs parents de leur offrir la « protection la plus sérieuse »), mais aussi Simon Lewicki ou Solomon Loewenstein, accusé, comme le rapportait le journal du 15 septembre, « du crime d'enlèvement et de meurtre de Karolina Schulz, servante. Il avait été auparavant faussement établi que le coupable était un ouvrier, qui périt en fuyant pendant une tentative d'arrestation par la police ; il avait visiblement autre chose sur la conscience que ces crimes. Seule une enquête approfondie mena à la découverte du véritable coupable ». Ignacy semblait avoir raté ce communiqué, et Mme Turbotyńska ne comptait pas le lui faire noter. Le procès allait bientôt se tenir et bien qu'elle sût que ni Loewenstein ni ses subordonnés n'avaient tué Karolina, elle considérait que leur crime ne valait pas moins que le meurtre, c'est pourquoi elle attendait de lourdes peines dont elle était sûre qu'elles tomberaient.

Elle regardait à présent l'empereur serrer la main de Korotkiewicz et se dit que c'était peut-être mieux que les choses se fussent passées ainsi. Le fait qu'elle appartînt au petit groupe lié par un pacte de discrétion qui s'était réuni quelques jours auparavant dans le tribunal, et le fait qu'elle connût la véritable fin du commissaire Lunicorne pouvaient lui ouvrir plus d'une porte dans le futur.

La visite de Sa Majesté, qui avait duré vingt minutes, touchait entre-temps à sa fin ; Ignacy, les yeux larmoyants soit d'émotion, soit d'avoir été trop longtemps plissés, fixait la calvitie impériale tandis que le monarque retournait à son wagon et saluait ses sujets parmi les clameurs « Vive l'empereur ! ». Le conseiller impérial, directeur adjoint du trafic Zdenko Kuttig, l'inspecteur du trafic, conseiller impérial Hubert Husnik, l'inspecteur en chef du trafic Jan Swieczynowsky et le chef de station Jozafat Szczepański donnèrent conjointement le signal de départ du train. François-Joseph, à la fenêtre du wagon, remercia pour l'accueil si chaleureux. Il balaya le quai du regard et il sembla à Zofia que, l'espace d'un instant, il posait les yeux sur elle, que c'était justement elle qu'il avait extraite de la foule de son regard froid et bleu qui ne disait absolument rien.

FIN

Remerciements de l'autrice

L'autrice souhaite remercier MM. Tomasz Fiałkowski et Konrad Myślik pour leurs précieuses remarques concernant Cracovie, ainsi que les premiers lecteurs et lectrices pour leurs nombreux conseils qui ont permis d'éviter beaucoup d'erreurs et maladresses.

En écrivant *Le Rideau déchiré*, l'autrice a consulté de nombreux ouvrages et travaux, en particulier *Empereur d'Amérique* de Martin Pollack[1] (édition polonaise : Wołowiec, Czarne, 2011) et *Les Crimes liés à l'émigration en Galicie 1897-1918* de Grzegorz Maria Kowalski (édition polonaise : Cracovie, Éditions de l'université Jagellonne, 2003).

Certaines parties du texte sont des citations cachées d'œuvres d'auteurs auquel il faut rendre justice.

Stanisław Szczepanowski a publié en 1888 son travail *Nędza Galicyi w cyfrach i program energicznego rozwoju gospodarstwa krajowego* (« Misère de la Galicie en chiffres et programme énergique de développement économique national ») qui a ouvert les yeux de

1 *Empereur d'Amérique*, Martin Pollack, traduit de l'allemand par Odile Demange, Lausanne, Noir sur Blanc, 2015.

nombreux lecteurs sur les problèmes de la plus pauvre région d'Europe.

Le docteur Stanisław Teofil Kurkiewicz a publié entre 1905 et 1906 son ouvrage en trois tomes *Z docieków (studyów) nad życiem płciowem* (« Des recherches (études) sur la vie sexuelle »), et en 1903 une présentation séparée de ses termes singuliers : *Słownik płciowy: zbiór wyrażeń o płciowych właściwościach, przypadłościach itp.: do użytku przy zeznawaniu przed lekarzem płciownikiem* (« Dictionnaire sexuel : ensemble d'expressions sur les caractéristiques sexuelles, maladies, etc. : à utiliser lors des consultations avec un médecin sexuologue »).

L'ouvrage d'Augustyn Czarnowski *Życie płciowe i jego znaczenie ze stanowiska zdrowotno-obyczajowego. Wedle rozmaitych źródeł zebrał i ułożył Dr Czarnowski. Wydanie drugie, dopełnione. Z licznemi rycinami* (« La vie sexuelle et son importance du point de vue sanitaire et moral. D'après diverses sources collectées et assemblées par le Dr Czarnowski. Deuxième édition complétée, avec de nombreuses illustrations »), publié par Przewodnik Zdrowia (Berlin, sans date, probablement 1904), mentionne l'odeur vestimentaire d'une vierge pure et le choc cataleptique que peut provoquer l'odeur masculine, mais aussi les différences entre les positions masculine et féminine et pourquoi l'éducation scolaire mène à la dégénérescence des glandes et à l'infertilité.

L'idée que les femmes devraient rester à la maison plutôt que d'écrire des nouvelles et être de piètres docteures a été rédigée par le docteur Antoni Gettlich et publiée dans son article « Wyższe wykształcenie kobiet » (« L'éducation supérieure des femmes »), dans lequel il luttait en s'appuyant sur la civilisation chrétienne contre le projet de fonder des écoles pour filles sur le modèle des lycées masculins. Gettlich (connu aussi sous les formes Getilich et Getlich) a été durant trente ans le directeur de l'École facultaire féminine du nom de Sainte-Scholastique à Cracovie.

Ignacy Daszyński a publié ses *Mémoires* dans les années 1925-1926.

Léon Brand, enfin, le Job des souteneurs cracoviens, n'est pas un personnage fictif, bien qu'il n'ait entrepris ses démarches que dix ans plus tard. Son dossier dans lequel figurent des lettres de prostituées peut être consulté aux Archives nationales de Cracovie.

De nombreuses citations – dont celles de *L'Étrange cas du docteur Jekyll et de Mr Hyde* de Stevenson[1] – proviennent de la presse galicienne de l'époque, surtout du journal préféré des Turbotyński, autrement dit *Le Temps*, mais aussi de *La Nouvelle Réforme*, *Le Journal de Lwów*, *Le Courrier de Lwów*, *Le Journal national*, *En avant*, *Le journal ouvrier*.

1 Traduction française utilisée : *Le Cas étrange du docteur Jekyll*, R. L. Stevenson, traduit de l'anglais par Mme B. J. Lowe, Paris, Librairie Plon, 1890.

Déjà parus chez Agullo Noir

Maryla Szymiczkowa
Mme Mohr a disparu

Miguel Szymanski
Château de cartes

Jurica Pavičić
L'Eau rouge

Arpád Soltész
Le Bal des porcs
Il était une fois dans l'Est

Valerio Varesi
La Main de Dieu
La Maison du commandant
Or, Encens et Poussière
Les Mains vides
Les Ombres de Montelupo
La Pension de la via Saffi
Le Fleuve des brumes

Frédéric Paulin
La Nuit tombée sur nos âmes
La Fabrique de la terreur
Prémices de la chute
La Guerre est une ruse

Wojciech Chmielarz
Les Ombres
La Cité des rêves
La Colombienne
La Ferme aux poupées
Pyromane

Magdalena Parys
Le Magicien
188 mètres sous Berlin

Bogdan Teodorescu
Spada

Déjà parus chez Agullo Fiction

Soufiane Khaloua
La Vallée des Lazhars

Faruk Šehić
Le Livre de l'Una

Sigbjørn Skåden
Veiller sur ceux qui dorment

Jurica Pavičić
La Femme du deuxième étage

Laura Mancini
Rien pour elle

Magdaléna Platzová
Le Saut d'Aaron

Dragan Velikić
La Fenêtre russe
Le Cahier volé à Vinkovci

Osvalds Zebris
À l'*ombre de la Butte-aux-Coqs*

Astrid Monet
Soleil de cendres

Maria Galina
Autochtones
L'Organisation

Joe Meno
La Crête des damnés
Le Blues de La Harpie
Prodiges et Miracles

Viliam Klimacek
Bratislava 68, été brûlant

Bogdan Teodorescu
Le dictateur qui ne voulait pas mourir

Dmitri Lipskerov
Léonid doit mourir
L'Outil et les Papillons
Le Dernier Rêve de la raison

Jaroslav Melnik
Espace Lointain

Saad Z. Hossain
Djinn City
Bagdad, la grande évasion !

S.G. Browne
Héros secondaires
La destinée, la Mort et moi, comment j'ai conjuré le sort

Vladimir Lortchenkov
Le Dernier Amour du lieutenant Petrescu

Anna Starobinets
Refuge 3/9

Rui Zink

Le Terroriste joyeux

L'Installation de la peur

Déjà parus chez Agullo Court

Rui Zink
L'Installation de la peur (nouvelle édition augmentée)

Maja Thrane
Petit Traité de taxidermie

Sigbjørn Skåden
Oiseau

Asja Bakić
Mars

Yan Lespoux
Presqu'îles

Achevé d'imprimer en février 2023
sur les presses de l'Imprimerie CPI Bussière
à Saint-Amand-Montrond (18200)
pour le compte de Agullo Éditions.

ISSN : 2551-5861
ISBN : 978-2-38246-086-3
Dépôt légal : mars 2023
Numéro d'impression : 2070138